Sarah Saxx

# Don't mess with your Boss

SARAH Saxx
GESCHICHTEN, DIE DEIN HERZ BERÜHREN

Impressum

1. Auflage, Feburar 2022

Redaktion: Sabrina Cremer – textwerkstatt.org
Korrektorat: Sybille Weingrill – www.swkorrekturen.eu
Verwendete Fotos: © Africa Studio, © majdansky, © Giacomo – stock.adobe.com

Sarah Saxx | c/o A. Zwölfer
Linzerstraße 16 | 4283 Bad Zell | Österreich

Dieser Roman ist bereits im Dezember 2021 als E-Book erschienen.

www.sarahsaxx.com

Herstellung und Druck über tolino media GmbH & Co. KG,
Albrechtstr. 14, 80636 München. Printed in Germany.
Fragen zu Produktsicherheit an: gpsr@tolino.media.

SARAH SAXX

# DON'T *mess* with your BOSS

# Playlist

*I See red – Everybody Loves an Outlaw*
*Freek'n You – Radio Edit – Jodeci*
*Throne – Saint Mesa*
*Woman – Harry Styles*
*Distraction – Kehlani*
*Slow Motion – Trey Songz*
*Can't Stop Me Now – On The Larceny*
*Motivation – Kelly Rowland, Lil Wayne*
*Banger – 11:11*
*Twilight – Raheem DeVaugn, The Colleagues*
*Nothin' Like This – Clear Blue Fire*
*Bad Things – Black Rebel Motorcycle Club*
*How Do I Breathe – Mario*
*Officially Missing You – Tamia*
*Ice Box – Omarion*
*I'm on Fire – Daniel Farrant, Nick Kingsley*
*Whiskey Please – Whissell*
*Spread Your Love – Black Rebel Motorcycle Club*

Diese Playlist findest du auf Spotify unter
*»Don't mess with your Boss – by Sarah Saxx«*
und verspricht dir eine prickelnde
musikalische Untermalung deiner Lesestunden.

*Vorsicht – lesen auf eigene Gefahr!*

*Kann zu Herzrasen, Schweißausbrüchen
und feuchten Schlüppis führen.*

# 1

## Paulina

Es hatte in meinem Leben einen Zeitpunkt gegeben, an dem ich mir geschworen hatte, dass ich nie, *niemals* die Toiletten anderer Leute reinigen würde. Damals war ich vielleicht fünf oder sechs Jahre alt gewesen und hatte neben meiner Tante Florentina gestanden, als sie eine ekelerregende Pampe mit einem Pümpel in der Keramikschüssel eines reichen Texaners zu bändigen versucht hatte.

Dieses Erlebnis hatte mich traumatisiert. Ich war noch zu jung, um zur Schule zu gehen, wusste aber bereits damals, dass ich alles dafür tun würde, um zu studieren und einen so guten Job zu bekommen, damit mir genau das erspart blieb.

Und nicht, dass ich das jemals vergessen hätte ... Trotzdem stand ich nun an diesem Montagnachmittag vor dem Gäste-WC eines betuchten New Yorkers namens Kilian Cunningham, die Gummihandschuhe fast bis zu den Ellenbogen hochgezogen. WC-Reiniger in der einen, Klobürste und Putzlappen in der anderen Hand rang ich mit mir, diese Arbeit zu erledigen.

Ich wusste, dass mir nicht völlig aus dem Nichts eine widerliche Brühe entgegenschwappen würde. Diese Toilette sah grundsätzlich ordentlich aus – so sauber, wie ein Klo im Normalfall halt war. Trotzdem focht ich einen inneren Kampf aus.

»Nur fünf bis sechs, maximal sieben Wochen«, sprach ich mir selbst Mut zu.

Dann würde meine Tante wieder ihrem Job nachgehen dürfen. Doch so lange sprang ich für sie ein. Das war das Mindeste, was ich für sie tun konnte, nachdem sie mich nach dem Aus-dem-Staub-Machen meines Erzeugers und dem Tod meiner Mom als Zweijährige bei sich aufgenommen und großgezogen hatte.

Nachdem sich ihre Mutter – meine *nana* – mit einundsiebzig Jahren den Oberschenkel gebrochen hatte und auf eine Pflegekraft beziehungsweise Unterstützung im Haushalt angewiesen war, hatte sich Tante Florentina kurzerhand dazu entschlossen, zu ihr nach Puerto Rico in unsere Heimat Guayama zu fliegen. Sie wollte sie pflegen, bis sie wieder so weit fit war, dass sie sich selbst um alles kümmern können würde.

Nichtsdestotrotz durfte sie ihren Job nicht verlieren, den sie nicht ganz ein Jahr zuvor angefangen hatte – in diesem Luxusapartment an der Park Avenue. Deshalb stand ich nun hier und stellte mich meinen inneren Dämonen.

Zwar hatte mir Tante Florentina gesagt, dass ich nicht vor zehn Uhr vormittags und nicht länger als bis vier Uhr nachmittags hier sein sollte, aber das hätte ich unmöglich mit dem Studienplan arrangieren können. Und meinen Platz an der Columbia konnte ich einfach nicht riskieren. Denn ich wollte schon immer nichts lieber tun, als Finanzen und Controlling zu studieren. Dass ich tatsächlich ein Stipendium bekommen hatte, war nur ein weiterer Beweis dafür gewesen, dass sich das viele Lernen in den Jahren zuvor ausgezahlt hatte.

Ein letztes Mal atmete ich mit geschlossenen Augen tief durch, bevor ich den Klodeckel hochklappte und meinem neuen Job als Haushälterin auf Zeit nachging.

Tante Florentina hatte mir den Schlüssel anvertraut, den sie von ihrem Arbeitgeber erhalten hatte, und mir erklärt, was ich wo und wie zu erledigen hatte. Was im Grunde ein Klacks war. Erstens hatte ich sie als Kind oft genug begleitet und wusste, wie man sauber machte. Und zweitens liebte ich es selbst auch ordentlich und geputzt. In dieser Wohnung fiel zumindest nicht viel an. Hier war schon bei meinem Eintreffen alles blitzblank gewesen. Jeder Gegenstand schien seinen Platz zu haben, und wenn ich nicht die unzähligen Anzüge im Ankleidezimmer gesehen hätte, könnte man meinen, es wäre eine Musterwohnung, die nur zu Herzeigezwecken diente.

Nach dem Betreten gelangte man in einen langen Flur, von dem mehrere Türen wegführten: ein Masterbedroom mit Ankleidezimmer und einem Bad mit überdimensional großem Waschtisch, einer Dusche, in der man locker auch zu viert Platz hätte, und einer frei stehenden Badewanne direkt vor der bodentiefen Fensterfront mit Blick auf die Stadt. Daneben war ein gemütlich aussehender weißer Ledersessel, der bestimmt nur zu Dekorationszwecken hier stand. Außerdem war da noch ein Gästezimmer mit eigenem Bad, in dem ich mich gerade befand, und ein Wandschrank, der mir verriet, dass dieser Mister Cunningham auch Sport machte, denn hier hatte er Sportklamotten für jede Wetterlage gebunkert. Ein weiteres Zimmer in gleicher Größe und Ausstattung wurde offensichtlich als Büro genutzt.

Vom Flur gelangte man in eine geräumige Wohnküche im Vintage-Stil. Die Fronten waren weiß, die Arbeitsfläche in hellgrauem Marmor und die Griffe aus verschnörkeltem Messing. Edle Lampen rundeten das Design ab und passten zum angrenzenden Esstisch, an dem locker zwölf Personen Platz hatten. Das Wohnzimmer befand sich auf einer kleinen Empore, von der aus man durch die Fensterfront den Ausblick auf die ganze Stadt genießen konnte. Ein großer offener Kamin sorgte für Gemütlichkeit und zwei weiße Desingersofas standen davor, von denen ich ausging, dass sie noch nie Kinderhände gesehen hatten. Alles in allem wirkte die Wohnung sehr stylish und die Kombination aus alt und neu ließ die Einrichtung edel und teuer wirken. Was sie vermutlich auch war.

Das Saubermachen der Kloschüssel verlief ohne Zwischenfälle, und da ich bereits mit Reiniger und Lappen bewaffnet war, beschloss ich, auch gleich die beiden anderen Toiletten zu putzen, um diese Arbeit direkt hinter mich zu bringen. Also rauschte ich aus diesem Badezimmer hinaus, weiter den Flur entlang zur nächsten Nasszelle neben dem Büro. Hier fiel es mir schon gar nicht mehr so schwer, mich dazu zu überwinden.

*Nur noch ein WC, dann kann ich mit den Böden weitermachen*, dachte ich in dem Moment, als ich die angelehnte Tür zum dritten Bad, dem größten, aufmachte – und stockte. Und das nicht wegen des Ausblicks aus dem Fenster. Denn verdammt, etwas anderes zog meine Aufmerksamkeit auf sich.

Ich war nicht mehr allein in dieser Wohnung.

Wie versteinert schaute ich auf breite Männerschultern, den kräftigen Rücken, der zu den Hüften hinab schmaler wurde und in einen absolut unwiderstehlich knackigen Hintern überging. Wasser prasselte aus dem gewaltig großen Duschkopf auf diesen Mann, während der Dampf das durchsichtige Trennglas nur zum Teil beschlagen hatte und der verführerische Duft eines herben Duschgels in meine Nase drang.

Okay, genau genommen wäre spätestens jetzt der Zeitpunkt, an dem ich mich abwenden und schnellstmöglich von hier verschwinden sollte. Denn nicht nur, dass es sich nicht gehörte, einen fremden nackten Mann derart anzustarren. Der Arbeitgeber meiner Tante – mein Boss auf Zeit – durfte zudem nicht wissen, dass ich für sie einsprang. Das könnte nämlich dazu führen, dass sie den Job erst recht verlor. Immerhin war es ein gewaltiger Vertrauens- und vermutlich auch Vertragsbruch, dass sie den Wohnungsschlüssel an mich weitergegeben hatte.

Verdammt! Ich hätte auf Tante Florentina hören und vor

vier Uhr nachmittags aus der Wohnung verschwinden sollen. Doch ich war erst kurz vor drei Uhr hergekommen und wollte den Job ordentlich erledigen. Ich hatte mich darauf verlassen, dass er *meistens bis sechs Uhr oder länger* arbeitete, wie meine Tante gemeint hatte. Mir war klar, dass es riskant war, länger zu bleiben, aber dass er ausgerechnet an meinem ersten Tag die ungeschriebenen Regeln brach und schon jetzt hier war, verbuchte ich als unfassbares Pech.

Ein letztes Mal sog ich den Anblick des sexy Rückens in mich auf, ehe ich mich aus der Erstarrung riss und das Badezimmer so leise wie möglich wieder verlassen wollte. Bestenfalls gleich die Wohnung. Die restliche Arbeit würde bis morgen warten müssen …

»Was zur Hölle …!?«

Verdammt, er hatte sich umgedreht und mich gesehen!

*Stehen bleiben oder weglaufen?*

Noch bevor ich mir über die Vor- und Nachteile beider Optionen Gedanken machen konnte, übernahmen meine Beine das Kommando. Ich rannte los, als hätte mich jemand beim Klauen erwischt.

Doch ich kam nicht weit. Schon auf der Hälfte des Flurs hörte ich seine Schritte hinter mir, und kurz vorm Erreichen der Wohnungstür hatte er mich eingeholt. Unsanft traf mich erst seine Hand, dann gefühlt sein ganzer Körper, ehe ich mit ihm im Rücken mit voller Wucht gegen die Tür prallte.

Mit einem »Umpf« wich sämtliche Luft aus meinen Lungen, während mein Herz unbarmherzig gegen die Rippen pochte und die Wassertropfen auf seiner Haut durch mein T-Shirt sickerten.

»Wer, verdammte Scheiße, bist du, und was machst du in meiner Wohnung?« Seine Stimme war tief, rau und sexy. Sein Körper so fest und hart, wie er ausgesehen hatte. Und, o Mist, der Mann war wirklich stark.

Ich atmete ein und wollte ihm antworten, doch meine Kehle

wurde enger, sodass ich keinen Ton herausbekam, und Tränen schoben sich nach oben. Tränen der Wut über mich selbst, weil ich die Sache nicht ernst genug genommen hatte. Tante Florentina hatte mir vertraut, und nun hatte ich es geschafft, nach nicht einmal zwei Stunden ihren Job zu verlieren.

»Ich zähle bis drei, dann rufe ich die Polizei«, warnte der Mann. Und ja, er klang definitiv verärgert und nicht so, als würde er leere Drohungen aussprechen.

»Paulina Moreno, ich bin die Nichte von Florentina Fernandez … Ihre Haushälterin«, setzte ich nach, da er nicht sofort reagierte. Doch noch immer war seine Brust an meinem Rücken unbarmherzig fest und hielt mich an Ort und Stelle.

»Was machst du in meiner Wohnung?«, wiederholte er seine Worte von vorhin.

Statt etwas zu erwidern, winkte ich unbeholfen mit Lappen und WC-Reiniger und fühlte mich dabei wie ein Käfer auf dem Rücken. Viel mehr Bewegungsradius hatte ich nämlich nicht.

»Antworte!«, befahl er streng.

Langsam, aber sicher wurde ich wütend.

»Verdammt, ich hab eben dein Klo geputzt. Wonach sieht es denn sonst aus?«, schnauzte ich zurück, weil mir seine ruppige Art dezent auf den Senkel ging.

Ja, schon klar, er hatte nicht mit mir gerechnet und ich hatte ihn gerade beim Duschen in seiner Wohnung überrascht. Aber das war noch lange kein Grund, dermaßen unfreundlich zu sein.

»Kannst du mich jetzt endlich loslassen? Du tust mir weh!«

»Unter drei Voraussetzungen«, begann er drohend und war dabei meinem Ohr so nahe, dass sich die Härchen in meinem Nacken aufstellten. Aber nicht vor Angst … Verdammt, ich konnte die Hitze seines Körpers immer noch spüren. Dazu der Duft des Duschgels und … keine Ahnung. Der Kerl roch viel zu gut, als dass mich seine Worte wirklich einschüchtern konnten.

»Die da wären?«

»Erstens: Wir werden hier stehen bleiben und das Gespräch zu Ende führen. Du wirst mir sämtliche Fragen beantworten. Wenn ich den Eindruck habe, dass du mich belügst, verarschst oder sonst was, rufe ich die Polizei.«

Ich nickte. Was sollte ich auch tun? Ihm mit dem WC-Reiniger eins überbraten?

»Zweitens: Du wirst dich zu mir umdrehen. Ich will dein Gesicht sehen, wenn wir uns unterhalten. Dabei werde ich dich an den Oberarmen festhalten, damit du mir nicht davonläufst oder auf dumme Gedanken kommst.«

Die Augen verdrehend seufzte ich. »Keine Sorge, ich bleibe hier. Also ja, verstanden.«

»Drittens: Wenn du auch nur daran denkst, mir in die Eier zu treten, liegst du auf dem Boden, mit dem Gesicht nach unten, und zwar so lange, bis die Polizei hier ist.«

Mit aller Kraft versuchte ich, nicht zu lachen. Denn meine Situation war nicht wirklich witzig. Im Gegenteil. Trotzdem amüsierte mich, dass dieser große, starke Mann mir zartem Geschöpf so etwas zutraute.

»Hey, ich werde dir auch nicht mit dem Putzlappen in das Gesicht fahren, wenn du das denkst, Kilian. Ich bin wie gesagt die Nichte von Florentina Fernandez und hier, um für sie einzuspringen. Ich war eben dabei, deine Wohnung sauber zu machen und deine Hemden zu bügeln. Ach ja, und den Einkauf wollte ich noch erledigen.«

Ein paar Atemzüge lang herrschte Schweigen hinter mir, auch wenn der Griff unbarmherzig fest blieb.

»Viertens …«

»Ich dachte, es sind nur drei Punkte?«

»Viertens«, wiederholte er schärfer, »egal, aus welchem Grund du hier bist, ich bin Mister Cunningham für dich. Erst recht, wenn du für deine Tante einspringst.«

»Sorry, aber ich hab so meine Probleme mit Förmlichkeiten,

wenn jemand nackt hinter mir steht und mich gegen eine Wand drückt.«

»Verstanden?«, knurrte er genervt.

»Ja, Mister Cunningham, Sir«, sagte ich, als wären wir in der Army. »Aber dann bin ich für Sie auch ab sofort Miss Moreno, okay?«

Er brummte etwas Unverständliches, was ich einfach mal als Zustimmung wertete.

»Sie sind also wirklich noch nackt? Kein Handtuch um die Hüften?«

Geräuschvoll stieß er Luft aus seinen Lungen. Sein Atem kitzelte mich am Nacken, durch meine Locken hindurch, so kräftig hatte er geschnaubt.

Statt mir zu antworten, löste er den Griff, aber nur so weit, dass er mich am Oberarm zu sich herumdrehte und mich sofort erneut mit beiden Händen fixierte. Und ich verlor mich für einen Wimpernschlag in tiefblauen Augen, ehe ich meine Selbstkontrolle zurückerlangte und den Rest des Mannes musterte. Kantiges Kinn mit leichtem Bartschatten, kurzes Haar, das nur am Oberkopf eine Spur länger war, gerade Nase, sinnlich geschwungene Lippen. Unfassbar attraktiv, um nicht zu sagen: heiß!

Herrje, *das* hatte meine Tante mir völlig verschwiegen.

Die Muskeln an seinem Oberkörper waren nicht zu übersehen, und als mein Blick tiefer wanderte, zischte er warnend.

Ach, du heilige ... Er war tatsächlich nackt! Kein Handtuch, nix ...

Angestrengt schluckte ich und versuchte es mit einem sexy Augenaufschlag – in der Hoffnung, ihn zu besänftigen. »Okay, Mister Cunningham, was wollen Sie von mir wissen? Wie kann ich Ihnen beweisen, dass ich wirklich nur die Vertretung meiner Tante bin?«, sagte ich mit rauer Stimme und einem Gefühl, schwankend zwischen Nervosität und Erregung.

# 2

## Kilian

Was für ein beschissener Tag! Nicht nur, dass uns der Groß-kunde abgesprungen und damit ein saftiger Deal geplatzt war, nein, mir hatte auch noch ein verdammtes Arschloch die komplette Fahrerseite meines Audi RS 7 zerkratzt. Das Tüpfelchen auf dem i war allerdings, dass sich jetzt eine mir völlig fremde Frau Zutritt zu meiner Wohnung verschafft hatte. Dass sie behauptete, für ihre Tante als Haushälterin einzuspringen, machte die Sache auch nicht besser. Okay, die Reinigungsutensilien waren ein guter Hinweis darauf, dass ihre Story zumindest zum Teil der Wahrheit entsprach – wer stieg schon in krimineller Absicht in fremde Wohnungen ein und fuchtelte dabei mit Reiniger und Putzlappen herum?

Trotzdem war ich misstrauisch. Und verdammt angepisst.

Nicht nur, weil ich nackt vor ihr stand. Einer Frau, die mit der fast hüftlangen Lockenmähne, den schwarzbraunen großen Augen und den vollen Lippen überraschend sexy aussah. Einen erneuten Blick auf ihre pralle Oberweite verbot ich mir für den Moment – aus gutem Grund.

Jetzt musste ich herausfinden, ob sie mich hier verscheißerte oder warum *sie* und nicht ihre Tante Florentina hier war. Selbst wenn meine momentane Ausgangslage nicht gerade ideal war. Normalerweise trieb ich meine Gegenüber immer bekleidet in die Enge. Doch ich wäre nicht Kilian Cunningham, wenn ich es nicht auch nackt schaffen würde.

»Also …? Ich warte auf Ihre Erklärung, *Miss Moreno*«, sagte ich mit strengem Ton.

»Die hab ich Ihnen schon gegeben. Ich springe für meine Tante ein.« Sie seufzte auf und blies sich eine Locke aus dem Gesicht, die gleich darauf wieder an derselben Stelle landete. »Ihre Mutter, meine Großmutter, hat sich den Oberschenkel gebrochen und braucht jemanden, der sich um sie kümmert und sie pflegt, bis sie sich wieder selbst um Ihren Haushalt kümmern kann.« Dabei klang sie ehrlich, verzweifelt und voller Sorge, was dafür sorgte, dass ich zumindest nicht komplett alles für erstunken und erlogen hielt. Oder sie war einfach eine verdammt gute Schauspielerin.

Gestern war Miss Fernandez nicht hier gewesen, weil sie ihren freien Tag gehabt hatte. Dafür am Samstag, wo sie sich nur kurz am Nachmittag hatte blicken lassen, um meine Anzüge von der Reinigung vorbeizubringen. Außerdem hatte ich sie gebeten, ein paar Lebensmittel und Getränke zu kaufen, die ich brauchte. Da hatte sie aber nichts von einem familiären Notfall erzählt. Hätte sie das getan, hätten wir sicher eine Lösung gefunden. Ich hätte für Ersatz gesorgt, und wenn sie zurückkäme, hätte ich sie wieder für mich arbeiten lassen.

»Wieso hat sie mir das nicht einfach gesagt?«

Das freche Gör rollte tatsächlich mit den Augen. »Natürlich hat sie Ihnen gegenüber nichts erwähnt, das liegt doch auf der Hand. Zum einen weiß sie noch nicht sicher, wie lange sie wirklich ausfällt. Fünf bis sieben Wochen ist mal die Prognose, aber es hängt davon ab, wie schnell sich *nana* erholt. Und was wäre dann mit ihrer Stelle? Sie würden sie bestimmt mit einer anderen Kraft besetzen, hab ich recht? Mit einer, die Sie aussuchen, die Ihren Ansprüchen genügt. Ich weiß, dass Sie wollen, dass Ihre Haushälterin mindestens über vierzig ist – warum auch immer.«

Gut, das hatte den Grund, da diese Frauen zum einen Erfahrung im Haushalt mitbrachten und zweitens mit ziemlicher Wahrscheinlichkeit nicht an mir interessiert waren. Eine Frau, die mir nach der Arbeit zu Hause auflauerte, war wirklich nichts, was ich gebrauchen konnte ...

»Was jedenfalls ausschließt, dass Sie sich für mich entschieden hätten«, redete sie weiter. »Was auch bedeutet, dass weder Tante Flori noch ich Geld bekommen, mit dem wir unsere Miete bezahlen können. Was der absolute Horror wäre, weil wir somit auf der Straße landen würden. Deshalb übernehme ich so lange die Arbeit bei Ihnen, weil ... also ... weil ich ihr einfach helfen *muss*.«

Hatte sie zu Beginn noch selbstbewusst, ja fast herrisch mit mir gesprochen, hatte sie gegen Ende der Mut verlassen. Vielleicht lag es an der Ernsthaftigkeit der Situation und der echten Sorge, ich könnte sie kurzerhand vor die Tür setzen. Womöglich hatte sie auch nur ihren Text vergessen oder hatte festgestellt, dass das alles trotzdem sehr an den Haaren herbeigezogen klang?

»Aber sicher, und Sie können hier einfach so einspringen, ganz ohne Probleme? Was ist mit Ihrem Job?«

»Ich studiere Finance an der Columbia, was auch der Grund ist, weshalb ich um diese Uhrzeit noch hier bin. Ich hatte einen Kurs und konnte nicht früher weg. Ehrlich gesagt hab ich aber auch nicht damit gerechnet, dass Sie jetzt schon hier sind. Tante Flori meinte, dass Sie selten vor sechs oder sieben Uhr abends nach Hause kommen. Aber völlig egal, hören Sie, Mister Cunningham, ich bin bei meiner Tante aufgewachsen und weiß, wie man sich um einen Haushalt kümmert. Können wir es nicht dabei belassen, dass ich in den nächsten Wochen für Sie arbeite, bis sie wieder übernehmen kann? Ich bitte Sie, ich würde es mir nie verzeihen, wenn sie meinetwegen den Job verliert. Sie, nein *wir* brauchen ihn wirklich und ... ich werde Sie nicht enttäuschen.«

»Tut mir leid, dass ich das sage, aber auch wenn die Geschichte ganz rührend klingt, gefällt mir nicht, dass Sie dachten, Sie könnten hinter meinem Rücken auf eigene Faust eine Lösung dafür finden. Was denken Sie eigentlich, was passiert, wenn Sie sich bei der Arbeit verletzen? Sie sind nicht gemeldet, ich weiß nichts davon, dass Sie hier sind ... Das könnte uns alle in Teufels Küche bringen! Und überhaupt, wie kann ich sichergehen, dass Sie auch wirklich die Wahrheit sagen?«

Sie wirkte erst überrumpelt, schließlich genervt. »Echt jetzt? Sie wollen einen Beweis? Dann rufen Sie meine Tante an.«

Meinen Mund zu einem ironischen Lächeln verziehend hob ich eine Augenbraue. »Würde ich, wenn ich mein Telefon bei der Hand hätte«, erinnerte ich sie an die Tatsache, dass ich nicht einmal ein Handtuch trug.

Frech grinsend sah sie mich an. »Also *ich* hab mein Handy in der Gesäßtasche, aber um ranzukommen, bräuchte ich etwas mehr Bewegungsfreiraum.«

Da ich ihr diesen in dieser Situation nicht verwehren konnte, löste ich meinen Griff, ohne Abstand zwischen uns zu bringen. Paulina sah mich einen Moment unschlüssig an und drückte mir dann Putzlappen und WC-Reiniger in die Hände. Danach zog sie die Handschuhe aus und ein Smartphone hervor, das sie mit dem Daumen entsperrte. Ich schaute ihr zu, wie sie zu *Tante Flori* navigierte und die Nummer per Videocall anrief. Anschließend kippte sie das Display so, dass ich nichts mehr sah – und auch ich nicht gesehen werden konnte ...

Eine mir bekannte Stimme startete einen Schwall in fließendem Spanisch, von dem ich nur ein paar Brocken verstand, die nach »hoffe, du hast alles ordentlich erledigt« und »sonst nie wieder blicken lassen« klang, wobei ich bei Letzterem nicht wusste, was genau sie meinte – dass Paulina nicht mehr bei ihrer Tante auf der Matte zu stehen brauchte, oder bezog Miss Fernandez das auf sie selbst und mich? So oder so war mir schon jetzt klar, dass es sich wirklich um meine Haushälterin handelte, die da in der Leitung war. Ihre Stimme klang sehr … nun ja, einprägsam, um es nett auszudrücken.

»Tante Florentina«, begann Paulina auf Englisch, sodass ich sie auch verstand, »hier ist jemand, der mit dir reden möchte.« Ohne Umschweife drehte sie mir das Telefon zu. Verdammtes Miststück!

»Oh, Señor Cunningham … Sie sind … nackt?« Miss Fernandez blinzelte und wandte dann schnell den Kopf ab. Dass die Mittfünfzigerin rote Wangen bekam, war nicht zu übersehen. »Was hat meine Nichte angestellt?« Erneut sandte sie einen Schwall spanischer Worte los, die diesmal nicht mehr so freundlich klangen wie vorhin. Bestimmt machte sie Miss Moreno gerade die Hölle heiß.

»Tut mir leid, Tante Flori, ich habe es vermasselt.«

»Ich würde gerne von Ihnen erfahren, was passiert ist und warum nicht Sie, sondern Ihre Nichte hier ist, um *Ihre* Arbeit zu erledigen.«

»Das ist … also … könnten Sie sich vielleicht etwas anziehen, Señor Cunningham? So fällt es mir sehr schwer … ähm …«

»Tut mir leid, das ist gerade nicht möglich«, erwiderte ich und unterbrach damit ihr Gestammel.

»*Gracias*«, murmelte sie, als Paulina das Telefon weiter kippte, sodass sie nur noch mein Gesicht und die ausgeschaltete Deckenlampe über mir sehen konnte. Dann erzählte sie mir von dem gebrochenen Oberschenkel ihrer Mutter und dass sie nun für mehrere Wochen bei ihr sei, um sich um sie zu kümmern. »Bitte, Señor Cunningham, lassen Sie Paulina in der Zwischenzeit meine Arbeit erledigen. Wäre auf sie nicht so großer Verlass, hätte ich sie nicht gebeten, für mich zu übernehmen. Es tut mir leid, ich hätte das erst mit Ihnen besprechen sollen. Es ist unverzeihlich von mir, dass ich Sie dabei übergangen habe, aber bitte … lassen Sie meine Nichte den Job machen, bis meine

Mutter wieder genesen ist. Wir brauchen das Geld und … sie würde vermutlich nicht so schnell einen anderen Job finden, der mit ihren Präsenzzeiten an der Uni passt.«

Sie wirkte wirklich verzweifelt, und jetzt, wo ich im Hintergrund eine alte Frau in einem Bett liegen sah, begann ich, die ganze Geschichte zu glauben.

Tief atmete ich durch.»Na gut, ich werde die Sache mit Ihrer Nichte besprechen und alles, was wir vereinbaren, schriftlich festhalten. Sollte ich noch was von Ihnen benötigen, melde ich mich. Ihre Nummer habe ich ja. Ansonsten sehen wir uns in fünf bis sieben Wochen. Bis dahin gute Besserung an Ihre Mutter, Miss Fernandez.«

»*Gracias*, Señor Cunningham. Sie wissen nicht, wie viel mir das bedeutet. Sie sind ein guter Mann. Gott segne Sie!« Sie klang gerührt und sorgte damit dafür, dass ein großer Teil meines Grolls verflog.

Ich brummte eine Verabschiedung, dann drehte Paulina das Handy noch einmal in ihre Richtung und beendete das Gespräch auf Spanisch.

Das Telefon schob sie zurück in ihre Gesäßtasche und schaute mich auffordernd und fragend an.»Also … wie machen wir es jetzt? Das mit der Vereinbarung, meine ich. Die Sie angedeutet haben.«

Resigniert seufzte ich.»Ich ziehe mir etwas an. Und Sie … können in der Zwischenzeit die Sachen hier wegräumen.« Mit diesen Worten gab ich ihr Reiniger und Lappen zurück und drehte mich um, mein Ankleidezimmer als Ziel.»Wir sehen uns in fünf Minuten in der Küche. Die finden Sie bestimmt allein«, rief ich noch über meine Schulter und ließ sie einfach stehen.

Mein Kopf schwirrte, als ich schnell in Jeans und Pullover mit V-Ausschnitt schlüpfte. Dass jemand anderes die Arbeiten meiner Haushälterin übernahm, sollte grundsätzlich kein Problem sein. Doch ich hasste es, dass das über meinen Kopf hinweg entschieden worden war. Dass sich die zwei Frauen nun die Sache so zurechtgebogen hatten, dass es für sie passte, ohne mich in diese Entscheidung miteinzubeziehen, noch dazu, da es um *meine* Wohnung ging, nervte mich gewaltig. Zumindest hätte ich gerne vor ihrer Abreise davon wissen wollen – wobei ich, ehrlich gesagt, sofort eine professionelle Alternative über eine Vermittlungsagentur organisiert hätte. Insofern war die Reaktion der beiden auch wieder verständlich.

Barfuß ging ich kurz darauf in meine Küche ... und stockte. Paulina hantierte an der Kaffeemaschine und stellte im nächsten Moment zwei Kaffeetassen auf Untertassen. Als sie sich umdrehte und mich bemerkte, hoben sich ihre Lippen zu einem Lächeln. Und scheiße, für einen Augenblick vergaß ich meinen Anstand ... Ich schluckte kräftig, als mein Blick über ihre Rundungen glitt und ich mir vorstellte, ihre weichen Locken erneut auf meiner nackten Haut zu spüren. Und ihren süßlich-blumigen Duft wieder einzuatmen. Tief.

Ja, verdammt, ich stellte mir sogar vor, sie ein weiteres Mal gegen die Wand zu drücken. Aber aus ganz anderen Motiven als bis vor wenigen Minuten.

# 3

## Paulina

Tante Florentina hätte ruhig mal mit einem Wort andeuten können, wie unglaublich attraktiv Kilian Cunningham war. Wenn sie sonst über alles Mögliche redete, hatte sie sich in diesem Fall einfach mal zurückgehalten. Gut, nun war er nicht der erste gut aussehende Mann, mit dem ich mich in einem Raum aufhielt. Dennoch war ich wahnsinnig nervös und musste mich zusammenreißen, nicht wie ein Schulmädchen zu kichern und auf plumpe Weise mit ihm zu flirten. Immerhin war er ab sofort auch offiziell mein Boss und unser Start war sowieso schon ziemlich holprig verlaufen. Jetzt noch mehr zu verbocken war sicher der falsche Weg. Und wie er grimmig dreinschaute, verriet mir, dass er nach wie vor nicht darüber erfreut war, dass wir das Problem mit *nanas* Unfall auf unsere Art zu lösen versucht hatten. Dass ich nun die Chance bekam, mit seiner Zustimmung für Tante Florentina einzuspringen, löste fast schon ein Gefühl von Dankbarkeit in mir aus.

Ja, ich war froh darüber, dass ich jemandes Haushalt erledigen durfte. Hätte mir das wer vor zwei Tagen gesagt, hätte ich denjenigen ausgelacht.

Ich konnte nur hoffen, dass das Koffein ihn besänftigte, das ich ihm über den Tresen schob – und betete, dass es für ihn in Ordnung ging, dass ich mir ebenfalls eine Tasse gekocht hatte.

»Danke für den Kaffee«, sagte er doch tatsächlich, was mich überraschte.

»Gerne. Das ist das Mindeste … Und Sie werden sehen, Mister Cunningham, dass Sie es nicht bereuen werden.«

Einen Augenblick schaute er mich an, als ob ich gerade behauptet hätte, dass der Regen von unten nach oben fällt.

»Das sagten Sie bereits mehrfach, Miss. Sie sollten wissen, dass man besser nicht gleich zu Beginn sein eigenes Level so hoch anpreist. Das macht es einem schwer, dieses zu halten oder gar noch zu toppen.« Seine Mundwinkel zuckten, doch ich war mir nicht sicher, ob er das nun wirklich als wohlgemeinten Tipp gesagt hatte oder ob er sich gerade über mich lustig machte.

Also verkniff ich mir einen Kommentar dazu. »Milch? Zucker?«, fragte ich stattdessen.

»Schwarz.«

»Natürlich.« Ich nickte und griff nach meinem Kaffee, um zu trinken.

»Was meinen Sie damit?«

Über den Rand pustete ich in die Tasse und spürte, wie mir Hitze in die Wangen schoss. »Sie lieben die Direktheit. Den puren Genuss. Nichts, was den Geschmack verwässert oder verfälscht. Sie trinken sicher auch Ihren Bourbon pur, richtig?«

Seine Kiefer mahlten aufeinander. O Mann, war ihm meine Erklärung wieder nicht recht?

»Scotch.«

Für einen Moment blinzelte ich irritiert. Wollte er jetzt Alkohol in seinen Kaffee haben?

»Für gewöhnlich trinke ich Scotch. Aber ja, pur. Und Sie haben recht, ich mag Direktheit. Zum Beispiel auch, wenn es darum geht, dass meine Angestellte ihren Job für mehrere Wochen nicht erledigen kann und deshalb ihre Nichte schickt.«

Uff, das hatte gesessen. Darauf konnte ich nichts erwidern,

weshalb ich meinen Blick auf den Laptop richtete, den er aus einer Tasche gezogen und auf dem Tresen abgestellt hatte. Schweigend klappte er ihn auf und begann auf der Tastatur zu tippen. Zuerst war ich mir nicht sicher, ob er jetzt irgendwas arbeitete oder ob er an der Vereinbarung schrieb. Erst als er mich nach meiner Adresse und meinem Geburtsdatum fragte, wurde mir klar, dass er all meine Daten notierte. Tatsächlich verlangte er auch noch nach einem Ausweis, den ich ihm gab, um alles mit meinen Angaben abzugleichen.

»Ich werde einen Vertrag aufsetzen, der festhält, dass Ihre Tante für den befristeten Zeitraum von maximal sieben Wochen in unbezahltem Urlaub ist. Gibt es eine Möglichkeit für Ihre Tante, dass sie die Vereinbarung ausdruckt, unterschreibt und mir eingescannt zurückmailt? Oder zumindest auf postalischem Weg wieder an mich zurückschickt?«

»Sicher, das ... wird machbar sein.« In der Nachbarschaft wohnten einige junge Leute, die ihr bestimmt behilflich sein konnten. Und wenn nicht, gab es immer noch das Postamt, das solche Dienstleistungen gegen einen geringen Preis anbot.

»Gut. Dann würde ich sagen, machen wir es so. Ihre Groß-mutter hab ich ja auch gesehen, also gehe ich mal davon aus, dass Sie beide mich in diesem Punkt nicht angelogen haben.«

Nun hatte ich mit mir zu kämpfen, mich zu beherrschen. Wie konnte er nach allem noch immer infrage stellen, dass Tante Florentina und ich die Wahrheit gesagt hatten? »Keine Sorge, wir können ja auch nach Puerto Rico fliegen, damit Sie sich mit eigenen Augen davon überzeugen können. Im Zuge dessen kann Tante Flori dann gleich den Vertrag persönlich unterschreiben. Damit Sie nicht befürchten müssen, jemand hätte ihre Unter-schrift gefälscht.« Ich bebte am ganzen Körper, während er mich weiterhin kühl musterte. Ich hasste den Blick dieses reichen, privilegierten Kerls. Gefiel es ihm, mich so von oben herab zu behandeln und mich als Lügnerin und Betrügerin abzustempeln?

Nein, er hatte es nicht ausgesprochen, aber ich wusste, wie schnell man aufgrund seines Äußeren in eine Schublade gesteckt wurde. Und für ihn war ich nun mal diejenige, die sich unbefugten Zutritt zu seiner Luxuswohnung verschafft hatte und die nun für ihn den Haushalt machte, während er im Anzug ein Unternehmen leitete. Denn ja, natürlich hatte ich Tante Florentina zugehört, wenn sie von ihm erzählt hatte. Dass er einer der Geschäftsführer eines Softwareentwicklungsunternehmens war, das in den letzten Jahren immens gewachsen war. Was ihn leider nicht unattraktiv machte. Erfolgreiche Männer hatten mich schon immer angezogen. Doch er war gut darin, seinen Sex-Appeal abzuschwächen, indem er mir ganz klar zu verstehen gab, dass ich nur seine *Haushälterin* war – als würde mich diese Tatsache weniger wert machen.

»Mit Ihrer Tante hatte ich vereinbart, dass sie während meiner Arbeitszeit hier ist. Das wird bei Ihnen vermutlich nicht immer möglich sein, wenn Sie studieren.«

Ich nickte nur.

»Welche Zeiten soll ich im Vertrag festhalten?«

Dass er mich fragte, wie es für mich am besten wäre, rückte mein schlechtes Bild von ihm in ein anderes Licht. Andererseits hatte er keine Wahl, wenn er mir nicht erneut nackt gegenüberstehen wollte, während ich seine Wohnung putzte.

»Also wenn es Ihnen nichts ausmacht, würde ich gerne schon um halb sechs Uhr morgens anfangen. Die meisten Kurse beginnen zwischen neun und zehn, und mit dem Bus wäre ich in dreißig Minuten von hier am Campus. Somit …«

»Auf gar keinen Fall«, unterbrach er mich, schloss die Augen und schüttelte den Kopf. »Ich muss in der Früh ins Büro und habe nicht vor, Ihnen im Bad und im Schlafzimmer Platz zu machen, damit Sie Ihre Arbeit erledigen können. Wie stellen Sie sich das vor?«

»Sie werden von meiner Anwesenheit nicht viel merken.

Ich bin leise und werde Sie nicht aufwecken, sollten Sie noch schlafen. Sie werden also gar nicht bemerken, dass ich hier bin, ich schwöre es. Und ich werde Ihr Schlafzimmer und das Bad morgens meiden. Selbstverständlich. Darum kann ich mich kümmern, wenn ich nach den Vorlesungen noch einmal hierherkomme, staubsauge und die Böden wische. O Gott, bitte, ich … Das von heute wird sich nicht wiederholen«, fügte ich schnell an, spürte aber, wie Hitze in mir hochstieg. Ich konnte nur hoffen, dass er meine roten Wangen als Verlegenheit abtat.

»Dann können Sie mir noch vor der Fahrt ins Büro sagen, was ich am Nachmittag für Sie erledigen soll. Ich kann einkaufen, die Wäsche in die Reinigung bringen oder sonstige Besorgungen machen. Bügeln! Ich kann richtig gut Hemden bügeln, Tante Florentina hat es mich gelehrt. Sie werden begeistert sein.«

Die Falte zwischen seinen Augenbrauen wurde nicht weniger, als er sich wieder seinem Laptop zuwandte und weiterschrieb.

»Wenn Sie mich ein einziges Mal wecken und mich um meinen Schlaf bringen oder noch einmal in meinem Badezimmer auftauchen, wenn ich dusche … oder in meinem Ankleidezimmer stehen, während ich mich anziehe …«

»Sir, ich verspreche Ihnen, dass das *nie wieder* passieren wird. Ich schwöre es, beim Grab meiner Mutter. Das war das erste und letzte Mal, dass ich Sie nackt gesehen habe.«

Er hob eine Augenbraue und schrieb weiter.

Angespannt umklammerte ich die Kaffeetasse und leerte sie in einem Zug. Die Nervosität stieg an, genau wie die Tatsache, dass ich mit jeder Sekunde neugieriger darauf wurde, was er da tippte.

Schließlich nahm er die Hände von der Tastatur und las noch einmal alles, während er nebenbei von seinem Kaffee trank. Vor lauter Anspannung grub ich die Zähne in die Unterlippe und wippte auf den Fußsohlen hin und her. Ich stoppte damit erst, als er mir einen strengen Blick über den Laptop hinweg zuwarf.

Dass er dabei jedoch einen Moment zu lange auf meine Lippen schaute, entging mir nicht.

»Gut, ich denke, ich habe alles.« Mit diesen Worten setzte im Nebenraum das Geräusch eines Druckers ein. Er erhob sich und verschwand durch die offen stehende Tür ins Büro. Als er zurückkam, hielt er ein paar Papierseiten in den Händen sowie einen Kugelschreiber. Beides legte er vor mir auf dem Tresen ab. Dann setzte er sich, klappte den Laptop zu und leerte seinen Kaffee, während er mir dabei zuschaute, wie ich den Vertrag an mich nahm, um ihn zu lesen.

Er hatte nicht nur die Zeiten eingetragen, sondern auch darin festgehalten, dass der Schlüssel auf keinen Fall erneut an andere Personen weitergegeben werden durfte. Sollte ich es doch tun oder ihn verlieren, würde er sofort Anzeige erstatten. Außerdem verwies er auf eine Inventarliste, die ich als Anhang vorfand. Auf ihr waren sämtliche Wertgegenstände angeführt, die sich in der Wohnung befanden. Nicht nur die Fernseher und Computer waren darin aufgelistet, sondern auch Autoschlüssel, Uhren, Manschettenknöpfe, Schuhe und Anzüge.

Der Kerl hatte *Anzüge* in seiner Bestandsliste ...

Ich wollte mir gar nicht ausmalen, was die Dinger kosteten. Mal ganz davon abgesehen, dass es mich störte, dass er von mir verlangte, diese Liste zu unterschreiben. Gut, vermutlich hatte das auch Tante Florentina machen müssen. Vielleicht war das sogar gang und gäbe, aber was wusste ich schon? Bei solchen Dingen hatte mich meine Tante entweder nicht mitgenommen oder ich war noch zu klein gewesen, um dem Ganzen Beachtung zu schenken.

Zähneknirschend griff ich nach dem Stift. »Soll ich sofort unterzeichnen oder wollen Sie erst alles mit mir durchgehen?«

»Nein, Sie können unterschreiben.« Er warf einen Blick auf seine Uhr. »Ich bin schon spät dran, ich habe gleich einen Termin. Demnach wäre es mir ganz recht, wenn das hier nicht mehr allzu lange dauert.« Mit dem Kopf deutete er auf die Seiten in meiner Hand.

Gut, er wollte mir nicht seine Habseligkeiten zeigen, die ihm was bedeuteten. Sollte ich einfach so meinen Namen darunterschreiben? »Gerne unterschreibe ich den Vertrag, aber mir wäre es wirklich lieber, die Inventarliste mit Ihnen gemeinsam durchzugehen.«

Sein Blick verschleierte nicht, wie sehr ich ihm auf die Nerven ging.

»Sorry, aber ich würde mich nur gerne davon überzeugen, dass die ganzen Dinge auch *wirklich* hier sind. Nicht, dass ich Ihnen unterstellen will, dass Sie mir einen Diebstahl in die Schuhe schieben möchten. Mir wäre jedoch einfach wohler dabei, wenn ich sehe, dass all die angeführten Wertgegenstände hier sind.« Mein Gesicht glühte bei diesen Worten, aber ich wollte, nein, ich musste auf Nummer sicher gehen. Ich tat es für meine Tante …

Zähneknirschend stand er auf. »Dann kommen Sie.« Genervt riss er mir die Liste aus der Hand und eilte in das angrenzende Büro. »Computer, Drucker, *Montblanc* …« Er ratterte die Aufstellung runter, zeigte bei jedem Punkt, den er vorlas, auf die Gegenstände, dann ging er schon in den nächsten Raum: das Gästezimmer. Hier waren es eine Skulptur und ein Gemälde, die wohl beide wertvoll waren. Anschließend steuerten wir sein Ankleidezimmer an. Ich hatte es bei meinem ersten Rundgang nur kurz gesehen, dem keine weitere Aufmerksamkeit geschenkt. Immerhin waren es lediglich Klamotten. Doch als er nun nach und nach auf Anzüge und Schuhe deutete, wurde mir mulmig zumute. Schließlich zog er noch mehrere Schubladen auf, zeigte auf Manschettenknöpfe, Gürtel, Uhren, Sonnenbrillen.

Gottverdammt, dieser Mann hatte hier vermutlich mehr Kohle liegen, als Tante Florentina in ihrem bisherigen Leben verdient hatte!

Zwar war er alles im Schnellverfahren mit mir abgelaufen, aber ich hatte darauf geachtet, dass er wirklich keinen Punkt auf seiner Liste vergaß. Etwas, was mich einerseits beruhigte, weil ich sah, dass er tatsächlich im Besitz dieser ganzen Dinge war, mich jedoch andererseits einfach nur ungläubig zurückließ. Nicht nur, weil dieser Mann mehr Klamotten und Schuhe besaß als die meisten Frauen, die ich kannte, sondern auch, weil sie unfassbar viel Geld kosten mussten. Ich war froh, wenn ich im Ausverkauf Teile für fünf Dollar ergattern konnte.

Aber ja, über so was durfte ich mir jetzt nicht den Kopf zerbrechen. Dass wir beide aus unterschiedlichen Gesellschaftsschichten kamen, war klar. Und ich studierte an der Columbia und würde ebenfalls irgendwann – hoffentlich – zumindest so viel Geld verdienen, dass ich die ganzen Fünf-Dollar-T-Shirts entsorgen und mir etwas leisten konnte, was nicht vom Wühltisch stammte.

Zurück in der Küche zeigte er noch auf die bestimmt überteuerte Kaffeemaschine und mehrere Küchengeräte, bei denen ich mir nicht mal sicher war, ob er sie überhaupt benutzte. Dann retournierte er die Liste an mich und verschränkte die Arme vor der Brust.

Ich ging um den Tresen herum, nahm die beiden Ausdrucke der Vereinbarung und unterzeichnete alles. Eine Ausfertigung unterschrieb er ebenfalls und reichte sie mir zurück.

»Ich bin jetzt weg. Heute habe ich nichts mehr für Sie zu tun. Das Badezimmer können Sie morgen sauber machen.« Ein eindeutiger Hinweis darauf, dass er mich aus seinen vier Wänden haben wollte. Den Vertrag faltete ich zweimal in der Mitte und schob ihn in meine Handtasche, die ich auf einem der Barhocker am Tresen in der Küche abgestellt hatte. Und da ich einfach nur froh war, dass ich den Job für Tante Florentina weiterführen durfte und wir uns dadurch das kleine Apartment weiter leisten konnten, erwiderte ich nichts, sondern verließ mit ihm gemeinsam die Wohnung. Nicht ohne das Gefühl zu haben, seine Blicke spüren zu können, die sich heiß in meinen Rücken brannten.

# 4

## Kilian

»Ey, Mann, wir hätten fast einen Suchtrupp losgeschickt. Wo warst du so lange?« Mein Bruder Logan umarmte mich zur Begrüßung.

Auch Adrian und Mason empfingen mich mit kumpelhaften Handschlägen und Schulterklopfern im *Tony's Di Napoli*, dem Restaurant, in dem wir sonst gerne zu Mittag aßen. Heute hatten wir jedoch einen Tisch für ein Abendessen reservieren lassen, um unser ganz persönliches Jubiläum zu feiern: acht Jahre *Cunningham Solutions Inc.*

»Tut mir leid, ich wurde aufgehalten.«

Die Blicke zwischen den dreien entgingen mir nicht, doch keiner sagte ein Wort dazu. Stattdessen setzten wir uns, und Mason winkte der Bedienung, die mir ebenfalls ein Glas Champagner einschenkte.

»Wo ist Peter?«

Peter Baker war unser langjähriger Freund, Mentor und stiller Teilhaber im Unternehmen und durfte bei einem Treffen wie heute natürlich nicht fehlen.

»Er steckt im Stau, müsste aber bald hier sein«, klärte mich Logan auf.

Peter wohnte in unmittelbarer Nachbarschaft unserer Elternhäuser, im Süden Brooklyns. Wir Jungs waren gemeinsam aufgewachsen und hatten bereits als Teenager von Peter über Unternehmensführung, Finanzen, Vermögensaufbau, Teamführung und Mindsetting gelernt. Er hatte schon damals eine Menge Erfahrung und hat uns in all den Jahren sein geballtes Wissen gelehrt. Vielleicht lag es daran, dass er selbst keine Kinder hatte, oder ihm gefiel einfach, wie interessiert wir an seinen Lippen hingen. Keine Ahnung. Jedenfalls war er von Anfang an von meiner Idee, *Cunningham Solutions Inc.* zu gründen, hellauf begeistert gewesen und hatte sofort angeboten, in das Unternehmen einzusteigen.

»Der Stau kann dich sicher nicht aufgehalten haben«, meinte mein Bruder grinsend, weil ich nur wenige Blocks vom Restaurant entfernt wohnte und zu Fuß ging.

Seit Logan nicht mehr mit seiner langjährigen Freundin Helene zusammen war, witterte er überall Sex.

»Nein, ich habe nicht gevögelt«, stellte ich klar. »Aber ja, eine Frau hat mich aufgehalten.« In wenigen Worten erzählte ich von dem irren Erlebnis mit Paulina Moreno.

»Fuck, echt jetzt? Die stand einfach so in deiner Wohnung?« Mason lachte auf. »Und du hast nicht die Polizei gerufen?«

»Ich war wirklich kurz davor«, gestand ich. »Aber die Sache hat sich schnell aufgeklärt, als sie ihre Tante, also meine eigentliche Haushälterin, angerufen hat.«

Adrian runzelte die Stirn. Er war Anwalt, und ich hatte ihn erst vor einem knappen dreiviertel Jahr dazu überreden können, ins Unternehmen einzusteigen. Der Sturkopf dachte, ihm könnte bei uns langweilig werden. Dass das Gegenteil der Fall war, sah er nun selbst jeden Tag. Mal abgesehen davon, dass er ohne den Jobwechsel vermutlich nie seine Traumfrau Harper, Mutter seines ungeborenen Kindes, kennengelernt hätte, die in der Firma als seine Assistentin arbeitete. »Ich hoffe, du hast sie einen Vertrag unterschreiben lassen.«

»Selbstverständlich, was denkst du denn?«

»Soll ich ihn mir anschauen?«, bot er an, doch ich schüttelte den Kopf.

»Danke, aber ich glaube, ich hab das ganz gut hinbekommen. Sollte auch nur eine Sache schieflaufen, würde ich alles der Polizei übergeben und ihre Tante wäre den Job los – etwas, was sie auf keinen Fall will. Von daher denke ich, dass ich das Ganze gut unter Kontrolle habe.«

Adrian nickte. »Wenn nicht, weißt du, wo du mich finden kannst.«

Ich wusste, ihn juckte es in den Fingern, doch einen Blick auf die Vereinbarung zwischen Miss Moreno und mir zu werfen. Aber ich hatte mich an der Vorlage des Personalvertrags von *Cunningham Solutions Inc.* orientiert, um auf der sicheren Seite zu sein. Miss Moreno würde mir zumindest in dieser Hinsicht nicht so schnell gefährlich werden.

Was jedoch ihr freches Mundwerk betraf oder ihre schwarzbraunen Augen, ihre sinnlichen Lippen, ihre vollen Brüste oder ihre wallende Lockenmähne … dafür brauchte sie vermutlich einen Waffenschein.

»Ah, tut mir leid, dass ich mich verspätet habe!« Peters tiefe Stimme drang zu uns durch, noch bevor wir ihn gesehen hatten. Er eilte auf uns zu und schüttelte jedem von uns überschwänglich die Hände.

»Alles gut, ich bin ebenfalls erst vor wenigen Minuten angekommen«, sagte ich und erzählte auch ihm in knappen Worten von meiner neuen Haushälterin.

»Freut mich, dass du einen Ersatz hast, auf den wahrscheinlich genauso viel Verlass ist wie auf deine vorherige Kraft«, war seine Meinung dazu, als ich mit dem Erläutern der Situation fertig war.

Das war typisch Peter – er sah einfach in allem das Positive.

»Das wird sich erst noch rausstellen«, grummelte ich.

»Sie war ja heute schon in deiner Wohnung. Hast du denn nicht kontrolliert, wie sie die Arbeit erledigt hat?«

Ich schaute unseren jahrelangen Freund und Mentor an. »Dazu war keine Zeit. Ich war duschen und … plötzlich stand sie da.«

»Moment!«, fiel mir Logan ins Wort. »Du warst *nackt*, als sie aufgetaucht ist?«

»Dieses Detail hast du uns aber vorhin verschwiegen«, meinte nun auch Mason und grinste dreckig.

Amüsiert beugte sich Adrian vor, um nichts zu verpassen. »Jetzt wird es spannend.«

Seufzend schaute ich in die Gesichter meiner Freunde. »Ja, ich war nackt. Jedoch war das ein einmaliger Vorfall, der sich nicht wiederholen wird.« Warum, zur Hölle, sagte ich das?

Die Blicke der vier verrieten mir eindeutig, dass sie mehr hinter dieser Sache witterten. Aber ich würde den Teufel tun, ihnen zu sagen, wie verdammt gut aussehend Miss Moreno war. Weil zwischen ihr und mir sowieso nichts laufen würde. Nicht nur, weil sie für mich arbeitete, sondern auch, weil sie die Nichte von Miss Fernandez war. Ganz bestimmt würde mir diese Frau die Hölle heißmachen, wenn ich ihre Nichte nur einmal zu lange ansehen würde.

Zum Glück kam in dem Moment erneut die Bedienung an unseren Tisch und schenkte Peter ebenfalls ein Glas ein. »Wo sind eigentlich Harper und Joleen? Sollten sie als eure Freundinnen nicht genauso hier sein und mit euch anstoßen?«, wollte er von Adrian und Mason wissen.

Auch Mason hatte im letzten Sommer seine große Liebe im Unternehmen gefunden. Wie Adrian hatte ihm seine Assistentin den Kopf verdreht. Zugegeben, er und Joleen gaben ein echt niedliches Paar ab, und dass gerade sie den ungezügelten jungen Hengst gebändigt hatte, verwunderte mich. Aber sie war vermutlich der Ruhepol, den der Wildfang in seinem Leben gebraucht hatte. Und jetzt, wo ich die beiden täglich miteinander sah, wusste ich, dass sie perfekt zueinanderpassten und sich gegenseitig guttaten. Denn dank Mason war Joleen über sich selbst hinausgewachsen und sprühte inzwischen nur so vor Selbstbewusstsein – was sich meiner Meinung nach auch positiv auf Mason und somit auf das Unternehmen auswirkte.

»Joleen hat heute ihren Spanischkurs«, erklärte er nur schulterzuckend. »Übrigens hab ich die Termine von der Choreografin für unsere Tanzeinlage bekommen. Ich schicke sie euch per Mail, wäre super, wenn ihr alle Zeit habt.« Mason wollte Joleen bei ihrer Hochzeit mit einer kleinen Show überraschen, bei der wir alle zu ausgewählten Songs die Hüften schwingen sollten. Wie ich diesen Vorschlag fand, wusste ich gerade noch nicht. Auf jeden Fall kam für mich nicht infrage, mich davor zu drücken – egal, wie sehr ich mich auf der Hochzeit der beiden zum Deppen machen würde.

Logan und ich nickten nur, wobei mir das Zucken seiner Mundwinkel nicht entging. Vermutlich freute sich mein Bruder wie irre darauf. Es gab wenige Dinge, die ihm peinlich waren – und das Tanzen vor einer Hochzeitsgesellschaft gehörte sicher nicht dazu.

»Alles klar, das wird bestimmt spaßig. Und Harper ist mit einer Freundin im Yogakurs für Schwangere. Wir haben sie nicht ausgeladen, sie waren nur der Meinung, dass wir beim Feiern dieses Ereignisses unter uns sein sollten.« Adrian sah mich an, was ich nickend bestätigte.

Nicht, dass ich die zwei nicht dabeihaben wollte, aber irgendwie war es auch gut, dass sie von sich aus abgelehnt hatten. Da die beiden nicht nur die Freundinnen von Mason und Adrian waren, sondern gleichermaßen ihre Assistentinnen, wäre es schwierig gewesen, Summer und Donna, die für Logan und mich arbeiteten, auszuschließen. Zumindest hätte es einen unangenehmen Beigeschmack gehabt, und das wollte ich auf jeden Fall vermeiden.

Peter schien die Antwort zu genügen. Er griff nach seinem Glas und stand auf. »Gentlemen, es ist mir eine Ehre, mit euch heute diesen ganz besonderen Tag zu feiern. Ich werde nie vergessen, wie du, Kilian, mit der Idee zum Unternehmen zu mir gekommen bist. Wie aufgeregt und stolz du warst, als ich einen ersten Blick auf deinen Businessplan werfen durfte. Wie nahezu perfekt dieser ausgearbeitet war.« Er nickte mir zu. »Wie begeistert ihr, Mason und Logan, von der Idee wart. Wie ihr euch gleich ins Zeug gelegt habt, um an der Umsetzung mitzufeilen. Und wie sehr du mit dir gerungen hast, Adrian, weil du noch mitten im Studium gesteckt hast. Ich werde nie die vielen Abende vergessen, an denen du hin- und hergerissen bei mir im Wohnzimmer gesessen hast, weil du einerseits dein Studium beenden und in einer Anwaltskanzlei anfangen wolltest und andererseits davon geträumt hast, mit deinen Freunden gemeinsam an der Unternehmensgründung zu arbeiten.«

Überrascht schaute ich zu Adrian. »Warum erfahre ich das erst jetzt?«

»Du hättest nur umso mehr dafür gekämpft, mich dazu zu bewegen, ins Unternehmen einzusteigen«, antwortete er schulterzuckend.

Meine Antwort darauf bestand aus einem Grinsen.

»Siehst du, ich wusste es. Genau deshalb hab ich es dir verschwiegen.«

»Trotzdem bist du jetzt mit im Boot«, erklärte ich, nicht ohne Genugtuung zu empfinden. »Und lass mich raten: Du hast es noch keinen Tag bereut.«

Er schüttelte den Kopf. »Keinen einzigen Tag. Genauso wenig, wie ich die Erfahrungen davor in der Kanzlei missen möchte.«

»Was ich damit sagen wollte«, schaltete sich Peter wieder ein, »ist, dass ich unglaublich stolz auf euch bin. Und ein kleines bisschen ebenso auf mich.«

»Das kannst du auch sein. Ohne dich wären wir heute nicht da, wo wir sind. Danke für alles, Peter.« Das sagte ich aus tiefstem Herzen.

»Auf euch und den Mut, euren Weg zu gehen!« Peter erhob mit einem Schmunzeln auf den Lippen sein Glas. Wir prosteten uns zu und ich fühlte mich überwältigt und energiegeladen.

»Danke für euer Vertrauen in mich, in uns«, wandte ich mich an alle, bevor ich von dem prickelnden Schaumwein trank.

Müde und mit einem leichten Brummen im Kopf setzte ich mich auf und stellte den Wecker aus. Letzte Nacht war es definitiv zu spät geworden. Wir waren nach dem Abendessen noch in die *Bar Seine* im *Plaza Athénée* gewechselt, wo wir uns den ein oder anderen Drink gegönnt hatten, ehe ich um halb zwei Uhr nach Hause gekommen war.

Dass ich heute trotzdem ins Büro musste, war ein Fakt, an dem ich nichts ändern konnte. Zum Glück – und natürlich in weiser Voraussicht – hatte ich für die nächsten Stunden keine wichtigen Termine festgesetzt.

Ich stand auf, nur um gleich auf den Boden neben dem Bett zu sinken und mein tägliches Core-Training zu absolvieren, bevor ich ins angrenzende Badezimmer ging. Ich zog die Shorts aus und stellte mich unter die Dusche. Als das Wasser zuerst noch eiskalt auf mich herabprasselte, sog ich zischend die Luft durch die Zähne ein und reckte mein Gesicht nach oben, bis die Temperatur langsam anstieg. Während ich mich einseifte, musste ich an gestern und Miss Moreno denken.

War sie schon hier?

Ich hatte sie nicht gehört – was für sie sprach. Jedoch erinnerte es mich auch daran, mich *vor* meinem morgendlichen Gang in die Küche anzuziehen. Ein Handtuch um die Hüften war zwar mehr, als ich gestern getragen hatte, trotzdem hielt ich es für besser, gleich den Anzug anzulegen. Was mich nervte. Normalerweise frottierte ich mich nach dem Duschen nicht ab, genoss es, von der Luft getrocknet zu werden. Aber gut, das war ein Zustand, der nicht ewig anhalten würde. Es waren ein paar Wochen, ein überschaubarer Zeitraum, den ich schon irgendwie überstehen würde …

Nachdem ich also das Wasser abgedreht hatte, griff ich nach einem der Duschtücher, die eigentlich für die Frauen bereitlagen, die ich zum Vögeln mit nach Hause nahm und die danach duschen wollten. Dementsprechend seltsam fühlte ich mich, als ich mit dem weichen Frotteestoff über meinen Körper rieb. Ich band es mir um die Hüften und durchquerte noch einmal das Schlafzimmer, um in das Ankleidezimmer zu gelangen – wo ich stockte. Ein anthrazitfarbener Anzug hing auf der Präsentationsstange, genau wie ein blassrosa Hemd. Sogar ein Paar Shorts, Socken und eine tiefrote Krawatte lagen bereit. In der Schale daneben entdeckte ich Manschettenknöpfe, eine Krawattennadel und eine Uhr, darunter standen Schuhe.

Was ich ganz sicher wusste: *Ich* hatte dieses Outfit nicht zusammengestellt.

Zugegeben, es war keine schlechte, aber es war nicht *meine* Wahl.

Und weil ich ein Sturkopf war, räumte ich alles zurück an seinen Platz. Sogar die Unterhose und die Socken legte ich in ihre Schubladen, bevor ich mir neue Teile rausnahm und diese anzog.

Als ich die Manschettenknöpfe anlegte, betrachtete ich mich im Spiegel. Mein dunkelblauer Anzug und das weiße Hemd sowie die eisblaue Krawatte machten mehr als deutlich klar, was ich von Miss Morenos Vorschlag hielt: nämlich gar nichts. Und als ich so angezogen das Ankleidezimmer verließ, hoffte ich, dass ich ihr dadurch ohne Worte klarmachte, dass sie das in Zukunft unterlassen sollte.

Kaum dass ich den Flur betreten hatte, merkte ich jedoch, dass Miss Moreno auch in anderen Dingen das Ruder übernahm und Entscheidungen traf, die so nicht vereinbart waren. Vielleicht hätte ich doch in den Vertrag mit aufnehmen sollen, was genau ihre Tätigkeiten waren, und hätte nicht einfach geschrieben, dass sie die fortführen sollte, für die ihre Tante bisher verantwortlich gewesen war.

Andererseits roch es hier lecker nach Rührei mit Speck und Kaffee ...

Als ich um die Ecke kam und sie in der Küche hantieren und zwischen Kochinsel und Kühlschrank hin und her eilen sah, stockte ich. Ihre wilde Lockenmähne hatte sie gebändigt, indem sie sie auf dem Kopf zu einem gewaltigen Dutt hochgedreht hatte. Mit einem Tuch, das sie wie eine Art Stirnband gebunden hatte, hielt sie Strähnen davon ab, sich zu lösen und ihr ins Gesicht zu hängen. Die Creolen in ihren Ohren berührten fast ihre Schultern, und um den Hals trug sie eine feine Goldkette, an deren Ende ein kleines, zartes Kreuz hing.

Ihr weißes Shirt hatte einen tiefen Ausschnitt, bei dem sie noch dazu den obersten Knopf offen hatte. Eine doppelte Verlockung ... Und ihre Beine steckten in einer engen Jeans, die ihren runden Hintern besonders betonten.

O fuck, dieses Bild war definitiv ein anderes als das, welches mir ihre Tante geboten hatte ...

Als sie mich entdeckte und den Kopf in meine Richtung drehte, schob sich ein Lächeln auf ihr Gesicht, das minimal verrutschte, als sie sah, dass ich ein anderes Outfit gewählt hatte als von ihr vorgesehen. Sofort bereute ich meine Sturheit – zumindest für einen Augenblick. Und ich fragte mich, ob ihre Augen geleuchtet hätten, hätte ich mich für ihren Vorschlag entschieden.

Warum, zur Hölle, war mir das überhaupt wichtig? Sie war meine Haushälterin, verdammt, und nichts anderes!

# 5

## Paulina

»Guten Morgen, Mister Cunningham.« Mein Herz hatte einen Satz gemacht, als ich ihn am Durchgang zur Küche entdeckt hatte. Nicht, weil er mich erschreckt hatte, sondern weil ich mit ihm allein in seiner Wohnung und dieser Mann einfach unfassbar heiß war. Und jetzt, in dem Anzug, noch mehr als gestern in seiner Jeans und dem Pullover.

Dass er nicht den genommen hatte, den ich für ihn ausgesucht hatte, war im ersten Augenblick enttäuschend. Ich hatte es gut gemeint, wollte ihm die Qual der Wahl abnehmen. Außerdem dachte ich, dass er sich so Zeit sparen könnte – die er bestimmt nicht im Überfluss hatte. Schon gar nicht dafür, die passende Kleidung für den Tag auszuwählen. Doch das blaue Hemd unterstrich das Tiefblau seiner Augen. Und als ich darin versank, verflog die Ernüchterung und das Gefühl, einen Fehler begangen zu haben, für einen Moment.

»Guten Morgen. Was machen Sie da?«, fragte er, und das klang nicht neugierig, sondern … angepisst? Als er jedoch auf mich zukam und am Frühstückstresen Platz nahm, war ich mir unsicher, ob ich seine Reaktion überbewertet hatte.

»Ich wusste nicht, was Sie gerne essen, also habe ich Rührei, Speck und Pancakes gemacht. Ja, ich hätte gestern fragen sollen, aber … na ja. Jedenfalls habe ich hier Kaffee für Sie.«

Vorsichtig lächelnd stellte ich eine große Tasse vor ihm ab. Kilian Cunningham verzog keine Miene. »Danke.«

»Leider weiß ich noch zu wenig über Ihre Morgenroutine. Falls ich also übers Ziel hinausschieße, sagen Sie es mir bitte. Ich möchte einfach alles richtig machen und …«

»Schon gut«, fiel er mir scharf ins Wort.

Okay, okay, er war wohl ein Morgenmuffel, also hielt ich ab sofort meine Klappe.

Ich füllte ihm einen Teller mit Pancakes, einen mit Rührei und Speck, stellte sie auf den Tresen vor ihn, wo er bereits auf seinem Smartphone herumtippte, und räumte die Küche auf. Im Anschluss ging ich in sein Schlafzimmer, wo ich das Bett machte, bis es aussah wie aus einem Luxushotel. Die Laken hatte ich straff gespannt, die Zierdecke übers Fußende gelegt und die Kissen ausgeschüttelt und hübsch am Kopfende drapiert. Kurz richtete ich noch die beiden Bücher auf seinem Nachttisch parallel zur Nachttischkante aus, drehte die kleine Lampe um wenige Grad, damit sie gerade stand, und ging im Anschluss ins angrenzende Badezimmer. Für einen Augenblick stockte ich, denn hier lag wieder der Geruch des Duschgels in der Luft. Ich war nur hierhergekommen, um mir einen Überblick zu verschaffen, was alles zu tun war, bevor ich die Reinigungsutensilien holte. Doch nun stand ich hier wie eine Idiotin und sog mit geschlossenen Augen tief den Duft ein. Noch dazu ertappte ich mich dabei, an gestern zu denken, wie er mich nackt und nass gegen die Wand gepresst hatte. Ein heißes Kribbeln schoss durch meinen Körper und ein verhaltenes Stöhnen drang aus meiner Kehle hervor, auf das eine Eisdusche folgte, als ich ein Räuspern hinter mir vernahm.

Ertappt wirbelte ich herum und blickte direkt in Mister Cunninghams Augen. Er stand in der Tür zum Badezimmer, beide Hände in die Hosentaschen geschoben.

»Können Sie mir verraten, was Sie hier tun?« Seine Stirn war gerunzelt, und er sah mich an, als sei ich eine Irre.

Okay, vielleicht war ich das gerade auch.

»Ich … also … ähm … wollte nur schauen …« Ich atmete tief durch und versuchte, mich zu sammeln. »Die Reinigungssachen. Ich wollte sie eben holen.« Meine Wangen glühten, als ich mich an ihm vorbeischob.

Viel zu knapp. Er musste einen Schritt zur Seite machen, damit ich das Bad verlassen konnte, den Blick gesenkt. Das hieß … Ich starrte auf seine breite männliche Brust, weil ich es nicht schaffte, in sein Gesicht zu schauen. Weil dort seine tiefblauen Augen waren und diese Lippen, die viel zu verlockend aussahen …

O Gott, ich war so im Eimer!

Außerdem, warum, zur Hölle, hatte ich das jetzt getan? Die zweite Tür vom Badezimmer zum Flur war nur wenige Schritte hinter mir …! Mister Cunningham musste mich für völlig verrückt halten, weil ich nicht diesen Ausgang genommen, sondern mich an ihm vorbeigeschoben hatte – sodass wir uns fast berührt hatten. Vielleicht dachte er, dass ich scharf auf ihn war – was nicht gelogen wäre, doch das brauchte er nicht zu wissen. Und ja, er sprach mich zwar optisch an und roch außergewöhnlich gut – oder zumindest sein Duschgel beziehungsweise Parfum oder was auch immer hier gerade in der Luft lag –, aber abgesehen davon war er überheblich und höchstwahrscheinlich ein Arschloch durch und durch. Klar, er war Geschäftsführer und hatte innerhalb weniger Jahre ein erfolgreiches Unternehmen aufgebaut. Da musste er knallhart sein und seine Prinzipien verfolgen. Rücksichtsvolle, herzliche Menschen wären vermutlich die Falschen für so einen Job.

»Ich bin jetzt weg«, sagte er, als ich schon an ihm vorbei war.

Wieso klang dieser Satz wie eine Drohung?

»Okay, ich hab einiges zu tun und bin vielleicht noch knappe zwei Stunden hier«, erklärte ich, ohne mich umzudrehen. Ich durfte diesen Mann nicht zu oft ansehen. Er verursachte mir weiche Knie …

»Meine Wäsche muss gewaschen werden und in der Küche liegt ein Zettel mit Dingen, die ich aus dem Supermarkt brauche.«

»Kein Problem, kann ich erledigen. Wie kann ich Sie erreichen, falls ich Fragen habe?«

Einen Moment starrte er mich an, als hätte ich ihn nach seinem Erstgeborenen gefragt. Oder als hielte er mich für völlig unzurechnungsfähig – was ich ihm nicht einmal verübeln konnte.

»Schon gut, ich …«, begann ich verlegen, als er in die Innentasche seines Sakkos griff und mir eine Visitenkarte entgegenhielt.

»Das Waschpulver muss in das große Fach, der Weichspüler in das kleine. Und die Wäsche sollte vorher farblich sortiert werden. Der Kaschmirpullover verträgt nur Handwäsche, aber das wissen Sie bestimmt. Deshalb würden Sie mich jedoch sicher nicht anrufen und mir wertvolle Arbeitszeit rauben, hab ich recht?«

Der Spott, der in seiner Stimme mitschwang, reichte aus, um mich zu verärgern, doch das wollte ich ihn nicht wissen lassen.

Mit zusammengebissenen Zähnen nahm ich die Karte entgegen und ließ sie provokant in meinem BH verschwinden.

»Was, denken Sie, bekomme ich für Ihre Privatnummer auf dem Schwarzmarkt? Fünf Dollar?«

Mit diesen Worten drehte ich mich um und eilte in den Raum, in dem die Reinigungsutensilien aufbewahrt wurden. Schwer atmend krallte ich mich am Regal fest und versuchte, mich wieder zu sammeln.

Großartig, Paulina! Deinen Boss schon am ersten offiziellen Arbeitstag zu reizen, war eine Glanzleistung.

Tief atmete ich ein und aus und kämpfte gegen den leichten Schwindel an, der sich in mir ausbreitete. Sah das enttäuschte Gesicht meiner Tante vor mir, während sich die Visitenkarte förmlich in meine Haut zu brennen schien.

Erst als ich die Wohnungstür ins Schloss fallen hörte, entspannte ich mich wieder.

Ich hasste es, dass er mich für so unfähig hielt. Aber ich war neu hier und versuchte, meine Sache richtig zu machen. Wenn sich also Fragen ergaben, war es mir lieber, sie im Vorfeld zu klären, als dass ich es falsch machte und ihn verärgerte. Ich wollte nur, dass er mit allem – mit *mir* – zufrieden war. Denn auf keinen Fall konnte ich riskieren, dass er mich durch eine andere ersetzte, weil ich ihm nicht gut genug war.

Okay, das klang jetzt doppeldeutig ...

Ein letztes Mal atmete ich tief durch, dann nahm ich den Reiniger und füllte etwas davon in einen Eimer. Ich zog die knallgelben Gummihandschuhe an, griff nach dem Putzlappen und ging damit ins Badezimmer, wo ich Wasser auf das Putzmittel goss und der Duft von Zitrusfrüchten den seines Duschgels überdeckte. Anschließend machte ich hier alles sauber. Ich putzte die Dusche, rieb das Glas trocken, wischte das Waschbecken aus und ich reinigte die Toilette.

Als ich fertig war, war der Geruch von ihm völlig verflogen. Was gut war.

Doch dann erinnerte ich mich daran, dass ich auch noch die Wäsche für ihn waschen sollte. Kleidung, die ganz sicher nach ihm roch.

Den Schmutzwäschekorb entdeckte ich in einem der Badezimmerschränke. Ich nahm ihn mit in die Waschküche neben dem Büro, in der Waschmaschine und Trockner untergebracht waren.

Als ich schließlich begann, die Wäsche zu sortieren, fühlte ich mich wieder unbehaglich. Seine Unterwäsche anzufassen war äußerst intim, doch ich versuchte, einfach auszublenden, welche Körperteile sie vor Kurzem noch berührt hatte, selbst als mir Hitze in die Wangen schoss.

Ein Blick auf die Uhr sagte mir, dass ich gut in der Zeit lag. Also schnappte ich mir den Einkaufszettel vom Küchentresen, neben dem auch eine Kreditkarte lag, sowie einen Zettel, auf den er die PIN geschrieben hatte, ohne die ich nicht über fünfundzwanzig Dollar bezahlen konnte. Schnell räumte ich noch sein Frühstücksgeschirr in die Spülmaschine, bevor ich die Wohnung verließ, um zum Supermarkt um die Ecke zu eilen. Im Aufzug nach unten las ich zum ersten Mal genauer, was er aufgeschrieben hatte.

*Eier*
*Kaffee*
*Obst (Erdbeeren, Johannisbeeren, Weintrauben …)*
*Sprühsahne*
*Schokosoße*
*Honig*
*Champagner (Dom Pérignon) – bei Rodney abholen, Shop*
*um die Ecke, die wissen Bescheid*
*Kondome (Größe XL)*

Zuerst drückte sich ein Lachen nach oben – hatte er wirklich einen so großen oder wollte er nur angeben?

Doch dann stockte ich, schluckte.

Denn das alles las sich, als würde Kilian Cunningham ein Date haben, was mir gar nicht gefiel – mir aber egal sein konnte. Er war mein Boss und sein Privatleben ging mich nichts an. Und klar, dass ein Mann wie er Sex hatte. Vermutlich mehr als ich. Immerhin war ich schon froh, wenn ich aktuell neben Job und Studium auf mehr als fünf Stunden Schlaf kam …

Als ich auf die Straße trat, peitschte mir klirrend kalter Wind entgegen und ich zog die Mütze tiefer ins Gesicht. Zum Glück hatte ich den Lebensmittelladen schnell erreicht und nahm einen Korb, mit dem ich den Gang mit dem Obst und Gemüse betrat. In Windeseile lud ich alles ein und bezahlte an der Kasse. Auch das Abholen des Champagners erwies sich als problemlos.

Während der ganzen Zeit fragte ich mich, wie die Person

aussah, mit der er sich treffen würde. Vor allem aber sah ich ihn vor meinem inneren Auge, wie er Sex hatte – und das brachte mich völlig aus dem Konzept. Denn mal ehrlich, wer stellte sich seinen Boss beim Vögeln vor?

Andererseits ... Wer arbeitete für so einen heißen Mann wie ich?

Als ich zurück in seiner Wohnung war, glühten meine Wangen und mein Herz raste. Zwischen meinen Beinen prickelte es, und ich war einfach nur froh, dass er nicht hier war. Das wäre an Peinlichkeit vermutlich nicht zu übertreffen, ihm völlig wuschig gegenüberzutreten.

Schnell packte ich die Eier, das Obst, die Schlagsahne und den Champagner in den Kühlschrank. Die Schokosoße und den Honig ließ ich auf der Arbeitsfläche stehen, weil ich nicht wusste, wo er diese Dinge aufbewahrte – und ich wollte nicht riskieren, dass er sie nicht fand. Den Kaffee stellte ich zur fast leeren Packung in den Schrank über der Kaffeemaschine und die Kondome ... Tja. Für einen Augenblick stockte ich erneut und versuchte wieder, die Bilder aus meinem Kopf zu verjagen, wie er es mit einer Frau trieb. In seinem Bett, unter der Dusche ... oder im Wohnzimmer auf der Couch. Über den Schreibtisch gebeugt? O Gott, vielleicht sogar hier in der Küche! Ich sollte unbedingt herausfinden, wann er das Date hatte, und im Anschluss die Oberflächen schrubben und desinfizieren.

Vor allem aber musste ich aus dieser Wohnung raus.

In der Waschküche ertönte ein Piepsen. Verdammt, die Wäsche! Schnell verfrachtete ich seine Kleidung in den Trockner und stellte ihn an, danach startete ich noch eine neue Maschine Schmutzwäsche, um die ich mich heute Abend kümmern würde, wenn ich nach meinen Vorlesungen wieder hierherkam.

Anschließend eilte ich ins Schlafzimmer und legte die Packung mit den Gummis auf den Nachttisch. Versuchte, professionell zu bleiben und nicht darüber nachzudenken, was er womöglich bald hier treiben würde.

Trotzdem ließen sich die heißen Bilder und der leise Stich von Eifersucht nicht vertreiben, als ich aus der Wohnung eilte und hoffte, den Bus nicht zu verpassen, der mich zur Uni bringen sollte.

# 6

## Kilian

Was, zur Hölle, war in mich gefahren? Warum hatte ich Dinge auf die Einkaufsliste geschrieben, die ich gar nicht brauchte? Um ihr klarzumachen, dass ich ein Sexleben hatte? Aber was bezweckte ich damit? Mir konnte sie schließlich egal sein, genau wie die Tatsache, dass sie meine Visitenkarte in ihren BH geschoben hatte.

Wutschnaubend stieg ich aus dem Aufzug im siebenunddreißigsten Stockwerk und eilte auf mein Büro zu. Meine Assistentin Summer saß an ihrem Schreibtisch, stand aber sofort auf, als ich an ihr vorbeieilte.

»Guten Morgen, Mister Cunningham!«

Ich brummte nur und schloss die Bürotür hinter mir. Meinen Laptop zog ich aus der Tasche, das Handy legte ich daneben. Nur um es gleich darauf noch einmal zur Hand zu nehmen und nachzuschauen, ob ich einen Anruf oder eine Nachricht verpasst hatte.

Gott, wie bescheuert! Diese Frau würde wohl die Wäsche machen und den Einkauf erledigen können, ohne mich kontaktieren zu müssen. Und selbst wenn etwas unklar war, durch meine idiotische Reaktion würde sie vermutlich sowieso nicht anrufen, sondern erst ihre Tante fragen.

Ein Klopfen an der Tür riss mich aus meinen Gedanken. »Ihr

Kaffee und Ihr Wasser, Sir.« Summer betrat das Büro und lächelte mir zu, während sie beides auf dem Tisch abstellte. »Mister Kim hat angerufen und den Zehn-Uhr-Termin verschoben. Ich haben ihn für morgen um neun Uhr eingetragen. Außerdem möchte ich Sie daran erinnern, dass Sie heute um zwei Uhr nachmittags das Treffen mit Misses Sanders von der Bank of America haben.«

»Danke, Summer.«

»Kann ich sonst noch was für Sie tun?«

»Vorerst nicht.« Ich lächelte ihr dankbar zu und sie verabschiedete sich mit einem Nicken aus dem Büro.

Seufzend trank ich vom Kaffee – bis mir einfiel, dass ich etwas ganz Wichtiges vergessen hatte.

»Fuck!«

Ich griff zum Telefon und wählte Summers Durchwahl. »Vereinbaren Sie bitte einen Termin in der Werkstatt und setzen Sie sich mit dem Sicherheitspersonal des Hauses in Verbindung. Jemand hat mir gestern im Laufe des Tages einen dicken Kratzer an der Fahrerseite meines Wagens angehängt. Hoffentlich sieht man auf den Bildern der Überwachungskamera, wer es gewesen ist.«

Eigentlich hatte ich das am Vortag noch erledigen wollen, bevor ich zum Abendessen gefahren war, doch wegen Miss Morenos Auftauchen in meiner Wohnung hatte ich es völlig vergessen.

»Sicher. Soll ich den Wagen für Sie in die Werkstatt fahren?«

Einen Augenblick war ich versucht, ihr meinen Audi zu überlassen. Immerhin würde ich mir einiges an Zeit sparen. Aber nein, das war verrückt, ich ließ nicht mal Logan ans Steuer. »Netter Versuch, Summer«, antwortete ich schmunzelnd, weil ich wusste, wie scharf sie auf mein Auto war.

Ein leises Lachen drang an mein Ohr. »Sorry, ich musste es einfach probieren. Ich melde mich, sobald ich den Termin für Sie vereinbart und mit dem Sicherheitsdienst gesprochen habe.«

Tatsächlich sah man die Person, die den Lackkratzer mutwillig verursacht hatte, auf den Aufzeichnungen. Und ich kannte sie sogar. Es war Philippa, mit der ich vor ein paar Wochen eine flüchtige Affäre gehabt hatte. Zumindest war sie das von meiner Seite aus gewesen und ich hatte es mehrfach betont. Trotzdem hatte sie wohl gehofft, dass mehr daraus werden könnte. Es war nicht schön gewesen, ihr erneut zu erklären, dass ich einfach lieber single blieb. Nicht nur, weil ich in meinem vollen Terminkalender keine Zeit für eine Freundin hätte. Ich genoss auch meine Ungebundenheit.

Ursprünglich hatte ich gedacht, dass ich das in unserem letzten Gespräch eindeutig kommuniziert hätte. Die Tatsache, dass sie meinem Audi einen Kratzer zugefügt hatte, deutete jedoch auf das Gegenteil hin.

Kurzerhand rief ich sie an.

»Einen wunderschönen guten Tag, KING *Estate*, Zweigstelle New York, Miss Williams' Büro, Toby am Apparat, wie kann ich Ihnen helfen?« Wenn ihr Assistent nach Worten am Telefon bezahlt wurde, verdiente er definitiv nicht schlecht …

»Kilian Cunningham, ich möchte mit Miss Williams sprechen.«

»Tut mir leid, sie ist gerade nicht in ihrem Büro. Kann ich ihr was ausrichten?«

»Sagen Sie ihr, ich hätte angerufen, weil es ein Video von gestern Abend gibt, das für sie sehr interessant sein könnte.«

»Okay, einen Moment, ich notiere mir Ihre Telefonnummer, Mister Cunningham.« Daraufhin murmelte er die Ziffern nach, als er sie vom Display abschrieb – als würde Philippa diese nicht gespeichert haben – und wünschte mir erneut einen schönen Tag.

Keine zehn Minuten später erreichte mich auch bereits eine E-Mail von ihr.

Dass das so schnell ging, fand ich amüsant.

*Von: Philippa Williams*
*An: Kilian Cunningham*

*Betreff: Dein Anruf*

*Lieber Kilian,*
*gerne würde ich mich mit dir treffen, um über den Inhalt*
*deines Anrufs von eben zu sprechen.* Wie wäre es mit heute
Abend um acht in der The Press Lounge?
*Kuss, Philippa*

Den Kuss konnte sie sich schenken, aber dass sie so bereit-
willig ein Treffen vorschlug, gefiel mir. Nicht, dass ich die Sache
mit ihr noch einmal aufwärmen wollte – vielleicht spielte sie
darauf an? –, doch sie wusste, dass sie in der Klemme saß, und
würde vermutlich alles dafür tun, dass ich sie nicht anzeigte.
Nur dass ich dieses *alles* nicht wollte …

Mein Mittagessen ließ ich mir heute liefern. Es war zu viel zu
tun, um die Zeit damit zu verschwenden, irgendwo hinzugehen.
Als Summer nach ihrer eigenen Mittagspause in mein Büro kam,
um den leeren Teller abzuräumen, blieb sie abwartend vor mir
stehen, bis ich sie anschaute.

»Sie können Ihren Wagen noch heute in die Werkstatt bringen. Ab vier Uhr nachmittags steht ein Leihwagen zur Ver-
fügung, bis sieben Uhr abends haben sie geöffnet.«

Ich nickte. »Gut, dann werde ich voraussichtlich gegen vier
Uhr losfahren.« Der Termin mit Misses Sanders würde hoffentlich nicht viel länger als bis drei Uhr dauern. Danach hätte ich
noch Zeit, ein paar Dinge zu erledigen, und würde morgen
einfach dementsprechend früher im Büro sein.

»In Ordnung, dann sorge ich dafür, alles Wichtige vorher mit
Ihnen zu besprechen. Gibt es noch etwas, was ich bis dahin für
Sie tun kann?«

Ich gab ihr ein paar Dinge, um die sie sich kümmern sollte, wie die Bestellung von Visitenkarten für den neuen Key-Account-Manager und das Gegenlesen der Pressemitteilung, die Ella aus dem Marketing geschrieben hatte – Summer fand einfach jeden Rechtschreibfehler. Dann wandte ich mich wieder meinem Computer zu und bestätigte Philippa für heute Abend, bevor ich mich auf den Banktermin mit Misses Sanders vorbereitete.

Es war schon kurz nach vier, als ich endlich das Büro verließ. Zum Glück kam ich verhältnismäßig zügig durch den Verkehr.

In der Vertragswerkstatt angekommen, lächelte mich eine schwarzhaarige Schönheit an. »Guten Tag, wie kann ich Ihnen helfen?«

»Cunningham, ich habe einen Termin. Bei meinem Audi wurde die komplette Seite zerkratzt.«

»Ah, Mister Cunningham. Schön, dass Sie hier sind. Ich hole gleich den Werkstattleiter, er wird sich Ihren Wagen ansehen. Möchten Sie in der Zwischenzeit einen Kaffee?«

»Gerne.«

Kurz darauf, noch den herben Kaffeegeschmack auf der Zunge, ging ich mit ihm um mein Auto, während er den Kratzer begutachtete. »Da war wohl jemand wütend auf Sie«, meinte dieser kopfschüttelnd.

»Sieht ganz so aus. Wie lange wird es dauern, bis der Schaden repariert ist?«

»Wir sorgen dafür, dass Sie Ihren Wagen bis Freitag wiederhaben. Beverly wird Ihnen gleich die Schlüssel für den Leihwagen aushändigen, damit Sie bis dahin mobil sind.« Er deutete zur hübschen Frau am Empfang. »Haben Sie noch was im Auto, das Sie brauchen?«

»Nur meine Laptoptasche.« Ich öffnete die Beifahrertür und griff danach. Den Computer nahm ich immer mit nach

Hause. Ab und an hatte ich abends noch was für die Arbeit zu erledigen, und manchmal ließen mir so einige Dinge keine Ruhe, die ich erneut durchgehen wollte.

»Gut, dann sehen wir uns am Freitag. Beverly wird Ihnen alles Weitere erklären.«

Ich ging zurück zum Empfangstresen, wo mich die Frau bereits erwartete. Ein Schlüssel lag in ihrer Handfläche, während sie mich anlächelte. »Ihr vorübergehendes Baby«, sagte sie, als ich bei ihr ankam.

Schmunzelnd lehnte ich mich an den Tresen und griff danach. »Vielen Dank, ich werde es hüten wie meinen Augapfel.«

»Davon gehe ich aus.«

Wir klärten den Papierkram inklusive der Unannehmlichkeiten mit der Versicherung. Zum Glück ging es unkompliziert und reibungslos, und als wir mit allem fertig waren, ich mich bereits verabschiedet hatte und fast zur Tür raus war, entschied ich mich noch einmal um. »Wenn ich meinen Wagen am Freitag wieder abhole …«, begann ich und beugte mich erneut über den Tresen in ihre Richtung, »um wie viel Uhr muss ich hier sein, um Sie danach zum Essen einzuladen?«

Vielleicht war es verrückt, aber etwas in mir drängte mich dazu, nach einer Ablenkung von Miss Moreno zu suchen. Philippa fiel flach, besonders nach der Aktion mit meinem Auto, doch ich wüsste nichts, was gegen Beverly sprach …

Ein Lächeln schob sich auf ihre Lippen. »Am Freitag bin ich bis sieben Uhr abends hier.«

Zufrieden nickte ich. »Gut, dann bin ich kurz vor sieben hier, um Sie und meinen Wagen abzuholen.«

»Ich kann es kaum erwarten«, antwortete sie mit einem Augenaufschlag, der auf mehr hoffen ließ als nur auf ein gemütliches Abendessen …

Als ich wenig später auf meinem Parkplatz hielt, war ich fest davon überzeugt, dass es eine gute Idee war, meine attraktive Haushälterin auf Zeit mithilfe von Beverly aus meinem Kopf zu bekommen. Eine heiße Nacht mit ihr und ich würde wieder klar denken können, würde nicht ständig darüber fantasieren, wie es wäre, Miss Moreno zu küssen. Ich meine, ihre Lippen und die von Beverly waren … na ja, annähernd gleich geformt. Und Lippen waren nun mal Lippen. Was machte das schon für einen Unterschied?

Doch zuerst musste ich das Treffen mit Philippa hinter mich bringen. Weil jedoch noch etwas Zeit war, beschloss ich, ins hauseigene Fitnessstudio zu gehen. Also fuhr ich nach Hause, nahm den Aufzug hoch in meine Etage und schloss die Wohnungstür auf. Sofort fiel mir der leicht blumige Duft auf, der in der Luft lag. War sie etwa hier?

»Hallo?«, rief ich in die Wohnung und kam mir dabei reichlich seltsam vor. »Sind Sie hier, Miss Moreno?« Noch nie hatte ich die Tür aufgeschlossen und *Hallo* gerufen.

Als es still blieb, atmete ich erleichtert auf.

Schnell ging ich in mein Büro und stellte die Laptoptasche ab, bevor ich mir aus dem Wandschrank Sportklamotten nahm. Zum Umziehen schloss ich trotzdem die Tür, weil ich das Gefühl nicht loswurde, nicht allein zu sein. Was lächerlich war, denn immerhin war sie nicht hier.

In der Küche nahm ich mir eine Wasserflasche aus dem Kühlschrank. Auf dem Weg zur Tür bog ich noch kurz ins Badezimmer ab, um mir ein Handtuch mitzunehmen, ehe ich die Wohnung verließ und den Aufzug ansteuerte. Doch erst als ich im Fitnessraum war und Gewichte stemmte, konnte ich mich entspannen …

# 7

## Paulina

Leise vor mich hin summend schloss ich die Wohnungstür auf. Den Anzug, den ich aus der Reinigung geholt hatte, trug ich sofort ins Ankleidezimmer. Anschließend ging ich ins Badezimmer, um die Wäsche aus dem Trockner zu nehmen.

Als ich am Schreibtisch vorbeikam, fiel mir die Laptoptasche auf, die daneben lehnte – und ich *wusste*, dass die heute Vormittag nicht hier gestanden hatte. Er war also bereits zu Hause gewesen oder war sogar noch in der Wohnung.

»Hallo? Mister Cunningham?« Mit angehaltenem Atem lauschte ich in die Stille. Doch niemand meldete sich. Vielleicht hatte er einen Termin und war wieder gefahren.

Dass ich gleich an die Kondome und sein Date denken musste, ärgerte mich. Im Grunde konnte es mir egal sein, was der Mann tat. Solange er es nicht dann mit den Frauen trieb, wenn ich hier war. Doch die Tür zum Schlafzimmer hatte offen gestanden, als ich daran vorbeigegangen war. Somit ging ich davon aus, dass er auch nicht dort zugange war. Trotzdem schlich ich einmal durch die Wohnung und linste in jeden Raum, um sicherzugehen, allein hier zu sein. Erst als ich mich überzeugen konnte, dass er wirklich nicht zu Hause war, stellte ich den Wäschekorb im Esszimmer ab und begann, die Wäsche auf dem Esstisch zu falten. Die Hemden hatte ich bereits heute Vormittag gewaschen und wollte sie gleich nach dem Kochen bügeln.

Als ich mit der Kleidung fertig war, trug ich sie in das Ankleidezimmer. Schon am Morgen war mir aufgefallen, dass er sie nach einem sehr fragwürdigen System geordnet hatte. Irgendwie wusste ich auch nicht, wo ich seine Sachen einräumen sollte. Die Klamotten waren weder nach Farben noch nach Marken aufgehangen. Ich packte also alles irgendwohin und hatte das Gefühl, es falsch gemacht zu haben … Aber da er so blöd reagiert hatte, als ich ihn heute Morgen nach seiner Telefonnummer gefragt hatte, wollte ich ihn nicht anrufen und fragen.

Stattdessen widmete ich mich dem Kochen – ein genauso gewagtes Unterfangen, da ich keine Ahnung hatte, was er mochte. Er hatte diesbezüglich nichts erwähnt, doch von Tante Florentina wusste ich, dass sie für ihre vorherigen Dienstgeber immer gekocht hatte. Ob sie es für Mister Cunningham gemacht hatte, war ein Punkt, den ich nicht hinterfragt hatte, aber nachdem die Kommunikation mit ihm bisher eher mühsam verlaufen war, wollte ich es zumindest mit einem Versöhnungsessen versuchen. Im schlimmsten Fall würde er mir sagen, dass er das zukünftig nicht wünschte – was für mich auch kein Problem darstellen würde.

Gerade als ich die Hühnerbrüste für die Quesadillas in der Pfanne anbriet, bemerkte ich eine Bewegung im Augenwinkel.

»Was soll das werden, wenn Sie fertig sind?« Kilian Cunningham sah mich überrumpelt und auch irgendwie wütend an. Er trug ein durchgeschwitztes Muskelshirt und eine kurze Trainingshose. Um seine Schultern hing ein Handtuch und Schweißperlen standen auf seiner Stirn.

»Guten Abend, Mister Cunningham. Ich koche Ihnen was zu essen«, sagte ich so ruhig wie möglich und rührte in der Pfanne um.

Er schaute mich an, als hätte ich gesagt, dass ich in seinem

Wohnzimmer Atomversuche starten wollte. »Ich brauche nichts zu essen.«

Mein Mund klappte auf, doch er hatte sich bereits auf dem Absatz umgedreht.

»Sie können jetzt gehen, ich benötige Sie heute nicht mehr.«

Was für ein Arschloch!

Das wollte ich nicht auf mir sitzen lassen. Kurzerhand stellte ich die Flamme aus und stapfte ihm mit dem Kochlöffel bewaffnet hinterher. Dass ich gerade noch sah, wie er im Badezimmer verschwand und die Tür hinter sich schloss, hielt mich nicht davon ab, ihm nachzustürmen. Schwungvoll drückte ich die Tür auf und … stand meinem Boss gegenüber, der sich eben sein Shirt ausgezogen hatte.

Für einen Augenblick ertappte ich mich dabei, wie ich seine wohldefinierten Muskeln anstarrte, ehe ich mich zusammenriss und ihm wieder in die Augen schaute.

»Was zur Hölle …!« Außer sich vor Wut funkelte er mich an.

Doch statt mich zu entschuldigen, dass ich ihm einfach nachgestürmt war, ließ ich Dampf ab. »Ganz genau, Mister Cunningham. Was. Zur. Hölle! Verdammt, ich habe gerade für Sie gekocht. Sie wollen es heute nicht essen? Kein Problem, ich packe es für Sie in den Kühlschrank. Dann können Sie es sich morgen mit auf die Arbeit nehmen oder am Abend wärmen. Ich erwarte auch keinen Kniefall oder so. Ein einfaches Dankeschön hätte es getan. Ja, Sie haben mir nicht aufgetragen, für Sie zu kochen, doch ich kenne es von meiner Tante nicht anders. Sollten Sie mit ihr eine abweichende Vereinbarung getroffen haben, tut es mir leid, denn ich wusste nichts davon. Aber ich werde jetzt zurückgehen und Ihre gottverdammten Quesadillas fertigkochen. Ich werde sie in Aufbewahrungsboxen packen und in den Kühlschrank stellen, die Küche wieder in Ordnung bringen und *dann* gehen.«

Wild fuchtelte ich dabei mit dem Kochlöffel vor seinem

Gesicht herum, bevor ich mich völlig außer Atem umdrehte und zurück an den Herd stapfte. Das Fleisch war inzwischen vermutlich etwas ausgetrocknet, doch damit musste er nun leben. War schließlich nicht meine Schuld, dass es eine Spur zu lange in der heißen Pfanne gelegen hatte. Leise auf Spanisch vor mich hin fluchend schaltete ich den Herd an und kochte weiter. Belegte die Tortillascheiben in der zweiten Pfanne mit Käse und verteilte die Hühner-Gemüse-Mischung darauf, ehe ich wieder Käse und erneut eine Tortilla darauflegte.

Von Mister Cunningham war nichts mehr zu sehen. Ganz leise nur hörte ich das Wasser rauschen, doch ich hütete mich davor, ein weiteres Mal das Badezimmer zu betreten. So schnell ich konnte, kochte ich fertig und packte alles in mehrere Frischhaltedosen, die ich im Kühlschrank stapelte. Falls er sie einfrieren wollte, sollte er das selbst erledigen. Ich machte noch die Küche sauber, räumte die übrig gebliebenen Lebensmittel weg und verließ schließlich wutschnaubend die Wohnung – nicht ohne die Tür geräuschvoll ins Schloss zu donnern.

Als ich etwas später zu Hause war und müde auf die Couch sank, rief ich Tante Florentina an. Seit ich gestern mehr oder weniger dazu gezwungen worden war, sie anzurufen, um Mister Cunningham klarzumachen, dass ich keine Einbrecherin war, hatte ich nicht mehr mit ihr gesprochen. Ich wusste, sie hatte viel zu tun mit ihrer Mutter, weshalb ich sie auch nicht jeden Tag anrufen wollte. Beziehungsweise hatten wir vereinbart, dass sie sich bei mir meldete, wenn sie Zeit hatte. Doch jetzt war es ein Notfall.

»Paulina, ist alles in Ordnung? Klappt alles auf der Arbeit?«, sprudelte sie auf Spanisch los.

»Ja, alles gut, Tante Flori, keine Sorge. Was tut sich bei dir? Und vor allem: Wie geht es *nana*?«

»Du weißt ja, Unkraut vergeht nicht«, meinte sie leise lachend. »Und deine Großmutter ist auf dem Weg der Besserung.«

»Kann ich mit ihr sprechen?«

»Sie schläft gerade. Aber ich rufe dich morgen an, dann kannst du mit ihr telefonieren. Erzähl, wie läuft es bei Mister Cunningham?«

Geräuschvoll atmete ich ein. »Darf ich dich fragen ... hast du je für ihn gekocht?«

»Nein, er meinte, er würde das nicht brauchen, da er mittags im Büro und abends meistens auswärts essen würde.«

»Hm, okay.«

»Hast du denn ...?«

»Ja. Ich habe ihm Quesadillas gemacht, doch er ist richtiggehend ausgerastet. Keine Ahnung, wir ... haben noch nicht so den Draht zueinander gefunden. Aber das wird schon«, hängte ich beruhigend an, da ich meine Tante förmlich vor mir sah, wie sie nach Luft schnappte.

»*Cariño*, es tut mir leid, dass ich dich in diese Zwangslage gebracht habe. Ich dachte ... Also ich habe gehofft ...«

»Schon gut, Tante Flori, mach dir bitte kein schlechtes Gewissen, ich bin ein großes Mädchen. Ich erledige einfach meine Arbeit und sorge dafür, dass du erneut in den Job einsteigen kannst, wenn du zurück bist. Wer weiß, womöglich ist er nach den paar Wochen so froh, mich loszuwerden, dass er dich nie wieder hergibt. Vielleicht lässt er sogar einen Bonus springen oder so ...« Ich lachte verzweifelt auf.

»Ach, papperlapapp, ich bin mir sicher, dass du deine Arbeit gut erledigst. Du hast immerhin von der Besten gelernt.« Sie lachte über ihren kleinen Scherz. »Dass ich dir das mit dem Kochen nicht gesagt habe, tut mir leid. Das ist mein Fehler.

Aber du hast die Quesadillas hoffentlich nicht mit Kaviar gemacht und mit echtem Blattgold verziert?«

Schnaubend verdrehte ich die Augen. »Nein, ich hab sie nach deinem Rezept gekocht. Wenn er sie nicht isst, entgeht ihm etwas.«

»Ganz genau. Du machst einfach weiterhin den Haushalt und ... na ja. Wie du bereits gesagt hast, das wird schon.«

»Da fällt mir ein ... weißt du, nach welchem System er seine Kleidung sortiert hat? Ich blicke da noch nicht so richtig durch.«

Ein belustigter Laut drang an mein Ohr. »Oh, ich weiß genau, wie es dir geht. Ich habe in den ersten Tagen immer alle Türen geöffnet und mir eingeprägt, was er wo einsortiert hat. Das System habe ich zwar nach wie vor nicht ganz verstanden, weiß jedoch inzwischen, wo er was eingeräumt hat.«

Frustriert blies ich die Backen auf. Ich hatte auf eine andere Antwort gehofft, aber wenn selbst meine Tante nicht durchschaut hatte, wonach er alles sortierte, musste ich es wohl ebenfalls so machen – und beten, dass er mich nicht wieder völlig grundlos anblaffte.

Eine Weile plauderte ich noch mit ihr über die Siedlung in Guayama, in der meine *nana* lebte und in der ich einige schöne Wochen meiner Kindheit verbracht hatte. Dann verabschiedeten wir uns und ich rief Cassandra, meine beste Freundin, an.

»Hey, Verschollene, was ist mit dir? Wo bist du immer?«

Schmunzelnd legte ich die Beine auf die Couch hoch und schob mir ein Kissen in den Nacken. »Wenn ich nicht gerade lerne oder in meinen Kursen bin, muss ich arbeiten.«

»O Mist. Sag nicht, dir wurde das Stipendium gekürzt.«

»Nein, aber ...«

»Ganz gestrichen? Wenn das der Fall ist, stehe ich gleich morgen im Büro der Stipendiumstelle und mache denen klar, dass man sich nicht mit dir anlegen sollte!«

Süß, wie sie sich aufregte!

»Nein, das musst du nicht, Cassy. Meine *nana* hat sich den Oberschenkel gebrochen, und nun ist meine Tante bei ihr, um sich um sie zu kümmern, bis sie wieder halbwegs fit ist. Damit sie jedoch ihren Job nicht verliert, springe ich so lange für sie ein.«

»Ach, du Arme! Dabei wolltest du das doch nie machen müssen – für andere das Hausmädchen spielen.«

Ich schloss die Augen und verzog das Gesicht zu einer Grimasse. »Tja, es ist nur für befristete Zeit.«

»Für wen arbeitest du? O Gott, hoffentlich nicht für eine Familie mit kleinen Kindern … Da ist das Aufräumen und Putzen eine Never ending Story. Ich kenne das von meinen Brüdern und deren Frauen und Sprösslingen.«

»Nein, es ist ein Geschäftsmann. Alleinstehend. Das Einzige, was viel Aufwand ist, sind seine Hemden und die regelmäßigen Besuche in der Reinigung, um seine Anzüge abzuholen.«

»Oh! Ein Single, sagst du? Ein alter Mann, oder …?«

Schmunzelnd schüttelte ich den Kopf, obwohl sie es nicht sehen konnte. »Nein, er ist vielleicht um die dreißig.«

»Und sieht er gut aus? Gottverdammt, Paulina, lass dir nicht alles aus der Nase ziehen!« Ihre Aufregung war förmlich greifbar.

»Ja, er ist ein richtiges Sahneschnittchen, das aber eher nach Rasierschaum schmeckt …«

»Hä? Wie meinst du das?«

»Er ist ein arrogantes, eingebildetes Arschloch, das denkt, etwas Besseres zu sein. Also keine Gefahr, schwach zu werden.«

Das »Oh!« meiner Freundin klang so enttäuscht, wie ich mich fühlte. Weil mir Mister Cunningham gezeigt hatte, dass nun mal alle reichen Typen gleich waren.

»Ja, aber egal. Am Wochenende ziehen wir wieder durch die Clubs und lassen die Sau raus.«

Dagegen hatte Cassandra nichts einzuwenden.

# 8

## Kilian

*The Press Lounge* war eine der angesagtesten Rooftop-Bars der Stadt. Sie lag auf dem Dach des *Hotel Ink48* und bot einen unglaublichen Blick über Manhattan und den Hudson River. Nun saß ich bereits eine Viertelstunde vor der vereinbarten Zeit in einem der bequemen Ledersessel an der Fensterfront, einen Scotch vor mir, und wartete auf meine Ex-Affäre.

Fast pünktlich auf die Minute betrat sie die Bar, sah sich kurz um und kam dann verunsichert lächelnd, aber mit verführerischem Hüftschwung auf mich zu.

Ich erhob mich und begrüßte sie mit einem emotionslosen Kopfnicken, ehe ich ihr den Sessel mir gegenüber anbot.

»Danke, dass du dir Zeit nimmst, Philippa.«

»Kilian, ich bin froh, dass du mich kontaktiert hast, und nicht …« Sie ließ den Satz in der Luft schweben, doch ich wusste, dass sie dankbar war, sie nicht gleich an die Bullen verpfiffen zu haben. Neben uns tauchte eine Bedienung auf und Philippa bestellte einen *Gin Fizz*.

Während wir auf ihr Getränk warteten, starrten wir uns schweigend an und die Spannung zwischen uns war mehr als greifbar. Zweimal hatte sie versucht, mich anzulächeln, doch das war ihr schnell vergangen, als sie gemerkt hatte, dass ich darauf nicht ansprang.

Nachdem sie ihren Cocktail serviert bekommen hatte und wir wieder allein waren, beugte ich mich in ihre Richtung und griff endlich das Thema auf, weswegen wir hier waren. »Ich bin ja wirklich gespannt auf deine Version der Geschichte. Denn die Bilder der Überwachungskamera sprechen eine sehr eindeutige Sprache. Und denke nicht, nur weil ich es noch nicht getan habe, dass ich das Ganze *nicht* der Polizei melden werde.«

Ihr Gesicht wurde so blass wie ihr Getränk. »Kilian, ich … Es war absolut dumm von mir. Ich habe nicht nachgedacht, war einfach nur so wütend und verletzt und … habe mich einsam gefühlt. Ungerecht behandelt.« Tränen stiegen in ihre Augen, die sie wegzublinzeln versuchte. »Bitte, ich komme für den Schaden auf, ich tue alles, was du von mir möchtest, ich flehe dich jedoch an, melde es nicht der Polizei.«

Unbeeindruckt lauschte ich ihren Ausreden. »Der Wagen steht bereits in der Werkstatt und der Schaden ist der Versicherung gemeldet. Die bezahlt natürlich, aber ein Selbstbehalt ist trotzdem fällig.«

»Ich kann das übernehmen, sag mir einfach, was …«

Wortlos hielt ich ihr die Unterlagen aus der Werkstatt, die ich für die Versicherung unterschrieben hatte, vor die Nase, damit sie die Summe schwarz auf weiß sehen konnte. »Tausendfünfhundert Dollar.«

Ihre Augen weiteten sich, ehe sie schnell nickte. »Klar, kein Problem. Ich gebe dir das Geld natürlich.« Sie kramte in ihrer überdimensionalen Handtasche und zog ein Scheckheft hervor. »Falls es sonst noch etwas gibt, was ich tun kann, um mich bei dir zu entschuldigen …«, sprach sie weiter und berührte dabei tatsächlich mit ihrem Fuß mein Bein — bestimmt ein verzweifelter Versuch, doch noch irgendwie ihren Kopf aus der Schlinge zu ziehen.

Augenblicklich zog ich es aus ihrer Reichweite und beugte mich vor. »Das ist nicht dein Ernst, oder? Denkst du wirklich,

ich würde dich nach der Aktion noch einmal flachlegen wollen?«
Sie schnappte nach Luft und sah mich peinlich berührt an. Vermutlich suchte sie nach Worten, doch ich würde sie jetzt sowieso nicht zum Reden kommen lassen.

»Ich hoffe, diese ganze Sache war dir eine Lehre, Philippa. Keine Ahnung, welcher Kerl sich noch einmal von dir einlullen lässt, nachdem du ihm seinen Wagen zerkratzt hast. Das, was du getan hast, ist jedenfalls nicht normal.« Ich zog mit meinem Zeigefinger auf Höhe der Schläfe Kreise.

Philippa rang mit der Fassung und riss den Scheck aus ihrem Scheckheft. Als sie ihn mir entgegenstreckte, zitterte ihre Hand.

»Ich kann nur sagen, dass es mir ... unendlich leidtut. Das hätte ich nicht tun dürfen.«

»Da hast du recht. Und ich hätte besser das hier nicht getan.« Ich zeigte zwischen ihr und mir hin und her. Diese ganze Sache war wieder mal der beste Beweis dafür, dass es schlauer war, sich wirklich ausschließlich auf einmaligen, bedeutungslosen Sex einzulassen. »Tu mir einfach nur den Gefallen und halte dich in Zukunft von mir und meinem Eigentum fern. Sonst überlege ich mir das mit der Anzeige anders.« Mit diesen Worten leerte ich mein Glas, stand auf und ging zur Bar, um dort direkt zu bezahlen. Meinen Scotch, nicht ihren *Gin Fizz*. Für den durfte sie selbst aufkommen. Und es tat mir kein bisschen leid ...

Noch auf dem Weg nach unten rief ich Logan an.

»Hey, Mann, was geht?«

»Ich hab einen Scheißtag hinter mir. Lust auf eine Partie Billard?« Gegen Logan würde ich definitiv gewinnen und ein Sieg wäre in meiner heutigen Verfassung sicher nicht die schlechteste Idee.

»Neee, da verliere ich nur. Aber komm vorbei, ich habe das neue *NASCAR Heat* für die *Xbox* gekauft und dazu auch gleich eine Flasche *Jameson Bow Street 18*.«

»Echt jetzt? Seit wann spielst du wieder?«

»Seit ich Helene verlassen habe und mir niemand mehr damit in den Ohren liegt, dass es denjenigen nervt«, meinte er und ich konnte sein Grinsen förmlich raushören.

»Na gut, ich komme. Aber nur fürs Protokoll: Der Scotch hat mich überzeugt, nicht das Spiel.«

Sein lautes Lachen verriet, dass er mir kein einziges Wort glaubte.

Im Sommer hatte sich mein kleiner Bruder von seiner langjährigen Freundin getrennt, die ihn in einer toxischen Beziehung zu einem völlig anderen Menschen geformt hatte. Einem, der nicht mehr frei gehandelt hatte, weil er Stunk mit ihr vermeiden wollte. Sie hatte ihn komplett unter Kontrolle gehabt, hatte mit ihm gespielt wie eine schlechte Marionettenspielerin und ihn damit beinahe total zerstört. Zum Glück hatte er rechtzeitig erkannt, dass sie ihm schadete, und hatte es geschafft, sich von ihr zu lösen.

Seit er in der neuen Wohnung lebte, war er zumindest wieder annähernd der Alte. Er lachte öfter, war gelöster, offener. Vor allem jedoch war er single – ein Zustand, den er schon seit knapp fünfzehn Jahren nicht mehr kannte.

Die Fahrt mit dem Uber zu ihm nach Brooklyn dauerte etwas über eine halbe Stunde, aber als er mir freudestrahlend die Tür öffnete, wusste ich, dass ich genau das heute gebraucht hatte. Er umarmte mich und bat mich in sein Wohnzimmer, wo er das Spiel auf dem Fernseher pausiert hatte.

Entspannt sank ich auf seine Couch.

»Wie geht es dir? Was ist los?« Er ging zu seiner kleinen Bar, wo er uns je ein Glas Scotch einschenkte. Damit kam er zu mir und setzte sich neben mich.

In wenigen Worten erzählte ich ihm von dem Kratzer, den meine Ex-Affäre meinem Auto zugefügt hatte, und wie ich sie heute zur Rede gestellt hatte.

»Fuck, was ist mit ihr verkehrt? Hast du sie angezeigt?«

Knapp schüttelte ich den Kopf. »Sie kommt für den Schaden auf.« Ich zeigte ihm den Scheck. »Das wird ihr ganz sicher eine Lehre sein, mal davon abgesehen, dass sie garantiert ab sofort einen Bogen um mich machen wird.«

»Was haben wir eigentlich für ein Pech mit den Frauen?«, meinte er und trank nachdenklich einen Schluck.

»Was? Wieso? Gibt es was, was du mir noch nicht erzählt hast?« Verdammt, wenn er wieder zurück zu seiner Ex ging, dann …

»Nein, ich meinte nur … weil das mit Helene ja auch so ein Scheiß war.«

Erleichtert atmete ich auf. Ein weiteres Mal würde ich mich ihr gegenüber sicher nicht so zurückhalten. Als er noch mit ihr zusammen gewesen war, hatte ich mir mehr als einmal auf die Zunge gebissen, um ihr nicht zu sagen, was ich von ihr hielt.

»Jetzt genieße ich mein Singleleben in vollen Zügen – wie du siehst.« Er deutete mit dem Kopf auf den Fernseher und hob gleichzeitig sein Glas an.

Schmunzelnd prostete ich ihm zu. »Da hast du recht, das ist wirklich eine verdammt gute Einstellung.«

Logan nickte gedankenverloren. »Wobei ich irgendwann schon wieder eine Frau in meinem Leben haben will. Aber nicht so schnell, das Singledasein hat für mich gerade einfach zu viele positive Seiten.«

Ich brummte nur und presste die Lippen aufeinander.

»Für dich nicht?«

»Schon, aber … keine Ahnung. Das mit Philippa hat mir wieder gezeigt, wie viele verrückte Weiber es da draußen gibt. Die meisten bedeuten Stress und Ärger. Für beides habe ich keine Zeit, keine Lust und keine Nerven.«

Logan zuckte mit den Schultern und grinste. »Wetten, irgendwann steht eine Frau vor deiner Tür, die dir völlig den Kopf verdreht …«

Warum, zur Hölle, musste ich jetzt an Miss Moreno denken? »Eine, die dich so verrückt macht, dass du deine ganzen Prinzipien über Bord wirfst, und bei der du dich fragst, wieso du so lange Zeit dachtest, dass du als Single besser dran seist.«

Schnaubend schloss ich die Augen und schüttelte den Kopf. »Da bin ich nicht der Typ dafür. Du weißt, die Sache mit Rebecca hat mich zu sehr geprägt, um noch einmal einer Frau zu vertrauen und mich auf eine Beziehung einzulassen.«

Sie war eine Arbeitskollegin in meinem ersten Job in einer Marketingagentur gewesen – und kurz darauf auch meine feste Freundin. Bis zu jenem Zeitpunkt, als sie meine Idee, für die ich wie ein Tier geackert hatte, als ihre präsentiert hatte – was ihr eine Beförderung eingebracht und mich dazu bewegt hatte, sie noch am selben Tag zu verlassen.

Zwar hatte ich mir nie geschworen, mich zukünftig von Beziehungen fernzuhalten, doch ich hatte im Laufe der Jahre auch gelernt, dass man eher den Heiligen Gral fand als die perfekte Partnerin. Dabei meinte ich gar nicht so sehr das Äußerliche, wobei für mich ein gepflegtes Erscheinungsbild natürlich schon eine bedeutende Rolle spielte. Aber es waren im Grunde die Kleinigkeiten, die für mich nicht gepasst hatten. Sei es das übertriebene Klammern der Frauen gewesen, die Eifersucht. Manche wollten mich nur meines Geldes wegen daten, andere waren gleich mit der Tür ins Haus gefallen und hatten mir gesagt, dass sie einen Mann zum Heiraten suchten. Wieder andere hatten es subtiler angestellt, aber hey, ich war nicht dumm. Oder sie hatten darauf gedrängt, es ohne Kondom zu tun, in der Hoffnung, mich mit einem Kind an sich binden zu können. Ehrlich, im Laufe der Jahre hatte ich die schrägsten Dinge erlebt …

»Okay, nach der Sache mit Helene bin ich vielleicht nicht in der richtigen Position, so etwas zu behaupten, doch … nicht alle Frauen sind verrückt, weißt du?« Er stieß mir aufmunternd in die Seite.

»Aber mal ehrlich, irgendwann kommen sie mit den abstrusesten Anwandlungen um die Ecke. Ich meine … nehmen wir zum Beispiel meine neue Haushälterin.«

Sofort hob Logan interessiert seine Augenbrauen. »Also willst du sie doch!«

»Nein, Mann, darum geht es jetzt nicht. Was ich damit sagen wollte, ist … Heute steht sie einfach so in meiner Küche und kocht. Und ich gehe mal davon aus, dass sie die Sachen mit meiner Kreditkarte bezahlt hat. Ich meine … Nicht, dass ich mir die Zutaten für Quesadilla nicht leisten könnte, aber ich habe sie weder darum gebeten noch ist es vereinbart gewesen. Ihrer Tante hatte ich gesagt, dass sie nicht zu kochen brauche, weil ich meistens auswärts esse. Verstehst du? Und Miss Moreno kocht einfach!«

Logan schaute mich an, als würde er nicht mehr alle Tassen im Schrank haben. Oder ich. »Ey, wie übel. Eine attraktive Frau steht in deiner Küche und bereitet ein Abendessen für dich zu! Eine Schande ist das, wirklich!« Theatralisch knallte er sein Glas auf den Tisch und stand auf. »Ich würde sie feuern! Genau, ich würde sie vor die Tür setzen, denn was *erlaubt* sie sich eigentlich? Zu kochen! Ich meine …« Er schüttelte übertrieben den Kopf und warf die Arme in die Luft.

Augenverdrehend lehnte ich mich zurück. »Ja, ja, schon gut. Für dich mag es vielleicht eigenartig klingen, aber …«

»Du bist davon genervt, wenn Frauen sich auch nur einen Schritt abseits deiner von dir festgelegten Regeln bewegen, hab ich recht? Fuck, Mann, du bist ein verdammter Kontrollfreak!« Logan lachte laut und setzte sich endlich wieder neben mich. »Krieg dich ein, Bruder, echt. Sie hat für dich gekocht. Ja und? Sie wird vielleicht noch ein paar Dinge machen, die du ihr nicht aufgetragen hast. Womöglich einfach, weil sie es gut meint und den Job nicht verlieren will. Sie springt doch für ihre Tante ein, richtig? Du darfst nicht vergessen, dass bei unseren Eltern Geld noch nie eine Rolle gespielt hat. Uns hat es nie an irgendwas gefehlt und wir kennen das Leben nicht anders. Und durch unsere Firma, die verdammt gut läuft, haben wir jetzt ebenfalls keine Geldsorgen. Aber deine Haushälterin vielleicht schon. Sie strengt sich an, will dir alles recht machen. Und was tust du? Du bist ein Arsch und regst dich wegen so was auf. Echt, Mann, jetzt versteh ich auch, weshalb du die seltsamsten Reaktionen bei den Frauen hervorrufst. Du schlägst sie entweder sofort mit deiner Art in die Flucht oder machst sie innerhalb kürzester Zeit völlig irre, bis sie dir den Wagen zerkratzen.«

Fuck, so verrückt es klang, aber irgendwie hatte ich das Gefühl, dass mein kleiner Bruder recht hatte ...

# 9

## Paulina

Nach dem Desaster mit dem Essen hatte ich es in den beiden darauffolgenden Tagen geschafft, zu Uhrzeiten in Mister Cunninghams Wohnung ein und aus zu gehen, in denen ich ihm nicht über den Weg lief. Da ich am Donnerstag auch nur eine Vorlesung am Nachmittag hatte, hatte ich den Tag genutzt, um Ordnung in sein Ankleidezimmer zu bringen.

Selbstverständlich hatte ich nicht vergessen, wie seine Reaktion ausgefallen war, nachdem ich ihm auf eigene Faust etwas gekocht hatte. Dabei war es nur Essen gewesen. Essen, das er entweder noch am selben Tag zu sich genommen, am Mittwoch zur Arbeit mitgenommen oder irgendwo abseits der Wohnung weggeworfen hatte. Zumindest hatte ich es weder im Kühlschrank noch im Gefrierschrank – ja, ich hatte extra auch dort nachgesehen – noch im Mülleimer sehen können.

Also ging ich davon aus, dass er einfach nur einen schlechten Tag gehabt hatte und das der Grund gewesen war, weshalb er so pissig reagiert hatte. Und da ich und auch meine Tante Schwierigkeiten hatten, uns in seinem Ankleidezimmer zurechtzufinden, war es nicht so abwegig, dass es ihm genauso ging. Deshalb wollte ich ihm eine Freude machen, indem ich alles nach Farben sortierte. Um mich jedoch abzusichern und weiterem Ärger zu entgehen, schrieb ich ihm besser eine Nachricht.

*Paulina Moreno: Wäre es für Sie okay, wenn ich etwas Ordnung und Struktur in Ihr Ankleidezimmer bringe? P.M.*

Es dauerte ewig, bis er mir zurückschrieb. Fast dachte ich schon, dass er nach wie vor sauer auf mich war und mir aus Trotz nicht antworten würde, als endlich eine Reaktion von ihm einging.

*Kilian Cunningham: Okay!*

Augenverdrehend las ich seine Nachricht und antwortete ihm mit einem nach oben gereckten Daumen. Das, was er konnte, konnte ich auch.

Ich bügelte noch die letzten drei Hemden, dann ging ich mit dem fahrbaren Kleiderständer in sein Ankleidezimmer und sah mich um. Zuerst schoss ich von jedem Abteil ein Foto mit dem Handy – nur zur Sicherheit. Bei Mister Cunningham wusste man schließlich nie, welche Laus ihm über die Leber lief. Anschließend machte ich mich mit System daran, endlich eine klare Ordnung in dieses Chaos zu bringen.

Dreieinhalb Stunden später verließ ich seine Wohnung. Beschwingt, zufrieden und stolz auf meine Arbeit. Und ich konnte nur hoffen, dass Mister Cunningham meine Mühe genauso zu schätzen wusste.

Auch am nächsten Morgen betrat ich erst kurz vor neun Uhr seine Wohnung. In den letzten Tagen hatte das gut geklappt und ich war ihm nicht über den Weg gelaufen. Doch heute schien ich Pech zu haben.

Schon als ich in den Flur kam, hörte ich Gemurmel aus der Richtung des Schlafzimmers. Kurz hielt ich inne und überlegte, was ich tun sollte, falls Mister Cunningham nicht allein war. Was, wenn er eine Frau hier hatte oder – was mir erst in diesem Moment einfiel – einen Mann?

So oder so würde ich vermutlich im Boden versinken und

mir wünschen, mich in Luft aufzulösen. Jetzt noch einmal umzudrehen, wäre jedoch auch idiotisch, denn der Knauf war mir entglitten, ehe ich ihn fest greifen und die Tür leise hätte schließen können. Und da es für einen Augenblick ruhig wurde, war mir klar, dass ihm aufgefallen sein musste, dass ich hier war. Noch bevor ich die paar Schritte bis zum Schlafzimmer hatte zurücklegen können, kam mir Mister Cunningham entgegen. Er trug nur eine dunkelgraue Anzughose, doch abgesehen davon war er nackt.

»Guten Morgen, Mister Cunningham. Das …«, ich kreiste mit dem Finger vor seinem freien Oberkörper, »scheint wohl zur Gewohnheit zu werden.« Dass mein kleiner Witz nicht so gut ankam, merkte ich, als er mein Schmunzeln nicht erwiderte. Verlegen senkte ich den Blick, weil er mich wie der Teufel höchstpersönlich anfunkelte. Also ging ich an ihm vorbei in Richtung Küche, wo ich meine Tasche abstellte. Dass er mir folgte, war mir klar, aber ich versuchte, mich davon nicht beirren zu lassen.

Erst als ich mich zu ihm umdrehte, weil ich wieder an ihm vorüber musste, um meine Putzutensilien zu holen, stockte ich. Denn, verdammt, er sah *wirklich* wütend aus. So, als wäre er sauer auf mich, dabei war ich mir keiner Schuld bewusst.

»Was haben Sie getan?«, knurrte er.

Irritiert schaute ich ihn an. Er meinte hoffentlich nicht seine Klamotten … »Was meinen Sie?«

»Was haben Sie in meinem Ankleidezimmer angestellt?«

Also doch …

Ich wusste nicht, ob ich frustriert seufzen oder die Hände in den Himmel strecken und verzweifelt aufschreien sollte. Stattdessen holte ich mein Handy aus der Tasche, öffnete den ultrakurzen Chatverlauf und hielt ihm das Display hin. »Nur das, wozu Sie mir Ihr Okay gegeben haben«, sagte ich entschieden und reckte ihm mein Kinn entgegen.

»Sie haben ein absolutes Chaos hinterlassen! Ich ... ich finde meine Hemden nicht mehr. Meine Socken! Ganz abgesehen davon, dass mein System bei den Manschettenknöpfen nicht mehr existiert!«

Frustriert legte ich den Kopf in den Nacken. »Okay, bitte bleiben Sie ruhig, Mister Cunningham. Haben Sie sich denn nicht mit dem Zettel zurechtgefunden, auf dem ich Ihnen erklärt habe, was wo nach welchem System einsortiert ist?«

»Was für einen Zettel, verdammt?«

Ich drehte mich um und zeigte auf das Blatt Papier, das auf der Arbeitsfläche lag.

Er schnaubte auf. »Gottverdammt, dieser Schmierzettel ist mir auf der fast weißen Marmorarbeitsfläche logischerweise *nicht* aufgefallen. Abgesehen davon, dass ich seit gestern nicht in der Küche war.« Er ging an mir vorbei und riss den Zettel förmlich an sich. Schnell überflog er meine Zeilen, dann warf er das Papier zurück auf die Steinplatte. »Das ist doch völlig bescheuert! Ich habe um zehn Uhr ein Meeting und finde weder das Hemd für heute noch die passenden Socken!«

Was für ein Bullshit, seine Socken waren alle schwarz! Wieso zog er nicht einfach irgendwelche an?

»Okay, jetzt regen Sie sich bitte nicht so auf! Ich habe Sie um Erlaubnis gefragt, Sie haben es mir erlaubt und ich habe zur Sicherheit alles für Sie aufgeschrieben. Dass Sie den Zettel nicht sehen und Ihnen nicht aufgefallen ist, dass nun alles nach Farben und Verwendungszweck sortiert ist, ist nicht meine Schuld. Was suchen Sie denn? Dann helfe ich Ihnen, es zu finden.«

»Ich brauche mein Hemd, das ich *immer* zu genau diesem *Brioni*-Anzug an einem Freitag bei weniger als zehn Grad Außentemperatur trage.«

Für einen Moment sah ich ihn an und blinzelte irritiert. Der Kerl hatte sie doch nicht mehr alle ... »Das ist nicht Ihr Ernst, oder?«

Okay, wenn ich vorhin noch dachte, dass er mich wütend angesehen hatte, war sein Blick jetzt gar nichts mehr dagegen. Bestimmt schossen gleich tödliche Laserstrahlen aus seinen Augen …

Verzweifelt stieß ich Luft aus meinen Lungen. »Nun gut, ganz offensichtlich doch. Kommen Sie, wir werden Ihre Sachen schon finden«, sagte ich entschlossen und ging voraus in das Ankleidezimmer. Hier erwartete mich ein Chaos, das ich so gestern nicht hinterlassen hatte. »Was haben Sie denn hier aufgeführt?«, murmelte ich, wünschte mir jedoch nach einem kurzen Blick in seine Richtung, mir auf die Zunge gebissen zu haben.

Schubladen standen offen, Socken lagen mit Hemden auf dem Boden und davon, dass ich die Kleidungsstücke gestern schön und ordentlich auf die Kleiderhaken gehängt hatte, merkte man nichts mehr.

»Beschreiben Sie mir mal, wie das Hemd aussieht.«

»Weiß. Es ist, gottverdammt noch mal, weiß!«

In mir drängte sich ein irres Gegacker nach oben. Weil sich dieser gestandene Mann aufführte wie eine zickige Diva. Aber jetzt wäre ganz sicher nicht der richtige Zeitpunkt zu lachen, geschweige denn, dass ich ihm sagen sollte, was ich von seinem Theater hielt.

Entschlossen ging ich zu den weißen Hemden. »Kurz- oder langärmlig?«

»Lang«, stieß er zwischen zusammengepressten Zähnen hervor.

»Mit Kragen oder ohne?«

»Mit.«

Sofort konnte ich ihm durch seine Eingrenzung seine Hemdensammlung auf ungefähr zwanzig Stück begrenzen. Ich zeigte auf die infrage kommenden Kleidungsstücke. »Hier muss es sein.«

Einen Augenblick zögerte er noch, dann ging er jedes Hemd

durch, fasste den Stoff an und nahm einzelne Teile raus, bevor er sie wieder an die Stange hängte.

Herrgott, hätte ich auch nur geahnt, dass dahinter so eine Wissenschaft steckte, hätte ich die Finger von dieser Aktion gelassen ...

Nachdem er ungefähr die Hälfte der Hemden durchgesehen hatte, atmete ich erleichtert auf, als er wohl endlich fündig wurde. »Was brauchen Sie noch? Manschettenknöpfe?«

»Die hab ich bereits in der Schublade dort drüben gefunden«, grummelte er verärgert und deutete auf das Fach, in dem ich gestern alle nach Materialien und Farben sortiert hatte.

»Gut. Dann die Socken.«

»Joop, schwarz. So hoch.« Er zeigte auf eine Stelle über seinem Knöchel.

Okay, das würde wirklich schwer werden, weil ich nicht darauf geachtet hatte, wie sie jeweils geschnitten waren.

»Sonstige Merkmale?«

»Der Markenname steht nur einmalig auf jeder Socke oben kurz unterhalb des Bundes. Sie sind tiefschwarz, ich hab auch welche, die einen leichten Graustich haben, wenn man sie ins Licht hält.«

Tief seufzend machte ich mich auf die Suche nach den gewünschten Teilen. Keine zwei Minuten später hielt ich sie schon in den Händen.

»Noch was?« Abwartend schaute ich Mister Cunningham an.

»Nein. Aber bringen Sie dieses Chaos in Ordnung, wenn ich weg bin.«

Verlegen sah ich mich um. »Meinen Sie ... diese Unordnung hier auf dem Boden, oder soll ich alles wieder zurück zum Originalzustand räumen?«

Er schnaubte auf. »Das werden Sie wohl kaum schaffen.«

»Ich hab vorher alles fotografiert, aber ja, ich fürchte, nach Ihren Kriterien werde ich es vermutlich nicht sortieren können.«

Ich seufzte auf. »Hören Sie, es tut mir leid. Ich hatte davor kein System erkennen können. Meine Tante hat mir am Telefon ebenfalls verraten, dass es ihr nicht leichtfällt, nach dem Bügeln alles richtig wegzuräumen, weil sie nicht ganz durchschaut hat, wie Sie es haben möchten. Deshalb dachte ich …«

»Deshalb dachten Sie, es wäre schlau, *mein* Ordnungssystem zu ignorieren, damit *ich* mich hier in meinem eigenen Ankleidezimmer nicht mehr zurechtfinde? Dass es stattdessen eine gute Idee sei, hier umzuräumen, damit *Sie*, wo sie nur wenige Wochen für mich arbeiten sollen, alles hübsch nach Farben sortiert haben?«

Hitze stieg mir vor Scham ins Gesicht. Ich dachte an meine Tante, die sich auf mich verlassen hatte, dass ich alles richtig machen würde. Dass sie nach ihrer Rückkehr weiterhin hier arbeiten durfte, aber ob das immer noch der Fall war, wusste ich gerade nicht. Zumindest wäre es ihm sicher lieber, dass sie hier wäre und nicht ich …

»Tut mir leid. Vielleicht ist es besser, wenn ich gehe und wenn Sie …«, verzweifelt hob ich meine Arme an und ließ sie wieder an meine Seiten sacken, »… wenn Sie doch jemand anderen als Ersatz für meine Tante einstellen.« Die letzten Worte kosteten mich verdammt viel Kraft, ganz zu schweigen davon, dass meine Stimme fast wegbrach.

Noch nie hatte ich mich so schlecht gefühlt. Ich hatte alles versaut, hatte dafür gesorgt, dass meine Tante, die sich auf mich verlassen hatte, ihren Job verlor. Ich hatte sie enttäuscht und Mister Cunningham hielt mich bestimmt für eine absolute Idiotin.

Entmutigt sackten meine Schultern nach vorn. Ich schaffte es nicht einmal mehr, seinem Blick standzuhalten. Stattdessen spürte ich, wie heiße Tränen in meinen Augen brannten. Doch auf keinen Fall würde ich jetzt vor ihm weinen. Also wandte ich mich ab, um zurück in die Küche zu laufen, wo ich meine

Taschen nehmen und seinen Wohnungsschlüssel auf den Tresen legen würde. Danach konnte ich die Wohnung nur noch fluchtartig verlassen.

Doch ich kam gar nicht so weit, denn bevor ich die Tür erreicht hatte, spürte ich seinen festen Griff am Oberarm.

»O nein, das werde ich nicht tun«, knurrte er.

Dann drehte er mich zu sich um und in seinen Augen blitzte eine Entschlossenheit auf, gepaart mit einer Verunsicherung, die mich irritierte. Ich fühlte die Schubladen an meinem Rücken, während Mister Cunningham so knapp vor mir stand, dass sich automatisch mein Herzschlag erhöhte. Er stemmte seine Arme zu beiden Seiten gegen den Rahmen des Schranks und kam mir dabei so nah, dass ich den Duft seines Parfums einatmen konnte.

Und, o Gott, wenn ich dachte, er roch direkt nach dem Duschen gut, übertraf sein Geruch jetzt definitiv alles. Ich rang mit mir, nicht die Augen zu schließen und tief einzuatmen. Trotzdem konnte ich nichts dagegen tun, dass sich mein Schoß sehnend zusammenzog und sich ein heißes Kribbeln in meinem Körper ausbreitete, als er vor mir aufragte.

Würde ich jetzt die Hände ausstrecken, könnte ich seinen harten, nackten Oberkörper berühren, über seine definierte Brust und seine Bauchmuskeln streicheln … Aber das wäre bestimmt das Letzte, was er wollte. Immer noch schaute er mich wütend an, während sein Blick zwischen meinen Augen hin und her huschte.

Heftig atmend sah ich ihn an, dann hob er eine Hand, als würde er sie an meine Wange legen wollen, ballte sie jedoch kurz davor zu einer Faust. Unzählige Emotionen spiegelten sich in seinem Gesicht, die mich verwirrten und irritierten, als er sie wieder sinken ließ.

Er schluckte. Räusperte sich, als würde er selbst um Fassung ringen.

»Sie werden jetzt Ihre Arbeit hier erledigen, und sobald ich weg bin, räumen Sie hier auf. Nach *Ihrem* System, sonst finden wir beide später gar nichts mehr. Am Wochenende brauche ich Sie nicht, aber ich will, dass Sie am Montag wiederkommen, haben Sie das verstanden?«

Sein Blick hing an meinen Lippen, was mich dazu veranlasste, ebenfalls seinen Mund anzusehen. Unanständige Bilder rauschten durch meinen Kopf, was er damit an meinem Körper alles anstellen könnte. Und oh, ich war mir sicher, er wäre verdammt gut darin.

»Ja«, krächzte ich und spürte, wie sich meine Brustwarzen unter seinem strengen Blick zusammenzogen.

Holy, dieser Mann war einfach unfassbar heiß.

Und er war mein Boss, mit dem ich es mir auf keinen Fall noch mehr versauen durfte!

Mister Cunningham keuchte auf, dann schloss er die Augen und drückte sich von mir weg.

Diese Gelegenheit nutzte ich, um an ihm vorbei zurück in die Küche zu eilen, wo ich mich atemlos am Tresen festhielt und zu verarbeiten versuchte, was da gerade zwischen uns passiert war. Denn verdammt, da lag definitiv mehr in der Luft als Wut.

# 10

## Kilian

Was, zur Hölle, war da eben in mich gefahren? Wütend boxte ich in die Luft, kaum dass Miss Moreno das Ankleidezimmer verlassen hatte.

In meiner Brust toste ein Orkan, während ich merkte, wie sich meine Erektion hart gegen den Stoff der Hose drückte. Und verdammt, ein nicht ganz kleiner Teil in mir wollte meine Haushälterin auf Zeit zurückholen und sie wieder an die Schubladen drängen – oder ihr nacheilen und sie an den Kühlschrank drücken, um ihr noch näher zu kommen als gerade eben.

Stöhnend schloss ich die Augen, als die Gedanken immer mehr Formen annahmen; wie ich sie über die Arbeitsfläche beugte, ihr über den Rücken strich, weiter nach unten über ihren prallen Hintern, bevor ich ihr die Hose hinabschob und tief in sie eindrang. Ich stellte mir vor, wie es wäre, wenn sie lustvoll stöhnte, wie sich ihr Mund dabei öffnete. Malte mir aus, wie es sich anfühlen würde, wenn sie ihre Lippen um meinen Schwanz legte und daran sog.

Fuck! Ich musste diese Bilder so schnell wie möglich wieder aus meinem Kopf vertreiben! Doch auch wenn ich diese Fantasien in den Hintergrund drängen konnte, schaffte ich es nicht, ihre Nippel zu vergessen, die sich hart unter dem Stoff ihres engen Shirts abgezeichnet hatten, als ich ihr so nahegekommen war.

Krampfhaft verbot ich mir, länger darüber nachzudenken. Stattdessen sah ich mich in dem Saustall um, den ich vor lauter Wut verursacht hatte, weil sie hier umgeräumt und mein kontrolliertes Chaos durcheinandergebracht hatte.

Seit ich hier wohnte, hatte ich mir vorgenommen, mir irgendwann ein besseres System für das Ankleidezimmer zu überlegen. Aber jedes neue Teil, das dazugekommen war, hatte ich aus reiner Gewohnheit nach der alten Ordnung an die Stange gehängt. Also in der Regel rechts des zweitältesten Kleidungsstücks. Dass fremde Personen hier keinen Durchblick hatten, war mir klar, aber ich war zu faul gewesen, dieses Großprojekt in Angriff zu nehmen.

Dass Miss Moreno es in so kurzer Zeit geschafft hatte, ein wohlüberlegtes System umzusetzen, war wirklich beachtlich. Doch natürlich konnte ich ihr das nicht sagen. Schon gar nicht, da ich mich derart lächerlich aufgeführt hatte. Sicher dachte sie, ich hätte nicht mehr alle Tassen im Schrank. Aber da war eindeutig der sture Bock in mir durchgegangen, und ich würde einen Teufel tun und ihr nachlaufen, um mich zu entschuldigen oder ihr zu erklären, dass ich nicht übergeschnappt war.

Stattdessen zog ich mich fertig an und hoffte, dass ich vor dem Meeting mit Mason, Adrian und Logan Zeit haben würde, sie aus dem Kopf zu bekommen ...

Ehe ich die Wohnung verließ, ging ich zu meinem Nachttisch und öffnete die Packung Kondome. Vermutlich würde ich am Abend nicht mehr die Zeit haben, nach Hause zu kommen, bevor ich meinen Audi und Beverly abholen würde. Und selbst wenn, tat ich es, um Miss Moreno klarzumachen, dass ich heute noch Sex haben würde. Und das nicht mit ihr.

Denn als das Arschloch, das ich war, ließ ich natürlich die offene Packung auf dem Nachttisch liegen, sodass sie sehen konnte, dass Gummis fehlten.

Während des Meetings mit den Jungs ertappte ich mich dabei, dass ich immer wieder mit den Gedanken abschweifte – etwas, was für mich so gar nicht typisch war. Die Gründe dafür waren jedoch noch verrückter: Ich ärgerte mich nämlich darüber, dass ich die Kondompackung hatte liegen lassen. Dass ich Miss Moreno vor Augen geführt hatte, dass es da eine andere Frau gab, störte mich, abgesehen davon, dass ich meine Dates meistens sowieso mit nach Hause nahm und nicht auswärts vögelte.

Verdammt, ich fragte mich doch allen Ernstes, ob ich meine Chance verbaut hatte, bei Miss Moreno zu landen. Selbstverständlich erst dann, wenn ihre Tante wieder zurückkam – vorher würde ich schon aus Prinzip die Finger von ihr lassen.

»Wie denkst du darüber, Kil?« Mason schaute mich fragend an und mit einem Mal waren drei Augenpaare auf mich gerichtet.

»Ähm, tut mir leid, was hast du gesagt?«

Er seufzte, presste sich Daumen und Zeigefinger gegen die Augen. »Das ist jetzt nicht dein Ernst, oder? Was von meinem zehnminütigen Vortrag hast du nicht mitbekommen?«

Scheiße …

Angespannt lockerte ich die Krawatte. »Sorry, ich hab eine üble Nacht hinter mir«, log ich.

»Nichts? Echt jetzt?« Er stöhnte auf. »Okay, vielleicht ist es besser, wenn wir es für heute bleiben lassen und ich dir das fertig ausgearbeitete Konzept meiner neuen Idee per E-Mail schicke. Dann besprechen wir beide das Ganze separat, wenn dein verdammtes Hirn wieder einsatzfähig ist.« Mit diesen Worten traf mich seine flache Hand leicht am Hinterkopf.

Dass er sich das bei mir traute, war wirklich gewagt. Das zeigte mir, *wie* sauer er war. Deshalb entschuldigte ich mich erneut und stand auf, um den Besprechungsraum zu verlassen. Ich war erst ein paar Schritte weg, als ich schon hörte, wie die drei sich über mich unterhielten. Doch ich hatte nicht einmal den Nerv, mich mahnend umzudrehen. Stattdessen ging ich direkt in mein Büro, ohne Summer Beachtung zu schenken, verriegelte die Tür hinter mir und aktivierte gleich das Milchglas. Dann betrat ich das kleine Badezimmer, das an mein Büro angrenzte und über das ich wirklich froh war. Immer wieder nutzte ich es, um mich nach der Arbeit zu duschen und in Ersatzkleidung zu schlüpfen, die ich hier in einem separaten Schrank untergebracht hatte.

Frustriert beugte ich mich über das Waschbecken und sah meinem Spiegelbild direkt in die Augen. Was, verdammt noch mal, war mit mir los? So kannte ich mich nicht. Das war nicht ich, das war ... Miss Moreno. Sie brachte nicht nur Chaos in meine Wohnung, sondern auch in meinen Kopf. Meine Gedanken kreisten ständig um sie. Bestimmt hatte sich so Eva im Paradies gefühlt, als sie von der verbotenen Frucht erfahren hatte. Sie *konnte* gar nicht anders, als von ihr zu probieren. Doch in meinem Fall durfte das nicht passieren. Ich würde standhaft bleiben – und dabei meinte ich nicht den Ständer in meiner Hose, der sich regte, kaum dass sie mit ihren vollen Lippen, langen lockigen Haaren und prallen Brüsten vor meinem inneren Auge auftauchte.

Nur kurz zögerte ich und drehte zur Sicherheit auch noch den Schlüssel im Schloss des Badezimmers, bevor ich meinen Gürtel löste. Ich öffnete Knopf und Reißverschluss und schob die Hose gemeinsam mit den Shorts ein Stück nach unten. Dann umfasste ich meinen Schwanz und begann, ihn zu reiben.

Kaum dass ich die Augen schloss, sah ich sie wieder vor mir, wie sie mich anlächelte. Wie sie ihre Haare in einer schwungvollen Bewegung über ihre Schulter warf und dabei ihre Brüste wippten. Ich dachte an ihre harten Nippel, stellte mir vor, wie ich ihr Shirt mit dem tiefen Ausschnitt nach unten zog, um einen nach dem anderen in den Mund zu nehmen und daran zu saugen, bis sie leise wimmerte. Bis sie mich um mehr anflehte. Fuck, ich wollte mit der Hand in ihrer Hose verschwinden, sie reiben … Nein, ich sehnte mich danach, sie zu lecken. Ich würde sie mit der Zunge verwöhnen, bis sie vor Lust zerfloss, bevor ich meinen Schwanz an ihren Eingang setzen und ganz tief in sie eindringen würde.

Das alles malte ich mir aus, während ich immer heftiger wichste. Ich stützte mich mit der freien Hand an der Wand neben dem Spiegel ab und stellte mir vor, dass es nicht meine Faust, sondern Paulina war, in die ich stieß.

Meine Eier zogen sich zusammen, alles in mir spannte sich an, ehe die heiße Flut über mir zusammenbrach und ich mich in mehreren Schüben ins Waschbecken ergoss.

Ich schaffte es nicht, noch einmal den Blick zu heben und mir ins Gesicht zu sehen, als ich meine Hand wusch und die Marmorfläche abwischte. Und zu meiner Ernüchterung blieb auch das erwartete Gefühl der Erleichterung aus …


Bestimmt eine Stunde lang arbeitete ich bei verschlossener Bürotür. Ich hatte einfach keinen Bock auf die anderen, wollte völlig ungestört sein und mir im Klaren darüber werden, was gerade mit mir los war, denn so kannte ich mich nicht. Bis eine E-Mail von Adrian einging, in der er sich erkundigte, ob alles in Ordnung sei, nachdem ich sämtliche Nachrichten der drei im Gruppenchat ignoriert hatte. Er fragte, ob er den Notarzt rufen sollte – falls es für den nicht bereits zu spät sei – oder ob er für ein kurzes Gespräch zu mir kommen dürfe.

Dieses konnte ich ihm natürlich nicht verwehren. Immerhin waren wir hier auf der Arbeit und ich konnte mich als Geschäftsführer nicht wie ein trotziges Kleinkind im Büro einschließen. Zumindest nicht den ganzen Tag.

Als er wenige Minuten später klopfte und ich ihn mit einem gebrummten »Herein!« zu mir bat, setzte er sich schweigend und mit gerunzelter Stirn mir gegenüber.

»Geht es um die letzten Investitionen oder warum bist du heute so durch den Wind? Sag nicht, du hast dich an der Börse verspekuliert und Geld verloren?«

Seufzend schüttelte ich den Kopf. »Nein. Es ist … einfach gerade etwas chaotisch in meinem Leben.«

Abwartend schaute er mich an, sicher in der Hoffnung, ich würde nicht länger mit so kryptischen Floskeln um mich werfen. Also klärte ich ihn nach kurzem Zögern auf.

»Stress mit einer Ex und … einigen anderen Dingen. Und heute Abend habe ich ein Date mit einer attraktiven Frau, die ich eigentlich vögeln will, aber …« Ich hielt mitten im Satz inne und biss mir auf die Zunge.

»Aber?«

Ich seufzte tief. »Keine Ahnung, Mann. Ich weiß es echt nicht. Mir geht einfach zu viel im Kopf herum.« Zum Beispiel eine heiße Latina, von der ich hoffte, dass sie auch noch am Montag für mich arbeiten würde. Ich könnte es mir nicht verzeihen, wenn ich sie durch mein idiotisches Verhalten eingeschüchtert und vertrieben hätte. Zwar schätzte ich sie nicht so ein, aber nachdem ich sie im Ankleidezimmer festgehalten und in die Enge getrieben hatte, war ich mir da nicht mehr so sicher. Sie hatte ziemlich aufgelöst gewirkt, als sie zurück in die Küche gegangen war …

»Eventuell sollten wir am Wochenende um die Häuser ziehen, was meinst du? Einfach mal wieder um der alten Zeiten willen. Vielleicht kann ich Mason auch überreden und Logan ist sowieso gerade nicht zu bremsen.«

Unentschlossen zuckte ich mit den Schultern. Aber ja, womöglich hatte er recht. Heute würde ich es durchziehen und Beverly ficken, morgen eine andere Schönheit, und bis zum Montag würde ich Miss Moreno endgültig aus meinem Kopf vertrieben haben … »Klar, warum nicht«, antwortete ich deshalb und kämpfte gleichzeitig gegen das ungute Gefühl in der

Magengegend an, das mir sagte, dass mein Plan bereits jetzt zum Scheitern verurteilt war.

Als ich später kurz vor sieben Uhr abends in die Einfahrt der Werkstatt fuhr, hatte ich jedoch überhaupt keine Lust mehr auf das Date. Insgeheim hatte ich schon gehofft, dass Beverly gar nicht hier oder dass ihr etwas dazwischengekommen war. Doch als ich durch die Tür trat, winkte sie mir bereits lächelnd und beugte sich so vor, dass ihre Brüste in der Bluse mit dem großzügigen Dekolleté besonders zur Geltung kamen.

»Mister Cunningham, Ihr Wagen ist schon fertig. Ich hoffe, Sie waren mit dem Leihwagen zufrieden?«

»Sicher.« Lächelnd sah ich auf ihre Lippen, doch sofort hatte ich Miss Moreno vor Augen. Blinzelnd seufzte ich und wandte den Blick ab.

»Sehr schön. Der Werkstattleiter begleitet Sie gleich zu Ihrem Auto. Wenn alles zu Ihrer Zufriedenheit ist, sind nur noch ein paar Formalitäten nötig, dann können wir auch schon los.« Den letzten Satz hatte sie mir zugeraunt und mir dabei einen sexy Augenaufschlag geschenkt.

Keine zehn Minuten später hatte ich meinen Audi begutachtet, der wie neu aussah, und die Rechnung bezahlt. Im Anschluss hatte Beverly den Computer ausgeschaltet.

»Von mir aus können wir los«, sagte sie leise und zwinkerte mir zu.

Ich nickte und bedeutete ihr, vorauszugehen. Beim Einsteigen hielt ich ihr die Tür auf, und als ich auf dem Fahrersitz Platz nahm, wurde ich in ihr blumiges Parfum eingehüllt.

»Also … was machen wir jetzt?«, fragte sie und klang dabei aufgeregt.

»Ich habe einen Tisch für uns reserviert. Und danach … schauen wir, was der Abend noch bereithält.« Mit diesen Worten startete ich den Motor und fuhr los. »Zuerst bringe ich aber den Wagen nach Hause. Wir nehmen dann ein Uber zum Restaurant.«

»Okay … Wenn du möchtest, können wir auch gleich bei dir bleiben.« Ihre Finger wanderten bei diesen Worten über meinen Oberschenkel.

»Ich will echt kein Spielverderber sein, Beverly, aber ich war den ganzen Tag im Büro und habe Hunger. Auf Essen.«

»Oh, natürlich, das ist selbstverständlich kein Problem.« Die kleine Abfuhr schien sie nicht beeindruckt zu haben, denn ihre Hand streichelte nach wie vor über meinen Schenkel.

Keine Ahnung, warum ich davon so genervt war, aber am liebsten hätte ich sie gebeten, das zu lassen. Was jedoch kontraproduktiv wäre, weil ich sie später noch ins Bett bekommen wollte. Sie jetzt zu vergraulen, wäre also dumm von mir.

Ich parkte auf meinem Tiefgaragenplatz und stieg sofort aus. Der Gedanke, länger mit ihr hier zu sein, behagte mir nicht. Ihr traute ich es zu, dass sie mir gleich hier einen blasen wollte, doch dazu war ich nicht in der Stimmung.

Scheiße, was zur Hölle stimmte nicht mit mir?

Wir gingen vor das Haus, und sobald ich mit dem Handy Empfang hatte, orderte ich ein Uber. Erleichtert atmete ich auf, als ich sah, dass es in weniger als vier Minuten hier sein würde.

Beverly legte sich richtig ins Zeug, erzählte mir von ihrem Tag und wie sehr sie sich auf heute Abend gefreut hatte. Ich hörte jedoch nur mit einem halben Ohr zu und ertappte mich dabei, wie ich die Umgebung scannte. Ich fragte mich, ob Miss Moreno in der Nähe war, weil sie es morgens vielleicht nicht geschafft hatte, das Ankleidezimmer wieder in Ordnung zu bringen.

Scheiße, schon allein deshalb konnte ich jetzt nicht mit Beverly in meine Wohnung. Wäre Miss Moreno noch da, wäre das mehr als unangenehm, wenn ich plötzlich mit meinem Date aufkreuzte.

Als wir im Restaurant ankamen und zu unserem Platz geführt wurden, atmete ich befreit auf, als wir endlich den Tisch zwischen uns bringen konnten. Denn auch im Uber hatte sie ihre Hand auf meinem Oberschenkel gehabt.

Doch kaum dass wir unsere Bestellung aufgegeben hatten, spürte ich ihren Fuß an meinem Schienbein. Sollte ich je Zweifel gehabt haben, ob diese Frau Sex wollte, wurde es mir spätestens dann klar, als sie mit ihren Zehen immer weiter nach oben wanderte.

»Und worauf stehst du so im Bett?«, fragte sie schließlich völlig unverblümt und aus heiterem Himmel.

Stirnrunzelnd sah ich sie an und überlegte, ob das jetzt eine Fangfrage war. Was wollte sie hören? Dass ich es gern härter mochte? Dass ich auch im Bett die Oberhand behielt?

Mir lag eine blöde Antwort auf der Zunge, doch ich schluckte sie hinunter. »Worauf stehst du denn?« Kurzerhand drehte ich den Spieß um. Und sie biss an.

Sie beugte sich vor und gewährte mir einen noch tieferen Einblick in ihre Bluse, als ich ihn bereits hatte. »Ich habe meine Spielsachen mit.«

»Spielsachen. Du meinst …«

»Liebeskugeln, Buttplug, Flogger und Handschellen. Und das alles darfst du heute an mir ausprobieren.«

Etwas stimmte ganz eindeutig nicht mit mir. Denn normalerweise würde ich keine unnötige Sekunde verstreichen lassen, mit ihr nach Hause zu gehen und all ihre Fantasien in die Tat umzusetzen. Doch meine Begeisterung hielt sich in Grenzen. Mein »Ich kann es kaum erwarten« klang hoffentlich nicht so desinteressiert, wie ich mich bei dem Gedanken daran fühlte …

# 11

## Paulina

»Sieht das gut aus?« Unsicher betrachtete ich mein Spiegelbild, während Cassandra hinter mir stand und sich gerade eines ihrer umwerfenden Kleider vor den Körper hielt.
»O Baby, du siehst unfassbar heiß darin aus! Du ahnst nicht, was ich dafür geben würde, auch so geile Titten zu haben wie du.« Sie stieß ein frustriertes Seufzen aus. »Aber für diesen Fummel braucht man mehr als meine gerade so B-Körbchen.« Das Kleid war ein Traum. Ein rot glitzernder Schlauch, der etwas über der Mitte meiner Oberschenkel endete. Das Dekolleté war tief ausgeschnitten und durch Bügel verstärkt und in Form gebracht, was bei meiner Oberweite dafür sorgte, dass meine Brüste wie zwei süße Versuchungen auf einem Silbertablett serviert wurden.
»Hast du es denn nicht anprobiert, als du es gekauft hast?«
»Doch. Aber ich dachte, ich könnte vielleicht mit einem Push-up-BH tricksen.«
»Und den sieht man, hab ich recht?«
»Ja. Alle anderen Versuche, noch etwas zu schummeln, sind leider auch fehlgeschlagen. Du kannst es also behalten, wenn du willst«, bot sie mir an.
»Oh, Cassandra, das würde ich gerne. Sag mir, was du dafür bezahlt hast, dann …«

Doch meine beste Freundin schüttelte den Kopf. »Auf keinen Fall. Spar dir lieber deine hart erarbeitete Kohle.«

Dass ich bei Mister Cunningham nichts verdiente, beziehungsweise das Geld für meine Arbeit eins zu eins für die Miete draufging und in die Haushaltskasse floss, verschwieg ich. Klar lebte ich ebenfalls in dieser Wohnung und aß aus Tante Floris Kühlschrank. Das bedeutete jedoch nicht, dass ich jetzt, wo ich ihren Job übernahm, einfach so ihr Geld verprassen konnte. Immerhin hatten wir trotzdem unsere Kosten zu decken.

»Oh, ich sehe genau, was gerade in deinem Kopf vorgeht. Aber ich kann dir eines sagen: In dieser Samstagnacht wird gefeiert. Und wenn du ein bisschen was von der Knete verprasst, die du dir in den letzten Tagen so hart erarbeitet hast, hast du dir das auch verdient. Denk dran, dein Boss ist ein Arsch!«

Okay, gegen dieses Argument hatte ich nichts einzuwenden ...

Stunden später stellte ich fest, wie verdammt gut es tat, hin und wieder auf die beste Freundin und nicht auf den blöden Kopf zu hören. Wir waren beide beschwipst und gut gelaunt. Ich wusste nicht einmal mehr, wie dieser Club hieß, in den sie mich geschleift hatte. Vorhin hatten uns zwei Typen Drinks spendiert, und nun tanzten Cassandra und ich ausgelassen auf der Tanzfläche. Keine Ahnung, wo die beiden Kerle hin verschwunden waren, aber das war mir egal. Ich fühlte mich sexy und großartig und hatte die echt üble Woche hinter mir gelassen. Die nächste würde bestimmt besser werden, doch vorerst verbot ich mir, auch nur einen Gedanken an das Studium zu verschwenden. Oder an die Arbeit ...

»Ich muss mal«, rief ich Cassandra zu.

»Okay, dann besorge ich uns inzwischen was zu trinken.« Sie deutete an die Stelle der Bar, wo wir vorhin gestanden hatten.

»Ich werde dich finden!«

Sie reckte den Daumen nach oben und warf mir noch eine Kusshand zu, dann steuerte ich die Toiletten an. Abseits der Tanzfläche war es nicht so laut und vor allem nicht so heiß. Der Schweiß stand auf meiner Haut, und ich fächerte mir kühle Luft zu, als ich die Schlange an Frauen sah, die sich vor der Damentoilette anstellte. Ein verhaltenes Seufzen ausstoßend reihte ich mich ein und lehnte mich an die Wand.

»Das ist nicht okay, das ist überhaupt nicht okay«, hörte ich eine männliche Stimme neben mir lallen. Ich drehte den Kopf und ... hob überrascht die Augenbrauen.

»Mister Cunningham?«

»Der bin ich.« Mein Boss grinste und lehnte sich neben mich an die Wand.

»Sie sind betrunken.« Das war keine Frage, denn es war mehr als offensichtlich, dass er viel zu viel getankt hatte.

»Was Sie nicht sagen!« Theatralisch riss er die Augen auf, bevor er sie für einen Moment schloss.

»Geht es Ihnen nicht gut?« Herrje, wenn er mir jetzt umkippte oder sich übergeben musste ...

»Ha! Doch, mir gehts blendend, um nicht zu sagen, großartig! Besonders, wo ich gerade dich hier treffe, Paulinaaa.« Den letzten Buchstaben zog er in die Länge.

Gott, das war reichlich ... unangenehm, ihn so zu erleben.

»Sie sollten nach Hause fahren.«

Er schnaubte auf. »Wieso will mich heute jeder heimschicken? Und keine hat Lust, mich dahin zu begleiten ...«

Was meinte er damit? Vielleicht hatten ihn zu viele Frauen abblitzen lassen, aber wen wunderte das schon bei diesem Zustand? Überhaupt hätte ich nicht gedacht, gerade ihn, den korrekten, immer die Kontrolle behaltenden Mann, derart betrunken zu erleben.

Die Schlange rückte vor, doch es würde sicher noch ewig

dauern, bis ich drankam. Und irgendwie wurde ich müde. Meine Stimmung sank, und was mich am meisten nervte, war, dass ich das Gefühl hatte, für Mister Cunningham verantwortlich zu sein und dafür zu sorgen, dass er wohlbehalten nach Hause kam. Denn was, wenn er noch weiter abstürzte? Womöglich konnte er sich morgen daran erinnern, dass wir uns begegnet waren, und er würde mir vorhalten, dass ich ihn in so einem Zustand sich selbst überlassen hatte.

Seufzend zog ich mein Handy aus der Handtasche.

*Paulina: Hast du schon bestellt? Ich hab hier nämlich jemanden getroffen, den ich nach Hause begleiten würde ...*

Zum Glück hatte sie mitbekommen, dass ich ihr geschrieben hatte, und antwortete sofort.

*Cassandra: Eine alte Freundin oder ein heißer Kerl?*

*Paulina: Letzteres ...*

*Cassandra: Uh, Baby! Lass es krachen!*

*Paulina: Bist du nicht böse, wenn ich fahre?*

*Cassandra: Auf keinen Fall! Viel Spaß. ;)*

Ihr jetzt die Umstände zu erklären, würde ich mir sparen. Stattdessen verstaute ich das Telefon wieder in der Handtasche und wandte mich meinem Boss zu. »Kommen Sie, Mister Cunningham. Ich bringe Sie nach Hause.«

Er blinzelte und schaute mich aus halb geschlossenen Augen an. Dann lachte er. »Nach Hause ... *Du* willst mich nach Hause bringen ... Gerade du ...«

Ja, schon klar, er war genervt von mir und meiner Arbeit. Aber ich hatte mich entschuldigt. Ich hatte das Chaos in Ordnung gebracht, und ich versuchte wirklich, alles zu seiner Zufriedenheit zu erledigen. Das schloss für mich auch mit ein, ihn wohlbehalten in seine Wohnung zu bringen.

Weil er keine Anstalten machte, mir zu folgen, hakte ich mich einfach bei ihm unter und zog ihn mit. Taumelnd kam er in Bewegung und kurz darauf fanden wir uns an der Straße wieder. Zu unserem Glück hielt gerade ein Taxi vor dem Club, aus dem Leute ausstiegen.

Ohne zu überlegen, bugsierte ich Mister Cunningham auf die Rückbank und stieg hinter ihm ein. Denn womöglich würde er dem Fahrer eine Bar oder einen anderen Club nennen und der Abend könnte dadurch noch übler für ihn enden … Ich kannte meinen Boss nicht, wusste also nicht, wie er in so einer Situation reagierte.

Nachdem ich mich angeschnallt hatte, nannte ich seine Adresse und bemerkte, dass Mister Cunningham bereits eingeschlafen war. Wenigstens hatte er vorher noch den Sicherheitsgurt angelegt.

In den wenigen Minuten durch die Stadt überlegte ich, wie ich ihn hoch in seine Wohnung bekommen sollte. Das würde bestimmt nicht einfach werden, vor allem, wenn ich ihn nicht richtig wach bekam oder er es nicht schaffte, sich selbstständig auf den Beinen zu halten. Vielleicht wäre es besser gewesen, Cassandra zu bitten, mitzukommen. Wobei wir vermutlich sogar zu zweit daran scheitern würden, den Schrank von einem Mann in den Aufzug und in seine vier Wände zu schleppen, sollte er nicht mehr laufen können. Hoffentlich war der freundliche Portier im Dienst, den könnte ich ebenfalls um Hilfe bitten, fiel mir dann ein.

Als wir vor seinem Wohnhaus hielten, bezahlte ich mit den letzten paar Dollar, die ich noch eingesteckt hatte, und weckte Mister Cunningham. Erst als ich ihn kräftig an der Schulter packte und schüttelte, blinzelte er und sah sich irritiert um.

»Aussteigen, wir sind zu Hause«, erklärte ich.

Er schaute aus dem Fenster, dann stieg er wortlos aus, als hätte er gar nicht mitbekommen, dass ich ebenfalls im Taxi saß. Schnell eilte ich ihm hinterher. Gerade rechtzeitig, da er immer noch gefährlich schwankte.

»Kommen Sie, ich bringe Sie nach oben.« Wieder hakte ich

mich bei ihm unter und ging entschlossenen Schrittes zur Tür. Wir betraten die Vorhalle, und ich nickte dem griesgrämigen Portier zu, der uns mit krausgezogener Stirn musterte. Zum Glück hatten wir es ohne fremde Hilfe in den Aufzug geschafft.

Mister Cunningham lehnte mir gegenüber, die Beine lässig überkreuzt, als wäre es eine Leichtigkeit, mit einem so hohen Promillespiegel so dazustehen. Die Hände hatte er in die Taschen seiner Anzughose geschoben und sah mich nun müde an.

»Das hätten Sie nicht tun müssen, Miss Moreno.«

Schweigend erwiderte ich seinen Blick. Darüber mit ihm zu diskutieren, stand nun wirklich nicht auf meiner Prioritätenliste.

Ohne Vorwarnung drückte er sich von der Aufzugswand ab und kam auf mich zu. Er stützte sich links und rechts von mir ab und kam mir dabei so nah, dass ich sein Parfum, vermischt mit einer Wolke Alkohol, einatmete. »Zu schön«, murmelte er, dann hielt der Aufzug, und verdammt, zu gern hätte ich nachgefragt, was er damit meinte. Mich? Die Situation, weil ich hier mit ihm war? Der Abend? Oder war das sarkastisch gemeint gewesen?

Taumelnd brachte er Abstand zwischen uns und trat aus dem Fahrstuhl, während ich ihm missmutig grummelnd folgte. Ein betrunkener erwachsener Mann war anstrengender als die fünf- und siebenjährigen Nachbarskinder, die ich hin und wieder babysittete.

Erst bei seiner Wohnung hatte ich ihn eingeholt, wo er versuchte, die Tür aufzusperren. Doch er war zu betrunken, um ins Schlüsselloch zu finden.

»Kommen Sie, ich helfe Ihnen«, sagte ich beruhigend, als er sich fluchend nach dem Schlüssel bückte, der ihm eben aus der Hand gefallen war.

»Ich brauch keine Hilfe«, knurrte er, blieb aber stehen, als ich vor ihm in die Knie ging, um den Schlüsselbund aufzuheben.

Schweigend sperrte ich auf.

Mister Cunningham drängte sich an mir vorbei in die

Wohnung und peilte direkt das Wohnzimmer an. In der Bar in der Ecke, von der aus man einen atemberaubenden Blick über die Stadt hatte, die nun durch die vorweihnachtliche Beleuchtung noch heller als sonst leuchtete, schenkte er sich ein Glas ein, wobei er nicht wenig davon daneben schüttete.

Ich stellte mich zu ihm, und mir lag schon auf der Zunge, ihm zu sagen, dass ich es für keine gute Idee hielt, weiterzutrinken. Aber was ging es mich an? Er war erwachsen, und es war nicht mein Kopf, der morgen wehtun würde. »Krieg ich auch einen?«, fragte ich also. Meine Belohnung dafür, dass ich ihn wohlbehalten in seine vier Wände und er mich um meinen Abend mit Cassandra gebracht hatte.

Er lachte trocken auf, griff aber nach einem zweiten Glas und schenkte mir ein.

»Gibt es was zu feiern oder was ist der Grund für …?« Ich ließ den Rest des Satzes in der Luft hängen und schwenkte mein Glas, was er als Anlass nahm, seines klirrend dagegen zu stoßen.

»Wäre schön.« Gedankenverloren starrte er in die bernsteinfarbene Flüssigkeit. Dann trank er einen Schluck. »Keine Ahnung, was gerade schiefläuft. Im Büro kann ich mich nicht konzentrieren, ich scheine gerade schlechte Karten bei den Frauen zu haben und überhaupt ist das alles nur wegen Ihnen. Warum sind Sie eigentlich noch hier?«

Nun schaute er mich direkt an und die Fülle an neuen Informationen hatte mich überrumpelt. Mehr jedoch die Tatsache, dass ich mich offensichtlich aus seinem Leben verdünnisieren sollte. Dabei hatte ich gedacht, dass er mich am Montag wieder hier sehen wollte, damit ich mich um seinen Haushalt kümmerte. Aber er war betrunken. Wer wusste schon, was von alldem wirklich so war, wie er es sagte. Wenn, dann musste er mir das in nüchternem Zustand noch einmal mitteilen.

Ich trank einen Schluck in der Hoffnung, den Knoten in meinem Hals damit hinunterspülen zu können. Sofort breitete sich Wärme in mir aus und sorgte dafür, dass mich seine harschen Worte nicht mehr so sehr verletzten. »Manchmal fühlt man sich vom Leben ungerecht behandelt«, sagte ich leise. »Aber das bedeutet nicht, dass es komplett gegen einen ist. Alles ist für was gut. Aus jeder schlechten Situation geht man stärker und um eine Erfahrung reicher hervor.«

Er schnaubte auf, dann setzte er das Glas an die Lippen, stockte. Schluckte. »Bah!« Er schüttelte sich, stellte sein Getränk ab und hielt sich nun krampfhaft mit beiden Händen am Bartresen fest. Mehrfach atmete er tief ein und stieß geräuschvoll die Luft wieder aus.

»Geht es Ihnen nicht gut? Müssen Sie sich übergeben?«

»Neee, der Inhalt ist zu teuer, als dass ich ihn der Kanalisation überlasse.« Er zeigte auf seinen Bauch.

Stirnrunzelnd schaute ich ihn an. »Wenn Sie das sagen … Kann ich irgendwas für Sie tun? Oh, wissen Sie was? Ich koche Ihnen was. Was halten Sie von einem pikanten French Toast?«

Mister Cunningham rülpste, dann nickte er. »Ist vielleicht keine schlechte Idee.«

Er taumelte hinter der Bar hervor, zog nun endlich auch sein Sakko aus und warf es auf die Lehne der Couch, von der es runterrutschte und zu Boden fiel. Sofort eilte ich hin und hob es auf, während er Richtung Ankleidezimmer ging. Auf dem Weg ließ er sein Hemd fallen, das ich gleich in die Wäsche geben würde.

»Wollen Sie eben noch duschen?«, fragte ich, war mir aber im selben Moment nicht sicher, ob *ich* das wollte. Was, wenn er Kreislaufprobleme bekam und im Badezimmer zusammensackte?

Doch er schien meinen Vorschlag für eine gute Idee zu halten, denn er ging durch das Ankleidezimmer hindurch direkt ins Bad. Als ich sah, dass er seine Hose öffnete, stockte ich. Eigentlich wäre spätestens jetzt der Zeitpunkt, mich umzudrehen und zu gehen. Aber noch während er umständlich die Stoffhose nach unten schob, bemerkte ich, wie sehr er wankte. Schnell eilte ich zu ihm und konnte ihn gerade rechtzeitig stützen, bevor er gestürzt wäre.

»Vorsicht«, sagte ich und stemmte mich gegen sein Gewicht, das schwer auf meiner Schulter lag.

Mit einem Mal hatte er mich geschnappt und gedreht, bis ich in seinen Armen lag wie in einem Tanzfilm. Er beugte sich über mich und mein Herz raste. Weil ich seine Hände auf dem Rücken spürte, weil ich tief in seine Augen schauen konnte, auf seine Lippen, die meinem Gesicht viel zu nahe waren. Weil er mich hielt, betrunken war und womöglich nicht wusste, was er tat. Oder vielleicht wusste er es ganz genau und hatte jetzt nur seine eigenen Grenzen vergessen.

»Zu schön«, raunte er erneut und schloss mit fast schon gequältem Gesichtsausdruck die Augen. Als er das Gleichgewicht zu verlieren drohte und taumelte, öffnete er sie Gott sei Dank und half mir wieder in eine aufrechte Position.

»French Toast«, murmelte er und stieg wie ein unbeholfener Junge aus seiner Hose, indem er jedes Hosenbein mit mehreren kleinen Schritten nach unten trat. Ich bückte mich nach dem zerknüllten Stoff und konnte nicht widerstehen, ihm hinterherzusehen, als er die Badezimmertür offen ließ.

»Tun Sie sich keinen Zwang an!«, rief er mir noch zu, dann rauschte auch schon das Wasser.

Hatte er das nun auf den French Toast bezogen? Auf seine Kleidung, die ich ihm hinterherräumte wie eine Mama ihrem Kind? Oder … meinte er, dass ich zu ihm kommen sollte? Ins Bad, um ihm zuzusehen? War es eine Anspielung darauf, dass ich bei unserer ersten Begegnung ins Bad geplatzt war, als er gerade nackt war? Oder aber wollte er damit sagen, dass wir beide unter der Dusche …

Viel zu unanständige Bilder tauchten vor meinem inneren

Auge auf, die ich abzuschütteln versuchte. Leider gelang es mir nur bedingt.

Noch als ich in der Küche stand und seinen Toast in der Eimasse wendete, ertappte ich mich dabei, wie ich in Gedanken die Pfanne beiseitestellte und zurück zu ihm ins Badezimmer ging. Wie ich mich auszog und zu ihm in die dampfende Dusche stieg, wo ich ihn küsste, ihn berührte, ihn so lange reizte, bis auch er die Finger nicht mehr von mir lassen konnte …

# 12

## Kilian

Kaltes Wasser prasselte auf mich herab und sorgte dafür, dass mein Kopf etwas klarer wurde.

Fuck, ich war immer noch sturzbetrunken. Alles um mich herum war schwammig und verzerrt. Aber ich war mir dessen bewusst, dass ich nicht allein war. Dass mich meine Haushälterin auf Zeit nach Hause gebracht hatte und gerade dabei war, für mich zu kochen.

Meine unausgesprochene Einladung, mir unter die Dusche zu folgen, hatte sie entweder nicht verstanden oder gekonnt ignoriert – so oder so war ich nur wenige Minuten später froh darüber. So gern ich sie jetzt hier bei mir hätte, so übel würde ich es morgen bereuen. Gott, wie betrunken war ich eigentlich?

Dass sie nicht ins Bad gekommen war, sagte mir immerhin schon, dass sie es nicht angemessen fand. Jede andere hätte sich diese Chance vermutlich nicht entgehen lassen. Beverly wäre mit dem Inhalt ihrer Handtasche nachgekommen, von Philippa mal ganz abgesehen …

Okay, die zwei Frauen, die ich heute angegraben hatte, nachdem Adrian, Mason und Logan ohne mich weitergezogen waren, weil ich noch im Club bleiben wollte, würden vielleicht auch die Flucht ergreifen. Aber bei denen war ich ein Arsch gewesen und hatte meine schlechte Laune an ihnen ausgelassen. Weil ich mich darüber geärgert hatte, dass ich kürzlich Beverly einen Korb gegeben hatte, obwohl ich das unter anderen Umständen nie gemacht hätte.

Dass ich im Anschluss Paulina Moreno in die Arme gelaufen war, hielt ich für Ironie des Schicksals. Noch mehr, weil sie so unfassbar heiß aussah in diesem Kleid, das eigentlich ein Warnschild verdient hätte. Ja, sie war keine besonders große Frau, aber ihre Beine sahen in Kombination mit ihren High Heels unendlich lang aus. Und ihre Brüste ...

Scheiße, allein die Erinnerung daran, wie sie fast aus dem Kleid fielen, sorgte dafür, dass sich Blut in meinem Schwanz sammelte und ihn anschwellen ließ.

Aber ich musste mich zusammenreißen. Sie hatte meine Anspielungen nicht verstanden oder ignoriert, hatte nicht zurückgeflirtet, war mir nicht gefolgt, als ich die Hose ausgezogen hatte. Mich jetzt an sie ranzumachen, würde vermutlich übel für mich enden.

Ich wusch mich in der Hoffnung, endlich einen klaren Kopf zu bekommen, konnte es aber nicht lassen, meine Erektion zu massieren und mir kurz vorzustellen, es wären ihre Hände.

Verdammt, wenn sie jetzt reinkommen und mich so sehen würde ...! Der vernünftige Teil in mir sah sie aufgebracht davonlaufen, während der unanständige Part sie zu mir in die Dusche kommen sehen wollte; *bei* mir in der Dusche *kommen lassen* wollte ...

Gottverdammt, ich war so am Arsch!

Ich drehte das Wasser ab, langte umständlich nach einem Handtuch und rieb mit dem Frotteestoff halbherzig über meinen Körper, ehe ich mir das Tuch umständlich um die Hüfte band und hinaus in den Flur trat.

Der Geruch von Essen lag in der Luft, und interessanterweise knurrte mein Magen. Dann war es wohl nicht die schlechteste Idee, jetzt meinen Hunger zu stillen ...

Kurz blieb ich am Durchgang stehen, von wo aus ich Miss Moreno zuschaute, wie sie den Toast in der Pfanne wendete.

Sie musste bemerkt haben, dass ich sie beobachtete, denn sie hob ihren Kopf und sah mich an. Fast konnte ich spüren, wie ihr Blick über meinen Körper tiefer wanderte und einen Augenblick zu lange an meinem Handtuch hängen blieb.

Als ich an mir hinabsah, wurde mir klar, dass ich immer noch eine Latte hatte – eine, die nicht gerade klein war und dafür sorgte, dass das Frottee mehr als eindeutig von mir wegstand.

Miss Moreno räusperte sich. »Das Essen ist jeden Moment fertig.«

Eigentlich könnte ich mich gleich so, wie ich war, in die Küche setzen. Sie hatte nun schon mehr als genug von mir gesehen. Aber irgendwo tief in mir drin schien wohl doch noch ein Funken Anstand zu stecken, der mich mit dem Finger in Richtung Büro und meinen Wandschrank mit den gemütlichen Sportklamotten zeigen ließ. »Ich geh mich anziehen«, erklärte ich und wartete nicht auf ihre Antwort. Vermutlich war es ihr nur recht, wenn ich wieder in Kleidung steckte.

Da ich die Unterwäsche im Ankleidezimmer vergessen hatte, zog ich mir einfach nur eine Jogginghose über. Durch die sah man zwar nach wie vor, dass zu viel Blut in den unteren Regionen war, aber der Alkohol sorgte auch dafür, dass dieser Teil meines Gehirns, für den das ein Problem darstellen könnte, gerade betrunken in der Ecke lag. Ich zog noch ein altes Unterhemd an, das enger anlag, als ich es in Erinnerung hatte. Was vermutlich daran lag, dass ich in den letzten Jahren etwas an Muskelmasse zugelegt hatte. Jetzt noch mal was anderes zu suchen, überschritt jedoch gerade eindeutig meine Kompetenzen. Stattdessen beschwerte sich mein Magen knurrend, weil er noch nichts zu essen bekommen hatte. Oder weil er zu viel Alkohol abbekommen hatte, aber das zu erörtern überforderte mich in meinem derzeitigen Zustand.

Zurück in der Küche hatte Miss Moreno zwei Toasts auf einen Teller gelegt und ein großes Glas Wasser danebengestellt. Ich setzte mich auf einen der Barhocker am Küchentresen.

»Danke«, murmelte ich verlegen. Ja, sie arbeitete für mich, aber es war ihr freier Tag. Es war mitten in der Nacht, und ganz sicher wollte sie jetzt nicht hier sein und für ihren betrunkenen Boss Kindermädchen spielen.

Als ich in den Toast biss, stöhnte ich genüsslich auf. Das Fett war genau die richtige Waffe gegen den Alkohol und den flauen Magen.

»Sie sollten auch ein Stück essen, der ist echt gut!« Ich deutete mit dem Finger darauf, während sie die Pfanne abwusch.

Ihr Schmunzeln schoss mir gleich wieder in die Eier. »Freut mich, dass er Ihnen schmeckt«, meinte sie nur, machte aber keine Anstalten, nach dem zweiten Stück auf meinem Teller zu langen.

Also hielt ich es ihr entgegen. »Na los, greifen Sie zu.«

»Den hab ich für Sie gemacht. Ich denke, Sie brauchen den dringender als ich.« Unbeirrt räumte sie die Spülmaschine ein.

Lachend stellte ich den Teller wieder ab. »Keine Ahnung, warum Sie das glauben«, sagte ich, bevor ich ein großes Stück abbiss.

Mit einem amüsierten Blick wischte sie die Arbeitsfläche sauber, lehnte sich schließlich daran an und schaute mir zu.

»Kommen Sie, das ist echt seltsam, wenn ich esse und Sie nicht. Geben Sie mir mal ein Messer, bitte.«

Sie hob eine Augenbraue, reichte mir jedoch eines.

Etwas umständlich schnitt ich den zweiten Toast in zwei Teile. »Ich bestehe darauf«, sagte ich und hielt ihr den Teller erneut entgegen. »Und kommen Sie mir jetzt nicht mit der Ausrede, dass Sie nur Salat essen würden.«

Augenrollend griff sie danach. »Ich bitte Sie! Sehe ich so aus, als würde ich mich nur von Grünzeug ernähren?«

Dass sie damit bewirkte, dass ich ihren Körper erneut von

oben bis unten musterte, war ihr vielleicht nicht bewusst gewesen. Noch weniger, dass sich mein Schwanz wieder fester gegen den Stoff der Jogginghose drückte. »Sie sehen genau richtig aus«, sagte ich mit rauer Stimme und hob den Blick von ihrem Dekolleté zu ihren Augen.

Und scheiße, sie hatte mitbekommen, dass ich schamlos ihre Brüste angestarrt hatte.

Doch statt sich darüber aufzuregen, lächelte sie mich an. Fuck, sie lächelte und senkte für einen Moment den Blick, ehe sie mich wieder ansah. So intensiv, dass die Hitze in mir zunahm. Mit aller Kraft konzentrierte ich mich darauf, zu essen und ihr dabei in die Augen zu sehen. Nicht auf ihren Busen, nicht auf ihre Hüften. Nicht auf ihren Hals oder auf ihre wilde Lockenmähne, die mich früher oder später um den Verstand bringen und in der ich jetzt zu gerne meine Finger vergraben würde. Und schon gar nicht auf ihre Lippen, die sich um den knusprigen Toast legten, wenn sie abbiss.

Die einzige Tatsache, die mich verwirrte, war, dass sie meinem Blick standhielt. Die ganze Zeit. Und dass sich dabei etwas in meinem Magen regte, das weder mit dem Alkohol noch mit dem Toast zu tun hatte …

Als ich mit dem Essen fertig war, stand ich auf und ging mit dem Teller um den Tresen herum auf sie zu. Dass sie vor der Spülmaschine lehnte, machte die Sache nicht gerade einfacher. Noch weniger, als Miss Moreno sich nicht von der Stelle bewegte, kaum dass ich vor ihr hielt.

»Danke für das Essen, das hab ich gebraucht.« Ich stellte den Teller ab, und in dem Moment, als ich mich zu ihr hinabbeugen wollte, um … sie zu küssen, an mich zu ziehen und sie von mir zu überzeugen, machte sie einen Schritt zur Seite.

»Oh, sorry. Ich stehe Ihnen im Weg.« Sie öffnete den Geschirrspüler und räumte meinen Teller hinein. »Ich sollte jetzt gehen«, meinte sie schließlich. Leise.

»Nein, bleiben Sie …«, hörte ich mich sagen.

Schweigend schaute sie mich an, rührte sich aber nicht vom Fleck.

Also wagte ich einen weiteren Vorstoß und verringerte den Abstand erneut zwischen uns. Und fuck, diesmal wich sie nicht zurück.

Sie legte ihren Kopf in den Nacken und sah mich an.

Der Alkohol ließ mich sämtlichen Anstand vergessen, eventuelle Folgeschäden beiseite wischen und meine Hand an ihre Wange legen.

Sie schloss die Augen, und ihr Seufzen sorgte dafür, dass die wildesten Gedanken durch mich hindurchwirbelten.

»Paulina«, raunte ich und wartete darauf, dass sie mich wieder ansah, ehe ich fortfuhr. »Was wäre, wenn ich dir sage, dass ich dich küssen will? Würdest du es zulassen? Oder möchtest du immer noch gehen?«

Ha, ein geschickter Schachzug, dass ich sie die Entscheidung treffen ließ.

»Ich … weiß es nicht«, flüsterte sie.

»Dann sollten wir es ausprobieren.« Entschlossen senkte ich den Kopf.

Ihre Hände an meiner Brust schoben mich von sich und stoppten mich, bevor ich ihre Lippen erreicht hatte. »Sie sind betrunken, Mister Cunningham.«

Angestrengt hielt ich mich zurück. »Sie sind auch nicht nüchtern.«

Was für ein bescheuertes Argument! Dafür hätte ich mir selbst eine reinhauen können.

»Nüchterner als Sie auf jeden Fall.«

»Willst du mich nicht küssen oder kannst du nicht?« Ja, ich ging aufs Ganze … Aber ich wollte mir keine Vorwürfe machen, weil ich eine Chance verpasst hatte. Und immerhin wusste ich nicht einmal, ob sie in einer Beziehung war.

Scheiße, das hatte ich überhaupt nicht bedacht! Vielleicht hatte sie einen Freund und ich Idiot machte mich hier gerade in mehr als einer Hinsicht lächerlich.

»Ich … weiß es nicht. Ich will, aber … Keine Ahnung, ich bin verwirrt.«

*Sie wollte!*

Das war mein Stichwort. Etwas anderes brauchte ich nicht.

»Ich sorge dafür, dass du es nicht mehr bist«, raunte ich noch, dann schloss ich die Lücke zwischen uns und strich mit meinen Lippen sanft über ihre.

Sie keuchte, und ich sog ihren Atem in mich.

Erneut spürte ich ihre Hände an meiner Brust, doch diesmal lag kein Widerstand in dieser Berührung. Im Gegenteil, sie packte den Stoff meines Shirts und vergrub die Finger darin, um mich an sie zu ziehen.

Erleichtert ausatmend küsste ich sie endlich. Drang mit meiner Zunge in ihren Mund ein und wurde nur noch härter, als sie ihre an meiner rieb.

Ich zog sie enger an mich, zeigte ihr, wie sehr ich sie wollte, und genoss es, ihre Brüste an meinem Oberkörper zu fühlen.

Ich war verrückt nach dem Gefühl ihrer Locken auf meinem Handrücken, als ich eine Hand an ihren Nacken schob. Und fuck, die süßen Laute, die sie machte, sorgten dafür, dass ich komplett die Kontrolle über mich verlor …

# 13

## Paulina

Sein Duft war überall ... und ich war verloren.

Als ich seine Hände auf meinem Körper spürte, die Hitze fühlte, die von ihm ausging, wusste ich, dass ich keine Chance hatte, ihm zu widerstehen. Vor allem gingen mir die Argumente aus. Mein Verlangen nach ihm war so groß, dass ich mich zusammennehmen musste, ihm nicht seine Klamotten vom Leib zu reißen ...

Aber das konnte ich unmöglich. Ich würde mich nicht auf ihn stürzen wie die ausgehungerte Frau, die ich war. Auch wenn ich mich wie verrückt nach ihm verzehrte. Doch er hatte mir mehr als einmal klargemacht, was er von mir hielt: gar nichts.

Er stöhnte heiser und heizte mir damit nur noch mehr ein.

Dass er trotz seiner mürrischen Art nett sein konnte, hatte er mir heute gezeigt. Oder war es nur Dankbarkeit gewesen, weil ich ihn *gerettet* hatte? Egal, vielleicht hatte ich ihm dadurch nun auch klarmachen können, dass es keinen Grund mehr gab, wütend auf mich zu sein, weil ich für meine Tante einsprang und meine Arbeit etwas überambitioniert angegangen war.

Immer wieder glitten seine Finger in meinen Nacken, als würde er das Gefühl meiner Haare mögen, während ich es nicht lassen konnte, über seine Brust zu streichen, um seine

Muskeln unter meinen Händen zu spüren. Alles an ihm war fest und hart. Alles.

»Du machst mich verrückt, weißt du das? Vom ersten Moment an …« Er küsste meinen Hals und hob mich kurz entschlossen hoch, bis ich auf der Arbeitsfläche saß.

»Mister Cunningham, ich …«

»Kilian.«

»Kilian … Ich dachte eher, ich treibe dich in den Wahnsinn und … du bist einfach nur froh, wenn Tante Flori …«

Sofort legte er einen Finger auf meine Lippen. »Scht. Wir reden jetzt nicht über deine Tante, okay?«

Ich nickte nur. In meinem Kopf schwirrte es, noch mehr, als er mit der Hand vom Nacken über das Schlüsselbein zu meinem Busen streichelte und ihn sanft knetete.

Ein heiseres Stöhnen löste sich aus meiner Kehle. Ich hatte völlig die Kontrolle verloren. Gott, ich wollte diesen Mann so sehr!

Seine Hände berührten mich an Stellen, an denen der Stoff meines Kleides uns trennte, und an jenen, an denen Haut auf Haut traf, während unsere Zungen sich umeinander wanden und wir nicht genug voneinander bekommen konnten.

»Fuck, ich will dich so sehr, Paulina. Hier und jetzt, in der Küche. Und in meinem Bett. Und danach unter der Dusche. Ich will dich ficken, bis du meinen Namen stöhnst. Ich will dich betteln hören, will, dass du für mich kommst.«

Seine Worte waren so heiß. Und ein großer Teil in mir drängte mich dazu, Ja zu sagen. Doch etwas in mir stieß eine Warnung aus. Wovor, wusste ich nicht, aber ich hatte im Laufe der Jahre gelernt, auf mein Bauchgefühl zu hören. Es täuschte sich nicht und gerade jetzt, wo ich müde war und berauscht vom Alkohol, vor allem jedoch von seinem Duft und diesem unvergleichlichen Kuss, war es vermutlich schlauer, es langsamer angehen zu lassen.

»Das klingt sehr verlockend, aber … ich glaube, es wäre besser, wenn ich jetzt wirklich gehe.«

Er schnaubte, schüttelte den Kopf und legte ihn in den Nacken. »Ich bin so ein Idiot.«

»Nein, das bist du nicht!«, sagte ich schnell, weil ich das Gefühl hatte, er könnte den Kuss bereuen. Und ich bereute rein gar nichts. »Aber … vielleicht sollten wir uns mehr Zeit lassen? Ich meine, wir sind beide betrunken, das ist bestimmt nicht die beste Ausgangssituation, um Sex zu haben. Abgesehen davon … bin ich ja am Montag wieder hier.« Hatte ich ihm tatsächlich angeboten, an meinem nächsten Arbeitstag mit ihm zu schlafen?

Keine Ahnung, warum, aber meine Worte bewirkten, dass er sich von mir löste und abwandte. Vermutlich hatte ihn meine Aussage wachgerüttelt und ihm dieselbe kalte Dusche verpasst, die ich gefühlt hatte. »Ja, vielleicht sollten Sie wirklich gehen, Miss Moreno.«

Dass ich nun wieder *Miss Moreno* und nicht mehr *Paulina* war, traf mich doppelt. Hatte er mich nur ins Bett bekommen wollen und machte jetzt einen auf unnahbar, weil ich Nein gesagt hatte? Wenn es das war, hatte ich mich mehr in ihm getäuscht, als ich wahrhaben wollte …

Ein letztes Mal sah ich ihm tief in die Augen, versuchte herauszufinden, was in seinem Kopf vor sich ging. Doch er war wieder der kühle, abweisende Mister Cunningham, den ich kannte.

Ich rutschte von der Arbeitsfläche, holte meine Handtasche, die noch neben der Bar auf dem Boden lag, und bewegte mich Richtung Ausgang. Jedoch stockte ich, schaffte es nicht, ihn ohne ein weiteres Wort zu verlassen. »Keine Ahnung, was da eben passiert ist, Kilian, aber ich möchte, dass du weißt, dass ich nichts bereue. Weder den Kuss noch den Abbruch danach, weil wir beide nicht klar im Kopf sind und ich nicht will, dass wir morgen irgendwas bedauern.«

Er starrte mich finster an, die Hände in die Seiten gestützt.

»Wartet zu Hause jemand auf Sie?«

Irritiert blinzelte ich. »Nein, aber ...«

»Dann bleiben Sie hier. Sie können im Gästezimmer schlafen.«

»Das halte ich für keine gute Idee.« Nicht nur, dass es uns bestimmt schwerer fallen würde, uns voneinander fernzuhalten. Doch jetzt, wo die Sache noch nicht geklärt war, würde es am nächsten Morgen sicher unangenehm für uns beide werden. Ganz besonders, wenn der Alkohol seine Wirkung verloren hatte.

»Darüber wird nicht diskutiert. Ich möchte nicht, dass Sie um diese Uhrzeit allein draußen unterwegs sind, und wenn niemand Sie abholen kann, bleiben Sie hier. Sie wären meinetwegen mitten in der Nacht auf den Straßen, und ich will und kann nicht verantworten, dass Ihnen was passiert.« Mit diesen Worten ging er an mir vorbei zum Gästezimmer und hielt mir die Tür auf. »Sie können ja den Raum von innen abschließen, wenn Sie möchten.«

Diese Aussage traf mich wie ein harter Schlag in den Magen.

War er so beleidigt, weil ich ihm eine Abfuhr erteilt hatte?

Aber dass er sich um mich sorgte, wenn ich nachts allein unterwegs war, rührte mich. So egal konnte ich ihm also nicht sein.

Ich wollte nichts in die Situation hineininterpretieren und hatte außerdem weder die Lust noch die Kraft, mit ihm darüber zu diskutieren. Also bedankte ich mich für sein Angebot und betrat das Gästezimmer. Dass er die Tür hinter sich lauter schloss als nötig, nahm ich mir trotzdem zu Herzen ...


Ich hatte nicht gut geschlafen und war mehrfach wach geworden, auch wenn das Bett ein absoluter Traum war. Doch die Sache mit meinem Boss beschäftigte mich mehr, als ich mir eingestehen wollte. War es falsch gewesen, ihn abzuweisen? Immerhin sehnte ich mich nach ihm, ja, ich bekam das Bild von ihm und mir nicht aus dem Kopf. Noch dazu hatte sich mein Bauchgefühl, wegen dem ich Abstand zwischen uns bringen musste, verflüchtigt.

Hatte ich also einen Fehler begangen …?

Aber nein, ich war mir dessen schon im Klaren, dass er keine romantischen Gefühle für mich hatte. Es wäre nur Sex gewesen.

Ja, ich hatte schon den ein oder anderen One-Night-Stand gehabt, die jedoch jedes Mal ein schales Gefühl in mir hinterlassen hatten. Und das lag nicht nur daran, dass ich dabei nicht gekommen war.

Wenn ich einen Mann nicht kannte, wenn er *mich* und meinen Körper nicht kannte, wie konnten wir dann ein harmonisches Team bilden? Wie sollte ich auf meine Kosten kommen, wenn derjenige mich nur zu seiner eigenen Befriedigung flachlegen wollte?

Bei Kilian wäre es nichts anderes. Noch dazu war er nicht Herr seiner Sinne gewesen …

Nachdem die Sonne langsam den Himmel in ein blasses Licht tauchte und ich mich nicht länger von einer Seite auf die andere drehen wollte, beschloss ich, aufzustehen.

Also zog ich das Kleid an, das ich zum Schlafen gegen eines der T-Shirts getauscht hatte, die ich in seinem Wandschrank gefunden hatte. Die High Heels zog ich nicht an, sondern schlich auf Zehenspitzen aus dem Zimmer.

»Guten Morgen.«

Kilians Stimme erschreckte mich und ich fuhr zu ihm herum. Er saß im Wohnzimmer auf einem Ledersessel. Tiefe Augenringe ließen mich erahnen, dass er eine ebenso schlechte Nacht gehabt hatte wie ich.

Langsam ging ich auf ihn zu. »Guten Morgen, Kilian. Wie geht es dir?«

Ich hatte beschlossen, beim Vornamen zu bleiben. Vielleicht ein bisschen, um ihn zu ärgern und ihn daran zu erinnern, was wir gestern getan hatten.

»Ganz passabel. Wie geht es Ihnen, *Miss Moreno?* Haben Sie gut geschlafen?«

Okay, er hielt rein gar nichts von *Kilian*, aber das war mir egal. Ich würde es einfach beinhart durchziehen. Denn jetzt noch mal klein beizugeben, war nicht mein Ding.

»Nicht wirklich, nein. Deshalb wollte ich mich nun auf den Weg nach Hause machen, um etwas Schlaf nachzuholen.« Auch wenn ich eigentlich lernen müsste, doch ich hatte nicht vor, mich bei ihm auszuheulen.

Er stand auf und kam auf mich zu. »Tut mir leid, ich hoffe, das lag nicht an mir?« Dass er das ernst zu meinen schien, überraschte mich, aber sein Blick und Tonfall zeigten nichts von Spott.

»Doch, ehrlich gesagt schon«, kam es aus mir heraus, bevor ich mich am Riemen reißen konnte. Ich war jedoch zu müde, um klar zu denken. Mal abgesehen davon schadete es dem selbstgefälligen Kerl nicht, einen Dämpfer zu bekommen.

Mit verwundertem Blick hielt er vor mir. Starrte mich an. Abwartend.

Doch ich würde den Teufel tun, ihm auf die Sprünge zu helfen. Mit etwas Anstrengung kam er schon selbst darauf, was schiefgelaufen war – nämlich dass er wie eine beleidigte Leberwurst reagiert hatte und zurück zum Siezen übergegangen war, nachdem ich ihm gesagt hatte, dass mir das alles zu schnell ging.

Resigniert schloss er die Augen. »Okay, tut mir leid, ich bin gestern dermaßen über das Ziel hinausgeschossen … Weder hätte ich Sie küssen dürfen noch darauf bestehen, dass Sie hier übernachten.«

Genervt davon, dass er einfach nicht verstand, was los war, stieß ich mit beiden Händen gegen seine Brust. »Nein, verdammt, das ist nicht der Grund, warum ich mich die halbe Nacht von einer Seite auf die andere gedreht habe.« Irritiert blinzelte er und öffnete seinen Mund, doch ich ließ ihn gar nicht erst zu Wort kommen.

»Du machst mich an, küsst mich. Ich dachte echt, das Eis zwischen uns wäre gebrochen und wir hätten einen Weg gefunden, miteinander ... klarzukommen. Doch in dem Moment, in dem ich sage, dass ich nicht mit dir ins Bett will, schwenkst du von *Paulina* zu *Miss Moreno* und hältst mich auf Distanz. Was denkst du, wie ich mich dabei fühle?«

Er atmete tief ein und aus und presste Daumen und Zeigefinger gegen seine Lider. »Das gestern war falsch. Niemals hätte ich Sie küssen dürfen.«

»Ich bin froh, dass du es getan hast«, flüsterte ich. »Und ich halte es nicht für einen Fehler, im Gegenteil. Aber wir waren beide betrunken. Das ist keine gute Ausgangslage für Sex. Schon gar nicht, wo wir uns noch für Wochen so gut wie jeden Tag sehen, weil ich für dich arbeite. Verstehst du, ich will nur nicht, dass es seltsam zwischen uns wird, weil wir etwas überstürzen, ohne uns besser kennengelernt zu haben.« Mit rasendem Herzen wartete ich auf eine Reaktion von ihm. Immerhin hatte ich ihm durch die Blume zu verstehen gegeben, dass ich einer heißen Nacht mit ihm nach wie vor nicht abgeneigt war.

Doch er konnte wohl wirklich nicht zwischen meinen Zeilen lesen, denn langsam schüttelte er den Kopf. »Nein, *Sie* kapieren nicht, Miss Moreno. Sie *arbeiten* für mich. Und das allein genügt als Grund, dass sich der gestrige Abend nicht wiederholen wird. Weder betrunken noch nüchtern.«

Daher wehte also der Wind ...

»Das bedeutet, hätten wir uns gestern im Club kennengelernt, würde nichts dagegensprechen, dass wir uns daten und näherkommen, aber weil du mich angestellt hast, ist dieses Thema tabu? Egal, wie sehr wir uns zueinander hingezogen fühlen?«

Seine Kiefer mahlten aufeinander. »Genau so ist es.«

»Das ist … bescheuert, Kilian.« Frustriert warf ich die Arme in die Luft.

»Mister Cunningham.«

»O nein, ich werde bei Kilian bleiben. Das hast du dir selbst eingebrockt. Und glaub mir, Taten kann man nicht rückgängig machen, Worte nicht zurücknehmen. Und Verlangen kann man nicht einfach so abstellen«, sagte ich leise. »Dass da was zwischen uns ist, was über ein normales Boss-Angestellten-Verhältnis hinausgeht, kannst du nicht leugnen.«

»Das habe ich nie bestritten. Trotzdem wird sich der gestrige Abend nicht wiederholen.«

# 14

## Kilian

Gottverdammt, was war das denn?

Wie ein Wirbelwind war diese Frau durch meinen Kopf und, nachdem ich ihr deutlich gesagt hatte, dass zwischen uns nichts laufen würde, aus meiner Wohnung gefegt. Dabei hatte sie mich gleichermaßen verwirrt wie sprachlos zurückgelassen. Hatte ich sie gekränkt? Hatte sie sich mehr erhofft? Nach diesem einen Kuss? So naiv konnte sie doch nicht sein, oder?

Mein Kopf erinnerte mich pochend daran, dass ich gestern in so vielen Dingen übertrieben hatte. Nicht nur, was den Alkohol betraf, sondern auch mein Verhalten Miss Moreno ... Paulina ... gegenüber.

Tief seufzend ging ich ins Bad und nahm eine Kopfschmerz-tablette aus dem Medikamentenschrank. Dann steuerte ich das Gästezimmer an. Was verrückt war, denn was wollte ich dort? Auf keinen Fall würde ich wie ein Irrer an dem Kissen riechen in der Hoffnung, noch etwas von ihrem Duft aufsaugen zu können ... Schnaubend stützte ich die Hände in die Seiten, als ich in der Tür hielt und sah, dass sie das Bett wieder fein säuberlich gemacht hatte. Neugierig ging ich ins Bad, um zu sehen, ob sie hier gewesen war. Doch die Dusche und das Waschbecken waren trocken, und auch sonst gab es keinen Hinweis darauf, dass sie es benutzt hatte ...

Keine Ahnung, warum ich in die Badezimmerschränke schaute. Nicht, dass ich befürchtete, sie hätte was mitgehen lassen – hier war alles leer. Und dagelassen hatte sie sicher auch nichts.

Doch dann öffnete ich den Schrank mit dem Schmutzwäschekorb – und stockte. Denn darin befand sich eines meiner alten T-Shirts, die ich hier aufbewahrte und so gut wie nie trug. Hatte sie es zum Schlafen getragen?

Nach einem Moment des Zögerns griff ich hinein und holte das Teil heraus. Ohne zu überlegen, hob ich es an meine Nase und schnüffelte daran.

Und verdammt, ich roch *sie* in dem Stoff! Dass ich allein von ihrem Duft hart wurde, bewies, wie tief ich in der Scheiße saß ...

Angepisst pfefferte ich das T-Shirt zurück und knallte den Schrank zu. Ich musste endlich wieder Kontrolle über mich bekommen, mich zusammenreißen!

Wütend ging ich in mein Badezimmer und stellte mich dort noch einmal unter die Dusche in der Hoffnung, einen klaren Kopf zu bekommen. Doch ihr Duft hatte sich fest in meinem Gedächtnis verankert und mein Schwanz stand voller Freude aufrecht und wollte sich nicht beruhigen.

Vielleicht musste ich es mir nur wieder selbst machen, um den Druck abzubauen?

Ich begann, mich zu reiben, und hatte wirklich zu tun, dabei nicht an Miss Moreno zu denken. Daran, wie sie vorhin aufgebracht vor mir gestanden hatte. Wie ihre Lippen sich angefühlt hatten und wie knapp ich davor gewesen war, mit ihr in mein Schlafzimmer zu gehen – und was ich dann mit ihr gemacht hätte.

Aber ich scheiterte kläglich.

Ihr Augenaufschlag schob sich in meine Erinnerung, genau wie ihr intensiver Blick, der mich in der Nacht schon verrückt gemacht hatte.

Fuck, sie wollte mich! Sie bereute den Kuss nicht und sie hatte auf mehr gehofft – nur nicht in meinem Tempo.

Und es war so irre, dass ein Teil von mir ihr das alles geben wollte. Denn scheiße, ja, sie hatte recht, ich sehnte mich nach ihr. Nach ihrem süßen Seufzen, nach ihren heiser gemurmelten Worten, nach dem Flehen nach mehr, das sie bestimmt ausstieß, wenn ich erst einmal zwischen ihren Schenkeln abtauchen würde.

Und endlich kam ich, mit dem Bild vor Augen, wie sie aussehen würde, wenn sie vor mir liegen und kommen würde. Ihre Beine auf meinen Schultern, ihre Hände an ihren Brüsten, während ich wieder und wieder tief in sie stieß und sie mit dem Daumen rieb, bis sie meinen Namen rief …

Nachdem ich aus der Dusche stieg, fühlte ich mich kein bisschen besser. Im Gegenteil, ich kam nicht gegen die innere Unruhe an, weshalb ich beschloss, Mason, Adrian und Logan zu schreiben.

*Kilian: Guten Morgen! Was für eine Nacht! Noch bin ich mir nicht sicher, ob ich nicht besser doch mit euch weitergezogen wäre … Wie war es bei euch?*

Sie hatten mir gestern Nachrichten geschickt, in denen sie sich erkundigt hatten, wie es mir ging und ob ich gut nach Hause gekommen war, aber ich hatte sie erst heute Morgen gesehen. Auch, dass Logan mich angerufen hatte – was mir besonders leidtat. Denn mein Bruder hatte es nicht verdient, sich Sorgen um mich zu machen.

Ein Blick auf die Uhr verriet mir, dass es noch viel zu früh war, um mit Antworten zu rechnen. Deshalb ging ich erst mal in die Küche, um ein paar Eier und Speck in der Pfanne zu braten. Zwar rebellierte nach wie vor mein Magen, aber ich wusste auch, dass er sich erst dann beruhigen würde, wenn er wieder was zu tun hatte.

Mit dem Teller in der einen, einem großen Kaffee in der anderen Hand setzte ich mich ins Wohnzimmer und schaltete den Fernseher ein. Die Nachrichten liefen vor mir ab, doch ich bekam davon kaum was mit. Ich war zu müde, zu abgelenkt. Mein vibrierendes Handy riss mich aus einem schlafähnlichen Dämmerzustand. Ich griff nach dem Telefon, das neben dem leeren Teller und der halb vollen Tasse mit vermutlich kaltem Kaffee auf dem Couchtisch lag.

*Mason: Du bist so ein Pisser, Mann! Wir haben uns echt Sorgen um dich gemacht! Abgesehen davon, da schaffen wir es einmal, wieder zu viert um die Häuser zu ziehen, und dann bist du einfach nicht dazu zu bewegen, bei uns zu bleiben und in die nächste Bar zu gehen. Was war denn noch bei dir los?*

*Logan: Das wüsste ich auch gern.*

*Adrian: Ja, Mann, wie betrunken warst du eigentlich? XD So hab ich dich ewig nicht erlebt.*

Auf diesen Kommentar ging ich nicht ein.

*Kilian: Ich war nur kurz allein, hab dann jemanden getroffen …*

*Logan: Du meinst die Frau, die du an der Bar angesprochen hast?*

Kurz überlegte ich, ob sie mich doch noch mit Miss Moreno gesehen hatten, bis mir einfiel, dass ich ihr bei den Toiletten über den Weg gelaufen war und wir gar nicht mehr an die Bar gegangen waren.

*Kilian: Die Blondine, mit der ihr mich verkuppeln wolltet? Nein, die meinte ich nicht …*

*Logan: Uh! Also noch eine? Details, Bruder, Details!*

Er schickte den breit grinsenden Smiley mit dem Flammen-emoji hinterher.

*Kilian: Da gibt's nicht viel zu sagen. Sie hat mich wohlbehalten nach Hause gebracht. Abgesehen davon geht es hier gerade nicht um mich. Wie war es bei euch?*

Mason begann zu schreiben, hatte es aber anscheinend wieder

gelöscht, denn es kam nichts. Auch Logan setzte an, darauf zu reagieren, doch von ihm ging ebenfalls keine Antwort ein.

*Adrian: Lief dann gestern nichts? Also ich meine mit der, die dich nach Hause begleitet hat? Ich hatte ja echt gedacht, dass du die an der Bar noch klarmachst, so wie du dich an sie rangeworfen hast.*

Seufzend verdrehte ich die Augen. So viel konnte ich also nicht verpasst haben, wenn sich alles nur um mich drehte.

*Kilian: Nope, aber die war sowieso nicht mein Typ.*

*Logan: Schon gut, ich bin dir für deine Geschmacksverwirrung dankbar. Sie ist eine überaus interessante Frau. ;)*

Logan, der Sack, hatte sich an sie rangemacht?

Schnaubend lehnte ich mich wieder zurück. Warum ich gestern so dämlich zu dieser Frau gewesen war, konnte ich heute nicht mehr nachvollziehen. Sicher hatte der Alkohol dazu beigetragen, dass ich nicht ich selbst gewesen war. Aber da hatte noch etwas anderes in mir gesteckt, was mir nun ganz logisch erschien: Ich wollte nicht *irgendeine* in meinem Bett. Ich wollte Paulina Moreno und hatte gestern deswegen meine Manieren vergessen – weil diese Frau in der Bar *nicht* sie gewesen war.

Ich wusste nicht einmal mehr genau, was ich zu ihr gesagt hatte. Nur dass ich mich ihr gegenüber wie der letzte großkotzige Arsch verhalten hatte … Doch nach letzter Nacht und vor allem dem heutigen Morgen war mir klar geworden, *was* ich wollte; wie sehr ich Miss Moreno wirklich wollte. Nämlich so unbedingt, dass ich andere Frauen abwies. Nicht nur die von gestern, nein, auch Beverly hatte ich vor ein paar Tagen nach unserem Dinner abblitzen lassen, als sie davon ausgegangen war, dass ich sie mit in meine Wohnung nehmen würde. Dass ich ihr noch vom Restaurant aus ein Uber bestellt hatte, war ihr übel aufgestoßen. Aber das war mir egal gewesen …

Klar gefiel sie mir. Sie war eine attraktive Frau und hatte mir eine aufregende Nacht versprochen. Doch ich hatte abgelehnt, weil sie nicht dem entsprochen hatte, was ich wirklich wollte.

Und dass ich erst heute begriff, was es war … *wer* es war, traf mich heftiger als gedacht.

Mir wurde klar, dass mir echt harte Zeiten bevorstanden. Denn ich hatte nicht gelogen, als ich gesagt hatte, dass sich der gestrige Abend mit Miss Moreno nicht wiederholen würde. Ich würde sie nicht mehr küssen, sie nicht berühren. Schon gar nicht würde ich meiner Fantasie nachgeben und sie aus ihren Klamotten schälen, um ihre Haut zu kosten, sie mit meinem Mund zum Beben zu bringen und mich tief in ihr zu versenken.

Gottverdammt, mir wurde klar, dass mir scheißschwere Zeiten bevorstanden …

Ich bekam eine ungefähre Vorstellung davon, wie es Abhängigen ergehen musste, die von ihrer Sucht loskommen wollten – egal, ob das nun Zigaretten, Alkohol, Drogen oder einfach nur das Smartphone waren. In dem Moment, in dem ich die Erkenntnis hatte und meine Entscheidung traf, wollte ich sie noch mehr als sonst. Ich würde nicht mehr nur an sie denken, nein, ich begann in dieser Sekunde, mich schmerzhaft nach ihr zu sehnen.

Es wäre so einfach, diesem Verlangen nachzugeben, aber ich konnte nicht. Durfte nicht. Auf keinen Fall. Aus so vielen Gründen. Nicht nur, weil ich es mir selbst verbot. Auch, weil es eines meiner Grundprinzipien entsprach, weder körperliche noch emotionale Nähe zu Personen zuzulassen, mit denen ich zusammenarbeitete – die enge Freundschaft zu Mason, Adrian und Logan mal ausgenommen. Bei Adrian hatte ich mich wie ein Arsch verhalten, als es zwischen Harper und ihm ernster wurde. So sehr, dass auch Mason versucht war, vor mir zu verheimlichen, dass er Gefühle für Joleen entwickelt hatte. Und selbst wenn ich es vor meinen Freunden nicht aussprach, hatte ich immer noch die Sorge, was passieren würde, falls deren Beziehungen in die Brüche gingen. Sicher, sie waren erwachsen und würden die Sache hoffentlich auch so behandeln. Harper beziehungsweise Joleen würden im Fall der Trennung vermutlich ihren Posten aufgeben und entweder die Abteilung wechseln oder die Firma komplett verlassen. Etwas, was ich den beiden natürlich nach wie vor nicht wünschte, aber *Cunningham Solutions Inc.* war *mein Baby*. Auf das achtete ich, ich beschützte es und wollte, dass es auch weiterhin wuchs und gedieh. Zumal ich die Zusammenarbeit mit meinen drei Freunden unglaublich schätzte. Wir waren ein gutes Team, kannten uns in- und auswendig. Einen von ihnen ersetzen zu müssen, war für mich völlig undenkbar.

Und allein deshalb, weil ich Beziehungen am Arbeitsplatz nicht guthieß und die drei das wussten, ja, weil sie meine Einstellung zum Teil am eigenen Leib hatten erfahren müssen, konnte ich unmöglich gestehen, dass ich was mit meiner Haushälterin am Laufen hatte. Weder auf Zeit noch einmalig. Es durfte einfach nichts zwischen ihr und mir passieren. Auf keinen Fall.

Wenn ich für etwas bekannt war, dann für meine Korrektheit, meine Sturheit, meinen Willen, den ich bisher jedes Mal durchgesetzt hatte. Und so würde es auch diesmal sein. Ich würde alles dafür tun, mich von ihr zu distanzieren. Es waren nur wenige Wochen, nach denen ich sie nie wiedersehen würde, und dann würde sich das *Problem* gelöst haben. Ich würde sie vergessen, wenn sie nicht mehr täglich in meiner Wohnung war, und konnte endlich wieder meinem geregelten Leben nachgehen.

# 15

## Paulina

Müde wachte ich auf und warf einen Blick auf die Uhr. Es war Sonntagnachmittag und ich fühlte mich fitter als heute Morgen in Kilians Gästezimmer. Das Schlafen hatte gutgetan, auch wenn es weder meine Wut noch das in mir aufgeheizte Verlangen minimieren konnte. Und ich hatte wertvolle Lernzeit verpennt ...

Die ersten Bilder, die ich im Kopf hatte, waren jedoch Kilian und ich gewesen, wie wir in der Küche gestanden hatten. Er nah vor mir, sodass ich die Hitze gespürt hatte, die von ihm ausgegangen war – oder hatte er nur wieder dieses Feuer in mir entfacht gehabt?

Seit letzter Nacht wusste ich, dass seine kalte Fassade nur Show war. Er mimte den starken, korrekten Mann und hielt sein Verlangen unter Verschluss, um ... keine Ahnung. Nicht angreifbar zu sein? Oder ging es ihm wirklich nur darum, Abstand zu bewahren, weil ich für ihn arbeitete? Vermutlich.

Was mir jedoch letzte Nacht bewusst geworden war, war, dass ich mich mehr nach ihm sehnte, als ich mir erst eingestehen wollte. Dieser Mann übte eine unglaubliche sexuelle Anziehungskraft auf mich aus und am liebsten hätte ich ihm schmutzige Nachrichten geschickt. Was dumm wäre, denn er hatte mir klargemacht, dass er sich auch weiterhin von mir fernhalten würde.

Seufzend drehte ich mich auf den Rücken und schloss noch einmal die Augen. Rief mir seinen intensiven Blick in Erinnerung, dazu seinen Duft, den ich wohl nie wieder vergessen würde. Ich dachte an seinen perfekten, trainierten Oberkörper und an das Ziehen zwischen meinen Beinen, wenn er mir näher kam. Wenn er mich dabei ansah, so eingehend, dass Hitze durch mich hindurch fegte und ich mir am liebsten die Kleider vom Leib reißen würde. Und gefühlt wurde es mit jedem Mal intensiver. Drängender. Verzehrender.

Ich streichelte mich selbst, wanderte mit der Hand unter die Decke. Meine Mitte reagierte bereits auf die erste Berührung mit diesem sehnenden Verlangen nach mehr, und verdammt, ich wusste schon jetzt, dass dieser Orgasmus heute ziemlich heftig und hoffentlich mindestens so befreiend sein würde.

Ich konnte nur an Kilian denken, als ich mich streichelte und immer schneller rieb. Meine Atmung beschleunigte sich, als ich mir vorstellte, er würde unter der Decke liegen, mich dort küssen und zur Verzweiflung bringen. Aufgewühlt malte ich mir aus, er würde mich lecken, mit den Fingern in mich eintauchen, bevor er sich über mich schieben und tief in mich eindringen würde. Und Gott, ich hatte eine ungefähre Ahnung, was mich in so einem Fall erwarten würde. Immerhin hatte ich seine Erregung nicht nur gespürt, als er sich an mich gepresst hatte, sie hatte sich auch unter dem Handtuch ziemlich eindeutig abgezeichnet. Die XL-Kondome hatten durchaus ihre Berechtigung.

Verdammt, wie sehr ich es gerade bereute, dass ich nicht nachgegeben hatte! Ich hätte letzte Nacht mit ihm schlafen können. Aber vorerst musste ich mich mit meiner Vorstellung und Erinnerung begnügen. Einem Mix aus beidem, einer Fantasie, in der alles möglich war – inklusive zärtlichem, dominantem, liebevollem Kilian, dem endlich klar wurde, dass es sowieso keinen Sinn ergeben würde, sich gegen sein Verlangen nach mir zu wehren.

Mein Höhepunkt kam heftig und intensiv und viel zu kurz. Er war nicht genug, was daran lag, dass eine ganz entscheidende Person gefehlt hatte.

Seufzend stand ich auf und ging duschen, wo ich mir einen weiteren Orgasmus verschaffte, der dem ersten nicht das Wasser reichen konnte und auch nicht dafür sorgte, dass ich befriedigt war.

Aber egal, vielleicht war das die beste Voraussetzung für meinen Plan, den ich unter der Dusche gefasst hatte …

So bildhaft ich mir alles ausgemalt hatte, so nervös war ich am nächsten Morgen, als ich vor Kilians Wohnungstür hielt. Mein Herz pochte viel zu kräftig in der Brust, doch nun war ich hier und würde mein Vorhaben auch durchziehen. Zumindest einen Versuch wollte ich wagen …

Als ich die Tür einen Spaltbreit geöffnet hatte und in die Wohnung hineinlauschte, hörte ich leise Musik.

Für einen Augenblick dachte ich wieder daran, dass er nicht zwingend allein sein musste. Was, wenn er – womöglich sogar weiblichen – Besuch hatte? Dann wäre mein Aufzug heute vermutlich eher peinlich als wirksam. Doch als ein Windstoß die Tür erfasste und sie hinter mir ins Schloss krachen ließ, war es zu spät, um heimlich den Rückweg anzutreten.

»Hallo?« Kilian kam aus dem Ankleidezimmer und stockte. Er sah wieder unglaublich heiß aus in seiner Anzughose und dem Hemd, das er gerade zuknöpfte.

»Guten Morgen, Kil«, sagte ich frech. Verzehrte mich nach seinem Blick auf mir, ja spürte regelrecht, wie er meine Beine scannte, die von dem kurzen Mantel nicht verdeckt waren.

»Morgen, Miss Moreno. Sie haben hoffentlich etwas darunter an«, presste er zwischen den Zähnen hindurch.

Oh, ich genoss es unheimlich, ihn so zu erleben. Denn wenn

ich vor Kurzem noch dachte, dass er einfach mürrisch und schlecht gelaunt war, so wusste ich jetzt, dass er mit seiner Beherrschung rang. Sein Gesichtsausdruck hatte ihn verraten – in Kombination mit der Beule in seiner Hose, die gerade beachtlich wuchs.

»Vielleicht willst du es ja herausfinden«, sagte ich neckend und bewegte mich mit wiegenden Hüften auf ihn zu.

Seine Augen weiteten sich, sein Adamsapfel hüpfte, als er kräftig schluckte.

Und ich genoss die Show. So sehr!

Keine zwei Schritte vor ihm hielt ich und löste den Gürtel. Ich legte die Hände an den Kragen und öffnete den Mantel.

Ein Keuchen entfuhr ihm, dann ein erleichtertes Durchatmen, als er bemerkte, dass ich nicht nackt war. Trotzdem ließ ich es mir nicht nehmen, aufreizend den Stoff über meine Schultern zu den Ellenbogen gleiten zu lassen.

»Hören Sie auf mit dem Mist und machen Sie sich an die … Arbeit.« Erst jetzt schien er registriert zu haben, *wie* kurz mein Rock war und wie tief der Ausschnitt meines Shirts. Weit länger als angemessen starrte er mir auf das Dekolleté, ehe er sich zusammenriss. »Was zur Hölle soll das?«

»Ich hab keine Ahnung, was du meinst.« Unschuldig grinsend ging ich an ihm vorbei und hängte meinen Mantel in den Garderobenschrank. »Kann ich dein Bett schon machen, oder hast du vor, in der nächsten Stunde noch einmal darin zu liegen?«

Er schloss die Augen und ballte seine Hände zu Fäusten. »Ich rate Ihnen, Miss Moreno, legen Sie sich nicht mit mir an. Ich sitze nach wie vor am längeren Hebel. Wenn Sie diesen Job behalten wollen – wovon ich ausgehe –, möchte ich Ihnen nahelegen, in Zukunft nur noch mit einer für eine Haushälterin angemessenen Kleidung zur Arbeit zu erscheinen.«

Scheiße, damit hatte er natürlich recht. Ich durfte trotz allem nicht vergessen, was auf dem Spiel stand. »Selbstverständlich. Möchtest du Frühstück? Kaffee? Pfannkuchen? Rührei?«

»Nur Kaffee, bitte«, brummte er missmutig und verschwand ohne ein weiteres Wort wieder im Ankleidezimmer.

Ich hingegen beeilte mich, in die Küche zu kommen und ihm sein Getränk zu kochen. Kurz darauf ging ich mit der Tasse in der Hand zu ihm. Er stand vor dem Spiegel und fluchte leise vor sich hin, während er versuchte, seine Krawatte zu binden. Was er schimpfte, verstand ich nicht, aber es amüsierte mich, dass ich ihn offensichtlich so sehr aus dem Konzept gebracht hatte.

»Dein Kaffee ist fertig.« Ich hielt ihn ihm entgegen. »Hier, nimm, und lass mich machen.« Ohne abzuwarten, drückte ich ihm die Tasse in die Hand und stellte mich vor ihn. Dass uns nun nur noch eine Handbreit entfernte, machte mich nervös und entzündete erneut das Feuer in mir. Ich stand in Flammen, so sehr verzehrte ich mich nach ihm. Seinen Blick spürte ich auf jedem Zentimeter meines Körpers und genoss es, dass ich einen Grund hatte, ihm so nahe zu sein.

Mit geübten Händen band ich seine Krawatte, richtete sie und im Anschluss den Hemdkragen. Dass ich dabei die Haut an seinem Hals berührte, war kein Zufall …

»Danke«, sagte er mit rauer Stimme. »Woher können Sie das?«

Schwang da eine Spur Eifersucht in seinen Worten mit? Sah er mich gerade mit einem anderen Mann, dem ich jeden Morgen die Krawatte gebunden hatte – oder band?

Die Versuchung war groß, ihn in dem Glauben zu lassen, doch ich mochte keine Lügen. Mal abgesehen davon, dass sie mich nicht vorwärtsbrachten, sondern womöglich sogar einen Rückschritt bedeuteten. »Tante Florentina hat es mir beigebracht. Sie ist der Meinung, dass jede Frau die Krawatte ihres Mannes binden können müsste. Also durfte ich es an ihr üben, bis mir die Arme schwer wurden.«

Er sagte nichts darauf, aber ich bildete mir ein, dass er mit meiner Antwort zufrieden war.

Als ich fertig war, blieb ich vor ihm stehen und wartete auf eine Reaktion von ihm.

Ohne den Blickkontakt zu unterbrechen, hob er die Tasse an seine Lippen und trank einen Schluck. »Ich muss zur Arbeit«, sagte er, bewegte sich jedoch nicht.

Vielleicht hatte er gehofft, dass ich von ihm wegging, doch nachdem ich an Ort und Stelle stehen blieb, seufzte er nach ein paar Sekunden und schob sich an mir vorbei. Er nahm das Sakko, das auf dem Kleiderdiener hing, und verließ anschließend das Ankleidezimmer.

Frustriert verdrehte ich die Augen und folgte ihm. Noch war er hier, und ich würde jede Sekunde nutzen, um seine Aufmerksamkeit zu erlangen und ihn zu reizen.

Ich ging in die Küche und beschloss, dort die Kaffeemaschine zu reinigen und zu entkalken. Kilian saß auf einem Barhocker, eine Zeitung vor ihm aufgeschlagen, und blätterte darin.

Summend begann ich, die Maschine zu zerlegen. Ich kippte den Kaffeesatz weg und spülte den Behälter aus. Kilians Blick spürte ich auf mir, als würde er mich berühren, doch ich hielt mich zurück und hob nicht den Kopf. Als ich die Tropftasse nahm, um das Wasser wegzukippen, schwappte Flüssigkeit über die Kante und plätscherte auf den Boden.

»Verdammt!« Ich stieß noch auf Spanisch ein paar Schimpfwörter hinterher, als ich mich bückte, um die Sauerei aufzuwischen.

»Was ist, was machen Sie denn da?« Ich hörte seine Zeitung rascheln, dann näherte er sich mir von hinten.

»Nur ein kleines Missgeschick, ich mach das schon.« Schnell stand ich auf, um den Putzlappen in der Spüle auszudrücken, doch als ich mich zu ihm umdrehte, ertappte ich ihn dabei, wie sein Blick von meinen Beinen weiter nach oben wanderte. Erst nach einem kurzen Zwischenstopp an meinem Dekolleté blickte er mir ins Gesicht. »Sorry, ich hab es gleich.«

Sein Gesichtsausdruck verriet mir, dass ich ihn unbeabsichtigt völlig aus dem Konzept gebracht hatte.

Seine Augenbrauen schoben sich zusammen. Ein letztes Mal glitt sein Blick über meinen Körper. »Wenn Sie keine Hilfe mehr benötigen ...« Damit wandte er sich um und ging wieder um den Tresen herum auf die andere Seite.

»Nun, da gibt es schon was ...«, murmelte ich, mehr zu mir selbst, weil ich in dem Moment, als ich es ausgesprochen hatte, bereits ein schlechtes Gewissen hatte. Immerhin war es falsch, ihn bei seinem ganzen Entgegenkommen mit der Sache mit Tante Flori auch noch darum zu bitten, dass er mich die Stunden, die ich dank ihm am Wochenende fürs Lernen verloren hatte, früher gehen zu lassen.

Doch seine Reaktion verwirrte mich. Waren das etwa Schweißperlen auf seiner Stirn? Er räusperte sich. »Ich glaube, Sie kommen dabei auch gut ohne mich zurecht. Abgesehen davon muss ich jetzt los.« Er kippte den Rest Kaffee hinunter, knallte die Tasse geräuschvoll auf den Tresen und stand auf. Mit einer lässigen Bewegung zog er sein Sakko an und nahm die Laptoptasche vom Barhocker neben sich.

Shit, er hatte wohl gedacht, dass ich auf andere Art und Weise seine Hilfe benötigen würde ... Womit er nicht ganz unrecht hatte, aber das hätte ich so niemals ausgesprochen oder auch nur andeuten wollen.

Wobei mir ehrlich gesagt gefiel, dass ich ihn heute dermaßen aus dem Konzept brachte.

»Warte!« Ich eilte ihm nach und tatsächlich blieb er stehen. Er drehte sich zu mir um und ich verringerte unseren Abstand noch mehr. Fragend sah er mich an.

Das war die letzte Chance, ihn zu bitten, früher gehen zu dürfen, um den verpassten Lernstoff nachzuholen.

Oder um seine Gedanken aufzugreifen und ihn weiter zu reizen …

Unentschlossen ging ich noch einen Schritt auf ihn zu. Hielt seinem Blick stand und … schaffte es nicht, ihn wegen der Stunden zu fragen. Sein Duft hüllte mich zu sehr ein, übernahm die Kontrolle über mein Denken und Handeln.

Langsam hob ich eine Hand und pickte einen Fussel von seinem Sakkokragen.

Dass er, genau wie ich, unter Strom stand, verriet mir das Keuchen, das er ausstieß, welches mir direkt zwischen die Beine schoss.

In Gedanken flehte ich ihn an, über seinen Schatten zu springen und mich an sich zu ziehen, mich zu küssen. Doch das tat er nicht.

»Ich wünsche dir einen schönen Tag, Kilian.« Meine Stimme klang rau und zittrig. Erregt.

Nach wie vor sah er mich an, einen, zwei Atemzüge lang.

Aber er sagte kein Wort, sondern wandte sich ab.

Irgendeine Reaktion wollte ich ihm noch entlocken, mir fiel jedoch nichts mehr ein. Und als er die Tür hinter sich zuzog, seufzte ich frustriert auf.

Doch ich wusste auch, dass – gerade jetzt – ein Aufgeben für mich nicht infrage kam. Kilian Cunningham wollte mich nach wie vor …

Ein letztes Mal würde ich versuchen, alles auf eine Karte zu setzen.

# 16

## Kilian

Diese Frau war unmöglich ... Unmöglich sexy, und sie forderte mich heraus. Sie reizte mich, wollte, dass ich die Kontrolle über mich verlor.

Fuck, ich hatte heute wirklich schwer zu kämpfen gehabt, sie nicht einfach an die nächstbeste Wand zu drücken, ihre Hände über dem Kopf festzuhalten und sie zu küssen. Am liebsten hätte ich sie dafür büßen lassen wollen, dass sie diesen kurzen Rock und dieses Oberteil trug, mit dem sie mich so in den Wahnsinn trieb. Dass sie so gut roch und mir näher kam, dass sie mich mit dem Vornamen ansprach. Scheiße, ich wollte sie für all das bestrafen, indem ich sie fickte und ihr den erlösenden Orgasmus so lange wie möglich vorenthielt.

Gottverdammt, ich durfte nicht darüber nachdenken, dass sie immer noch in meiner Wohnung war, in diesen verführerischen Klamotten, mit dieser wilden Lockenmähne und diesen Lippen – verflucht, diesen Lippen –, während ich in meinem Büro saß mit der Latte des Jahrhunderts.

Genervt schloss ich die Augen und atmete tief ein und aus. Das alles musste ein Ende nehmen, und zwar sofort.

Entschlossen nahm ich mein Telefon zur Hand und wählte die Nummer der Werkstatt. Tatsächlich ging Beverly ran.

»Hallo, hier ist Kilian Cunningham. Hör zu, Beverly, ich habe das Gefühl, ich muss mich bei dir entschuldigen. Unser letztes Date verlief nicht, wie es hätte sein sollen. Bestimmt hast du dir mehr erwartet, und ich hatte einfach einen schlechten Tag. Was hältst du davon, wenn ich es wiedergutmache?«

Kurz lauschte ich ihrem Schweigen und sie hätte mir auch eine Abfuhr erteilen können ... Was nach dem letzten Mal völlig verständlich war.

Leise seufzte sie. »Am Donnerstag hätte ich eventuell Zeit.«

Scheiße, das würden ein paar harte Tage werden, immerhin war heute erst Montag.

»Gut, das freut mich. Ich reserviere uns einen Tisch im *Le Bernardin*.« Ein Sternerestaurant und der Abend würde mich einiges kosten, aber ich musste mich ins Zeug legen, um sie zu besänftigen.

»Okay. Ich schicke dir meine Adresse.« Immer noch kam keine Begeisterung bei ihr auf, doch vermutlich geschah mir das nur recht.

»Danke. Ich freu mich auf dich. Ich hole dich um sieben Uhr abends ab.«

»Halb acht«, korrigierte sie mich. Natürlich. Sie wollte die Oberhand behalten – und die ließ ich ihr.

Ich verabschiedete mich von ihr und trug Summer auf, im *Le Bernardin* zu reservieren. Hoffentlich war noch etwas frei, aber ich wusste, dass Summer alles in ihrer Macht Stehende unternahm, um mir dort einen Tisch für zwei zu organisieren.

Ein Klopfen lenkte mich von meinem Plan ab und Logan betrat das Büro. Er schloss die Tür hinter sich und kam mit einem verschmitzten Grinsen auf mich zu.

»Hey, was geht?«

Er setzte sich, während ich vorsichtshalber den Knopf an meinem Schreibtisch drückte, der die Glaswände meines Büros in undurchsichtiges Milchglas verwandelte.

»Du grinst, als hättest du am Wochenende Sex gehabt.«

»Und du siehst aus, als wärst du leer ausgegangen. Wobei, nach deinem Absturz …«

Ich war versucht, ihm den Mittelfinger zu zeigen, aber im Grunde hatte er nichts Falsches gesagt.

»Wie geht es dir?«, fragte er in versöhnlichem Ton. Mein Bruder kannte mich zu gut, um zu wissen, dass mich seine Stichelei aufgeregt hatte.

»Ging mir schon mal besser.«

»Super! Das heißt, heute Abend After-Work-Drink in der Bar 54?«, feixte er.

Okay, nun hatte er sich den Mittelfinger verdient.

Lachend beugte er sich vor. »Keine Sorge, das war ein Scherz. Ich treffe mich heute noch einmal mit der von Samstag.«

Zähneknirschend trommelte ich auf den Tisch. »Schön, das freut mich für dich.« Seit wann hatte mein kleiner Bruder ein besseres Händchen bei den Ladys als ich?

»Was tut sich bei dir in Sachen Frauen?« Neugierig wackelte er mit den Augenbrauen.

»Ich habe am Donnerstag ein Date.«

»Mit Sex?«

»Jep.« Diesmal würde ich es nicht versauen, das nahm ich mir fest vor.

»Großartig. Vielleicht bist du dann nicht mehr so genervt und mürrisch. Im Moment bist du kaum auszuhalten.«

Ich atmete tief ein und aus. »Sorry. Ich weiß, ich bin momentan schnell auf hundertachtzig.«

Logan schnaubte. »Kann ja mal vorkommen, nicht jeder kann pausenlos gut gelaunt sein. Abgesehen davon lastet gerade auch echt viel auf deinen Schultern mit den Verhandlungen mit dem Großkunden aus Texas und der neuen Marketingkampagne. Passt eigentlich mit deinem Wagen wieder alles?«

»Ja, sieht aus wie neu.«

»Und du wirst deine Ex echt nicht anzeigen?«

Entschlossen verneinte ich. »Mal abgesehen, dass ich davon ausgehe, dass sie sich von mir fernhält, hab ich gerade keinen Kopf dafür.«

»Und wer ist dein Date?«

»Beverly. Sie arbeitet in der Vertragswerkstatt von Audi.«

Logan grinste breit. »Dann hatte der Kratzer also doch einen positiven Nebeneffekt. Jetzt verstehe ich auch, warum du sie nicht anzeigen willst. Du bist ihr dankbar, dass du ihretwegen die von der Werkstatt abschleppen kannst.«

Seit Logan single war, hatte er nur Ausgehen und Feiern im Kopf. Natürlich freute ich mich für ihn, dass er endlich das Alleinsein genießen konnte, aber manchmal war er echt anstrengend, wenn er immer und überall davon ausging, dass sich auch bei uns alles ums Flirten drehte.

»Ja, also ... Ich muss jetzt das Konzept für die neue Werbekampagne durchgehen, ich habe gleich einen Termin mit dem Marketing und der Werbeagentur.«

Logan schaute mich an, als ob er mir noch was sagen wollte, dann jedoch nickte er und verließ mein Büro, nicht ohne mir für später viel Erfolg für das Meeting zu wünschen.


Als ich am Abend nach Hause kam, fühlte ich mich erschöpft. Der Tag war anstrengend gewesen und ich freute mich auf meine Couch. Ich würde mir was beim Thai um die Ecke bestellen, die Beine hochlegen und früh ins Bett gehen ...

Doch als ich die Tür aufschloss, drang der Duft von leckerem Essen in meine Nase.

What the ...?

Ich ging in die Küche, wo ich Paulina vorfand, die gerade einen Blick in den Ofen warf und ihn daraufhin ausstellte.

»Was machen Sie da?« Meine Stimme war scharf und aufgebracht, nicht nur wegen der Tatsache, dass sie schon wieder für mich kochte – was mir insgeheim weit mehr gefiel, als ich es eingestehen wollte, doch das behielt ich für mich. Ja, ich verbot es mir sogar, so darüber zu denken.

Doch mir fiel noch eine weitere Sache auf, mit der ich nicht gerechnet hatte: Miss Moreno trug nicht mehr den Rock und das Oberteil für tiefe Einblicke. Nein, sie hatte ein schwarzes Kleid mit weißem Spitzenkragen an. Es war zwar eine Spur länger und zugeknöpfter als ihre Kleidung zuvor, regte aber umso mehr meine Fantasie an. Um ihre Taille hatte sie eine blütenweiße kleine Schürze gebunden und auf ihrem Kopf saß ein … Keine Ahnung, wie man dieses Teil nannte, das Frauen passend zu diesem Outfit in den Haaren hatten. Nur dass sie mit diesem Kleid – vermutlich ohne es zu wissen oder gar zu wollen – ein äußerst *sexy* Dienstmädchen darstellte.

»Oh, Mister Cunningham, Sir. Sie sind zu Hause.«

Mit einem unschuldigen Augenaufschlag kam sie um die Theke herum und machte einen kleinen Knicks vor mir – was zur Hölle?

Das Oberteil hatte sie bis oben zugeknöpft und doch drängten sich ihre Brüste gegen den Stoff. Ihr Busen schrie mich von Weitem an, ihn aus seinem Gefängnis zu befreien und mein Gesicht darin zu vergraben. Und dass sie mich jetzt wieder Mister Cunningham nannte, machte mich verrückterweise nur noch mehr an.

Angestrengt schloss ich die Augen und ermahnte mich zur Ruhe. Versuchte, die unanständigen Bilder, alle Fantasien, was ich mit ihr machen könnte, aus meinem Kopf zu vertreiben.

»Warum hast du dieses … Kleid an?«

»Aber, Sir, Sie wollten doch, dass ich eine für meinen Job als Haushälterin angemessene Kleidung trage.« Entschuldigend schaute sie mich an, ehe sie mit geröteten Wangen zu Boden sah und mit durchgestreckten Armen die Finger vor ihrem Schoß ineinander verschränkte – was die Oberweite zusätzlich betonte.

Ja, ihr war die Sache total unangenehm. Bestimmt hatte sie es für einen Scherz gehalten oder wollte mal wieder alles völlig richtig machen und hatte meine Worte für bare Münze genommen. Doch dadurch hatte sie mich nur noch tiefer in den Schlamassel geritten. Denn ich konnte ihr nicht länger widerstehen …

Mit meiner Beherrschung ringend ging ich auf sie zu. Und ich war wirklich am Ende mit meinen Nerven. Als sie den Blick hob, sah sie mich erst unschuldig blinzelnd an, doch mein Gesichtsausdruck musste wahrlich einschüchternd sein, denn sie schnappte nach Luft und wich einen Schritt zurück.

Das war der Moment, in dem ich hätte Abstand zwischen uns bringen sollen – mindestens in Form von einer Wand und einer Tür. Aber ich wurde von ihr angezogen wie die Motte vom Licht und ging weiter auf sie zu.

Sie keuchte auf und wich noch einmal zurück. Ihr Rücken prallte gegen den Kühlschrank, und ich nutzte die Gelegenheit, mich links und rechts ihres Kopfes abzustützen. Weil ich sonst befürchtete, meine Hände nicht unter Kontrolle behalten zu können.

»Lass. Das«, presste ich mit all der Beherrschung hervor, die ich noch aufbringen konnte.

»Sorry, ich hätte nicht …«, formte sie mit den Lippen und lenkte meine Aufmerksamkeit dorthin. Dass sie den Blick senkte, machte die Sache nicht leichter.

Verdammt noch mal!

Sie legte ihre Hände an meine Brust – dass sie mich vermutlich entschuldigend von sich wegschieben wollte, realisierte ich zu spät. Doch da hatte ich sie schon an den Handgelenken gepackt und presste sie gegen die Kühlschranktür. »Hör auf, mich zu reizen, Paulina.« Dass mir jetzt wieder ihr Vorname rausgerutscht war, nervte mich. Nicht nur, weil es die Rolle, in die sie sich selbst begeben hatte, zusätzlich unterstrich, sondern auch, weil es die Distanz verringerte.

»Es tut mir leid, Mister Cunningham, Sie haben recht, ich hätte nicht …«, begann sie, doch mein Hirn setzte komplett aus. Im Grunde hätte ich sie einfach loslassen und endlich Abstand zwischen uns bringen sollen. Aber mein Körper hatte bereits die Kontrolle übernommen, und ohne es steuern zu können, presste ich mich gegen ihr Becken.

Ein heiseres Stöhnen kam aus unseren Mündern – überrascht und erregt –, weil wir wohl beide nicht damit gerechnet hatten.

»Mister Cunningham … Kilian.« Sie hauchte diese Worte und ihr Atem strich dabei zart über mein Kinn.

Und ich war verloren.

Wütend auf mich selbst, erhitzt von ihr und der Situation und völlig außer Kontrolle presste ich meinen Mund auf ihren. Sofort öffnete sie ihre Lippen für mich und gewährte meiner Zunge Einlass. Wild rieben sie sich aneinander, während ich den inneren Kampf aufgab. Und fuck, in dem Moment, als wir uns küssten, gab es kein Zurück. Ich hatte keine Kraft mehr, mich zurückzuhalten. Nicht nach dem heutigen Tag. Nicht bei ihr. Nicht, wenn sie in diesem Kleid vor mir stand und mich verrückt machte mit ihren Kurven und diesen Lippen, die – wie ich in nüchternem Zustand feststellen durfte – noch viel besser küssten, als ich es in Erinnerung hatte.

# 17

## Paulina

Heilige Scheiße, Kilian Cunningham küsste mich. Ich hatte gewusst, dass er sich selbst nur etwas vormachte, als er meinte, er würde sich von mir fernhalten. Dieses Kleid hatte ich eigentlich deshalb angezogen, weil er heute Morgen gemeint hatte, ich solle mich meines Jobs entsprechend kleiden. Ja, vielleicht hatte ich ihn zu wörtlich genommen, aber mal ehrlich, ich wusste echt nicht mehr, wie ich bei ihm dran war und wie er was meinte. Dass ich ihn jedoch damit dazu brachte, einzuknicken und seine Prinzipien über Bord zu werfen, überraschte mich. Da hatte ich tatsächlich mit viel mehr innerer Gegenwehr von ihm gerechnet. Auch wenn das Kostüm knapp war, aber es war das einzige gewesen, das der Kostümverleih hatte, was mir passte.

Jetzt jedoch, wo ich seine Lippen auf meinen spürte, seine Hände, die meine gegen den Kühlschrank drückten, und seine Erregung, die ich durch den Stoff seiner Hose wahrnahm, als er sich an mir rieb, war es vorbei. Nun setzte auch mein Denkvermögen aus.

Sehnsüchtig streichelte ich über seinen Oberkörper, fühlte den festen Brustkorb und seine Bauchmuskeln.

»Selbst wenn ich das hier gleich bereuen werde … Ich will dich, Paulina.«

Heilige Scheiße, was passierte hier gerade? Er wollte mich? Seine Worte sorgten dafür, dass ich mich endgültig vergaß. Über die Konsequenzen konnte ich auch später noch nachdenken … Wir waren verdammt scharf aufeinander, und im Moment gab es nichts, was uns aufhalten würde – das war alles, was ich gerade wissen musste.

Hektisch begann ich, die Knöpfe an seinem Hemd zu öffnen. Als mir das nicht rasch genug ging, zerrte ich am Sakko, um es über seine Schultern zu bekommen. Ohne zu zögern, half er mit, den unnötigen Stoff auszuziehen.

Er bugsierte mich weg vom Kühlschrank, und mein Herz schlug schneller, als er mich herumwirbelte und ich die Arbeitsfläche der Kochinsel hart hinter mir spürte. Ein Keuchen drang aus mir hervor, was bewirkte, dass er innehielt.

Ein wildes Feuer loderte in seinen Augen, als er über mir aufragte, und ich war mir gerade wieder nicht sicher, ob er mich erwürgen oder küssen wollte. »Scheiße, was tun wir hier gerade?« Sein Brustkorb hob und senkte sich schnell und er wirkte mehr als aufgewühlt.

»Ich … weiß es nicht.«

Aufgebracht fuhr er sich mit den Fingern durch die Haare. »Wir sollten damit aufhören, aber … ich kann nicht.«

»Dann tu es nicht.«

»Es wäre allerdings eine verdammt schlechte Idee.«

Verzweiflung stieg in mir hoch. Ich wusste schon, wie das alles ablaufen würde – nämlich genau wie gestern. »Sag mir, dass du dir noch nie vorgestellt hast, wie es wäre, wenn wir uns die Kleider vom Leib reißen und in allen möglichen Stellungen Sex haben. Sag es mir! Dann ziehe ich meinen Mantel über, erledige den Rest meiner Arbeit und verschwinde. In diesem Fall ist das Thema ein für alle Mal erledigt. Aber weißt du was? Ich glaube nicht, dass es das ist, was du möchtest. Weil du genauso verrückt nach mir bist wie ich nach dir.« Mein Herz raste, als ich meine

Hände an seine Brust legte und ihn streichelte. Meine Nervosität stieg ins Unermessliche, als ich tiefer glitt und mich der Beule in seiner Hose näherte. »Ganz ehrlich, dein Körper sagt mir, dass du dir nur was vormachst.«

Er stöhnte und schloss die Augen, als ich mit einem Finger unterhalb seines Gürtels sanft entlangstrich.

Völlig unerwartet wirbelte er mich herum.

Ich rang nach Atem, als ich spürte, wie er sein Becken von hinten an mich drückte. Und ich konnte nichts dagegen tun, dass sich mein Keuchen in ein Stöhnen verwandelte.

»Du verdammtes Teufelsweib«, zischte er, dann fühlte ich seine Hände, die über meinen Rücken und meine Oberarme streichelten. Mit den Fingerspitzen streifte er meine Brüste, doch ehe ich darauf hätte reagieren können, drehte er mich wieder zu sich um. Nach wie vor stand da dieses aufgebrachte Funkeln in seinen Augen, gepaart mit Lust. Diesmal hatte sich jedoch Entschlossenheit dazugesellt. Und noch bevor ich mich fragen konnte, ob er mich nun aus seiner Wohnung werfen oder mir die Kleider vom Leib reißen würde, landeten seine Lippen erneut auf meinen.

Überrascht seufzte ich und neigte meinen Kopf, als er an meinem Hals knabberte. Er knetete meine Brüste, öffnete die Knöpfe unterhalb des Kragens, küsste sich noch tiefer und schob im Dekolleté einen Finger unter den BH, um ihn hinabzuschieben und eine Brustwarze freizulegen. Er umschloss sie mit den Lippen, sog daran, ließ mich seine Zähne und Zunge gleichermaßen schmerzhaft wie lustvoll spüren und sorgte dafür, dass ich leise fluchte, weil es sich so gut anfühlte. Stumm flehend reckte ich ihm meinen Oberkörper entgegen, hoffte, er würde sich auch der anderen Seite widmen. Doch er löste sich wieder von mir, und ich fürchtete schon, er könnte sich nun endgültig von mir abwenden. Kurz betrachtete er mich, schaute auf meinen Nippel, dann begann er, die restlichen Knöpfe des Kleides aufzumachen.

Hektisch griff ich hinter mich und löste die Schleife der Schürze. Sie fiel zu Boden. Kilian kämpfte immer noch mit den Knöpfen, und als er die Geduld verlor, zog er es mir einfach über den Kopf. Einen Moment hielt er inne, als er mich in der Spitzenunterwäsche sah, dann küsste er mich wieder drängend. Seine Hände strichen dabei gierig über meinen Körper, und in mir wuchs der Wunsch, ihn ebenfalls zu berühren und seine erhitzte Haut zu fühlen.

Ich tastete nach seinen Hemdknöpfen und öffnete sie weiter, zog den Stoff aus seiner Hose und seufzte erleichtert auf, als das Hemd endlich offen war. Ungeduldig zerrte ich ihm auch dieses von den Schultern und strich anschließend sofort über seine Muskeln.

Kilian öffnete meinen BH und zog meinen Spitzentanga nach unten. Und noch bevor ich wusste, was er vorhatte, hatte er mich hochgehoben und auf der Arbeitsfläche abgesetzt. Mit einem tiefen Brummen widmete er sich wieder meinen Brüsten und knetete sie. Er neckte meine Nippel mit der Zunge und den Zähnen, bis ich keuchend den Kopf in den Nacken legte und fordernd über seinen Rücken kratzte. Dass ich mich nun streckte, schien er als Einladung aufzufassen, denn er wanderte tiefer, nicht ohne feuchte Küsse auf meinem Bauch zu hinterlassen. Er hakte sich unter meinen Beinen ein und zog mich ruckartig und entschlossen an die Kante.

Überrascht keuchte ich auf, da legten sich seine Lippen auch schon um meine empfindlichste Stelle.

»O Gott!« Stöhnend sank ich nach hinten auf die Ellenbogen, als seine Zunge mein Zentrum zu massieren begann. Wieder und wieder leckte er mich, sog und knabberte an meiner Perle, bis ich zusammenhangloses Zeug stammelte.

Alles in mir stand unter Spannung, und als er auch noch Finger in mich schob und mich von innen massierte, war es um mich geschehen. Laut stöhnend kam ich in kräftigen Wellen, spürte, wie ich um ihn pulsierte, und ließ kraftlos den Kopf in den Nacken sacken. Doch er hörte nicht auf, streichelte mich weiter, knabberte an meiner Klit, bis ich dachte, in Flammen aufzugehen. Der zweite Orgasmus erfasste mich so unerwartet und heftig, dass mich die Kraft verließ und ich gänzlich auf der Kochinsel zurücksank.

Nur langsam beruhigte ich mich, doch ich wollte noch mehr. Stumm streckte ich eine Hand nach ihm aus. Und tatsächlich kam er meinem Wunsch nach und half mir auf. Jedoch hob er mich nicht runter, sondern drängte sich zwischen meine Beine.

»Ich werde dich so lange ficken, bis du nicht mehr laufen kannst. Bis du bereust, dass du mich so sehr gereizt hast.«

Ein Grinsen schob sich auf meine Lippen. »Dann muss ich aber in deinem Bett übernachten, das ist dir schon klar, oder?«

Seine Mundwinkel zuckten. »Ich habe noch das Gästezimmer, falls du das vergessen hast.« Daraufhin machte er einen Schritt zurück und öffnete seinen Gürtel und seine Hose – nicht ohne mich dabei die ganze Zeit auffordernd anzusehen.

Er schob den Stoff mit dem seiner Shorts nach unten, zog sie mitsamt seiner Hose und den Socken aus und lenkte meine Aufmerksamkeit auf seinen prallen Schwanz, der lang und dick vor mir aufragte.

Instinktiv leckte ich mir über die Lippen. Ich wollte ihn ebenfalls schmecken, ihn mit meinem Mund und meiner Zunge verrückt machen.

Ohne darauf zu warten, was er als Nächstes vorhatte, sprang ich von der Arbeitsfläche und ging vor ihm auf die Knie.

Überrascht keuchte er auf. »Paulina …«, stieß er noch hervor, doch der Name verlor sich in einem Stöhnen, als ich ihn mit den Lippen umschloss und daran sog. Gleichzeitig massierte ich ihn mit der Hand, benetzte ihn mit Speichel und versuchte, so viel wie möglich von ihm in mir aufzunehmen.

Kilian vergrub seine Finger in meinen Haaren, und als er

begann, meinen Kopf zu führen, jagte er damit erneut Hitze in meinen Schoß. Völlig geflasht sah ich zu ihm hoch und entdeckte Gier, Lust und Verlangen in seinem Blick.

Kurz ließ er mich noch an seinem Schwanz saugen, seinen herben Geruch und den leicht süßlichen Geschmack genießen, ehe er sich von mir löste und mich auf die Füße zog. Ohne Vorwarnung hob er mich hoch und ich schlang meine Beine um ihn.

Unsere Lippen prallten aufeinander, und ich bekam nur am Rande mit, dass er mit mir sein Schlafzimmer anpeilte. Wenig später spürte ich den kühlen Stoff des Lakens unter meinem Rücken, gleich darauf Kilian über mir.

»Ich dachte schon, du würdest noch in der Küche über mich herfallen«, sagte ich atemlos, während ich über seinen Oberkörper streichelte und so ziemlich jede Stelle von ihm zu berühren versuchte.

Er brummte nur, küsste mein Kinn, meinen Hals, erneut meine Brüste.

Stöhnend bog ich mich ihm entgegen.

»Du bist zu klein, um dich im Stehen in der Küche nehmen zu können, ohne dass du morgen mit blauen Flecken an den Hüften übersät bist. Aber hier …« Er stemmte sich hoch, packte mich gleichzeitig an den Fesseln und zog mich ans Ende des Bettes. »… passt es perfekt.« Er drehte mich auf den Bauch und drückte sich von hinten an mich. Glitt mit den Händen über meine Arme, führte sie nach oben und verschränkte unsere Finger ineinander, bevor er heiße Küsse zwischen meinen Schulterblättern verteilte und damit eine Welle der Erregung über meine Wirbelsäule schickte, die sich in meinem Schoß konzentrierte.

»O Gott, bitte …«

»Bitte, was?«

»Ich will dich endlich in mir spüren.«

Statt mir zu antworten, knetete er meinen Hintern, bevor er

wieder nach oben streichelte und eine Hand in meinen Nacken legte und mich gegen die Matratze drückte. Nicht fest, aber es war unglaublich heiß ...

Stöhnend biss ich auf meine Lippe.

»Fuck, Paulina, du machst es mir wirklich nicht leicht, mich zurückzuhalten.«

»Dann tu es nicht«, sagte ich mit rauer Stimme.

Er seufzte gequält und kniff mir in den Hintern. »Bleib, wo du bist.« Mit einem Mal war seine Hand weg. Er ging zum Nachttisch, und ich sah ihm zu, wie er ein Kondom herausholte. Schließlich drehte er sich mir zu und schaute mich an, als er den Gummi überrollte. Und verdammt, dieses Bild war so heiß, dass ich es vermutlich für den Rest meines Lebens nicht mehr vergessen würde.

Er hielt seinen Penis mit der Hand umfasst und kam dann auf mich zu. »Du willst, dass ich dich ficke?«

Ich nickte.

»Dass ich mich in dir versenke, dich mit meinem Schwanz zum Stöhnen und zum Schreien bringe?«

»O Gott, bitte, ja!«

Er platzierte sich hinter mir und ließ mich seine Spitze spüren, während er mit einer Hand wieder über den Rücken strich und meinen Hintern knetete. Dann drang er mit einem Finger in mich ein.

Wimmernd drängte ich mich ihm entgegen, weil ich so viel mehr von ihm wollte.

»Ist es das, was du willst?«

Frustriert stöhnte ich auf. »Nein, verdammt, ich brauche mehr, Kilian ...«

»Mehr? So also?« Er nahm einen zweiten Finger dazu.

Ein Schluchzen löste sich aus meiner Kehle und ich schüttelte den Kopf. Alles in mir vibrierte, mein ganzer Körper sehnte sich nach seinem Schwanz in mir. »Bitte ... quäl mich nicht länger.«

Er zögerte noch einen Moment, dann endlich schob er sich in mich.

Erleichtert stöhnten Kilian und ich gleichzeitig auf.

Ihn in mir zu spüren, war ein unglaubliches Gefühl. Er dehnte mich, und als er begann, in mich zu stoßen, spürte ich ihn tief in mir.

Seine Hand presste sich auf meinen Rücken, hielt mich an Ort und Stelle, während er sich wieder und wieder in mich trieb. Er drängte mich gegen die Matratze, die seine Stöße bremste.

Ohne Vorwarnung schlang er einen Arm um meine Taille und hob mich hoch auf alle viere, bis ich vor ihm kniete und er sich ebenfalls auf das Bett hinter mich schob. Sein Winkel veränderte sich dadurch, und ich spürte ihn an völlig anderen Stellen.

Keuchend krallte ich mich in die Laken und drückte den Rücken durch. Drängte mich ihm mit jedem Stoß entgegen und seufzte auf, als er eine Brust von mir umfasste und mich in den Nippel kniff. Kraftlos sackte ich nach unten, und Kilian nutzte die Gelegenheit, um meine Hände hinter meinem Rücken zusammenzuführen. Mit festem Griff hielt er sie, während er mit seinen Fingern zwischen meine Beine glitt und hart meine Perle rieb.

Es musste die Kombination aus allem gewesen sein, aber ich kam so heftig, dass ich fürchtete, jeden Moment die Besinnung zu verlieren. Wieder und wieder schlug seine Hüfte gegen meinen Hintern, trieb er sich in mich, immer härter. Meine Muskeln um ihn zuckten und massierten ihn unablässig. Er packte mich fest an der Taille und stieß ein paar weitere Male tief in mich. Dann kam er mit einem lauten Stöhnen und sank auf mir zusammen.

Ich spürte seinen Schweiß auf mir, als er sich drehte und sich aus mir zurückzog.

Schnurrend wie ein Kätzchen wandte ich mich zu ihm um,

wollte mich an ihn schmiegen, doch er stand auf und ging ins Bad. Die Tür fiel geräuschvoll hinter ihm ins Schloss, und als ich hörte, wie er abschloss, fühlte es sich an wie ein Schlag ins Gesicht.

Mit rasendem Herzen setzte ich mich auf, starrte auf die Badezimmertür und überlegte, was ich darauf erwidern sollte.

Doch ich war zum ersten Mal in meinem Leben völlig sprachlos – und so gekränkt und gleichzeitig entrüstet, dass ich gegen die Wuttränen ankämpfte, die sich unangekündigt nach oben drängten.

# 18

## Kilian

Fuck!

Fuck, fuck, fuck!

Das hätte nicht passieren dürfen!

Wütend entfernte ich das Kondom, verknotete es und warf es in den Mülleimer.

Eine heißkalte Welle erfasste mich und ich musste mich am Waschtisch abstützen.

Dabei wusste ich nicht, ob ich mich mehr darüber ärgerte, dass ich meinen Prinzipien nicht treu geblieben oder weil ich danach ohne ein Wort wie ein verdammtes Arschloch ins Badezimmer geflüchtet war. Denn, scheiße, Paulina hatte das nicht verdient. Nicht nur, dass sie immer bemüht gewesen war, ihre Arbeit gut zu erledigen ... Sie war nach wie vor meine Haushälterin. Wenn auch auf Zeit, aber das spielte keine Rolle. Mich einer Angestellten gegenüber so zu verhalten, war selbst für meine Verhältnisse unter aller Sau.

Ich blickte meinem Spiegelbild ins Gesicht und empfand in dem Moment nichts als Ekel. Keine Ahnung, wann ich zu einem so widerwärtigen Mann geworden war, der Gefühle anderer mit Füßen trat. Vielleicht hatten mich die letzten Jahre als Single abgestumpft und mich gelehrt, dass ich besser fuhr, wenn ich sämtliche emotionale Nähe zu der Frau, mit der ich intim war, unterband. Weil das nur zu Problemen führte. Weil es ein Widerspruch zu dem gewesen wäre, was ich im Vorfeld gesagt hatte – nämlich, dass ich nicht an mehr interessiert war. Aber Paulina war nicht wie die anderen. Und zwar deshalb, weil sie für mich arbeitete. Verdammt, diese Frau hatte meine Kleidung gewaschen. Sie hatte meine Toilette geputzt und hatte die verfickten Gummis für mich gekauft, von denen ich eben noch einen übergezogen hatte, bevor ich tief in sie eingedrungen war.

Ich *hatte* ihr bereits so viel mehr Platz in meinem Leben eingeräumt als den meisten anderen Frauen vor ihr. Und dass ich ihr einfach so den Rücken zugewandt hatte und ohne ein Wort zu sagen ins Badezimmer verschwunden war, war ein Fehler gewesen. Verdammt, wie musste sie sich jetzt fühlen? Ich hatte ihr vorher noch nicht mal klarmachen können, dass ich kein Typ für eine Beziehung war und dass das eine einmalige Sache sein würde …

Wobei ich schon wieder hart wurde, wenn ich daran dachte, wie süß ihre Pussy geschmeckt hatte. Wie sie auf mich reagiert hatte, wie sie gekommen war. Wie gut wir harmoniert hatten und wie gern ich erneut über ihre Brustwarzen lecken wollte, nur um zu spüren, wie sie sich unter meiner Zunge zu festen Knospen formten.

Fuck, ich musste raus und mich bei ihr entschuldigen!

In Windeseile wusch ich mich und trocknete mich notdürftig ab, ehe ich zurück ins Schlafzimmer hetzte – aber das Bett war leer.

»Paulina?« Mein Herz raste, dann hörte ich die Eingangstür ins Schloss fallen.

Scheiße!

Ohne zu zögern, lief ich hin und riss sie auf, wo ich sie geradewegs auf den Aufzug zueilen sah. »Paulina! Warte!«

Sie drehte sich nicht zu mir um, wurde nur schneller.

Gerade bereute ich, dass ich mein Handtuch im Bad zurückgelassen hatte, doch andererseits ... *Scheiß drauf!* Ich rannte ihr hinterher. »Bitte, lauf nicht weg. Komm zurück in die Wohnung.«

Endlich drehte sie sich um und hob die Augenbrauen. »Sie wissen, dass Sie nackt sind, oder, Mister Cunningham?«

Seufzend stützte ich mich neben dem Aufzug ab. »Komm schon, nicht wieder die Mister Cunningham-Nummer ... Kilian gefällt mir viel besser aus deinem Mund.« Ich wollte meine Hand an ihren Nacken legen, doch sie wich mir aus.

Diese Zurückweisung fühlte sich an wie ein Schlag ins Gesicht – und war so berechtigt wie sonst was.

»Bitte, lass uns reden. Drinnen.« Der Aufzug kündigte sich an, und ich hoffte einfach nur, dass er leer war.

Paulina sah mich wütend an und ich konnte den inneren Kampf in ihren Augen erkennen.

Als die Aufzugtüren aufglitten, donnerte meine Wohnungstür ins Schloss. Irgendwie musste ein Windzug entstanden sein, und mir fiel ein, dass ich nicht einmal einen Schlüssel dabeihatte.

Und als wäre das nicht schon Strafe genug, stand im Fahrstuhl ein Pärchen. Die Frau Anfang fünfzig sah mich entsetzt und mit rosa Wangen an, als der Typ schnell seine Hand vor ihre Augen hob und mich beschimpfte. Er sagte irgendwas von Sicherheitsdienst und Polizei und drückte hektisch auf die Taste, die die Türen wieder schloss.

Paulinas Mundwinkel zuckten amüsiert, und ich hoffte einfach, darauf aufbauen zu können. Erneut streckte ich meine Hand nach ihr aus und tastete nach ihren Fingern. »Bitte ...«, sagte ich mit sanfter Stimme. »Ich ... flehe dich an, ich ... Es tut mir leid.« Fuck, das auszusprechen fiel mir wirklich schwer.

»Das sagst du jetzt nur, weil du ohne mich nicht mehr in deine Wohnung kommst.«

Diese Frau war echt der Hammer!

»Das ist zwar eine Tatsache, und ich wäre dir echt dankbar, wenn du die Tür für mich aufschließt. Auch wenn du dir meine ganze Entschuldigung vielleicht nicht anhören willst. Aber das ist nicht der Grund, weshalb ich dich bitte, mit mir mitzukommen.«

»Sondern?«

Ich schloss die Augen und atmete tief durch, bevor ich sie wieder ansah. »Weil ich mich wie ein Arschloch verhalten habe, und das war nicht okay. Das hast du nicht verdient.«

Ihr innerer Widerstand schien zu brechen, denn sie machte einen Schritt in meine Richtung. Jedoch musste ich feststellen, dass ich diese Bewegung falsch interpretiert hatte. Sie kam nämlich nicht in meine Arme, sondern stolzierte erhobenen Hauptes an mir vorbei zurück zu meiner Wohnung. Sie schloss auf und ging voraus, direkt ins Wohnzimmer, wo sie sich auf die Couch setzte und ihren Mantel richtete, der ein Stück verrutscht war und die Spitze ihrer Strümpfe gezeigt hatte.

»Okay, ich glaube, es ist besser, wenn ich mir noch schnell was anziehe«, sagte ich, als erneut Blut in meine unteren Regionen floss. Ich hatte nicht vor, diese Unterhaltung mit einer Latte oder auch nur mit halbsteifem Schwanz zu führen. Gut, den hätte ich vermutlich sowieso in ihrer Nähe, aber das musste sie ja nicht gleich sehen.

Sie nickte nur, und ich ging ins Büro, wo ich mir aus dem Wandschrank eng anliegende Shorts, eine Sporthose und das nächstbeste T-Shirt holte und schnell alles anzog.

Ein Teil von mir befürchtete, dass sie nicht mehr da sein würde, wenn ich zurückkam, doch sie saß nach wie vor im Wohnzimmer und wartete.

Ich nahm ihr gegenüber auf der zweiten Couch Platz. »Hör zu, es tut mir leid, falls ich dich vorhin verletzt habe. Das war … keine Ahnung. Ich hab nicht nachgedacht, als ich aufgestanden bin und mich ins Badezimmer eingeschlossen habe, ohne mit dir zu reden. Ich bin nicht der Typ fürs Kuscheln nach dem Sex. Überhaupt bin ich nicht für so einen Austausch an Zärtlichkeiten, einfach, weil ich in den letzten Jahren gemerkt habe, dass das nur zu Komplikationen führt. Die Frauen haben sich mehr erhofft, wenn ich nach dem Sex körperliche Nähe zugelassen habe, selbst dann, wenn ich im Vorfeld klargemacht habe, dass es ausschließlich beim Vögeln bleibt. Und das ist nicht nur einmal in unnötigen Stress ausgeartet. Ich will einfach Tränen vermeiden und all diese Dinge wie Herzschmerz, Eifersucht und Streit.« Oder einen zerkratzten Audi, aber den erwähnte ich jetzt nicht.

Ungläubig sah sie mich an. »Und das alles geschieht, wenn du nach dem Sex kuschelst?«

»Ja.«

Schnaubend stand sie auf und lief vor mir auf und ab. »Ich kann nicht fassen, dass ein so intelligenter, erfolgreicher Mann wie du so dumm sein kann und solche Dinge glaubt.«

»Wie bitte?«

»Tränen, Herzschmerz, Eifersucht entstehen nicht durch Berührungen.«

Stirnrunzelnd sah ich sie an. Vielleicht dachte sie, dass ich verstand, worauf sie hinauswollte, aber ich hatte keine Ahnung.

»Herrgott, Kilian, stell dir mal vor, du lernst einen Kerl kennen. Rein platonisch, versteht sich. Ein guter Kumpel halt. Du verstehst dich mit ihm, ihr habt eine echt witzige, lässige Zeit miteinander. Ihr unterhaltet euch, geht essen, plaudert über dieses und jenes. Ihr habt ähnliche Interessen, und du freust dich jedes Mal darauf, wenn ihr euch seht und gemeinsam abhängen könnt. Dann aber, eines Tages, meldet er sich nicht mehr. Er sagt dir, dass eure Freundschaft nicht von Dauer war. Du verstehst den Sinn dahinter nicht, ihr habt euch doch gut verstanden, wart auf einer Wellenlänge. Dann siehst du ihn eines Tages mit einem anderen Mann oder mit einer Frau, vielleicht auch einem Kumpel von dir, wie die beiden gemeinsam Dinge unternehmen. Wie die zwei Spaß haben und lachen. Komm schon, sag mir, wie du dich dabei fühlst?«

Ich schluckte. Es hatte klick gemacht. »Benutzt und weggeworfen. Als hätte ich etwas Falsches getan, als ob ich nicht mehr interessant wäre.«

»Richtig!« Sie hob die Arme in die Luft und ließ sie sacken, bevor sie sich wieder auf die Couch setzte. »Und jetzt stell dir vor, du lernst einen Typen kennen, mit dem du dich auf Anhieb gut verstehst. Ihr seid auf einer Wellenlänge, habt dasselbe Hobby. Ihr übt es dieses eine Mal gemeinsam aus und habt eine tolle Zeit miteinander. Spricht was dagegen, im Anschluss noch auf ein Bier mit ihm zu gehen, um den Tag gemütlich ausklingen zu lassen – auch wenn du davon ausgehst, dass ihr euch danach nie wiedersehen werdet?«

Fuck, spielte sie jetzt darauf an, dass das mit uns beiden eine einmalige Sache war? Denn gerade eben hätte ich schon Lust, es ein weiteres Mal mit ihr zu tun.

Dass ich mich nun von ihr zurückgewiesen fühlte, war fremd für mich und eigenartig und … falsch.

»Willst du ein Bier?«, fragte ich trocken, um mein Gefühlschaos zu vertuschen und die Situation aufzulockern. Was funktionierte, denn Paulina lachte.

»Du bist ein Idiot, Kilian. Und nein, ich will kein Bier. Komm her.« Sie bedeutete mir mit winkenden Händen, mich zu ihr zu setzen.

Und ich stand tatsächlich auf und machte es mir neben ihr gemütlich, gerade mit so viel Abstand, dass ich sie nicht berührte, aber auch nicht zu weit weg von ihr war. Doch das war kein Hindernis für sie. Sie schlang ihre Arme um meinen Hals, setzte sich rittlings auf mich und schmiegte sich an mich.

Überfordert versteifte ich mich unter ihr. Das war genau so eine Situation, der ich seit Jahren aus dem Weg ging. Aus gutem Grund. Oder auch nicht so gutem, wie sie mir eben erklären wollte.

Was, wenn sie recht hatte mit ihrer Behauptung? Was, wenn es gar nicht so sehr die körperliche Nähe gewesen war, sondern ... die Zeit, die ich mit den Frauen vor dem Sex verbracht hatte? Das würde im Umkehrschluss bedeuten, wenn ich weiterhin auf der beruflichen Ebene mit Paulina blieb und wir uns privat nichts anvertrauten, wenn wir nicht über Filme, Wunschreiseziele, Musik, Hobbys und lustige Anekdoten aus unserem Leben sprachen, würde ich die nötige Distanz zu ihr aufrechterhalten. Wir könnten nach wie vor Sex haben, ohne dass wir uns näherkamen, ohne dass sie sich in mich verliebte und sich mehr von mir erhoffte. Weil es nichts gab, was wir voneinander wussten. Nichts, worauf man eine Beziehung aufbauen konnte.

»Paulina, ich bin nicht der Typ für etwas Festes, nur um das noch einmal klarzustellen. Ich bin gerne single, und auch wenn wir miteinander im Bett landen, wirst du dort nicht übernachten.«

Sie seufzte. »Was, wenn du mich die ganze Nacht vögelst und ich im Anschluss besinnungslos wegdöse?«

Dieses Bild gefiel mir. »Das zählt nicht. Denn wenn ich dich den ganzen Vormittag vögle und du gegen Mittag einschläfst und am Nachmittag aufwachst, hast du auch nicht bei mir übernachtet.«

»Ah.« Als sie diesen Laut aussprach, schwang eine gehörige Portion Sarkasmus darin mit. »Und wie sieht dann ein Übernachten bei dir aus?«

Darüber musste ich erst einmal nachdenken. Denn ehrlich gesagt war es in der Vergangenheit doch ein paarmal vorgekommen, dass die Frauen nach dem Sex bei mir eingeschlafen waren – genau wie ich. Da hatte es mich jedoch auch nicht gestört, immerhin hatte uns dieses Nebeneinander-im-Bett-Schlafen nicht näher gebracht.

»Lass mich mal überlegen. Also das wäre dann in etwa so, dass du deinen Pyjama und deine Zahnbürste einpackst, dein Kuschelkissen mitnimmst und unter diesen Umständen vorsätzlich zu mir kommst, um mit mir abends einen Film zu schauen. Wir würden Fast Food essen, über alles Mögliche reden und im Anschluss gemeinsam in mein Schlafzimmer gehen, um dort zu schlafen.«

»Also ganz ohne Sex?« Entrüstet sah sie mich an, und ich merkte, dass sie mich schon wieder aufzog.

»Eventuell mit Sex. Aber das tut jetzt nichts zur Sache. Es geht um dieses geplante, vorsätzliche Übernachten.«

Sie legte den Kopf schräg. »Das bedeutet also, wenn ich einfach hierbleiben würde, so lange, bis ich irgendwann einschlafe, weil ich so erschöpft bin, dann ...«

»Fordere nicht meine Geduld heraus, Paulina«, sagte ich streng und schob sie halbherzig von meinem Schoß.

Lachend hielt sie sich mit kräftigem Schenkeldruck und starken Armen um meinen Nacken fest. »Okay, okay, schon verstanden. Also bedeutet es, dass wir nun alles geklärt haben und wir so weitermachen können wie bisher? Denn wenn ich ehrlich bin, hat mir das eben gefallen, und für mich klingt es plausibel und machbar mit uns beiden.«

*Uns ...*

Dieses Wort hallte in mir nach, und ich versuchte, mich einzukriegen. Immerhin wusste ich, wie sie es gemeint hatte. Paulina sprach nicht von ihr und mir als Paar, also kein Grund, jetzt Panik zu schieben.

»Okay, dann gehen wir diesen Deal ein. Ich werde dich nicht rauswerfen und deiner Tante gegenüber diesbezüglich nichts erwähnen. Wir gehen keinerlei Verpflichtungen ein, und wir werden nicht zusammen sein, sondern einfach so weitermachen wie bisher.«

»Das heißt, auch keinen Sex mehr, Mister Cunningham?«

Sie sah mich gespielt enttäuscht an, was mich zum Lachen brachte.

Und scheiße, wenn ich so darüber nachdachte, wäre ich schön dumm, jetzt Ja zu sagen …

Statt ihr sofort zu antworten, packte ich sie mit beiden Händen am Hintern und zog ihr Becken näher an mich, bis sie meinen harten Schwanz durch den Stoff spüren musste. »Darauf würde ich nur ungern verzichten wollen.«

Diese Worte genügten, um sie den Knoten an ihrem Mantel lösen zu lassen. Und als ich wieder ihre prallen Brüste in dem engen Kleid sah, landeten meine Hände genau dort und meine Lippen wie von selbst auf ihren …

# 19

## Paulina

»Ich glaube, ich habe meinem Boss ein unmoralisches Angebot gemacht – und er hat dem zugestimmt.«Abwartend und
Popcorn in mich hineinschaufelnd zog ich meine Beine unter,
gespannt auf die Reaktion von Cassandra, die mir nur einen
Tag später auf Tante Florentinas Couch gegenübersaß.

Eigentlich waren wir heute zum Filmschauen verabredet,
aber diese Neuigkeit brannte so auf meiner Zunge, dass ich sie
nicht länger verschweigen konnte. Und dadurch, dass ich sie
ausgesprochen hatte, war das Filmthema vermutlich für eine
Weile verschoben.

Jedenfalls weiteten sich ihre Augen, und ich erlebte einen der
wenigen Momente, in denen sie sprachlos war. »Du … was?
Reden wir etwa von Sex?«

Ich nickte und konnte das Grinsen nicht aus meinem Gesicht
vertreiben.

»Okay, erzähl mir mehr. Ich brauche alles an Infos dazu. Ich
meine … wie … wann …?«

In wenigen Worten erzählte ich ihr von meinem gestrigen
Arbeitstag und wie eines zum anderen geführt hatte.

Nun klappte auch noch ihr Mund auf. »Mein Gott, Paulina,
da lässt du dich einfach so von deinem Boss flachlegen!«

Schulterzuckend antwortete ich: »Tja, was soll ich sagen? Ich hatte das nicht geplant, aber es hat sich so … ergeben. Und der Kerl ist hot as hell! Seit er mir das erste Mal halb nackt über den Weg gelaufen ist, musste ich mir vorstellen, wie es mit ihm wäre. Dass es tatsächlich so weit kommt, hatte ich zwar nicht erwartet, aber … ich schwöre dir, die Realität übersteigt sämtliche Vorstellungskraft.«

Sie lachte auf. »Du bist dann wohl ein Glückskind!«

Kichernd warf ich eine Handvoll Popcorn auf sie. »Sieht ganz so aus, ja.«

»Und … was bedeutet das jetzt? Dass ihr jedes Mal vögelt, wenn du ihm bei der Arbeit über den Weg läufst?«

So genau hatte ich noch gar nicht darüber nachgedacht … »Ich weiß es nicht. Er hat nur mehrfach betont, dass nicht mehr daraus werden wird. Also keine Liebesbeziehung oder so, sondern rein körperlich.«

»Und das ist für dich okay?«, wollte sie stirnrunzelnd wissen.

»Ganz ehrlich, Cassy? Ich nehme, was ich kriegen kann. Ich hatte schon vor diesem Job kein besonders aktives Sexleben. Durch die Arbeit bei ihm habe ich so gut wie keine Freizeit, bekomme noch weniger Schlaf als zuvor und die Chancen, jemanden kennenzulernen, stehen gegen null. Warum also Nein sagen?«

Nach wie vor wirkte sie nicht überzeugt. »Pass halt auf, dass du dich nicht in ihn verliebst und er dir dein Herz bricht. Das, was du erzählst, klingt nicht so, als ob er seine Meinung irgendwann ändern würde.«

»Keine Sorge, das habe ich nicht vor. Wir hatten ein … sehr eigenartiges Gespräch, wie Gefühle für einen Menschen entstehen. Und das bedingt nun mal das Kennenlernen der Wünsche und Sehnsüchte, das Reden über Vergangenes und Geplantes. Das Erzählen des Alltags, das Zuhören, wenn der andere was darüber berichtet.«

Cassandra stutzte. »Warte. Willst du mir etwa gerade damit sagen, dass ihr euch nicht über solche Themen unterhaltet?«

»Nein. Er ist mein Boss, ich arbeite für ihn. Privates hat da nichts verloren. Oder redest du mit deiner Chefin in der Parfümerie über diese Dinge?«

»Auf keinen Fall, aber das ist ja auch was anderes.«

»Inwiefern?«

»Ich hab sie weder nackt gesehen noch falte ich ihre Unterwäsche, nachdem ich sie gewaschen habe.«

Schmunzelnd schüttelte ich den Kopf. »Trotzdem. Ich mache das auch zu meinem Schutz. Er ist nach wie vor der arrogante, reiche Geschäftsmann, der halt zufällig single und verdammt sexy ist und der mit seinem Schwanz umzugehen weiß.«

Cassandra prustete los. »Okay, gerade dachte ich noch, dass ich dich bemitleiden muss für die Tatsache, dass du nur sein kleines Spielzeug bist. Aber mir wird eben klar, dass *er dein* Toy ist.« Sie griff in die Popcornschüssel und schob sich eine Handvoll in den Mund.

Ich spürte, wie mir Hitze ins Gesicht stieg. »Findest du das verwerflich? Also dass ich mich auf eine Beziehung einlasse, die rein auf Körperlichkeit basiert …«

»Honey, du bist jung, hübsch und ungebunden … Ich wüsste nicht, was dagegenspricht. Außer du meinst, weil du eine Frau bist – aber hey, wenn Männer durch die Gegend vögeln, klopft man ihnen auf die Schulter. Jetzt bin ich hier, um genau das zu tun.« Grinsend setzte sie ihre Worte in die Tat um.

»Gott, ich wüsste nicht, was ich ohne dich machen würde, Cassy. Ehrlich, das bedeutet mir viel. Ich hab mir echt schon den Kopf darüber zerbrochen. Sicher ist es bescheuert, weil es mir egal sein kann, was andere von mir denken, aber …«

»Mal ehrlich, wer sollte denn davon erfahren? Ich werde es ganz bestimmt nicht weitererzählen.«

Erleichtert atmete ich aus. »Du hast ja recht. Ich arbeite nach wie vor für ihn. Wenn ich also jeden Tag in seiner Wohnung ein und aus gehe, dann im Grunde deshalb, weil ich mich um seinen Haushalt kümmere.«

Grinsend nickte sie. »Siehst du? Genau so ist es. Dass du dich hin und wieder seiner annimmst, weiß niemand.« Sie zwinkerte mir zu.

Dankbar umarmte ich sie. »Was tut sich eigentlich bei dir?« Seufzend zuckte sie mit den Schultern. »Immer noch nichts. Mein Angebeteter hat anscheinend kein Interesse an Flirts. Inzwischen glaube ich sogar, dass er dagegen immun ist.«

»Und wenn er doch eine Freundin hat?«, rätselte ich.

Schon vor Wochen hatte sie sich Hals über Kopf in den neuen Bibliothekar der *Butler Library* verguckt, aber bisher verliefen sämtliche Annäherungs- und Kennenlernversuche im Nichts.

»Ne. Laut Facebook ist er single, und nachdem er dort aktiv ist, zählt auch die Ausrede nicht, dass er vergessen hätte, seinen Status zu ändern. Ich meine, welche Frau lässt sich schon auf so was ein?«

»Und was, wenn er nicht auf Frauen steht?«, wagte ich vorsichtig meine nächste Vermutung auszusprechen.

Ihre Augen verengten sich zu Schlitzen und sie zeigte mit dem Finger auf mich. »Ich schwöre dir, mit so was macht man keine Scherze.«

»Das lag auch gar nicht in meiner Absicht, aber …«

»Scht … Lalala …« Sie steckte sich beide Zeigefinger in die Ohren und übertönte meine letzten Worte mit kindischem Singsang.

Belustigt schüttelte ich den Kopf. »Könnte natürlich sein, dass du bisher einfach die falsche Herangehensweise hattest.«

»Wie meinst du das?«

»Na ja, um einen Fisch zu angeln, brauchst du den richtigen Köder.«

Stirnrunzelnd schaute sie mich an. »Du sprichst in Rätseln.«

»Worauf steht dein Bibliothekar?«

Sie runzelte die Stirn. »Laut Facebook hört er gern klassische Musik, wenn er den Abwasch macht. Er hat ein Herz für Tiere und er hat auch zu Hause ein großes Bücherregal.«

»Puh, also … vielleicht erkennst du eines der Bücher in seinem Regal und kannst es ja zufällig mit dir herumtragen? Wenn er es sieht – zack –, habt ihr ein Gesprächsthema.«

Ihre Augen leuchteten. »Das klingt nach einer guten Idee. Aber jetzt lass uns endlich einen Film aussuchen, sonst wird es so spät und ich komm morgen wieder nicht aus dem Bett.«

Nun, das war natürlich ein sehr gutes Argument …


Ein paar Tage später weckte mich ein Klingeln, doch als ich den Wecker snoozen wollte, stellte ich fest, dass es meine Tante war, die mich anrief. Und dass es, verdammt noch mal, schon halb zehn war.

Fluchend sprang ich auf und nahm ihren Anruf an.

»Morgen, Tante Flori, wie geht es dir? Und wie geht es Grandma?«

Hektisch eilte ich zum Schrank, um mir Klamotten rauszusuchen.

»Gut, und dir? Passt alles zu Hause und bei Mister Cunningham?«

Allein beim Erwähnen seines Namens wurde mir heiß. »Ja, alles bestens. Ich hab nur verschlafen, und wenn ich mich nicht beeile, komme ich zu spät zum Seminar. Warte, ich stell dich auf Lautsprecher«, sagte ich noch und warf das Telefon vor mir auf das Bett, um meine Klamotten anzuziehen.

So ein Mist, das würde bedeuten, dass ich abends umso länger bei Kilian sein musste, um mit der Arbeit fertig zu werden – was mir im Umkehrschluss von meiner Lernzeit fehlte.

»Sollen wir ein anderes Mal telefonieren?«

»Nein, nein, schon gut. Erzähl, wie geht es euch?«

»Ach, es wird. Langsam, aber sicher. Gestern war die Physiotherapeutin wieder da und hat uns neue Übungen gezeigt. Sie war sehr zufrieden mit deiner Großmutter und ihren Fortschritten. Immerhin müssen wir dafür sorgen, dass ihre Muskulatur nicht abbaut, beziehungsweise soll sie erhalten bleiben. Deine *nana* murrt zwar immer, wenn ich ihr sage, dass es Zeit für ihr Training ist, sie macht jedoch brav mit. Nachdem die Therapeutin sie heute gelobt hat, ist sie hoffentlich auch wieder ein kleines bisschen motivierter.«

»Das klingt doch super! Freut mich total, dass es bergauf geht. Aber du bist nach wie vor für die geplanten sieben Wochen bei ihr, oder kommst du früher zurück?« Ich musste das einfach wissen, damit ich wusste, wie viel Zeit Kilian und ich hatten. Denn ob es danach weiterlaufen würde, war ungewiss. Allein die Vorstellung, dass ich mit ihm im Bett war und meine Tante in dem Moment die Wohnung betreten könnte, trieb mir die Schamröte ins Gesicht.

»Wieso fragst du?«

Herrgott, Tante Florentina hatte wirklich ein Gespür dafür, wenn ich etwas vor ihr verheimlichen wollte. Das fing normalerweise schon damit an, dass sie zu riechen schien, wenn ich Schokolade kaufte und diese als Notration für meine Lernnächte vor ihr versteckte … Und jetzt witterte sie womöglich ebenfalls, dass etwas im Busch war.

»Nur so. Damit ich weiß, wie lange ich zwischen Job und Studium jonglieren muss …« Gut, das entsprach der Wahrheit – selbst wenn es nicht der alleinige Grund meiner Frage war.

»Tut mir leid, dass ich dir so viel aufbürde. Ich mache es auch wieder gut, sobald ich zurück bin, versprochen.«

»Mach dir keinen Kopf. Ich komme schon zurecht. Sicher ist gerade eine Menge zu tun, aber hey, du kennst mich. Ich hab bisher noch alles geschafft.«

»Da hast du recht.« Ich hörte das Lächeln in ihrer Stimme. »Pass halt auf dich auf und sorge dafür, dass du trotzdem genügend Schlaf bekommst, Paulina. Du weißt, der ist wichtig, damit du dir dein jugendliches Aussehen behältst. Schau mich an, ich hab das jahrelang nicht wahrhaben wollen und jetzt hab ich den Schlamassel.«

Ich verdrehte die Augen. »Tante Flori, du siehst keinen Tag älter als fünfunddreißig aus.« Und das stimmte. Die siebenundfünfzig Jahre, die sie bereits auf dem Buckel hatte, sah man ihr wirklich nicht an.

»Du Schmeichlerin. So, ich halte dich nicht länger auf. Sorge dafür, dass du in dein Seminar kommst, und ich kümmere mich mal um die alte Nörglerin hier.« Der weiche Ton in ihrer Stimme verriet mir, wie sehr sie ihre Mutter liebte und dass sie das weder böse noch ernst gemeint hatte ...

# 20

## Kilian

Schon etwas über eine Woche ging Paulina hier nicht mehr nur ein und aus, um sich um meinen Haushalt zu kümmern.

Nein.

Wir hatten Sex.

Umwerfenden, unerwartet heißen Sex.

Er war so gut, dass ich sogar Beverly abgesagt hatte mit der Ausrede, dass ich zu viel im Büro zu tun hatte.

Und das Verrückte war, dass ich nicht einmal ein schlechtes Gewissen hatte. Stattdessen freute ich mich jeden Tag darauf, nach Hause zu kommen, weil Paulina mich dort mit etwas zu essen empfing.

Es war egoistisch, dass ich mir immer neue Dinge einfallen ließ, die sie putzen, für mich besorgen oder in die Reinigung bringen und wieder holen sollte. Doch ich wollte sichergehen, dass sie wirklich hier war, wenn ich abends vom Büro nach Hause kam.

Auch heute war da diese Ungeduld in mir, als ich, den ersten Schnee von meinen Schuhen an der Matte vor der Tür abstreifend, meine Wohnung aufschloss. Mein Magen knurrte und ich war schon voller Vorfreude auf das Essen – und Paulina. Noch mehr, als ich die Küche betrat und sah, wie sie sich am Tresen abstützte. Ihr knappes Kleid, das sie heute trug, hatte sie nach oben geschoben, während ihre zweite Hand in ihrem Höschen steckte und sie es sich selbst besorgte.

»Du kommst zu spät«, sagte sie keuchend. »Ich hab schon mal ohne dich angefangen …«

Sofort stellte ich meine Tasche ab und kam auf ihre Seite des Küchentresens. Ohne meinen Mantel auszuziehen, legte ich meine Hand in ihren Nacken, zog ihre Hand aus dem Tanga und schob meine an ihre Stelle. Mein Schwanz drängte sich hart gegen den Stoff der Hose, als ich in ihre Feuchtigkeit eintauchte.

»Ich weiß gerade nicht, ob ich dich loben soll, dass du bereits angefangen hast, oder ob eine Bestrafung angemessen wäre, weil du nicht auf mich warten konntest.« Meine Lippen waren direkt vor ihren, als ich ihr diese Worte zuraunte.

Sie grub die Zähne in ihre Unterlippe, als ich sie rieb. »Wie würde denn die Strafe aussehen?«

»Hmmm, vielleicht lasse ich dich einfach nicht kommen«, überlegte ich laut.

»Das wird dir nicht gelingen.«

Bei ihren Worten konnte ich ein teuflisches Grinsen nicht verhindern und zog meine Hand aus ihrem Tanga zurück. »Wetten doch?«, sagte ich herausfordernd und leckte die Finger ab, die eben noch in ihr gesteckt hatten.

»Kilian, ich bin mir sicher, ich komme heute allein dadurch, dass du mich ansiehst.«

Ein raues Lachen drang über meine Lippen. »Fordere mich nicht heraus, Paulina. Ich habe kein Problem damit, dich zu fesseln und dich zusehen zu lassen, wie ich es mir selbst mache, ohne dich zu berühren.«

Ihre Antwort war ein sehnsüchtiges Stöhnen.

Fuck, diese Frau machte mich fertig. Ich presste meine Lippen auf ihre und sie reagierte gierig auf meinen Kuss. »Was ist mit dem Essen?«, unterbrach ich uns beide atemlos.

»Hab leider verschlafen und hatte keine Zeit zu kochen. Ich

hab dir etwas von unterwegs mitgebracht.« Sie zeigte auf eine Tüte, in der sich die Form einer Warmhaltebox abzeichnete. »Das bedeutet außerdem, dass ich heute länger bleiben muss, um alles zu erledigen, was du mir aufgeschrieben hast.« Hektisch öffnete ich die Knöpfe meines Mantels und warf ihn mitsamt dem Schal auf den Küchentresen. »Scheiß drauf, da ist nichts dabei, was nicht auch morgen erledigt werden kann.« Ohne Vorwarnung hob ich sie hoch und trug sie zur Couch, von der aus wir einen atemberaubenden Blick über das von Schnee angezuckerte New York hatten. Ich setzte sie auf das weiche Leder und zog mein Sakko aus, das ich einfach auf die Lehne warf. Gemächlich öffnete ich meine Manschettenknöpfe und krempelte die Ärmel nach oben, die Augen die ganze Zeit auf sie gerichtet. Paulina sah mich mit ihren unschuldigen Rehaugen an, verfolgte jede Regung von mir und konnte dabei keine Sekunde ruhig sitzen. Sie presste ihre Schenkel zusammen, grub ihre Finger in die Sitzfläche und leckte sich über ihre Lippen.

»Zieh deinen Slip aus!«

»Aber Mister Cunningham …«, begann sie mit gespielt erschrockener Stimme.

Und fuck, ich liebte diese Spielchen zwischen uns.

»Jetzt!«

Ein erregtes Seufzen kam über ihre Lippen, als sie ihr Höschen hinunterzog. Mit einem frechen Grinsen warf sie mir das kleine Stoffdreieck zu und ich fing es aus der Luft. Ich hielt es an mein Gesicht, spürte die Wärme und atmete tief ihren Duft ein. Er war das beste Aphrodisiakum …

Den Tanga steckte ich in die Hosentasche, dann ging ich vor ihr in die Knie. Ich spreizte ihre Beine und begann, sie genüsslich zu lecken, als wäre sie eine saftige Frucht. Und Gott, ihr Stöhnen und Wimmern, ihre Laute der Erregung, trieben mich nur noch weiter an. Schnell öffnete ich die Hose, weil mein Schwanz keinen Platz mehr darin hatte und ich es kaum erwarten konnte, sie zu spüren.

Ich war verrückt danach, sie zu reizen, mit ihr zu spielen, so lange, bis sie völlig die Kontrolle über sich verlor und an meinem Mund explodierte. Ich massierte ihr Zentrum mit der Zunge, mit den Fingern, gab alles, um sie zum ersten Höhepunkt zu treiben. Und das ging heute wirklich schnell. Was bestimmt auch an ihrer Vorarbeit lag, aber innerhalb kürzester Zeit spürte ich ihre Muskeln pulsieren, während sie sich stöhnend und unter völliger Ekstase auf der Couch wand und meinen Namen wimmerte.

Ohne zu überlegen, drückte ich mich hoch und glitt in sie hinein. Fühlte immer noch, wie ihre Muskeln zuckten, und war so berauscht von dem Gefühl, dass ich kräftig in sie stieß. Wieder und wieder. Ich verlor völlig die Kontrolle, liebte es, wie sie mir ihr Becken entgegendrückte, wie sie mich mit »Schneller« und »Fester« antrieb, wie sie ihre Finger durch das Hemd in meinen Rücken krallte. Wie es sich anhörte, als unsere Körper aneinanderprallten.

»Ich will dich reiten«, drang ihre Stimme zu mir durch, und ich reagierte sofort, setzte mich auf, nahm sie mit mir mit, ohne unsere Verbindung zu lösen.

Mein Kopf sank nach hinten an die Lehne, meine Hände landeten an ihrer Hüfte und dirigierten das Tempo mit. Ihre Brüste hüpften vor meinem Gesicht auf und ab, und ich musste endlich ihr Kleid öffnen, um an ihre nackte Haut zu kommen. Ich zog den Reißverschluss auf und schob die Spitze ihres BHs nach unten. Beugte mich vor, um an ihren Brustwarzen zu lecken, sie einzusaugen und daran zu lutschen, bis Paulina den Kopf in den Nacken warf, während sie sich vor Lust mit beiden Händen an meinen Schultern festhielt.

Als ich in ihren Nippel biss, kam sie erneut, pulsierte um meinen Schwanz. Und verdammt, es fühlte sich so unfassbar gut an … So intensiv, dass ich mich nicht länger zurückhalten konnte. Ich spürte die Energie, die sich in meinen Eiern sammelte, die sie an meinen Körper presste. Dann ließ ich los. Ich kam heftig, schoss meinen Saft in Schüben aus mir raus in …

»Fuck …«

Berauscht rieb Paulina ihr Becken an meinem, schien noch völlig weggetreten. Vermutlich hatte sie dieses Schimpfwort als einen aus meiner Ektase heraus entstandenen Ausruf interpretiert.

»Fuck!«, schrie ich ein zweites Mal, während Adrenalin durch meinen Körper rauschte und sämtliche Erregung mit sich gerissen hatte.

»Was ist?«, fragte sie nun auch endlich alarmiert und schaute mich unsicher an.

»Wir haben den Gummi vergessen.« Verdammt, so was war mir noch nie passiert …

Deshalb hatte es sich so gut, so intensiv angefühlt. Viel besser als sonst. Deutlich echter …

Scheiße, ich war so ein Idiot. Ich, der normalerweise immer alles unter Kontrolle hatte, hatte sie über mich selbst verloren …

»Ist doch nicht schlimm. Ich nehme die Pille.«

»Nicht schlimm?« Schnaubend schüttelte ich den Kopf und hob sie von mir. Mit einer Hand meine Hose haltend ging ich ins Bad und ließ Paulina zurück.

Ich konnte nicht fassen, dass mir das passiert war. Bisher hatte ich gedacht, dass so was nur hormongesteuerte Teenager und Idioten machten, die dachten, sie wären schlau genug, ihn vorher rauszuziehen. Ganz zu schweigen von den Krankheitserregern, die man dabei womöglich austauschte. Aber *mir*, Kilian Cunningham, *konnte* so was einfach nicht passieren. Ich tat nie etwas Unüberlegtes, verlor nie die Kontrolle über meine Sinne …

Doch ich hatte bei dieser Sache vergessen, dass ich mich durch Paulina Moreno selbst nicht mehr kannte.

Im Eiltempo streifte ich meine Klamotten ab und stieg unter die Dusche. Erst als das heiße Wasser auf mich herabprasselte, beruhigte sich mein rasendes Herz ein wenig – bis zu dem Moment, als ich ihre Stimme hinter mir vernahm.

»Hey, es ist doch alles gut, oder etwa nicht?«

Dass in ihren Worten Unsicherheit mitschwang, trug nicht dazu bei, dass es mir besser ging.

Jedoch schaffte ich es auch nicht, ihr zu antworten. Stattdessen kämpfte ich dagegen an, sie hier und jetzt aus meiner Wohnung zu werfen. Aber das wäre nicht fair. Abgesehen davon, dass das die vielleicht größte Arschlochaktion wäre, die ich mir je geleistet hätte. Sie hatte es nicht verdient, so von mir behandelt zu werden. Deshalb schluckte ich meine Worte hinunter und überlegte krampfhaft, wie ich ihr sagen sollte, dass eben *nicht* alles in Ordnung war, weil wir nicht vorher darüber gesprochen hatten. Weil ich *nicht* wusste, ob sie gesund war. *Ich* war es, ich ließ mich auch regelmäßig testen – trotz Kondoms, das ich sonst noch nie vergessen hatte. Aber die Worte, die ich sowieso nicht annähernd so hätte formulieren können, dass sie nicht verletzten, blieben mir im Hals stecken, als ich ihre Hand an meinem Rücken spürte. Ich versteifte mich unter der Berührung, dann lagen auch schon ihre beiden Arme um mich.

»Hey … es ist nicht schlimm. Ich verhüte mit der Pille, Kilian, das hast du doch gehört, oder?«

Schnaubend schüttelte ich den Kopf. »Verdammt, Paulina, wie naiv bist du eigentlich? Ein Kondom schützt nicht nur vor einer Schwangerschaft, sondern auch vor Krankheiten!«

Ihre Augen waren weit aufgerissen, als sie mich ansah. Ihre Brust war inzwischen ebenfalls vom Wasser besprenkelt, doch ich zwang mich dazu, ihren Kurven nicht zu große Aufmerksamkeit zu widmen. Immerhin ging es hier gerade um ein viel wichtigeres Thema.

»Was willst du mir damit sagen?«, fragte sie leise, voller Angst.

Irritiert blinzelte ich, und als mir klar wurde, was sie eben dachte, sprach sie die Worte bereits aus.

»Bist du … krank?«

»Fuck, nein, ich bin definitiv gesund, aber …«

Ihr Gesichtsausdruck änderte sich von ängstlich zu erleichtert. »Siehst du, dann ist ja alles in Ordnung. Ich bin auch gesund, Kilian, ich hab mich nach dem letzten Sex vor dir testen lassen – und das ist schon eine Weile her. Du kannst also aufatmen, es ist nichts passiert.«

Ihre Worte kamen bei mir an, drangen zu mir durch und doch konnte ich die Anspannung in mir nicht abschütteln.

Paulina schien es zu merken, denn sie drückte sich an mich, schlang ihre Arme um meinen Oberkörper und schmiegte sich an mich – völlig ignorierend, dass ihr Gesicht und ihre Haare dabei nass wurden. Beruhigend rieb sie über meinen Rücken, während ich dastand wie der letzte Idiot, steif wie eine Säule. Kalt wie ein Stein.

Weil ich, verdammt noch mal, die Kontrolle über mich verloren hatte …

Dieser Schock saß tief.

»Lass mich dich waschen«, sagte sie mit sanfter Stimme, als sie sich von mir löste.

Das Wasser hatte ihr Make-up zerstört, doch das Lächeln, das sie mir schenkte, ließ sie immer noch wunderschön aussehen.

Sie griff nach dem Schwamm, gab eine kleine Menge Duschgel darauf und drückte ihn ein paarmal unter dem Strahl, bis er schäumte. Dann begann sie, ihn in kreisenden Bewegungen über meinen Rücken zu reiben.

Ich schloss die Augen, versuchte, die Kälte des Schocks abzustreifen, was mir nur mäßig gelang.

Sie fuhr die Form meines Hinterns nach, dann glitt der Schwamm die Beine abwärts. Anschließend stand sie auf und stellte sich vor mich, wo sie über meine Brust rieb, den Schaum auch auf den Armen verteilte. Ihre Finger wanderten zwischen meine, strichen über die Unterarme. Sie wusch mich unter den Achseln, am Hals, ja sogar die Haare schäumte sie mit dem Shampoo ein. Dann griff sie wieder zum Schwamm, glitt mit ihm sanft um den Schwanz. Sie seifte meine Eier ein und ging im Anschluss vor mir in die Knie, um meine Beine auch vorn von oben bis unten sauber zu machen. Danach klopfte sie gegen meinen rechten Fuß und sah fragend zu mir auf.

Zögernd hob ich das Bein, und tatsächlich begann sie, meinen Fuß zu waschen. Sie rieb über den Rist, die Ferse, die Fußsohle, ja sie seifte mich sogar zwischen den Zehen ein. Danach wiederholte sie das Ganze mit dem zweiten Fuß, und ich war so getroffen und berührt zugleich von dieser demütigen Geste, dass sie den letzten Groll aus mir vertrieb.

Als sie wieder aufstand, wusch sie den restlichen Schaum von mir ab und stellte sich auf die Zehenspitzen, um mich auf den Mund zu küssen.

Ich schloss die Augen und konnte nicht anders … Ich musste sie in meine Arme nehmen. Fest drückte ich sie an mich, vergrub mein Gesicht in ihren nassen Locken und wünschte, ich könnte endlich meine Mauern fallen lassen. Für mich, aber vor allem für sie. Dennoch schaffte ich es einfach nicht …

# 21

## Paulina

Kilian hatte mich ebenso eingeseift wie ich ihn. Und doch spürte ich, dass es nicht genauso war … Ich konnte es nicht benennen, es war mehr ein Gefühl, aber es hatte sich angefühlt, als würde er diese Rolle des fürsorglichen Mannes nur spielen und sich selbst wieder hinter seinen Mauern verstecken.

Keine Ahnung, warum er das tat. War es, weil wir ein Kondom vergessen hatten? Egal, was der Grund dafür war, ich wollte mich dadurch nicht verunsichern lassen. Bestimmt war ihm die ganze Sache unangenehm. Vielleicht hatte er nach wie vor ein schlechtes Gewissen, weil er dachte, sich mir gegenüber unverantwortlich verhalten zu haben. Oder er tat sich als der große starke Mann, der er war, schwer, sich zu entschuldigen. Was auch nicht nötig war, ich war ihm deswegen nicht mehr böse. So oder so würde er damit jedenfalls nicht bei mir durchkommen. Ich würde alles daransetzen, ihm zu zeigen, dass es keinen Grund dafür gab.

Wir stiegen aus der Dusche, und ich knetete meine Haare in ein Handtuch, das er mir reichte, während ich ihm zusah, wie er sich den Frotteestoff nur um die Hüften schlang. Nass verschwand er aus dem Bad, ohne mich weiter zu beachten. Kurz darauf hörte ich was rascheln – bediente er sich gerade am Abendessen?

170

Schnell wickelte ich mir auch das Tuch um den Oberkörper und eilte in die Küche. »Warte, ich mach schon. Ich wärme es dir auf.«

»Ich esse es kalt«, erwiderte er kühl und öffnete den Deckel der Warmhaltebox.

Seufzend ging ich zu ihm und drängte mich zwischen ihn und den Tresen, bevor er mit dem Essen anfangen konnte. »Komm schon, hör auf damit. Ich will nicht, dass die Laune deswegen jetzt im Keller ist. Wir können doch über dieser Sache stehen, oder nicht? Es ist nichts passiert, es ist alles geklärt …« Ich legte meine Hände an seine Brust und wollte ihm in die Augen schauen, jedoch wandte er seinen Blick von mir ab.

Ich drückte ihm einen sanften Kuss auf den Mundwinkel. »Meine Tante hat erzählt, dass es mit Grandma bergauf geht. Langsam zwar, aber doch. Sie macht gute Fortschritte, was bedeutet, dass Tante Flori ziemlich sicher mit dem neuen Jahr wieder zurück ist.« Abwartend schaute ich ihn an, jedoch stellte er nach wie vor auf stur. Auch der Themenwechsel hatte nicht geholfen, seine miese Laune zu vertreiben.

Gott, war dieser Mann anstrengend.

»Okay, ich wärme dir das jetzt auf, ich kann nicht mit ansehen, wie du dieses Curryhähnchen kalt isst.« Ohne auf eine Reaktion von ihm zu warten, drehte ich mich um und nahm die Box einfach mit. Schnell richtete ich alles auf einem Teller an und stellte ihn in die Mikrowelle. Mit vor der Brust verschränkten Armen schaute ich Kilian an, wie er teilnahmslos auf seinem Handy herumdrückte, während sich sein Essen hinter mir auf einem Glasteller drehte.

Weil ich nicht wusste, wie ich sonst zu ihm durchdringen sollte, wechselte ich erneut das Thema. »Hast du dir schon Gedanken darüber gemacht, wie es weitergehen soll, wenn Tante Flori zurück ist? Ich meine … dass sie hier wieder für dich arbeiten wird, davon gehe ich mal aus. Also … ich hoffe es zumindest, dass sie hierbleiben darf?« Ich stellte den heißen Teller vor ihm ab und er legte sein Smartphone zur Seite. Jedoch bekam ich keine Antwort auf meine Frage – was ich einfach mal als Zusage wertete. »Aber sollen wir es ihr sagen, oder willst du, dass es unser kleines Geheimnis bleibt?«

Es war gewagt, denn dadurch versuchte ich gerade herauszufinden, ob die Sache zwischen uns ein Ablaufdatum hatte. Vielleicht hatte er gar nicht vor, überhaupt so lange mit mir zu schlafen. Womöglich datete er auch andere Frauen – es wäre nicht abwegig, immerhin hatten wir uns nichts versprochen. Trotzdem traf mich diese Vorstellung heftiger als erwartet.

Doch von Kilian kam nach wie vor keine Reaktion. Er hatte den Blick auf sein Essen gerichtet und schaufelte Gabel um Gabel in sich hinein.

War das seine Art? Strafte er mich jetzt mit Schweigen, weil Worte zu sehr verletzen würden? Oh, er hatte ja keine Ahnung, wie sehr mich dieses Nichtssagen kränkte ...

Um Fassung ringend wandte ich mich von ihm ab und ging zum Kühlschrank. Ich schaute hinein, spürte, wie die Kühle auf meine nackte Haut traf, ohne genau zu wissen, warum ich es tat. Vielleicht, um mir klar darüber zu werden, wie ich mit seiner Nicht-Reaktion umgehen sollte.

Eher zufällig fiel mein Blick auf die Sprühsahne. Als ich jedoch bemerkte, dass das Sigel noch nicht gebrochen war, stellte sich eine gewisse Ruhe bei mir ein. Ich öffnete den Küchenschrank daneben und auch die Schokosoße und der Honig waren ungeöffnet.

Selbst wenn er sich neben mir mit weiteren Frauen treffen sollte, hatte er diese Lebensmittel, die einzeln ganz harmlos waren, in seiner Kombination auf der Einkaufsliste jedoch ein völlig anderes Bild vermittelt hatten, bisher nicht verwendet. Und dass das so war, wertete ich in diesem Augenblick als positiv.

Ohne groß darüber nachzudenken, was ich vorhatte, platzierte ich alle drei Dinge auf dem Tresen. Dann drückte ich mich daran hoch und zog mich auf die Arbeitsfläche.

»Was wird das?«

Ah, der Herr konnte also doch sprechen.

»Ich serviere dir deinen Nachtisch«, erklärte ich lässiger, als ich mich gerade fühlte, und setzte mich in hoffentlich sexy Pose vor ihn.

Verbissen schüttelte ich die Sprühsahne, dann hielt ich sie vor meine Brustwarze und drückte ab. Der kalte Schaum prickelte auf der Haut, und ich musste kichern, weil es verrückt war, was ich tat.

Aus dem Augenwinkel bekam ich mit, wie Kilian seine Gabel ablegte und mich anschaute. Aber ich fuhr unbeirrt fort, kleine Sahnehäubchen auf meinem Körper zu verteilen. »Das hattest du doch vorgehabt, als du die Sachen auf die Einkaufsliste gesetzt hast, oder nicht?«

In seinem Blick konnte ich das Feuer sehen. Trotzdem stand er einfach auf und ging.

Sprachlos sah ich ihm hinterher, war zu getroffen von seiner Reaktion. Ich hatte seine Erektion unter dem Handtuch gesehen – wem machte er hier was vor? Ich wusste, dass er scharf auf mich war, dass er mich wollte.

Eigentlich wäre es das Beste, jetzt aufzustehen, mich anzuziehen und zu gehen. Sollte er mich doch einfach kreuzweise …

Aber dann hörte ich das typische Geräusch einer Schublade, anschließend erneut seine Fußsohlen auf dem Boden, die sich mir näherten. Und tatsächlich tauchte er gleich darauf wieder im Durchgang zur Küche auf. Völlig nackt.

Mein Herz raste, als ich sah, dass er die Kondome in der Hand hielt. Sein Blick war irgendwas zwischen reuevoll und aufgeheizt, und dennoch wagte ich nicht, irgendwelche Schlüsse zu ziehen.

»Das Obst und den *Dom Pérignon* hab ich schon selbst

gegessen und getrunken«, sagte er, und mir fiel auf, dass er *selbst* gesagt hatte. Das implizierte doch, dass er diese Dinge nicht mit einer Frau geteilt hatte, oder? »Und ich weiß nicht, wie es weitergehen soll, wenn deine Tante wieder da ist. Dass sie hier weiterarbeiten darf, steht außer Frage. Aber über alles andere will ich mir ehrlich gesagt gerade nicht den Kopf zerbrechen. Kann ich auch nicht, wenn du so vor mir sitzt.«

Sein Blick glitt über meinen Körper und die Art, wie er mich anschaute, prickelte in meinem Schoß. »Sorry«, hauchte ich und konnte nicht verhindern, dass meine Mundwinkel erleichtert zuckten.

Er warf die Packung Kondome auf den Tresen, dann kam er zu mir, wie ein Tiger auf der Jagd. Seine feuchte Zunge leckte hart über meine Brustwarze und rieb darüber, bis sie wieder sauber war.

Keuchend sah ich ihm dabei zu, erleichtert über seinen Stimmungswandel.

»Honig oder Schokosoße?«, fragte ich mit rauer Stimme. Mehr brachte ich gerade nicht über die Lippen.

»Schoko«, raunte er und griff nach der Packung. Er öffnete sie und strich anschließend mit der freien Hand meine noch feuchten Locken über meine Schultern, um sie nicht vollzukleckern. Doch Schokolade in den Haaren war mir gerade ziemlich egal.

Zischend sog ich Luft zwischen den Zähnen ein, als die kühle Soße auf meinen Oberkörper traf und ein Muster auf meine Haut zeichnete. Sie tropfte von meinem Busen auf den Bauch, floss an meinem Bauchnabel vorbei und näherte sich meiner Mitte …

Mein Atem ging schneller, als er einen Schritt zurückmachte und sein Kunstwerk betrachtete.

»Fuck, das sieht geil aus«, murmelte er. »Ich möchte ein Foto von dir machen, Paulina.«

Seine Frage überforderte mich. »Jetzt?«

»Ja.«

»Warum?«

Er beugte sich näher. »Weil ich mich vermutlich noch länger an diesen Moment erinnern möchte. Und weil ich dich dann auch anschauen kann, wenn ich in der Arbeit bin …«

»Kilian Cunningham, du kannst doch nicht mit einer Latte im Meeting sitzen!«, sagte ich entrüstet und lachte unsicher auf. Sein teuflisches Grinsen war jedoch Antwort genug.

»Na gut, aber … ohne Gesicht, bitte.«

»Selbstverständlich!« Er griff nach seinem Smartphone, stellte sich seitlich zu mir und hielt es auf mich gerichtet. Ich versuchte, noch sexyer zu posen, gleich darauf ertönte das klickende Geräusch einer Fotoapp.

Zufrieden grinste er, dann zeigte er mir das Ergebnis. Und wow, es sah wirklich genial aus. Mein Rücken war durchgestreckt, eine meiner Brustwarzen war von Schokolade überzogen, auf der anderen thronte nach wie vor das Sahnehäubchen, das inzwischen zu schmelzen begann – ich spürte, wie es sich langsam abwärts bewegte. Meine Lippen waren noch darauf zu erkennen, aber da ich den Kopf in den Nacken gelegt hatte, sah man nicht mehr von meinem Gesicht. Und durch die Küche im Hintergrund sah ich wirklich aus wie ein leckeres Dessert …

»Du hast recht, ich sehe zum Anbeißen aus.« Ich wollte scherzen, schmunzeln, doch ich konnte nicht. Ich war zu erregt – nicht nur wegen seiner gierigen Blicke und seiner beachtlichen Erektion, die zielsicher auf mich zeigte. Die Sahne und die Soße bewegten sich auf meiner Haut, streichelten mich auf ihrem Weg abwärts und der Gedanke daran, dass er gleich alles ablecken würde, machte mich nur zusätzlich an.

Kilian war wohl auch sehr zufrieden mit seinem Foto – oder er konnte einfach nicht mehr länger warten. Auf jeden Fall legte er sein Handy beiseite und stellte sich vor mich. Dann beugte er sich vor und zog sanft an meinen Beinen, bis ich mich direkt an der Kante vor ihm platziert hatte.

Erneut griff er nach der Schokosoße, drückte eine weitere Portion auf mir aus und leckte schließlich einen Teil davon ab, genau wie die Schlagsahne, die nicht inzwischen auf der Arbeitsfläche gelandet war.

Seine Zunge war fordernd und fest und brachte mich sofort zum Keuchen. Es war, als würde er eine Mission verfolgen, wie er gezielt sämtliche Spuren von oben nach unten beseitigte. Je näher er meinem Bauch kam, umso schneller wurde er. Als wäre er in einem Rausch aus Schokolade und Hormonen, ohne aufhören zu können. Und als seine Zunge endlich meine Mitte erreichte, leckte er mich so hingebungsvoll, als wäre ich die köstlichste Frucht, die er je probiert hatte …

Meine Erregung peitschte sich hoch, und ich spürte, dass ich kurz davor war – bis ich das Rascheln der Kondompackung hörte.

Er wollte wirklich nicht den Gummi weglassen. Keine Ahnung, warum, aber dieses Wissen enttäuschte mich. Was dumm war, denn sich zu schützen war immer gut. Doch es konnte nichts passieren. Ich war nicht krank und nahm die Pille, und er war, wenn ich ihm glauben konnte, ebenfalls gesund. Vermutlich wollte er jedoch den wenigen Prozent Wahrscheinlichkeit, die bei der Pille bestanden, trotzdem schwanger zu werden, keine Chance geben.

Ich sah ihm zu, wie er ihn überrollte, während er mich weiterhin hingebungsvoll leckte, aber irgendwie fühlte sich nun alles etwas abgestumpfter an. Als hätte er nicht nur unsere Haut abgeschirmt, sondern auch meine Empfindungen.

Er schob zwei Finger in mich, rieb mich zusätzlich von innen und ich kam. Es war jedoch eine sanfte Welle, keine Explosion, wie ich es sonst mit ihm kannte. Doch ich sagte nichts. Vielleicht lag es daran, dass er mich vorhin schon so gewaltig zum Kommen gebracht hatte, dass ich weiße und schwarze Punkte vor meinem inneren Auge hatte tanzen sehen.

Kilian zog mich hoch, noch während meine Muskeln pulsierten, legte meine Beine um seine Hüften und hob mich von der Arbeitsfläche. Gleich darauf fühlte ich die kühle Oberfläche des Kühlschranks hinter mir und seine Eichel an meinem Eingang. Ich glitt auf ihn, spürte ihn tief in mir und genoss es, wie er mich hielt. Sein Mund suchte meinen, und während er regungslos in mir verharrte, küsste er mich drängend. Dann löste er sich von meinen Lippen und begann, mich zu ficken. Wild und hart und genau, wie ich es gerade brauchte. Aber es fühlte sich nicht nur gut an, sondern es lag auch eine gewisse Bitterkeit darin – ähnlich wie vorhin, als er mich unter der Dusche gewaschen hatte. Und mich überkam der Gedanke, dass er mich nur deshalb noch einmal geleckt und genommen hatte, weil ich mich ihm so angeboten hatte. Dass er es unter anderen Umständen nicht getan hätte … Zumindest nicht heute.

Als er stöhnend und keuchend kam, breitete sich ein seltsam kühles Gefühl in mir aus. Etwas, was mir sagte, dass ich gegen Windmühlen anzukämpfen schien. Dass ich zwar kurzfristig Erfolg gehabt hatte, aber noch lange kein Ende in Sicht war. Doch ich war stark und würde mich so schnell nicht von meinem Weg abbringen lassen. Ich wollte ihn, und er wollte mich ebenfalls. Das wusste ich, das spürte ich tief in mir drin …

Wenn nicht, musste er es mir sagen. Klar und deutlich. Dann würde ich gehen und die Sache vergessen. Aber solange er auf meine Reize ansprach und die Finger nicht von mir lassen konnte, solange wir vögelten und er keine Anstalten machte, das Ganze zu beenden, würde ich weiterhin um ihn kämpfen. Denn sosehr ich seine Ablehnung und seinen Widerstand spürte, merkte ich auch, dass er mich wollte. Er trug einen inneren Kampf aus und ließ nach außen hin den kühlen überlegenen Boss raushängen. Aber ich hatte ihn durchschaut. Es steckte so viel mehr in ihm. Er wollte mich wie ich ihn, und ich gab die Hoffnung nicht auf, dass er es sich endlich eingestehen würde.

Weil ich ihn nicht verlieren wollte. Ich sah etwas in ihm, was er nicht wahrhaben wollte. Was ich selbst noch nicht wirklich greifen konnte – von dem ich aber wusste, dass es wert war, darum zu kämpfen.

# 22

## Kilian

Noch eine gute Woche später beschäftigte mich der Abend mit Paulina. Und ich wusste, sie hatte verstanden, dass etwas nicht in Ordnung war. Auch wenn sie mich nicht drauf ansprach, wenn wir uns kurz zu Hause begegneten. Ich hielt mich möglichst von der Wohnung fern, bis ich mir sicher sein konnte, dass sie nicht mehr da sein würde. Oder wenn ich mich mit dem Laptop ins Büro zurückzog unter dem Vorwand, noch was für die Firma erledigen zu müssen – ungestört.

Sie gewährte mir diesen Abstand und verhielt sich weiterhin professionell – etwas, was ich ihr zugutehielt. Die Tage hatte sie mal gemeint, dass sie einiges für ihr Studium zu lernen hätte, und mich gebeten, sie nicht mit allzu viel Arbeit einzudecken – wenn es möglich war, einen Teil auf später zu verschieben. Ob das auch nur eine Reaktion von ihr auf mein Verhalten war oder ob es der Wahrheit entsprach, wusste ich nicht. Jedenfalls kam es mir gelegen.

Dennoch hatte ich da dieses Foto von ihr auf dem Handy.

Und verdammt, ich konnte nicht anders, ich musste es immer wieder anschauen. Ja, ich wichste sogar dazu, wenn ich abends nach dem Training oder nach einer Tour durch die Bars nach Hause kam – in eine leere Wohnung.

Ich meine, wie erbärmlich war das eigentlich?

179

Auch heute saß ich wieder gemeinsam mit Logan in der *Bar 54*.

»Was sagst du zu der Blondine dort drüben?« Er nickte in Richtung Fensterfront, wo drei Brünette und eine blonde Frau beisammenstanden und sich unterhielten. Genau in dem Moment schaute sie zu uns und lächelte.

»Sieht gut aus. Krall sie dir.« Ich klopfte ihm halbherzig auf die Schulter und nippte an meinem Scotch.

»Okay, Mann, was ist los? Ist es, weil ich mich in den letzten Monaten so verändert habe? Ja, ich weiß, ich genieße das Singleleben im Moment in vollen Zügen, aber ich habe nun mal einiges aufzuholen nach der jahrelangen Beziehung, in der ich … Na ja, du weißt ja, wie es mit Helene war. Ich bemühe mich auch, dass es keinen Einfluss auf meine Leistung im Büro nimmt. Oder siehst du das anders?«

Als ich ihn weiterhin regungslos anschaute, runzelte er verunsichert die Stirn. »Scheiße, Mann, wenn ich gewusst hätte, dass …«

»Nein, meine Laune hat nichts mit dir zu tun, keine Sorge«, unterbrach ich ihn, bevor er sich noch länger quälte. »Tut mir leid, wenn ich gerade die Spaßbremse bin. Geh rüber und flirte mit ihr. Na los, sie schaut schon wieder her.«

Ohne auf meine Aufforderung einzugehen, sah er mich an. Die Furchen auf seiner Stirn vertieften sich. »O fuck. Was ist los, Kilian? Du klingst wie ich, als ich in einer Beziehung war, in der ich nicht sein wollte. Bitte sag mir, dass es bei dir ein anderer Grund ist?« Er formulierte es als Frage, aber vermutlich verhielt ich mich einfach zu verwirrend. Was ich ihm nicht verübeln konnte, ich verstand mich ja selbst nicht mehr.

»Gott, nein, das ist es nicht!« Nun lachte ich auf. »Ich bin nur gerade am Überlegen, wie ich eine Frau aus dem Kopf bekomme, die dort viel zu viel Aufmerksamkeit fordert.«

»Sex könnte helfen«, meinte er trocken.

»Dachte ich auch, hat es jedoch nicht.«

»Dann … Okay, wo genau liegt das Problem? Will sie dich nicht?«

Seufzend legte ich den Kopf in den Nacken. »Doch, das ist es nicht. Ich *will* sie nicht. Also schon, aber …« Ich knurrte wütend. »Was weiß ich, keine Ahnung. Es ist seit Wochen dasselbe. Sie nimmt zu viel Platz in meinen Gedanken, in meinem Leben ein.«

»Moment mal, wir reden von deiner Haushälterin.« Diesmal war es eine Feststellung.

Ich nickte.

»Okay, lass mich mal zusammenfassen, was ich weiß. Du findest sie heiß, ihr geht miteinander ins Bett. Sie ist ständig da und du musst immerzu an sie denken. Aber du willst, dass das endet.«

»Du hast es erfasst.«

»Hm. Also so ganz verstehe ich den Grund dafür nicht. Immerhin hast du regelmäßigen, guten Sex mit einer anscheinend heißen Frau. Und doch willst du zurück zu deinem alten Leben ohne sie.«

Wieder stimmte ich ihm zu.

»Dann rede mit ihr und sag ihr, dass du die Sache zwischen euch beenden willst. Sie kann weiterhin für dich arbeiten, aber hey, du bist so viele Stunden im Büro. Sie wird wohl in dieser Zeit deinen Haushalt erledigen können. So eine große Bude hast du auch nicht. Doch du musst endlich für klare Verhältnisse sorgen. Augen zu und durch, verstehst du?«

Logan hatte recht. Anders würde ich Paulina nicht aus dem Kopf bekommen. Ich musste einen Cut schaffen und abschließen. Weil mich die Frau verrückt machte. Weil sie mich dazu brachte, die Kontrolle über mich zu verlieren. Sei es während der Meetings oder auch – vor allem – wenn ich allein in meinem Büro war. Oder wie jetzt, hier, umgeben von so vielen schönen

Ladys, von denen ich früher mindestens eine mit nach Hause genommen hätte, um sie zu ficken.

»Das wird nicht einfach werden«, murmelte ich mehr zu mir, aber Logan hatte mich natürlich verstanden.

»Weil du ihr oder dir selbst nicht wehtun willst?«

Diese Frage ließ ich unbeantwortet …

Stattdessen biss ich fest die Zähne aufeinander, als ich mein Telefon aus der Brusttasche des Sakkos zog und den Chat von Beverly und mir öffnete.

»Wer ist das?«, fragte mein Bruder und beugte sich nach vorn, um einen Blick auf das Display zu erhaschen.

»Beverly aus der Audi-Werkstatt.«

»Ah, ich erinnere mich!« Er wackelte mit den Augenbrauen. »Wie war das Date mit ihr?«

»Ich hab es verschoben, weil ich Sex mit Paulina bevorzugt habe. Aber vielleicht brauche ich eine andere Frau, um Paulina zu vergessen.«

Logan schaute mich zweifelnd an. »Bist du dir sicher, dass das eine gute Idee ist?«

»Nein. Aber ich hoffe, dass es den Prozess des Vergessens beschleunigen könnte.«

»Bei dir oder bei Paulina?«

Verbissen presste ich die Lippen aufeinander. Denn wenn Paulina Wind davon bekommen würde, würde es ihr sicher das Herz brechen. »In erster Linie bei mir«, sagte ich schließlich.

Logan nickte zögernd. »Dann schreib sie an. Triff dich mit dieser Beverly, wenn du denkst, dass es eine gute Idee ist.«

Mir war klar, was er damit andeuten wollte. Nämlich, dass es eine verdammt miese Idee war. Trotzdem wollte ich gerade weder auf meinen Bruder noch auf meine innere Stimme hören, sondern tippte eine Nachricht an Beverly.

*Kilian: Wie spontan bist du?*

Angespannt starrte ich auf das Display und unterdrückte

krampfhaft das schlechte Gewissen, das sich gegenüber Paulina in mir zusammenbraute.

»Während du dir dein Date klarmachst, kümmere ich mich mal um meines«, meinte Logan kühl und deutete mit dem Kopf zu den Ladys, die immer noch hierherschauten. Bestimmt wollte er einfach Abstand zu mir bekommen, weil er gerade nicht mit ansehen konnte, wie ich mich verhielt.

Ich bedeutete ihm mit der Hand, dass das für mich in Ordnung ging, und nippte an meinem Getränk. Tatsächlich wurde die Nachricht von ihr als gelesen markiert, und gleich darauf sah ich, dass sie zu schreiben begann.

*Beverly: Kommt drauf an …*

Ein letztes Mal atmete ich durch. Wenn ich ihr jetzt antworten würde, gäbe es kein Zurück mehr. Und ich würde meine Arschlochseite zeigen, die, die ich in den Jahren seit meiner Trennung von Rebecca langsam, aber sicher unter Kontrolle bekommen hatte. Von der ich dachte, ich hätte sie tief in mir vergraben und würde sie nie wieder zum Einsatz bringen.

Doch wenn es mir half, Paulina zu vergessen …

Ich exte den Scotch und begann zu schreiben.

*Kilian: Von meinem Schlafzimmer aus hat man einen atemberaubenden Ausblick über die Stadt. Lust, ihn mit mir zu genießen?*

Mein Herz raste, als ich sah, dass sie mir zurückschrieb.

*Beverly: Gerade bin ich mir nicht so sicher. Ich mag es nicht, wenn man mich abweist und versetzt.*

Okay, sie machte es mir nicht leicht. Aber warum sollte sie?

*Kilian: Was kann ich tun, um dich zu überzeugen?*

*Beverly: Gute Frage …*

*Kilian: Nimm deine große Handtasche mit dem Spielzeug mit.*

Wenn ich sie damit am Haken hatte, wäre das vermutlich mein persönlicher Tiefpunkt. Ich war nicht einmal scharf darauf, ihr Sexspielzeug auszuprobieren. Aber was anderes fiel mir gerade nicht ein, und wenn sie bei mir war, würde sie vielleicht darüber hinwegsehen, dass ich mich nicht für den Inhalt ihrer Tasche interessierte.

Tatsächlich antwortete sie nach endlos langen zehn Minuten mit einem nach oben gereckten Daumen und schrieb mir, dass sie in einer knappen Stunde bei mir sein könnte.

Nun gut, dann würde ich heute Nacht noch Sex haben – mit einer Frau, die nicht Paulina war.

Auf diese Erkenntnis hin bestellte ich mir einen weiteren Scotch und wartete darauf, dass Logan zu mir schauen würde. Er schien sich gut mit den Ladys zu verstehen und vermutlich würde auch sein Abend noch erfolgreich enden. Aber ich hatte keine Lust, zu ihnen zu gehen. Überhaupt hatte ich gerade keinen Bock auf belanglose Flirts in Bars, geschweige denn auf oberflächliche Unterhaltungen mit irgendwelchen Fremden.

Mit Beverly würde ich später auch nicht allzu viel reden. Sie würde zum Vögeln zu mir kommen und über Nacht bleiben.

Dass ich ihr etwas zugesprochen hatte, was ich Paulina hatte verwehren wollen, war paradox, doch es bot sich einfach zu gut an.

Ich überlegte, ob ich Paulina schreiben oder sie anrufen sollte, um vorher noch die Sache zu klären. Aber die passenden Worte zu finden, fiel mir schwer. Was hätte ich sagen sollen? Im Grunde hatte ich ihr nie etwas versprochen, das Ganze von Anfang an offen gelassen. Sie würde mich schließlich auch nicht darüber informieren, wenn sie einen anderen Kerl datete.

*Ja, weil sie es nicht tun würde,* flüsterte eine hämische Stimme im Kopf, die ich zu ignorieren versuchte.

Endlich schaute Logan in meine Richtung, und ich gab ihm ein knappes Zeichen, woraufhin er zu mir zurückkam. »Alles in Ordnung?«

»Ja, ich werde mich auf den Weg zurück nach Hause machen.«

»Hat sie zugesagt?« Er hatte seine Stirn in Falten gelegt und machte mir auf diese Weise noch einmal deutlich, dass ihm mein Vorhaben nicht gefiel.

»Ja. Sie kommt gleich zu mir.«

Eigentlich hatte ich erwartet, dass Logan nickte und sich wieder zu der Blondine verzog. Doch er setzte sich erneut neben mich auf den Barhocker. »Und du bist dir sicher, dass du das möchtest?«

»Nein, verdammt, ich weiß gerade gar nichts mehr. Aber es fühlt sich alles falsch an, verstehst du? Nichts zu unternehmen und mit Paulina weiterzumachen wie bisher, genauso wie heute noch Beverly einzuladen.«

Er drehte sein Glas zwischen den Fingern. »Du bist ein elender Schisser, Kilian. Hätte nicht von dir gedacht, dass du keine Eier in der Hose hast.«

*Ich auch nicht*, dachte ich, behielt die Worte jedoch für mich. Es war schon schlimm genug, es von meinem Bruder hören zu müssen.

Angepisst kippte ich den Rest des Scotchs in mich hinein und klopfte ihm schließlich auf die Schulter. »Viel Spaß noch.« Mit dem Kopf deutete ich zu dem Tisch, an dem die vier Frauen saßen.

Statt etwas zu sagen, brummte er nur. Ein letztes Mal schaute ich ihn an, zögerte, weil ich merkte, dass ich gerade nicht nur einen Fehler beging … Doch ich brachte einfach nichts mehr über die Lippen, was die Situation noch hätte retten können. Stattdessen verabschiedete ich mich und steuerte den Aufzug an.

Auf dem Weg nach Hause hatte ich Paulina nicht erreicht und auf die Mailbox wollte ich ihr nicht sprechen. Das würde sich noch falscher anfühlen, als es ihr ins Gesicht zu sagen – genauso wie ihr eine Nachricht zu schreiben. Ich würde es also am nächsten Morgen tun müssen, wenn sie in die Wohnung kam.

Ich war keine zehn Minuten zu Hause, als Beverly klingelte. Die letzte Chance, ihr nicht zu öffnen und sie abzuweisen. Aber das tat ich nicht. Das konnte ich nicht, weil … ich offensichtlich keine Eier hatte. Und weil ich verzweifelt war.

Als sie aus dem Aufzug trat, fiel mir zuerst auf, dass sie ein verdammt knappes Kleid tragen musste – unter dem kurzen Mantel konnte ich nur ein kleines Stück des Saums erkennen. Sie lächelte nicht, vermutlich war sie immer noch vorsichtig und dezent angepisst, weil ich sie neulich versetzt hatte.

»Hi, Kilian«, sagte sie und klang gar nicht so sauer, wie sie aussah.

»Beverly, komm rein.« Ich öffnete die Tür eine Spur weiter und beugte mich zu ihr hinab, um sie zur Begrüßung auf die Wange zu küssen. Anschließend nahm ich ihr den Mantel ab und hängte ihn in den versteckten Schrank im Flur.

Neugierig ging sie voraus und sah sich um.

Ihr Kleid war dunkelblau und hörte nur knapp unter ihrem Hintern auf. Dazu trug sie Schuhe, von denen ich mir sicher war, dass sie für das eisig-winterliche Wetter nicht unbedingt geeignet waren. Aber Frauen hatten da manchmal sowieso eigenartige Anwandlungen, was ihre Klamotten- und Schuhwahl in Kombination mit der Witterung betrafen. Die Sinnhaftigkeit dessen hinterfragte ich schon lange nicht mehr.

Ihre schwarzen Haare fielen in großen Wellen über ihre Schultern und sie duftete wirklich verführerisch.

»Eine schöne Wohnung«, meinte sie nach einer Drehung um die eigene Achse mitten im Wohnzimmer.

»Danke.« Ich ging auf sie zu und blieb kurz vor ihr stehen.

Ihre verlockenden Lippen hoben sich zu einem Lächeln und sie reckte mir den Kopf entgegen. »Und die Aussicht gefällt mir auch«, sagte sie und sah mir dabei direkt in die Augen.

»Das Beste hast du noch nicht gesehen.« Ich murmelte die

Worte vor ihrem Mund, bereit, es zu tun. Sie zu küssen. Trotz all meiner inneren Gegenwehr.

»Du auch nicht«, raunte sie und streifte zart meinen Mund. Bevor ich sie jedoch hätte küssen können, wandte sie sich von mir ab, ein freches Grinsen auf den Lippen. »Hast du was zu trinken hier?«

Ich unterdrückte ein Seufzen und schloss für einen Moment die Augen. »Selbstverständlich. Was möchtest du?«

»Wodka?«

Mit Leuten, die Wodka tranken, hatte ich bisher keine guten Erfahrungen gemacht. Aber das hatte bestimmt nichts mit dem Getränk zu tun. Ganz sicher nicht.

»Auf Eis?«

Sie nickte.

Ich nahm zwei Gläser aus dem Schrank, füllte eines mit Eis und schenkte ihr Wodka und mir Scotch ein. Zwar wollte ich keinen mehr, die zwei in der Bar waren schon genug gewesen, aber andererseits erschien es mir unhöflich, sie allein trinken zu lassen.

»Cheers.« Sie hob ihr Glas an und leckte sich lasziv die Lippen, nachdem sie einen Schluck getrunken hatte. Dann stellte sie es zurück an die Bar und krallte sich an meinem Sakko fest. »Weißt du, ich habe wirklich mit mir gehadert, hierherzukommen. Ich bin keine Frau, die man abservieren kann. Zweimal hintereinander. Normalerweise hätte ich dir heute absagen sollen.«

»Aber das hast du nicht«, erwiderte ich trocken.

»Nein, da hast du recht. Ich bin hierhergekommen, weil ich … neugierig war. Jedoch hab ich das Gefühl, dass mich mein Instinkt nicht getäuscht hat.«

»Und was sagt er dir?«

»Dass du mich erneut abweisen wirst.«

Ich schluckte. »Das habe ich nicht vor.« Dabei glaubte ich mir selbst nicht wirklich.

Sie hob auffordernd eine Augenbraue und kam mit dem Gesicht näher, bis sie sanft in meine Unterlippe biss. »Hm, wer weiß. Noch traue ich der Sache nicht.«

Darauf konnte ich nichts erwidern. Denn kaum dass ich die Lider schloss, wünschte ich, es wäre Paulina, die vor mir stand. Ich wollte *ihren* Duft einatmen und nicht den von Beverly. Und ich wollte in ihre Augen sehen, wollte aus ihrem Mund diese süßen Laute hören, die sie machte, wenn ich sie zur Ekstase trieb. *Nein – wollte ich nicht*, ermahnte ich mich. Schließlich war Beverly genau aus dem Grund hier. Und deshalb sprang ich über meinen Schatten und legte meine Lippen auf Beverlys. Ich nahm ihren Mund mit einem drängenden Kuss in Besitz und presste ihren Körper an meinen, um mir klarzumachen, dass ich Paulina nicht mehr brauchte …

# 23

## Paulina

Zur Arbeit zu gehen fiel mir schwer. Wirklich. Es kostete mich eine ganze Menge an Überwindung, weil es *wehtat*, Kilian zu sehen und zu spüren, wie er mir die kalte Schulter zeigte. Ich hatte nichts falsch gemacht – zumindest nicht wissentlich, und dass er nun so auf Distanz ging, ließ ein ungutes Gefühl in mir aufsteigen. So was war nie gut ...

Dass ihn diese Nummer auf Dauer langweilte, war trotz dem, dass ich es nicht wahrhaben wollte, nicht verwunderlich. Nicht nur einmal hatte er mir erklärt, dass er nicht an einer Beziehung interessiert war. Was also hatte ich erwartet? Dass er mir sagen würde, dass er unseren Sex so toll fand, dass er ab sofort nur noch mit *mir* schlafen und mit mir zusammen sein wollte?

Es hatte als Spiel angefangen, als kleines Abenteuer. Als ich Kilian das erste Mal gegenüberstand, hätte ich nie gedacht, dass ich dem mürrischen, abweisenden Geschäftsmann den Kopf verdrehen würde. Dass ich ihn aber in mein Herz geschlossen und mir mehr mit ihm gewünscht hatte, war mein Fehler. Er hatte mir nichts versprochen, und doch hatte ich alles gehofft ...

Nun war ich ratlos und müde. Ich hatte kaum geschlafen, mir darüber den Kopf zerbrochen und war trotzdem nicht schlauer geworden. Gedankenverloren eilte ich zur U-Bahn am Broadway, dick eingemummt in Mantel, Schal und Mütze. Der Wind peitschte eisig durch die Straßen und stach wie Nadelstiche auf der Haut. Kleine Atemwölkchen bildeten sich vor meinem Gesicht. Kurz entschlossen zog ich mit den in Wollhandschuhen steckenden Fingern mein Telefon aus der Tasche und wählte Cassandras Nummer.

»Tut mir leid, dass ich dich so früh anrufe, ich hoffe, ich habe dich nicht geweckt.«

»Schon gut«, hörte ich sie verschlafen murmeln. »Ich mach mir nur eben Kaffee und bin gleich aufnahmefähig. Was ist los?«

Das schlechte Gewissen überkam mich, weil ich sie an einem Samstag noch vor halb acht Uhr morgens angerufen hatte. Aber ich wusste auch, dass sie immer für mich da war, und gerade brauchte ich dringend den Rat meiner besten Freundin. »Ich weiß nicht, was ich tun soll ...«

»In Bezug auf ...?«

»Kilian. Meinen Boss.«

»Hat er was getan, was du nicht wolltest?«

»Was? Nein!« Entsetzt schüttelte ich den Kopf. »Gott, nein, ich fürchte nur, dass ich ziemlich in der Scheiße stecke.«

»Du hast dich in ihn verliebt.«

Verdammt, dafür, dass es so früh war, funktionierte ihr Hirn wirklich bedeutend besser als erwartet. »Ja! Was soll ich denn jetzt machen?«

»Sag ihm, was du für ihn empfindest.« Das Mahlen der Kaffeemaschine ertönte im Hintergrund.

Seufzend verdrehte ich die Augen. »Das kann ich nicht. Er hat mir klar und deutlich gesagt, dass er keine Beziehung will.«

»Deshalb hast du dir deine Gefühle auch nicht ausgesucht. Hältst du es für gut, ihm die zu verheimlichen und so weiterzumachen wie bisher? Dass du dich damit abquälst, im Ungewissen bleibst und leidest?«

»Natürlich nicht, es ist nur so, dass ...«

»Rede mit ihm, Paulina«, fiel sie mir ins Wort. »Was kann im schlimmsten Fall passieren?«

»Dass er mir sagt, dass meine Gefühle für ihn trotzdem nichts an der Sache ändern. Dass er mir weiterhin aus dem Weg geht.«

Cassy machte ein zustimmendes Geräusch. »Dafür hättest du aber Gewissheit, und das wäre garantiert besser als deine aktuelle Situation, oder nicht?«

Ja, damit hatte sie nicht unrecht. Denn gerade fraß mich die Ungewissheit auf.

»Und im besten Fall stellt sich vielleicht sogar heraus, dass er genauso empfindet wie du. Dass er dir nur deshalb aus dem Weg gegangen ist, um sich über seine Gefühle im Klaren zu werden. Dass er womöglich mit denselben Zweifeln und Sorgen hadert wie du und dich nicht in die Enge treiben wollte, indem er dir sagt, wie es in ihm aussieht.«

Das wäre zu schön, um wahr zu sein, auch wenn ich nicht so recht daran festhalten wollte, um nicht enttäuscht zu werden.

»Danke, Cassy.« Langsam ging ich die Stufen zur U-Bahn hinab.

»Wofür denn? Ist doch selbstverständlich.«

Ich presste meine Lippen aufeinander. »Falls er nicht … also … wenn …«

»Dann bin ich jederzeit für dich da. Ich hab auch Alkohol hier.«

»Du bist die Beste.«

»Ich weiß«, sagte sie und brachte mich damit zum Schmunzeln, auch wenn mein Herz sich schwer anfühlte.

Selbst wenn ich die Befürchtung hatte, Kilian trotz Cassys aufbauender Worte restlos verloren zu haben, hatte sie recht. Ich musste Klartext mit ihm reden. Ein letztes Mal alle Karten auf den Tisch legen, ihm verdeutlichen, dass es eine lustige und prickelnde Zeit mit ihm war, dass sich bei mir jedoch, ohne es geplant zu haben, Gefühle entwickelt hatten. Und heute war der ideale Tag dafür. Er konnte mir nicht aus dem Weg gehen, denn es war Samstag, und er würde nicht ins Büro fahren.

Gut, vielleicht hatte er andere Dinge vor, doch ich würde so lange warten, bis er sich die Zeit nahm, mir zuzuhören. Nicht nur, weil ich es hasste, dass unser Verhältnis so eigenartig und distanziert geworden war. Ich meine, wir waren zwei Erwachsene und konnten alles aus dem Weg schaffen, was zwischen uns stand. Oder etwa nicht?

Und vielleicht hatte er letzte Nacht ja dasselbe vorgehabt. Ich hatte heute Morgen seinen Anruf auf dem Handy gesehen, jedoch beschlossen, ihn nicht zurückrufen, da ich sowieso auf dem Weg zu seiner Wohnung war. Eventuell würden wir also gleich alles klären …

Ich wollte ihn nicht aufgeben. Weil ich wusste, dass er mich mochte. Tief in ihm drin, und das nicht nur wegen des Sex. Da war mehr, das spürte ich, auch wenn er es vielleicht nicht zugeben wollte. Und ich konnte nur hoffen, dass ich ihn mit einem offenen Gespräch nicht noch weiter von mir wegtreiben würde.

Vermutlich hatte mich meine Vergangenheit zu sehr geprägt und ich verrannte mich gerade in etwas. Das Verlassenwerden von meinem Erzeuger und der frühe Tod meiner Mom hatten mich schon in jungen Jahren gelehrt, wie schmerzhaft es war, wenn jemand aus meinem Leben schied. Besonders, wenn man die Person ins Herz geschlossen hatte. Und Kilian hatte sich tatsächlich dort eingenistet. Was irre war, denn wir kannten uns nach wie vor nicht wirklich. Wir redeten kaum über Privates, hatten nur Sex gehabt – fantastischen, weltbewegenden Sex, den ich vermutlich mein Leben lang nicht mehr vergessen würde.

Mit rauschenden Gedanken und rasendem Herzen stieg ich in die U-Bahn ein, die mich zur Court Square Station bringen würde, von der aus ich nur noch zweimal Umsteigen von Kilian entfernt war …

Es war kurz nach acht Uhr morgens, als ich aus dem Aufzug trat und den Flur zu Kilians Wohnung entlangging. Als ich die Tür aufschloss, verkrampfte sich mein Magen. Ich war nervös und meine Angst, dass er mich gleich abweisen würde und er nach wie vor darauf beharren könnte, keine Gefühle zuzulassen, stieg wieder an. Aber ich schluckte meine Sorgen hinunter und rief mich dazu auf, positiv zu bleiben. Es war an der Zeit, endlich Klartext zu reden, wie Erwachsene es taten. Schluss mit den Spielchen.

Der Duft von Eiern, Speck, Pancakes und Kaffee empfing mich, kaum dass ich die Wohnung betrat. Die Aussicht, Kilian beim Kochen seines Frühstücks zu sehen, hob meine Laune an. Schnellen Schrittes ging ich durch den Flur und tatsächlich wendete er gerade Pancakes in der Pfanne. Sein Oberkörper war nackt, und vereinzelte Wassertropfen darauf verrieten mir, dass er frisch geduscht hatte. Um die Hüfte trug er nur ein Handtuch und ich konnte mich gar nicht an ihm sattsehen.

»Hi«, sagte ich im selben Moment, wie ich im Badezimmer hinter mir die Toilettenspülung rauschen hörte.

Alarmiert schaute ich zum Tresen – dorthin, wo er mich so gut geleckt hatte wie vermutlich noch nie jemand zuvor in meinem Leben. Auf der Marmorfläche standen zwei Kaffeetassen und auf einer war der Abdruck eines roten Lippenstiftes zu sehen.

Kilians Blick dazu, der hart und reuevoll zugleich war, gab mir den Rest. »Paulina, ich wollte gestern noch mit dir reden, aber …« Er sprach nicht weiter. Das war auch nicht nötig.

Die Luft blieb mir in der Lunge stecken und im ersten Moment konnte ich weder ein- noch ausatmen. Meinen Herzschlag spürte ich so wild im Hals hämmern, dass ich dachte, Kilian müsste das Blut von seinem Platz aus durch meine Adern pulsieren sehen können.

»Kil, wenn wir mit dem Frühstück fertig sind, können wir noch einmal … Oh! Wer ist das denn?«

Ich musste mich nicht umdrehen, um zu merken, dass die Frau hinter mir bereits die Krallen ausgefahren hatte.

»Das ist meine Ha…«

»Ich bin Paulina und wer bist du?«, fragte ich, wirbelte herum und streckte der dunkelhaarigen Schönheit meine Hand entgegen. Dabei hoffte ich, dass sie nicht merkte, wie sehr ich am ganzen Körper bebte.

»Ähm … Das ist Beverly. Wir kennen uns von …«, begann Kilian, doch auch sie ließ ihn nicht ausreden.

»Wir kennen uns schon länger und Killy hat mich gestern Abend zu ihm eingeladen.«

Gestern Abend … Das bedeutete, dass die beiden wirklich …

Gott …!

Mein Blick huschte von ihr zu Kilian, der sich lässig am Küchentresen abzustützen schien. Oder suchte er Halt, weil ihn die Situation ebenfalls überforderte?

Räuspernd machte er den Herd aus. »Miss Moreno, können wir uns kurz unter vier Augen unterhalten?«

*Miss Moreno?* Echt jetzt? Zudem hatte der Scheißkerl nicht einmal die Eier in der gerade nicht vorhandenen Hose, mich dabei anzusehen.

»Nicht nötig. Ich verstehe schon. Ich will auch nicht länger stören, ich … mach mich mal an die Arbeit.« Ich mühte mir ein Lächeln ins Gesicht und eilte ins Gästezimmer, bevor sich Tränen nach oben schieben konnten. Schnell schloss ich die Tür hinter mir ab, falls Kilian mir gefolgt war – ich hatte nicht darauf geachtet. Dafür war ich zu sehr durch den Wind. Meine Knie zitterten, als ich mit dem Rücken gegen die Wand sackte, um mich zu sammeln.

Mit einem Mal fühlte ich mich dermaßen lächerlich … All die auf der Fahrt hierher zurechtgelegten Worte meines Liebesgeständnisses verflogen wie Rauch im Wind. Während ich dabei gewesen war, Gefühle für Kilian zu entwickeln, hatte er bereits seine Fühler ausgefahren und sich eine neue Frau geangelt.

Draußen vernahm ich gedämpft die Stimmen der beiden, und es klang, als wäre diese Beverly nicht gerade glücklich über mein Auftauchen. Gott, ich wollte gar nicht erst wissen, was sie ihm hatte vorschlagen wollen, was sie nach dem Frühstück tun sollten … auch wenn ich eine ungefähre Ahnung davon hatte. Bestimmt war sie nun pissig, weil ich ihre Pläne durchkreuzt hatte.

Dass Kilian mich dermaßen schnell ersetzt hatte, schmerzte so sehr, dass es mich eine ganze Menge Kraft kostete, mich zusammenzureißen.

Ich brauchte ein paar Minuten, um mich zu beruhigen, die Tränen von meinen Wangen zu wischen und mich so weit zu sammeln, um erhobenen Hauptes meine Arbeit aufzunehmen.

Als ich zurück in den Wohnbereich ging, saßen sie gerade am Tresen und frühstückten. Die Stimmung hatte sich beruhigt – ganz bestimmt hatte Kilian ihr gesagt, dass ich nicht lange hier war. Vielleicht würde er mich nach der Grundreinigung auch gleich wieder wegschicken. Trotzdem lag ein unangenehmes Schweigen in der Luft, was sicher an meiner Anwesenheit lag. Nun würde ich jedoch den Teufel tun und die beiden allein lassen. Das schaffte ich nicht. Vermutlich war es kindisch von mir und eine unnötige Eifersuchtsreaktion, aber wenn ich neben ihnen stand, würden sie auch nicht fummeln können oder sich küssen. Gut, *können* würden sie schon, doch so schätzte ich Kilian nicht ein, dass er mir dermaßen provokant vor Augen führen würde, dass sich die Sache mit uns beiden erledigt hatte.

Nach außen ungerührt begann ich, die Pfannen, Pfannenwender und Schüsseln zur Spüle zu tragen und abzuwaschen. Dass die zwei mich beobachteten, war mir klar, doch ich versuchte, dem keine Beachtung zu schenken. Trotzdem schaffte ich es nicht, Kilians Blicke auszublenden. Selbst wenn ich ihm den Rücken zudrehte, spürte ich sie wie Feuer auf meiner Haut. Er musterte mich, scannte mich von oben bis unten. War ihm aufgefallen, welches Shirt ich heute angezogen hatte? Musste er auch an unsere erste Begegnung denken? Oder verglich er mich gerade mit seiner neuen Flamme? So oder so erfüllte es mich mit Genugtuung, ihre Zweisamkeit zu stören. Und je langsamer und gewissenhafter ich meiner Arbeit nachging, desto mehr missfiel dieser Beverly, dass ich hier war. Sie schnaubte verächtlich, doch interessanterweise sagte sie weder zu mir noch zu Kilian ein Wort. Das Schweigen der beiden war schon fast unheimlich, aber ehrlich gesagt genoss ich es sehr. Denn diese Stille und der Blickaustausch zwischen ihnen verriet mir, dass sie gerade nicht in Harmonie schwelgten …

Vielleicht war es unreif von mir, dass ich mich darüber freute, ihm die Tour zu vermasseln. Aber *ich* hatte nicht damit angefangen. *Er* war derjenige, der eine Frau bei sich übernachten ließ, kaum dass er mich – durch völliges Schweigen und Aus-dem-Weg-Gehen – abserviert hatte.

Als die beiden mit dem Essen fertig waren, räumte ich ihre Teller und Tassen in die Spülmaschine. Beverly stand auf und ging den Flur entlang, vermutlich das Bade- oder Schlafzimmer als Ziel. Doch mein Fokus galt nach wie vor Kilian, der sich ebenfalls erhob. Ich hoffte, dass er sich anziehen würde, denn heute war es mir irgendwie unangenehm, ihn nur mit dem Handtuch um die Hüften zu sehen.

Tatsächlich ging er ins Ankleidezimmer, und ohne meine Handlung so richtig durchdacht zu haben, folgte ich ihm mit Putzmittel und Tuch bewaffnet, unter dem Vorwand, die Spiegel zu reinigen.

Kaum dass ich Fensterreiniger auf die Spiegelfläche gesprüht hatte, drehte er sich zu mir um. »Was zur Hölle soll das, Paulina?«, zischte er und funkelte mich an.

Wut vermischt mit der Verletztheit, die mich seit der

Erkenntnis, ersetzt worden zu sein, beherrschte, kochte in mir hoch. Kurz war ich versucht, im selben Ton zurückzufauchen, doch ich hielt mich zurück. Auf keinen Fall würde ich mich hier und jetzt auf einen Streit mit ihm einlassen. Nicht, solange diese Beverly einen Raum weiter war und womöglich durch die angelehnte Tür zum Schlafzimmer alles mitbekam.

»Ich erledige meine Arbeit, Mister Cunningham«, sagte ich so ruhig wie möglich und kämpfte das hässliche Gefühl des Verlassenwerdens hinunter, das sich immer mehr in mir ausbreiten wollte. Das ich zu gut kannte und gegen das ich machtlos war. Nach außen hin gelassen rieb ich über die angefeuchtete Stelle, begleitet von dem unangenehmen Quietschgeräusch, welches das Tuch auf dem Spiegel verursachte und das die Härchen auf meinen Armen und im Nacken aufstellte. Oder war Kilians Nähe für diese körperliche Reaktion verantwortlich?

»Paulina, verdammt«, knurrte er und packte mich am Oberarm. Unsanft wirbelte er mich zu sich herum und drückte mich an den eben geputzten Spiegel. »Was soll dieses Spiel?« Dabei kam er mir so nah, dass mein Herz raste und ich den Blick automatisch auf seine Lippen richtete.

Mist!

Okay, nun war es mit meiner Beherrschung vorbei. Ich lachte übertrieben auf, um nicht vor ihm in Tränen auszubrechen, weil sich mein verletztes Herz so sehr nach ihm sehnte.

»Killy, kann ich dich kurz sprechen?« Beverly klang ziemlich angepisst, und ihr Blick, als sie uns mit vor der Brust verschränkten Armen musterte, verriet mir, dass sie das auch wirklich war.

Beherrscht atmete er ein und wieder aus und schloss dabei für einen Moment die Augen, ehe er sich von mir weg- und zu ihr hindrehte. »Sicher, ich komme gleich. Warte bitte draußen auf mich.«

Ein letztes Mal warf sie mir einen Blick zu, der mich bestimmt auf der Stelle tot umfallen lassen sollte, bevor sie sich am Absatz umdrehte, das Kinn nach oben gereckt. Sie stolzierte zurück ins Schlafzimmer, von dem aus sie den Flur ansteuerte – und dabei die Tür kraftvoll hinter sich zudonnerte, um ihrem Frust Gehör zu verschaffen.

»Du bleibst hier und rührst dich nicht von der Stelle, verstanden?« Kilian sah mich warnend an. Vielleicht hatte er gemerkt, dass die gesamte Situation an meinen Nerven zerrte und ich kurz davor gewesen war, alles liegen und stehen zu lassen und die Wohnung zu verlassen. Doch ich nickte knapp und sah ihm gequält hinterher, als er zurück zu Beverly ging ...

# 24

## Kilian

»Ist sie das?« Beverly stand fertig angezogen vor der Wohnungstür, bereit zu gehen. Sie nickte in Richtung Ankleidezimmer und
Ärger und Frust schwangen in ihrer Stimme mit.

»Ich weiß nicht, wen oder was du damit meinst.«

Verächtlich schnaubte sie auf und verdrehte die Augen. »Ich
bitte dich … Sie ist doch die Frau, wegen der du mich gestern
erneut hast auflaufen lassen.«

Sie hatte die Worte geflüstert, aber am liebsten wäre es mir
gewesen, sie hätte sie geschrien, damit Paulina sie gehört hätte.
Und dass ich mir das wünschte, war einfach … strange.

»Wieso bist du dann über Nacht geblieben, wenn du wusstest,
dass nichts zwischen uns laufen wird?«

Sie zuckte mit den Schultern. »Weil ich mir nach allem zumindest ein Frühstück verdient habe. Wenn ich sonst schon nichts
von dir bekomme … Und vielleicht hatte ich gehofft, dass ich
dich heute Morgen doch noch zu Sex überreden kann. Immerhin
haben wir uns gestern Abend lange und gut unterhalten.«

Das war wirklich so gewesen. Wir hatten über alles Mögliche
geredet, weil ich versucht hatte, sie so auf Abstand zu halten,
ohne unhöflich zu sein. Trotzdem verstand ich nicht, wieso sie
wieder und wieder angekrochen kam. Hatte diese Frau keine
Achtung vor sich selbst?

»Tut mir leid, dass ich dich enttäuscht habe. Es wäre vielleicht besser, wenn du jetzt …«

»Ich wusste es! Die ganze Zeit über hab ich geahnt, dass eine Andere im Spiel ist und du es mir nur nicht sagen wolltest. Ist sie auch der Grund, warum du mich bei unserem Date abgewiesen und beim zweiten Mal versetzt hast?« Sie hatte sich richtig in Rage geredet und fuchtelte inzwischen mit beiden Armen durch die Luft.

Okay, die Frau war echt stinkwütend. Und nicht so dumm, wie ich dachte …

»Hör zu, Beverly, das …«

»Verdammt, Killy!« Reichlich angepisst schüttelte sie den Kopf, verzog jedoch anschließend ihr Gesicht zu einem falschen Lächeln. »Ich wusste es.« Dann traf mich ihre Handfläche hart im Gesicht.

»Fuck, wofür war das denn?« Wütend rieb ich mir über die Wange.

»Dafür, dass du mich gestern zum dritten Mal versetzt hast. Ich bin wirklich davon ausgegangen, dich zumindest heute Morgen verführen zu können, nachdem du dich letzte Nacht auf die Couch zurückgezogen hast. Ich meine … du trägst nichts als dieses Handtuch.« Ihr Blick glitt an mir hinab und sie grub ihre Zähne in die Unterlippe. »Keine Ahnung, warum du mich hier hast übernachten lassen, wenn für dich klar ist, dass zwischen uns nichts laufen würde.«

»Ich mag es nicht, wenn Frauen nachts allein auf den Straßen unterwegs sind.« Kurz dachte ich an Masons Schwester Vanessa, die letzten Sommer in der Dämmerung auf dem Nachhauseweg überfallen und dabei übel zugerichtet worden war.

Erneut holte sie aus, doch diesmal war ich schneller und fing ihre Hand in der Luft ab.

»Verdammt, Killy, du bist ein Arschloch.«

»Das weiß ich bereits«, knurrte ich wütend.

»Ruf mich nie wieder an, hast du verstanden?« Sie raunte mir die Worte leise zu, dass sie wie eine Drohung klangen. »Schreib mir nicht mehr. Und wenn dein Wagen kaputt ist, wende dich an eine andere Werkstatt.«

Damit drehte sie sich um, zeigte mir noch den Mittelfinger und rauschte aus der Wohnung.

Ein paar Sekunden brauchte ich, um mich zu sammeln. Um zu verstehen, dass Beverly für immer Geschichte war – vor allem jedoch Paulina.

Verdammt, ich hatte sie zutiefst verletzt. Hatte den Schmerz in ihren Augen gesehen, den sie alles andere als gut überspielt hatte. Am liebsten wäre mir, wenn sie jetzt nicht hier in meiner Wohnung wäre. Weil ich mir erst noch Gedanken über all das machen musste – immerhin stand ich wieder am Anfang. Sie war hier, mit mir. Ich halb nackt und geil auf sie, weil sie in dieser eng anliegenden Kleidung herumlief. Doch ich hatte das Bild von ihr, als sie das erste Mal in meiner Wohnung stand, bis heute nicht vergessen.

Fuck, ich musste mich zusammenreißen. Weil ich unmöglich so aufgewühlt zurück ins Ankleidezimmer gehen konnte.

Krampfhaft versuchte ich, mich zu beruhigen. Doch immer wieder schob sich Beverly in meinen Kopf und das Wissen, durch ihre Einladung gestern Abend einen riesigen Fehler begangen zu haben. Es hatte sich alles so einfach angehört – Sex mit ihr, um Paulina zu vergessen.

Als sie jedoch hier war, hatte sich rein gar nichts in mir geregt. Selbst dann nicht, als sie sich an mir gerieben und über meinen Schwanz gestreichelt hatte. Klar hatte er ein wenig darauf reagiert, aber genauso halbherzig, wie ich mit dem Kopf bei ihr gewesen war. Stattdessen hatte ich mir das Hirn darüber zermartert, wie Paulina reagieren würde, wenn sie uns beide zusammen sehen würde. Wie sehr es sie verletzen würde, wie sehr sie mich hassen würde. Diese Gedanken hatten meinem Schwanz nicht gefallen. Genauso wenig wie mir.

Ein letztes Mal atmete ich tief durch und ging anschließend zurück ins Ankleidezimmer – wo keine Paulina mehr war.

Prima. Echt toll.

Augenrollend öffnete ich die Schublade mit den Shorts und begann, mich anzuziehen. Da heute nur ein Besuch bei meinen Eltern anstand, entschied ich mich für Jeans und Poloshirt – etwas, was ich wirklich äußerst selten trug.

Im Grunde wollte ich Paulina so schnell wie möglich zur Rede stellen, aber unter den gegebenen Umständen hielt ich es für sinnvoll, vollständig bekleidet zu sein. Zu meiner eigenen Sicherheit und zu ihrer. Ich wusste, wie sehr sie darauf reagierte, wenn sie mich halb nackt sah. Und wie mein Körper auf sie ansprang, wenn ich ihre vollen Brüste, sinnlichen Lippen und weichen Locken sah.

»Paulina?!«, rief ich, als ich raus aus dem Ankleidezimmer ging, um sie zu suchen.

Ich dachte schon, sie wäre ebenfalls gegangen, als ich sie in der Küche fand. Die Art, wie sie mich anfunkelte, verriet mir, dass sie mehr als sauer auf mich war.

Mit einigem Sicherheitsabstand blieb ich stehen und stützte mich an den Küchentresen. »Hör zu, wir sollten reden«, begann ich, doch sie schnaubte auf und riss sofort das Ruder an sich.

»Ach, denkst du das? Weißt du was? Ich habe keine Lust mehr auf deine verdammten Spielchen, *Killy*«, äffte sie den Namen nach, den Beverly mir verpasst hatte und den ich hasste.

»Hör auf, mich so zu nennen«, presste ich wütend hervor.

»Ach … Steht der Spitzname nur jenen zu, mit denen du zusammen bist? Die bei dir übernachten dürfen und denen du nach einer heißen Nacht ein Frühstück machst?«

»Nein, ich hasse diesen Namen und hege eine Abneigung gegen Leute, die mich so nennen.«

»Gut! Dann passt es ja, *Killy*. Denn weißt du was? Ich bin so eine Idiotin, dass ich mich so lange zum Affen gemacht habe. Dass ich gedacht habe, dass wir beide einen Draht zueinander haben. Dass wir uns verstehen – auch wenn wir noch keine tiefgreifenden Gespräche geführt haben und wir keine biertrinkenden Kumpels sind. Aber du kannst mich nicht mehr verarschen. Es ist vorbei. Ich lasse mich nicht länger von dir verletzen und mich wegwerfen, wenn du dich nach Abwechslung sehnst. Dafür bin ich mir zu schade. Und falls du denkst, dass das eine Art ist, wie man mit Frauen umgehen kann, hast du dich gewaltig getäuscht.« Sie zog sich die Gummihandschuhe über. »Ich werde jetzt meine Arbeit erledigen, für die du mich bezahlst. Werde dein verdammtes Klo putzen, deine Wäsche waschen, dein Bett frisch beziehen.« Angeekelt verzog sie das Gesicht. »Und dein Bad werde ich sauber machen. Die Spülmaschine ausräumen, wenn sie fertig ist, und falls du eine Einkaufsliste für mich hast, werde ich die Dinge besorgen und in deinen Kühlschrank räumen. Ich werde Staub saugen, aber nie wieder an deinem Schwanz. Und du wirst nie mehr in die Nähe meiner Pussy kommen. Das Spiel ist vorbei, und ich werde wieder das tun, wegen dem ich hergekommen bin: Tante Florentina zu vertreten. Die Sache zwischen uns ist Geschichte, Kilian. Endgültig.«

Ihre Ansage schmerzte mehr als Beverlys Schlag ins Gesicht. Wobei ich mich fragte, ob es an den Worten an sich lag oder daran, dass *sie* den Schlussstrich gezogen hatte, den ich ziehen wollte – für den ich aber nicht die Eier in der Hose gehabt hatte. Nein, ich hatte stattdessen diese Show mit Beverly inszeniert, um Paulina genau zu diesem Punkt zu bringen.

Das wurde mir in diesem Moment klar.

Gottverdammt, ich war ein noch größeres Arschloch, als ich bisher dachte.

Bevor ich etwas hätte erwidern können, hatte sie bereits den mit Wasser und Schaum gefüllten Putzeimer geschnappt, der in der Spüle gestanden hatte, und war an mir vorbeigerauscht.

Im Grunde hätte ich zufrieden sein sollen. Es hatte sich doch alles wie geplant entwickelt. Durch die Aktion mit Beverly hatte ich Paulina verloren. Beverly gleich mit dazu, was genau genommen eine Win-win-Situation für mich war, weil ich sowieso kein Interesse an ihr gehabt hatte. Sie war nur ein Mittel zum Zweck gewesen, von Anfang an.

Warum also fühlte ich mich gerade so, als hätte ich auf voller Länge versagt und *alles* verloren?

Entschlossen eilte ich Paulina hinterher. Erstens weil es meine Wohnung war und ich hier tun und lassen konnte, was ich wollte. Zweitens weil ich es gewohnt war, das letzte Wort zu haben. Und drittens, weil ich offensichtlich nicht genug hatte. Ich musste erneut eines draufsetzen, musste alles noch schlimmer machen, als es schon war.

»Ich fahre jetzt weg. Sorge einfach dafür, dass du erledigt hast, was du tun musst, und dass du heute Nachmittag nicht mehr da bist, wenn ich zurückkomme. Die Einkaufsliste schicke ich dir aufs Handy. Und vielleicht kannst du es einrichten, am Montag zu einer Zeit hier zu sein, während ich auf der Arbeit bin.« Mein Herz krampfte sich zusammen, als ich ihr diese Worte voller Kälte an den Kopf schleuderte. Dann drehte ich mich um und ging, konnte nur hoffen, dass sie mir nicht angesehen hatte, wie viel Überwindung es mich gekostet hatte, ihr das zu sagen.

»Keine Angst, dafür sorge ich schon!«, rief sie mir hinterher und machte es mir noch schwerer, zu gehen …


Das Haus meiner Eltern war, wie die meisten in dieser Siedlung, weihnachtlich dekoriert. Jetzt, bei Tageslicht, konnte man jedoch nur wenig davon sehen. Sie standen nicht auf diesen Kitsch mit beweglichen Figuren im Garten und auf dem Dach.

Stattdessen hielten sie es eher subtil mit Lichterketten, die die Konturen des Hauses nachzeichneten und die Büsche und Bäume im Vorgarten zierten und erst bei Dunkelheit alles in festlichen Glanz versetzten.

Logans Lexus war nicht hier. Entweder hatte er gestern zu viel getankt, oder er lag noch mit der Frau aus der Bar im Bett – und hatte somit eine erfolgreichere Nacht hinter sich als ich.

Zwar hatte ich einen Schlüssel für mein Elternhaus, aber ich hatte mir angewöhnt, immer zu klingeln. Als mir mein Dad öffnete, verwandelte sich das Lächeln auf seinen Lippen sofort in ein Stirnrunzeln. »Kilian, komm rein. Alles in Ordnung?«

Gottverdammt, ich musste wirklich an meinem Pokerface arbeiten. Andererseits kannte mich mein Dad mein ganzes Leben, und er hatte immer schon ein gutes Gespür dafür gehabt, wenn mir etwas auf der Seele gebrannt hatte. Zum Beispiel damals, als ich den Baseball durch die Fensterscheibe bei den Nachbarn geworfen hatte, die zu dem Zeitpunkt im Urlaub gewesen waren. Oder als ich mit siebzehn Alkohol auf dieser einen Party getrunken, mich nach Hause geschlichen und mir in der Nacht die Seele aus dem Leib gekotzt hatte. Die Ausrede, ich hätte mir eine Lebensmittelvergiftung zugezogen, hatte er natürlich keine Sekunde geglaubt.

»Ich … Keine Ahnung. Vermutlich habe ich gestern eine Fehlentscheidung getroffen, die meine Zukunft nachhaltig negativ beeinflusst hat.«

Stirnrunzelnd schaute mein Dad mich an. »Beruflicher oder privater Natur?«

»Privat.«

Er nickte. »Ich glaube, wir sollten eine Runde spazieren gehen, was denkst du? Deine Mutter ist noch in der Schneiderei, sie lässt sich eines ihrer Abendkleider enger nähen. Aber sie hat mir aufgetragen, Kuchen von Diana zu holen, während sie weg ist.«

Diana war gemeinsam mit ihrem Mann Dmitry Inhaberin des

*Duet Bakery & Restaurant* und meine Eltern waren Fans von ihren Back- und Kochkünsten. »Auf dem Weg dorthin kannst du mir ja erzählen, was dir auf der Seele brennt.«

Ich war nicht der Typ, der sich groß ausheulte. Schon gar nicht bei den Eltern. Dass ich Logan meine Frauenprobleme anvertraut hatte, war bereits außergewöhnlich. Mal davon abgesehen, dass ich lange nicht mehr in einer Situation wie dieser gewesen war. Weil ich diesen in den letzten Jahren immerhin gezielt aus dem Weg gegangen war. Aber mit Dad hatte ich zuletzt als Teenager über Frauen gesprochen – und das war vermutlich im Zuge eines Aufklärungsgesprächs passiert.

Trotzdem war es unglaublich befreiend, ihm meine Situation zu schildern. Ich hatte mich ihm noch nie zuvor so geöffnet wie auf dem gut zwanzigminütigen Spaziergang zur Bäckerei – natürlich ohne zu sehr ins Detail zu gehen. Trotzdem hatte ich ihm von dem neu entstandenen Arbeitsverhältnis von Paulina und mir erzählt und davon, dass wir uns körperlich angenähert hatten. Dass ich keine Frau in meinem Leben gebrauchen konnte, weil ich es lieber unkompliziert und unverbindlich halten wollte. Und dass ich sie aus meinen Gedanken vertreiben wollte, indem ich mich auf andere Frauen eingelassen hatte. Dass ich es bereute, nicht einfach wie sonst immer für klare Verhältnisse gesorgt zu haben, und dass es mir leidtat, dass ich sie dermaßen mit Beverly verletzt hatte. Dass ich mich dafür hasste, mit Paulinas Gefühlen gespielt zu haben, und vor allem, wie sehr es mich störte, dass all meine Versuche, diese Frau zu vergessen, ins Leere verlaufen waren.

Als ich fertig war, schwieg mein Dad eine Weile. An den Falten auf seiner Stirn wusste ich, dass er intensiv darüber nachdachte, weshalb ich sein Urteil abwartete.

»Also ehrlich gesagt bin ich unglaublich enttäuscht von dir, Kilian.«

Seine Worte trafen mich heftiger als erwartet, aber was hatte ich mir erhofft? Dass er mir auf die Schulter klopfen und mir sagen würde, dass das schlechte Gefühl schon irgendwann vorbeigehen würde? So naiv war ich nicht.

»Willst du nun einen Rat von mir oder wolltest du dir alles nur von der Seele reden?«, fragte er schließlich, als ich auf seine verbale Backpfeife nichts erwiderte.

»Ich … denke, ich wollte es nur loswerden. Aber wenn du einen Tipp hättest …«

»Was *denkst* du denn, was ich dir darauf sagen würde?«

Eine Weile dachte ich darüber nach. »Vermutlich, dass ich mich bei Paulina entschuldigen sollte. Und dass ich mich damit abfinden sollte, dass ich es mir endgültig mit ihr verscherzt hatte.«

Er nickte. »Dann muss ich ja nichts mehr dazu sagen.«

Die Enttäuschung über sein Urteil schluckte ich wie bittere Medizin hinunter. Denn irgendwie hatte ich mir erhofft, er würde mir einen weisen Rat geben, der auf wundersame Art wieder alles in Ordnung bringen würde. Durch den ich mich nicht mehr so mies fühlen und Paulina nicht länger verletzt sein würde. Aber natürlich war das nur ein Wunschdenken. Und selbst wenn er noch etwas dazu hätte sagen wollen, war nun nicht mehr der richtige Zeitpunkt dafür. Wir hatten die Bäckerei erreicht und Dad trat ohne ein weiteres Wort ein.

Ich folgte ihm und war sofort eingehüllt in den herrlichen Duft von Zucker, Schokolade und Vanille. Dad entschied sich für eine kleine Auswahl an süßen Köstlichkeiten, bezahlte und reservierte noch einen Tisch für Mom und ihn für morgen im angrenzenden Restaurant. Fast jeden Sonntag waren die beiden hier zum Essen.

Bisher hatte ich nie die Beziehung meiner Eltern bewertet, aber in diesem Moment wurde mir bewusst, wie glücklich die zwei immer noch waren. Dass es ein schönes Gefühl sein musste, einen Partner so lange an seiner Seite zu haben, mit dem man nach wie vor Gemeinsamkeiten teilte. Mit dem man sich auf das traditionelle Sonntagsdate freute. Mit dem man noch nach über dreißig Jahren Ehe gemeinsam reiste und die Welt erkundete – wie zuletzt im September, als sie in Rom gewesen waren.

Und tief in mir drin spürte ich die Sehnsucht, auch so etwas empfinden zu wollen. Jemanden an meiner Seite zu haben, mit dem das alles möglich war.

Nur dass ich es womöglich gestern und heute völlig verkackt hatte.

# 25

## Paulina

»Wie geht es dir, Schätzchen?«Tante Florentinas Stimme drang gut gelaunt an mein Ohr, während ich an diesem regnerischen Montagmorgen über das Unigelände zur U-Bahn hetzte, die mich zu Kilians Wohnung bringen sollte. »Gut. Und dir? Wie geht es Grandma?«

»Hier ist alles bestens. Deine *nana* macht weiterhin gute Fortschritte. Zwar gibt es auch immer wieder Tage, in denen sie jammert und aufgeben will. Aber ich bin zuversichtlich, dass ich mit ruhigem Gewissen nach Silvester zurückreisen kann.«

Nur noch gut drei Wochen … Dann wäre meine Zeit bei Kilian überstanden, und ich müsste nicht mehr zurück in diese Wohnung, die voll war mit zu schönen, viel zu schmerzhaften Erinnerungen. »Okay«, sagte ich leise und mit zittriger Stimme. »Ich freue mich schon sehr, wenn du wieder da bist. Ich vermisse dich.«

»Ah, Paulina, ich vermisse dich auch, *mi angelito.*« Nun klang sie ebenfalls, als würden ihr Tränen in den Augen stehen. »Sobald ich zurück bin, backe ich uns *Mantecaditos* nach *nanas* Rezept. Und dann machen wir uns ein gemütliches Wochenende, versprochen. Wir holen alles nach, was wir in den letzten Wochen versäumt haben.«

»Das klingt großartig. Okay, ich muss auflegen, ich bin gleich bei der U-Bahn. Bis bald, ich hab dich lieb. Und drück Grandma für mich und sag ihr, dass ich sie vermisse.«

»Richte ich ihr aus. Ich hab dich auch lieb, Paulina.«

Ich verstaute mein Handy in der Handtasche und suchte gleich den Zettel für die Reinigung heraus. Zwei Anzüge würde ich auf dem Weg für ihn mitnehmen. Doch ich hoffte einfach, dass er nur wenig Arbeit für mich aufgeschrieben hatte, weil ich seine Wohnung so schnell wie möglich wieder verlassen wollte.

Auf den Treppen zur U-Bahn-Station schloss ich meinen Regenschirm. Unten angekommen nahm ich das Gedränge um mich kaum wahr. Stattdessen stieg mein Unwillen, gleich zu Kilian zu gehen und bei ihm sauber zu machen.

Wenig später trug ich die beiden in Kleidersäcke verstauten Anzüge durch die Straßen, wich Leuten aus und erreichte schließlich das Gebäude, in dem er wohnte. Ein letzter Blick auf meine Uhr sagte mir, dass es kurz vor elf war. Er war somit bereits im Büro. Bis drei Uhr nachmittags hatte ich Zeit, alles zu erledigen, ehe ich wieder zurück an die Uni musste, um den nächsten Kurs nicht zu verpassen. Ich müsste also schon großes Pech haben, wenn er heute früher als sonst nach Hause kam.

In seinem Stockwerk angekommen, stellte ich den Regenschirm vor der Wohnungstür ab, schloss die Haustür auf und zog meine Schuhe aus. Meinen Mantel wollte ich im Gästezimmer aufhängen, damit seine Kleidung im Garderobenschrank nicht durchnässt würde. Die Anzüge brachte ich sofort ins Ankleidezimmer, wo ich sie aus den Kleidersäcken holte und an ihre neuen Stellen einsortierte. Dann ging ich ins Schlafzimmer, um das Bett zu machen – und stockte.

Kilian lag dort und schlief.

Mein Herz polterte wie wild, während ich unfähig war, mich zu rühren, ja geschweige denn zu atmen. Als ich den ersten Schreckmoment überstanden hatte, näherte ich mich ihm langsam und vorsichtig.

Seine Brust hob und senkte sich etwas zu schnell für einen ruhigen, tiefen Schlaf. Bei ihm angekommen fielen mir auch die Schweißtropfen auf seiner Stirn und Oberlippe auf; dass sich seine Lippen bewegten, dass er unruhig den Kopf hin und her drehte und dass seine Lunge beim Atmen ungesund rasselte.

»Kilian?« Ich setzte mich an die Bettkante und legte die Hand an seine Wange, die glühte. »Mein Gott, du hast Fieber!«, sagte ich mehr zu mir, da er nicht reagierte. Ich hob die Decke an und enthüllte seinen nackten, verschwitzten Körper.

Er murmelte etwas, was ich nicht verstand, ehe er sich in einem übel klingenden Husten verlor und ich ihn erneut zudeckte.

Verdammt, was sollte ich jetzt tun?

Überfordert mit der Gesamtsituation stand ich auf, setzte mich aber sofort wieder. Ein weiteres Mal legte ich meine Hand an seine Wange und seine Stirn, doch ich hatte mich nicht geirrt. Das war bei den ganzen anderen offensichtlichen Anzeichen vermutlich auch gar nicht möglich.

Tante Florentina hatte mir als Kind immer Essigwickel gemacht, wenn ich Fieber gehabt hatte. Und gegen Reizhusten hatte sie mir Wickel aus gestampften Kartoffeln aufgelegt. Ob das in seinem Fall ebenfalls helfen würde, wusste ich nicht, aber es waren nur zermatschte Knollen. Wenn dieses Hausmittel nicht half, schadete es zumindest nicht.

Dann würde ich noch das Bett neu beziehen, denn er hatte es völlig durchgeschwitzt. Und ich würde ihm Tee kochen. Und Hühnersuppe. Doch wie ich ihn kannte, hatte er nichts davon zu Hause. Ein kurzer Blick in seine Küchenschränke bestätigte meine Vermutung. Also zog ich meine Schuhe wieder an und eilte zurück nach draußen. Den Schirm fest umklammert lief ich in den nächstgelegenen Supermarkt. Ich kaufte alle Zutaten inklusive eines Rettichs für einen Rettichsaft, der laut einer Internetseite ebenfalls ein gutes Hausmittel gegen Husten war, sowie ein Fieberthermometer.

Zurück in der Wohnung sah ich zuerst nach ihm, doch er schlief immer noch – wenn auch unruhiger als zuvor. Ich stellte Teewasser an und versuchte, ihn dann auf die andere Bettseite zu bekommen. Zwar öffnete er kurz die Augen, jedoch glaubte ich nicht, dass er so weit bei Bewusstsein war, um die Situation zu verstehen.

Nachdem ich ihn endlich auf die andere Seite des Bettes bekommen hatte, maß ich seine Temperatur und runzelte besorgt die Stirn. Das Thermometer zeigte eine stark erhöhte Temperatur an. Vielleicht sollte ich einen Arzt rufen? Oder jemanden bei ihm auf der Arbeit kontaktieren, denn womöglich hatte er sich noch gar nicht krankgemeldet? Eventuell sollte ich auch einfach versuchen, in die Kontakte auf seinem Telefon zu kommen, und seine Eltern anrufen. Seine Mutter würde bestimmt wissen, was zu tun war … Doch die Entscheidung wurde mir abgenommen, als sein Smartphone auf dem Nachttisch zu vibrieren begann.

Ich erkannte *Logan Cunningham* auf dem Display – sein Bruder? Sein Vater? Egal. Kurzentschlossen nahm ich den Anruf entgegen.

»Hallo, Paulina Moreno hier.«

»Ähm … hi. Ich bin Logan, Kilians Bruder. Ist er in der Nähe? Kann ich ihn sprechen?«

»Tut mir leid, er ist krank. Ich bin seine Haushälterin und … habe ihn schlafend und mit Fieber in seinem Bett vorgefunden.«

»Fuck! Sorry …«, entschuldigte er sich sofort für seinen Fluch, »ich weiß, dass er krank ist, aber dass es so übel ist … Ich komme gleich vorbei und bringe ihm Medikamente.«

In wenigen Worten erklärte ich, was ich vorhatte, ihm zu verabreichen. Dass ich die zweite Betthälfte neu beziehen wollte, wie hoch seine Körpertemperatur war und dass ich ein Erkältungsbad für ihn besorgt hatte, falls er sich, sobald es ihm etwas besser ging, in die Badewanne legen wollte. »Ich hab auch eine Bronchialsalbe gekauft, damit ihm das Atmen leichter fällt. So eine, die man auf der Brust einreibt ...«, sagte ich und fühlte, wie meine Wangen rot wurden, weil es bestimmt nicht die Aufgabe einer Haushälterin war, ihren Boss einzureiben. Und sicher grinste Logan gerade, während ihm ganz andere Bilder durch den Kopf gingen. Immerhin war er auch nur ein Mann ...

»Okay, ich merke schon, ich brauche mich nicht zu beeilen. Kil ist bei dir in besten Händen. Ich komme dann später vorbei, um nach ihm zu sehen. Wie lange kannst du bleiben?«

Kurz biss ich auf meine Zunge. »Solange es nötig ist.« Wenn ich den einen Kurs schwänzte, war es auch kein Weltuntergang. Kilians Gesundheit ging definitiv vor, und ihn jetzt alleinzulassen, würde mir kein gutes Gewissen bescheren.

»Okay, prima. Dann komme ich nach der Arbeit vorbei. Lass uns noch Telefonnummern tauschen für den Fall, dass sich sein Zustand verschlechtert oder du was brauchst.«

Ich eilte in Kilians Büro, wo ich Logans Nummer auf einen Zettel kritzelte und ich ihm im Gegenzug meine durchgab.

»Hast du auch einen Namen oder gar eine Telefonnummer von seinem Arzt, sollte es ihm schlechter gehen?«

»Ähm ... Also Kil ist kein großer Fan von Ärzten.«

Unschlüssig biss ich mir in die Wangeninnenseite. »Aber was, wenn die Hausmittel nicht anschlagen? Was, wenn das Fieber nicht sinkt, wenn es ihm schlechter geht? Ich mache mir wirklich Sorgen um ihn.«

Kurz lauschte ich seinem Schweigen. »Du hast recht. Ich gebe dir die Nummer unseres Privatarztes. Aber warte erst mal ab, wie er auf das Zeug anspricht. Sollte es ihm in ein paar Stunden noch nicht besser gehen, ruf den Arzt an, okay?«

Ich machte ein zustimmendes Geräusch, dann hörte ich, wie er auf einer Tastatur herumtippte. Gleich darauf nannte er mir Namen und Nummer eines Doktors hier in Manhattan, anschließend verabschiedete er sich von mir und wir legten auf.

Im Anschluss bereitete ich die Kartoffel- und Essigwickel vor und ging wieder zu Kilian. Den Tee hatte ich schon auf seinem Nachttisch abgestellt und etwas davon zum Abkühlen in eine Tasse gegossen.

Inzwischen schlief er ruhiger als vorhin, aber seine Atmung klang immer noch übel. Die gekochten und gestampften Kartoffeln hatte ich in ein Geschirrtuch gegeben. Sie waren so weit abgekühlt, dass sie nicht mehr heiß waren, jedoch trotzdem eine angenehme Wärme abgaben. Also legte ich ihm das Tuch auf die Brust und packte ein Handtuch darüber, das ich ihm an beiden Seiten unter den Rücken schob, damit er nicht gleich in einem Kartoffelbrei lag, sollte er sich bewegen. Dann zog ich die Decke wieder über den Wickel hoch, bis seine Beine frei lagen, um die ich die in warmes Essigwasser getränkten Tücher wickelte. Auch die schlug ich im Anschluss in Frotteetücher ein und deckte ihn zu, um die Wärme so weit wie möglich an seinem Körper zu halten.

Danach setzte ich mich mit einem Gefäß mit kühlem Wasser neben ihn ans Kopfende. Den befeuchteten Waschlappen drückte ich gegen seine glühende Stirn, so lange, bis er warm war und ich ihn erneut in der Schüssel abkühlte. Die ganze Zeit über hustete er immer wieder, während ich mit mir haderte und überlegte, nicht vielleicht doch einen Doktor anzurufen. Gleichzeitig maß ich gefühlt im Viertelstundenrhythmus sein Fieber – das jedoch tatsächlich sank und mich vorerst davon abhielt, seinen Arzt zu kontaktieren.

Keine Ahnung, wie lange ich so neben ihm saß, aber irgendwann blinzelte er und schlug seine Augen auf.

»Paulina«, krächzte er schwach.

»Kilian, wie geht es dir?« Besorgt stellte ich die Wasserschüssel beiseite und wandte mich ihm ganz zu.

Seine Antwort bestand aus einem kraftlosen Stöhnen. »Was ist das auf meiner Brust?«, fragte er dann. Ich bemerkte, dass er unter der Decke seine Hand heben wollte, aber offensichtlich war er zu schwach, sie zu navigieren.

»Ein Kartoffelwickel. Fühlt es sich noch gut an, oder soll ich ihn abnehmen?«

»Kühl«, stieß er hervor und schloss die Augen.

»Gut kühl oder unangenehm kühl?«

»Unangenehm«, sagte er nach einem Augenblick des Zögerns.

»Sorry, ich mach es gleich weg.« Sofort stand ich auf, ging an seine Bettseite und schlug die Decke zurück. Ich nahm ihm das Tuch von der Brust und gab es einfach in die Wasserschüssel, dann wischte ich mit einem Handtuch noch einmal über die Stelle, bevor ich ihn wieder in die Decke packte.

Ein zufriedenes Seufzen kam über seine Lippen.

»Soll ich die Wadenwickel auch abnehmen?«

Er nickte, und ich entfernte sie ebenfalls.

»Möchtest du was anziehen? Eine Jogginghose und ein T-Shirt vielleicht?«

»Bitte«, brachte er müde hervor.

»Okay, ich bin gleich zurück.« In Windeseile raffte ich alle Lappen und die Schüssel zusammen und stellte sie einfach auf dem Tresen in der Küche ab. Anschließend ging ich ins Büro und holte von dort Klamotten von ihm.

Als ich zurückkam, mühte er sich gerade in eine aufrechte Position.

»Warte, was machst du?«

»Durst.«

»Ich helfe dir.« Sofort war ich neben ihm, stützte ihn beim Aufsetzen und half ihm, die Tasse an seine Lippen zu führen.

Er trank ein paar Schlucke, dann nickte er und ich stellte den Tee zurück auf den Nachttisch.

»Arme hoch!«, wies ich ihn an.

Er gehorchte und ich zog ihm das T-Shirt über den Kopf. Auch bei der Hose half ich ihm, hineinzuschlüpfen. Als ich sie nach oben zog, hielt er sich an meinen Schultern fest, um nicht umzufallen. Verbissen konzentrierte ich mich darauf, nicht auf seinen Penis zu achten, der dabei fast vor meinem Gesicht baumelte.

»Kannst du einen Moment sitzen bleiben? Dann würde ich eben noch das Laken wechseln, du hast ziemlich geschwitzt.«

Kilian nickte nur, und ich beeilte mich, nun auch die zweite Bettseite umzuziehen.

Als er wieder lag, setzte ich mich erneut neben ihn. »Logan hat vorhin angerufen. Ich war so frei, ans Telefon zu gehen«, sagte ich und wartete gespannt ab, was er darauf sagen würde. Doch er runzelte nur fragend die Stirn. Zu mehr war er vermutlich gerade nicht fähig. »Er hat mir die Telefonnummer von deinem Arzt gegeben. Doctor Kirby. Wäre es für dich okay, wenn ich ihn anrufe? Vielleicht kann er kurz vorbeischauen oder … keine Ahnung. Irgendwelche Medikamente verschreiben.«

Seine Augen waren geschlossen, und er schob die Augenbrauen zusammen, als würde er sich über was ärgern oder sehr intensiv über meine Bitte nachdenken.

»Ich mache mir wirklich Sorgen um dich, Kil.«

Kurz bildete ich mir ein, dass sich seine Mundwinkel hoben, aber das war bestimmt nur eine Fehlinterpretation meinerseits. Schließlich nickte er. »Er soll herkommen.«

Mein Puls stieg an. Besorgt griff ich nach seiner Hand, die genauso heiß war wie seine Stirn, und drückte sie. »Das mache ich. Ich ruf ihn gleich an. Ist es okay, wenn ich dich kurz allein lasse?«

Wieder ein Nicken.

Für einen Augenblick blieb ich noch sitzen, wollte ihn nicht loslassen, doch dann stand ich auf und ging in die Küche, wo ich die Nummer des Arztes wählte, die Logan mir gegeben hatte.

# 26

## Kilian

»Danke für Ihren Besuch, Doctor Kirby.« Ich hörte Logan, der meinen Arzt zur Tür begleitet hatte, und starrte an die Decke. »Nichts zu danken, Mister Cunningham. Machen Sie sich keine Sorgen, Ihr Bruder wird schon wieder.«

Gleich darauf erklang das typische Klacken, als die Wohnungstür geschlossen wurde. Dann tauchte Logan abermals neben meinem Bett auf.

Stirnrunzelnd setzte er sich. »Wie geht es dir?«

Ein halbherziges Schnauben löste sich aus mir. »So beschissen, wie ich vermutlich aussehe.«

Mein Bruder nickte knapp. »Kann ich noch was für dich tun?«

Träge schüttelte ich den Kopf.

»Du solltest was essen, du hast den Arzt gehört.«

Ja, hatte ich. Außerdem sollte ich viel Flüssigkeit zu mir nehmen, um das Fieber zu senken und dem Körper die nötige Kraft zu geben. Aber ich hatte keinen Appetit. »Nein, danke.«

»Ich kann dir die Hühnerbrühe wärmen, die Paulina …«

»Nein, danke!«, wiederholte ich schroffer und so kraftvoll, wie ich konnte. Was sich kein bisschen so anhörte.

Nach ein paar Sekunden des Schweigens fragte er: »Kann ich noch was für dich tun? Brauchst du ein Kissen, oder …«

»Nein. Ich bin müde und will nur schlafen.«

Logan seufzte und stemmte die Hände in die Seiten. »Na gut, dann werde ich drüben auf Paulina warten und danach noch deine Medikamente besorgen.«

Ich war zu erschöpft, dagegen zu protestieren, dass er mich wie ein Kleinkind nicht unbeaufsichtigt lassen wollte. Oder mich darüber aufzuregen, dass Miss Moreno gemeint hatte, sie würde ein paar Tage einziehen und mich pflegen, bis es mir besser ging. Als Logan eingetroffen war, hatte sie ihn gebeten, so lange zu bleiben, bis Doctor Kirby mit der Untersuchung fertig war. Und da ich in dem Moment missmutig gebrummt hatte, war ich mir sicher, dass sie ihn danach noch gefragt hatte, ob er warten könne, bis sie zurück war. Sie wollte ihre Lernunterlagen sowie etwas Kleidung von zu Hause holen.

Wirklich, ich wollte das alles nicht. Ich wollte nicht von jemandem abhängig sein – doch im Moment konnte ich nicht mal allein aufstehen, um ins Bad zu gehen, weil meine Knie so weich und wackelig waren. Keine Ahnung, was ich mir eingefangen hatte, aber auch Dad lag mit einer Erkältung flach.

Trotz allem: Tief in mir drin schätzte ich es sehr, dass Paulina bei mir sein und sich um mich kümmern wollte.

Und das war verrückt.

Ich hatte am Rande mitbekommen, dass sie meinetwegen sogar einen Kurs hatte ausfallen lassen – etwas, was ich ehrlich gesagt nicht begrüßte. Aber heute war ich einfach nur froh darüber gewesen, dass sie hiergeblieben war, bis Logan nach der Arbeit aufgetaucht war. Auch wenn ich nicht viel von ihrer Anwesenheit bemerkt hatte. Ich war so erschöpft gewesen, dass ich gleich wieder eingeschlafen war, nachdem ich meine Zustimmung für den Anruf bei Doctor Kirby gegeben hatte.

Auch jetzt merkte ich, dass meine Lider gegen die Müdigkeit keine Chance hatten. Kurz kämpfte ich noch dagegen an, dann glitt ich zurück in einen tiefen Schlaf.

Ein zärtliches Streicheln weckte mich, vermischt mit einem sanften Duft, der mir bekannt vorkam und den ich mochte. Liebte. Matt kämpfte ich gegen die bleierne Schwere meiner Lider an und blinzelte in ein weiches Licht. Es kam von der anderen Seite meines Bettes und erhellte den Raum gerade so sehr, dass ich bemerkte, dass es draußen immer noch dunkel war. Jedoch hatte ich keine Ahnung, wie viel Uhr es war.

Paulina saß neben mir auf der Bettkante und schaute mich besorgt an. »Wie geht es dir?«

Ein Brummen löste sich aus meiner Brust und ich musste mich räuspern. »Ging schon mal besser.« Ich mühte meine Mundwinkel zu einem Lächeln, das vermutlich misslang.

»Ich hab hier die Medikamente, die dir Doctor Kirby verschrieben hat. Du solltest sie nehmen und eine Kleinigkeit essen.« Natürlich hatte sie nicht nur die Pillendosen mitgebracht, sondern auch ein Tablett, auf dem ich einen Bagel und eine Tasse Tee sowie eine Schüssel erkennen konnte, in der ich die Hühnerbrühe vermutete.

Mir lag auf der Zunge, ihr zu widersprechen, was das Essen betraf, ließ es dann aber bleiben. Sie hatte recht, ich brauchte was im Magen. Zuletzt hatte ich gestern Abend eine Kleinigkeit gegessen, und da war mein Appetit schon sehr gering gewesen.

Also nickte ich ergeben und ließ mir von ihr in eine sitzende Position aufhelfen. Sie stapelte ein paar Kissen hinter meinem Rücken, die sie von der anderen Bettseite nahm, und ich lehnte mich dagegen.

»Du hast im Schlaf gestöhnt und wieder geschwitzt. Ich würde dir schnell helfen, zumindest dein T-Shirt zu wechseln.«

Tatsächlich war es feucht und lag unangenehm auf meiner Haut. Dass mir das nicht aufgefallen war, zeigte nur, *wie* schlecht es mir ging.

Widerstandslos ließ ich mir von ihr ein neues Shirt anziehen. Als sie fragend eine Hose hochhielt, nickte ich nur. Mit der frischen Kleidung war es gleich wieder ein viel angenehmeres Gefühl, und als sie die Decke kurzerhand gegen eine neue tauschte, seufzte ich zufrieden.

Paulina stellte das Tablett über meinen Schoß und reichte mir daraufhin ein paar Pillen. »Die sollst du alle zum Essen nehmen.«

»Was ist das?«

»Etwas Fiebersenkendes. Und ein Antibiotikum.« Knapp nickte ich, warf die Tabletten ein und spülte mit trinkwarmem Tee nach. Dass sie darauf geachtet hatte, dass er die perfekte Temperatur hatte, rührte mich.

Meine Hände zitterten, als ich die Tasse wieder abstellen wollte, weil ich einfach zu geschwächt war. Gottverdammt, vor drei Tagen war ich noch eineinhalb Stunden im Fitnessstudio zehn Stockwerke unter dieser Wohnung gewesen und hatte mich bei den Gewichten und anschließend auf dem Laufband ausgepowert. Und heute fühlte ich mich wie ein alter, pflegebedürftiger Mann. Gut, Letzteres war ich dank der Erkältung auch.

»Und jetzt wird gegessen«, sagte sie und schob mir die Suppe ein Stück näher. Ich rührte um und hob vorsichtig die Schüssel an.

Paulina bemerkte, wie schwer mir das fiel. Sofort nahm sie mir die Suppenschüssel ab. »Warte, die ist heiß, verbrenn dich nicht«, meinte sie, was glatt gelogen war. Ja, sie war gut warm, aber sie konnte sie schließlich ebenfalls halten. Dass sie das sagte, damit ich mir nicht blöd vorkam, wenn sie mir die Schüssel hielt, war irgendwie … niedlich.

Vorsichtig begann ich, die Suppe zu löffeln. Sie war kräftig und gut, auch wenn ich nur langsam mit dem Essen vorankam.

»Beiß mal hier ab«, bat sie mich und ich gehorchte. Der Bagel schmeckte ebenfalls so anders als sonst. Viel salziger, als ich es in Erinnerung hatte. Das musste wohl mit der Erkältung zusammenhängen und damit, dass ich heute den ganzen Tag noch nichts gegessen und kaum was getrunken hatte. Erschöpft lehnte ich den Kopf hinten ans Bett und schaute Paulina an, als ich kaute.

In ihren Augen konnte ich ihre Sorge lesen, und ich wollte nicht wissen, wie ich aussah. Vermutlich hatte ich tiefe Augenringe und war fahl im Gesicht.

»Hast du Schmerzen?«

Ich atmete schwer und nickte. »Mein ganzer Körper fühlt sich an wie nach dem Work-out meines Lebens.« Wobei vielleicht wirklich leichte Nachwirkungen von neulich zu spüren waren, aber ich konnte es nicht einschätzen. »Oder so, als hätte mich ein Panzer überrollt«, sagte ich daher, weil es das viel eher traf.

»Auch beim Schlucken?«

»Nein. Da zum Glück nicht. Aber ich bin schon satt.«

Ein wissendes Lächeln tauchte auf ihren Lippen auf und ich starrte fasziniert darauf. Dass diese Frau sogar dann noch dermaßen attraktiv auf mich wirkte, wenn ich voll im Fieberwahn war, war ein Beweis dafür, *wie* groß ihre Anziehungskraft war.

»Tante Florentina hat immer zu mir gesagt, dass ich zumindest für eine Person in meiner Familie und meinem Freundeskreis einen Löffel essen sollte, wenn ich krank war. Damit sie sich keine Sorgen machen mussten und weil sie ebenfalls hofften, dass ich schnell wieder gesund werde. Also? Wie viele Bissen werden es bei dir?«

Tatsächlich amüsierte mich diese Aussage. Mom hatte auch solche Tricks parat gehabt, als Logan und ich noch klein gewesen waren. Aber mir war heute wirklich alles egal, also spielte ich mit. »Meine Eltern und mein Bruder.«

»Und Freunde?«

»Ich habe keine Freunde«, erklärte ich und konnte nicht verhindern, dass meine Mundwinkel zuckten. Denn ich hatte drei Bissen beziehungsweise Löffel voll gegessen und wäre somit fein raus.

Paulina schnalzte missbilligend mit der Zunge. »Adrian Price und Mason Collins zählen auf jeden Fall mal dazu«, sagte sie und hatte damit meine volle Aufmerksamkeit.

Woher sie die Namen meiner besten Freunde kannte, wollte ich gar nicht erst wissen. Oder doch. Moment mal, hatte sie mich gegoogelt? Hatte sie sich auf der Firmenwebsite umgesehen? Noch bevor ich widersprechen konnte, hielt sie mir gleich zweimal hintereinander einen Löffel voll Suppe vor den Mund.

»Dann hast du bestimmt noch eine Assistenz.«

»Summer Morris«, brummelte ich, und diesmal war es der Bagel, von dem ich abbeißen musste.

»Und Logan, Adrian und Mason haben sicher ebenfalls …«

»Donna, Harper und Joleen«, sagte ich widerstandslos.

Zufrieden nickte Paulina und das Spiel wiederholte sich.

»Ganz bestimmt haben die drei auch Partner an ihrer Seite«, meinte sie und brachte mich damit zum Schmunzeln.

»Adrian und Mason haben sich ihre Assistentinnen gekrallt und Logan ist Single.«

Paulina tippte sich nachdenklich an die Unterlippe. »Weitere Freunde? Jemand, den du magst oder dem *du* viel bedeutest?«

Ich blickte ihr tief in die Augen. Sie schaute zurück, so intensiv, dass sich in meinem Bauch Wärme ausbreitete. Oder war eben die Suppe im Magen angekommen? Tat die Medizin dort ihre Wirkung?

Ich wusste, dass ich Paulina was bedeutete. Immerhin war sie jetzt hier, um sich um mich zu kümmern. Das musste sie nicht tun, war kein Teil ihrer Jobbeschreibung, und es gab keinen Grund, warum sie das tun sollte. Tun musste. Aber sie war hier, mitsamt einem ganzen Koffer, den sie gemeinsam mit einem vollen Rucksack ins Gästezimmer gebracht hatte.

»Peter Baker«, sagte ich und schloss die Augen. Als ich sie wieder ansah, begegnete ich ihrem Lächeln und öffnete den Mund für einen weiteren Löffel Suppe.

»Das hast du gut gemacht. Ich glaube, Doctor Kirby ist vorerst zufrieden mit dir.«

Dass sie damit vermutlich auch sich selbst meinte, war mir klar, aber ich nickte nur bestätigend und gab der Schwere der Lider nach. Ich spürte, wie sie das Tablett wegnahm.

»Möchtest du dich wieder hinlegen?«, fragte sie, während sie mir sanft mit einem Tuch über den Mund wischte. Wahrscheinlich waren dort noch Krümel oder Sesam vom Bagel oder Spuren von der Suppe.

»Bitte.«

Kurz öffnete ich noch einmal die Augen und rutschte vom Kopfteil weg. Paulina räumte die Kissen beiseite und schüttelte jenes, auf dem ich schlief, auf. Nachdem ich mich hingelegt hatte, deckte sie mich bis zum Kinn zu und augenblicklich sank ich erneut zurück in den Schlaf …


Ein Kitzeln an meiner Stirn – eine sanfte Berührung nur, und doch nahm ich sie wahr. Und dann wieder diesen Duft, der so typisch für Paulina war.

»Kilian, hörst du mich? Du musst deine Medizin nehmen.« Zärtlich streichelte sie mir über die Wange, und ihr Atem streifte dabei mein Gesicht.

»Du solltest mir nicht so nahekommen. Nicht, dass ich dich anstecke.«

»Würdest du dich dann um mich kümmern?« Ihre Stimme klang neckend und ich öffnete blinzelnd die Augen. Sie beugte sich über mich und lächelte. Und ich musste es erwidern.

»Wenn ich so weit gesund bin, dass ich es kann, würde ich es tun«, sagte ich, ohne zu überlegen. Was mich stutzig machte, denn ich hatte keine Ahnung, wie es in der Realität wäre. Wobei ich mich schon allein für ihre Hilfe dazu verpflichtet fühlte, das Gleiche für sie zu machen. Nein, ich würde es sogar gern tun, jetzt, wo ich wusste, wie übel es sein konnte, wenn man krank war. Mir war bewusst geworden, wie gut es war, jemanden zu haben, der für einen sorgte.

Und es tat verdammt gut, zu wissen, dass ich nicht allein war – ich würde also auf jeden Fall das Gleiche für sie tun.

Überhaupt konnte ich mich nicht erinnern, wann ich je so krank gewesen war.

Klar, als Kind hatte ich ab und zu mit Fieber flachgelegen, aber in meiner Erinnerung war es nicht so schlimm gewesen wie jetzt.

Ich setzte mich auf und stellte fest, dass es mir bereits um einiges leichter fiel als beim letzten Mal. Ich nahm die Tabletten ein und trank die halbe Tasse Tee leer, die dank Paulina auch diesmal trinkwarm war.

»Du siehst schon viel besser aus als vorhin. Wie fühlst du dich?«

»Gut. Dank dir.« Und das meinte ich aus vollem Herzen. Wenn Paulina sich nicht um mich gekümmert, Doctor Kirby gerufen und dafür gesorgt hätte, dass ich was zu essen bekam, würde ich mich vermutlich immer noch total geschwächt und verschwitzt von einer Seite auf die andere wälzen.

»Das freut mich.« Sie lächelte zufrieden und hob ihre Hand, um mir eine meiner kurzen Haarsträhnen aus dem Gesicht zu wischen. »Was hältst du davon, wenn ich dich ins Bad begleite? Bestimmt möchtest du mal Zähne putzen und auf die Toilette oder so ... Und danach gehen wir ins Bett. Also ... ich zumindest, ich muss schlafen.«

»Wie spät ist es?«, fragte ich überrascht.

»Halb elf. Ich wollte dir vor dem Zubettgehen noch deine Medizin geben, damit du eine ruhige Nacht hast. Und ich ebenfalls.« Sie zwinkerte mir zu.

»Okay, aber ... du wartest vor dem Badezimmer.«

»Abgemacht. Wenn du mir nicht umkippst, können wir das gerne so machen.«

Ich nickte und war erneut erleichtert, nicht allein zu sein.

Dieses Wissen machte etwas mit mir, was seltsam war. Beängstigend und beruhigend zugleich. Und ich war mir noch nicht sicher, ob ich bei klarem Verstand die Flucht ergreifen würde … Oder ob ich froh war und es genoss, dass jemand hier war. Dass *Paulina* hier bei mir war und sich um mich kümmerte, wo ich selbst nicht dazu in der Lage war.

# 27

## Paulina

»Sag mal, lebst du noch, oder wurdest du von Aliens entführt?«
Cassandras Stimme klang nur halb so belustigt, wie sie es vielleicht vorhatte. Eher schwang Sorge in ihr mit, und das berechtig-
terweise. Ich hatte ihr nicht gesagt, wo ich war, weil ich wusste,
sie würde es nicht gutheißen. Immerhin hatte sie mitbekommen,
wie sehr mich Kilians Verhalten verletzt hatte, als er mich durch
diese Beverly ersetzen wollte. Oder ersetzt hatte. Keine Ahnung.
Jedenfalls war diese Frau hier nicht wieder aufgetaucht und sie
hatte sich bisher auch nicht auf seinem Telefon gemeldet. Ich
hatte es aus dem Schlafzimmer genommen und im Büro auf
die Ladestation gestellt, damit es ihn nicht aufweckte, sollte sich
wer bei ihm melden. Dafür waren Anrufe von Logan und seinen
Eltern eingegangen, die er heute Morgen zurückgerufen hatte, als
er wach gewesen war. Doch nach dem Mittagessen war er wieder
eingeschlafen und ich nutzte die Zeit zum Lernen.

»Keine Sorge, mir geht es gut«, sagte ich und hoffte, ihr würde
diese Antwort genügen. Was sie natürlich nicht tat.

»Wo zur Hölle steckst du immer? Ich hab gestern Abend Sturm
geklingelt und auf meine Nachrichten hast du in den letzten zwei
Tagen auch immer sehr verzögert reagiert ...«

»Ja, ähm ... Ich bin gerade ziemlich beschäftigt mit Arbeit,
Studium und so.«

*»Und so?«*

Genervt verdrehte ich die Augen. »Ein Freund ist krank und ich kümmere mich um ihn, okay?«

Kurz lauschte ich ihrem Schweigen und war mir schon sicher, sie würde das Thema fallen lassen.

»Du hast außer mir niemanden, den du als *Freund* bezeichnen würdest, Paulina. Was ist also … Moment mal! Du meinst doch nicht etwa deinen Boss?!«

Ich biss mir fest auf die Unterlippe und schloss die Augen, weil ich ihren anklagenden Blick direkt vor mir sah.

»Gott, Paulina, das ist jetzt nicht dein Ernst, oder? Muss ich dich daran erinnern, wie schlecht es dir erst kürzlich ging, weil dich dieser Arsch einfach abserviert hat?«

Schnell stellte ich die Lautstärke am Telefon leiser und schloss die Tür zum Gästezimmer hinter mir. Sicher war sicher …

»Nein, musst du nicht, Cassy. Ich hab es nicht vergessen, doch ihm ging es wirklich scheiße. Die ersten zwei Tage hat er nur geschlafen und hatte anfangs richtig hohes Fieber. Jetzt geht es langsam bergauf, aber was wäre *ich* für ein Arschloch, wenn ich ihn sich selbst überlassen hätte?«

»Soll er doch seine Tussi kommen lassen, damit sie sich um ihn kümmert. Oder hat er die ebenfalls schon wieder eingetauscht?«

Dass sie so schlecht von ihm sprach, störte mich – auch wenn ich wusste, dass sie grundsätzlich recht hatte. »Keine Ahnung, ich denke nicht, dass er noch was mit ihr zu tun hat. Zuletzt haben sie sich am Samstagmorgen gestritten, als ich zum Arbeiten hier war, also …«

»Moment, davon weiß ich auch nichts. Wieso warst du bei dem Krach im Liebesparadies dabei und worum ging es?«

Seufzend verdrehte ich die Augen und erzählte ihr dann in knappen Worten, was sich am letzten Wochenende zugetragen hatte. »Nur hat es nichts an *unserer* Situation geändert, dass sich

227

diese Beverly und er gestritten haben«, endete ich schließlich meine Erzählung und starrte auf das abstrakte Gemälde in Rot und Schwarz, das mir gegenüber an der Wand hing. »Außerdem ist er, wie schon erwähnt, krank. Ich bin nicht zu meinem Vergnügen hier, sondern weil der arme Mann am ersten Tag nicht einmal seine Tasse Tee hätte halten, geschweige denn dass er allein aufs Klo hätte gehen können.«

»Hm. Okay, das klingt wirklich übel. Na gut, dann ... pass auf, dass du dich nicht ansteckst und ... gute Besserung an deinen Boss.« Diesmal klangen ihre Worte nicht dermaßen sarkastisch wie noch zu Beginn.

»Danke. Ich melde mich die Tage mal bei dir, aber vorerst bleibe ich hier.«

»Heißt das, du gehst nicht zu deinen Vorlesungen?«, fragte sie erstaunt.

Verlegen biss ich mir auf die Unterlippe. »Nur so lange, bis es ihm besser geht.«

»Paulina!«, stöhnte sie. »Bist du dir sicher, dass du dir das erlauben kannst?«

Sie wusste, wie hart das Studium für mich war, wie sehr ich um diesen Platz und für dieses Stipendium gekämpft hatte. Wie wichtig es war, diesen Abschluss zu bekommen. Wie viel ich lernen musste und wie viel Zeit mir dieser Job bereits von den Vorlesungen und Kursen abverlangte, was mich dazu nötigte, regelmäßig bis spät in die Nacht hinein zu büffeln.

»Es ist ja nicht für lange. Er ist auf dem Weg der Besserung.«

»Nun gut. Du wirst schon wissen, was du tust«, meinte sie verhalten und fütterte das schlechte Gewissen in mir nur noch mehr. »Melde dich, sobald du wieder Zeit für mich hast.«

Damit machte sie es nur schlimmer ...

»Okay, das werde ich natürlich.« Danach verabschiedete ich mich von ihr.

Eine Weile starrte ich noch auf mein Handy, dann legte ich es weg und ging raus aus dem Zimmer, um mich um die Wäsche zu kümmern. Kilian schwitzte nämlich nach wie vor manchmal im Schlaf. Doch als ich das Bad ansteuerte, hörte ich Schritte im Schlafzimmer. Sofort änderte ich meine Pläne, um ihm zu Hilfe zu kommen.

Tatsächlich schlurfte er auf die Verbindungstür zum Badezimmer zu. Als er mich bemerkte, streckte er seinen Arm aus und bedeutete mir, stehen zu bleiben. »Lass es mich versuchen. Mir geht es schon viel besser, der Schwindel ist beinahe verschwunden, und die Knie fühlen sich auch nicht mehr an wie nach dem wilden Sex im Stehen mit dir in der Küche.«

Dass sich bei seinen Worten augenblicklich meine Wangen röteten, konnte ich spüren. Natürlich erinnerte ich mich sofort wieder daran und ich fühlte das sehnende Kribbeln zwischen meinen Beinen. Doch ich versuchte, mir nichts anmerken zu lassen, und nickte einfach nur.

Als Kilian das Badezimmer erreichte, hatte ich erwartet, dass er die Tür schließen würde. Ich war davon ausgegangen, dass er auf die Toilette musste, doch ich hörte Wasser rauschen, danach das Geräusch der elektrischen Zahnbürste.

Unsicher linste ich zu ihm ins Bad und tatsächlich stützte er sich mit einer Hand am Waschbecken ab, den Blick fest auf sein Spiegelbild gerichtet. Er schien mir beweisen zu wollen, dass es ihm bereits besser ging, was mir gefiel.

Gerade, als ich mich leise wieder davonschleichen wollte, sagte er meinen Namen. Ich hielt inne, dann öffnete ich die Tür ein Stück weiter. »Ja?«

»Ich stinke.« Dabei lächelte er verlegen, noch einen leichten Zahnpastarand um den Mund.

Und ich schmolz dahin.

Gott, ich war verrückt!

»Ähm ... ja. Eventuell«, sagte ich und konnte dabei unmöglich ernst bleiben.

»Denkst du, ich könnte kurz unter die Dusche?«

Fragte er das, ob ich es für unbedenklich hielt, weil er vielleicht doch immer noch Kreislaufprobleme hatte? Oder weil er wollte, dass ich mit ihm duschte?

Gott, nein, das ging nicht. Unmöglich …

»Was hältst du davon, wenn ich dir eine Badewanne einlasse? Mit nicht allzu warmem Wasser und nur, damit du den Schweiß abwaschen kannst.«

Kilian zögerte, wusch sich das Gesicht und trocknete es ab – bestimmt, um Zeit zu schinden und alles zu durchdenken.

»Ich weiß, das klingt jetzt wie ein billiger Anmachspruch, aber aufgrund meiner aktuellen Situation muss ich dich trotzdem bitten …«, begann er und machte eine kleine Pause, von der ich mir nicht sicher war, ob er sie wegen der Spannung einlegte oder weil ihm die Frage unangenehm war. »Würdest du bei mir bleiben, während ich bade?«

Ich schluckte. »Natürlich, wenn du das möchtest. Es dient nur deiner Sicherheit. Nicht, dass du umkippst und dir dein hübsches Gesicht anschlägst – oder Schlimmeres.«

O Gott, das hatte ich jetzt nicht wirklich gesagt! *Hübsches Gesicht … oder Schlimmeres?*

Doch ich kam gar nicht dazu, mir die flache Hand vor die Stirn zu schlagen, denn Kilian atmete erleichtert aus. »Danke. Ich merke einfach, dass ich noch weit davon entfernt bin, gesund zu sein.«

Schnell nickte ich. »Soll ich gleich die Wanne einlassen, oder willst du warten?«

»Nein, jetzt wäre super.« Da zog er sich auch schon sein Shirt über den Kopf.

Augenblicklich wandte ich mich ab, bevor ich wieder auf seinen definierten Oberkörper starren würde. Keine Ahnung, weshalb ich mich darauf eingelassen hatte. Warum ich ihm überhaupt so was vorgeschlagen hatte. Es würde immerhin genügen, wenn er sich einfach mit einem feuchten Frotteetuch wusch. Katzenwäsche sozusagen – oder eher Löwenwäsche.

Doch nein, Paulina wollte ihn ja unbedingt nackt sehen … Ich ließ die Wanne volllaufen und kontrollierte mehrfach die Temperatur. Das Wasser war angenehm warm, aber nicht heiß, und das Erkältungsschaumbad verbreitete einen herrlichen Duft nach unzähligen Kräutern im Raum. Selbstverständlich hatte ich damit nicht gespart, um mit viel Schaum die Sache für uns beide leichter zu machen.

»Du kannst schon rein«, sagte ich, den Blick auf das Badewasser gerichtet.

»Kannst du mir helfen?«

Wenn Kilian dabei nicht so verzweifelt geklungen hätte, hätte ich vermutet, dass er es absichtlich darauf abgesehen hatte, Körperkontakt herzustellen. Aber ganz offensichtlich war er sich echt nicht sicher, ob sein Kreislauf und seine Knie bei der Sache mitspielen würden. Also reichte ich ihm meinen Arm und er stützte sich fest auf mich. Er war wirklich etwas wackelig, als er in die Wanne stieg, doch ich schaffte es, ihn zu halten, bis er saß.

Seufzend schloss er die Augen und lehnte sich an, während ich ein Handtuch bereitlegte und den Frotteebademantel holte, den ich einmal im Schrank in seinem Büro entdeckt hatte.

Als ich zurück ins Bad kam, dachte ich, Kilian wäre eingeschlafen. Seine Atmung ging langsam und regelmäßig und ruhig – so ruhig wie die letzten zwei Tage nicht. Ich kniete mich neben ihn auf den Boden und schaute ihn kurz an. Er war ein wahnsinnig attraktiver Mann – immer noch für mich, obwohl er mich auf miese Art abzuservieren versucht hatte.

Seine Nase war gerade, seine Lippen voll und sinnlich. Der Dreitagebart stand ihm ausgesprochen gut, und die geschwungene Form seiner Augenbrauen faszinierte mich. Die Augenringe fielen im sanften Licht des Badezimmers nicht auf und überhaupt sah er – vielleicht auch durch die Wärme des Wassers – nicht mehr so blass aus wie noch vor zwei Tagen.

»Du solltest dich waschen und zurück ins Bett. Nicht, dass deine Erkältung wieder schlimmer wird und das Fieber erneut ansteigt.«

Seufzend blinzelte er und erwachte aus seinem ruhenden Zustand. Er räusperte sich und zeigte dann auf den Schwamm, der am Fußende der Wanne in einem kleinen Korb lag.

Ich wollte ihn ihm schon geben und stand auf.

»Kannst du mich vielleicht waschen? Nur am Rücken selbstverständlich.«

Mitten in der Bewegung stockte ich. »Kil …«

»Bitte, Paulina. Die Gliederschmerzen sind noch nicht ganz weg, und es würde sich bestimmt herrlich entspannend anfühlen, wenn du mit dem Schwamm über den Rücken reiben könntest.«

Zweifelnd biss ich auf meine Unterlippe. »Ich mache es wirklich gern, aber … ich will nicht, dass wir einen Fehler begehen, verstehst du? Du hast mich sehr verletzt mit deinem Verhalten.«

Fast schon gequält seufzte er, schloss wieder die Augen und sank erneut kraftlos nach hinten. »Es tut mir leid, Paulina. Ich hätte das nicht tun sollen. Nicht so. Und ja, es ist keine Entschuldigung und klingt wie eine faule Ausrede, aber ich habe dir nie etwas versprochen. Es war nur Sex und das wusstest du. Ich wollte nie, dass es mehr wird, ich dachte, das sei dir bewusst. Immerhin haben wir darüber auch …«

»Nein, Kilian, du verstehst das falsch«, sagte ich und griff nach dem Schwamm. Ich tunkte ihn ins Wasser und verteilte etwas Duschgel darauf. Dann beugte er sich vor, und ich begann, seinen Rücken damit einzuseifen. »Mir war bewusst, dass es nur Sex ist. Auf unbestimmte Dauer. Glaub mir, das war mir schon klar. Aber die Art, von dir ersetzt zu werden, war scheiße. Du hättest mir immerhin sagen können, dass es zwischen uns vorbei ist, der Zauber verflogen, die Anziehung weg. Dass du nicht mehr scharf auf mich bist, mich nicht länger willst – whatever. Doch du hast einfach *nichts* gesagt und mich vor vollendete Tatsachen gestellt. Mag sein, dass du das mit den Frauen immer so machst. Dass du dich irgendwann nicht mehr meldest, wenn sich das Interesse gelegt hat und dein Hunger gestillt ist. Aber du hast bei dieser Sache wohl vergessen, dass ich einen Schlüssel für deine Wohnung besitze. Dass ich hier fast täglich ein und aus gehe, weil ich für dich *arbeite*. Was bedeutet, dass du entweder wirklich nicht mehr auf dem Schirm hattest, dass ich deiner Neuen über den Weg laufen könnte, oder aber du hast es absichtlich gemacht, um mich zu verletzen und mir die Grenzen aufzuzeigen. So oder so ist es kein schlauer Schachzug von dir gewesen.«

Die ganze Zeit über hatte ich den Schwamm in kreisenden Bewegungen über seinen Rücken gerieben, doch nun drehte er sich halb zu mir um, bis er sich einfach wieder anlehnte. Sein Blick war schwer zu deuten. Es tobte ein Sturm darin, aber es war, als wirbelte dort nicht nur Wut, sondern auch Leidenschaft und Anerkennung sowie Reue.

»Paulina, du hast absolut recht. Ich hab mich dir gegenüber unmöglich verhalten und das ist unentschuldbar. Trotzdem möchte ich dir sagen, dass es mir leidtut. Ich hatte meine Handlungen nicht bis zum Ende durchdacht.« Er sah mir dabei tief in die Augen und brachte damit meinen Herzschlag aus dem Takt. Wie konnte dieser Mann mit einer einzigen Entschuldigung all meine Mauern wieder einreißen, als wären sie aus Seidenpapier? Wie schaffte er es mit einem Blick, dass ich dahinschmolz und all die Verletztheit, für die er verantwortlich war, verrauchte?

Verlegen begann ich, den Schwamm über seine Brust zu reiben. »Danke, ich nehme deine Entschuldigung an. Trotzdem sollst du wissen, dass deine Handlung noch bestimmt eine ganze Weile zwischen uns stehen wird.«

Kilian presste die Lippen aufeinander. »Okay, damit muss ich wohl leben. Außer, ich kann es wiedergutmachen.«

Fragend hob ich die Augenbrauen.

»Keine Ahnung, dein Geständnis hat gerade hart an meinem Ego gekratzt. Ich fühle mich also dazu verpflichtet, dir zu beweisen, dass ich kein Arschloch bin. Nicht so eines, für das du mich hältst.«

Nachdenklich zog ich Kreise auf seinem Oberkörper. »Eventuell könnte es funktionieren, wenn du mir mehr vom echten Kilian zeigst.«

Stirnrunzelnd sah er mich an. »Das heißt, wir trinken jetzt ein Bier miteinander?« Dabei zuckten seine Mundwinkel, weil er sich auf unser Gespräch nach dem ersten Sex bezogen hatte.

»Ich könnte mir gut vorstellen, dass sich deine Medikamente nicht mit Alkohol vertragen«, sagte ich, doch auch ich konnte meine Belustigung nicht vor ihm verheimlichen. Sein kleiner Scherz hatte die angespannte Stimmung zwischen uns gelöst, worüber ich sehr froh war.

»Ah, Mist, da war was …«, murmelte er und schloss wieder die Augen. »Das fühlt sich übrigens unglaublich gut an, was du da machst.« Seine Stimme war tief und rau und die Art, wie er sich unter meiner Hand entspannte, jagte ein Prickeln durch meinen Körper. Ich ertappte mich dabei, wie ich doch mit dem Blick tiefer wanderte – und bemerkte, dass sein Penis sich aufrichtete.

Schnell schaute ich weg, wieder in sein Gesicht. Aber ihm war aufgefallen, dass ich in seinen Schritt gelinst hatte, und meine Reaktion darauf war ihm ebenfalls nicht entgangen.

»Da siehst du mal, was du mit mir anstellst, Paulina. Immer noch.«

Ich schluckte.

»Du machst mich an wie am ersten Tag. Und wenn ich wüsste, mein Körper würde es mitmachen, würde ich dich jetzt

234

auf der Stelle in die Wanne ziehen und ficken, bis du meinen Namen schreist.«

Da war sie wieder, die Wut. »So läuft das aber nicht, Kilian. Du kannst mich nicht heute vögeln, morgen mit der Nächsten im Bett landen und übermorgen klopfst du erneut bei mir an. So eine bin ich nicht.« Verärgert drückte ich den Schwamm aus und warf ihn zurück in den Korb – den ich glücklicherweise traf.

Er seufzte und spülte mit beiden Händen Wasser über seine Brust, um den Schaum abzuwaschen. »Das weiß ich. So meinte ich das auch nicht, ich … Gottverdammt, Paulina, in deiner Nähe hab ich einfach keinen klaren Kopf. Schieb es auf die Erkältung, wenn du willst. Ich sage, es liegt an dir. Seit du in diese Wohnung gekommen bist, setzt mein logisches Denken aus. Das macht mich verrückt und gleichzeitig an. *Du* machst das mit mir.« Dann griff er sich zwischen die Beine, wusch seinen Schwanz, ohne den Blick von mir zu wenden.

Und holy moly, das war vielleicht das Heißeste, was ich je gesehen hatte …

# 28

## Kilian

Scheiße, ich war doch so ein Arschloch, für das Paulina mich hielt. War ich unfähig, mich mit einer attraktiven Frau normal zu unterhalten, ohne gleichzeitig an Sex mit ihr zu denken? Ohne das Ziel vor Augen zu haben, sie zu verführen? Dabei hatte ich Paulina schon gehabt – warum also wollte ich sie wieder?

Aber ich mochte ihre Gesellschaft. Auch wenn wir viel zu wenig voneinander wussten. Und ihr Vorschlag, dass wir uns besser kennenlernen könnten, war vielleicht tatsächlich die Rettung, die ich brauchte. Wenn ich sie in die Friendzone verschob und sie wie einen meiner Kumpels behandelte, könnte sich meine Einstellung zu ihr ändern. Wenn ich mit ihr über alltägliche Dinge redete, die mich beschäftigten, und gleichzeitig von ihrem Leben, ihrer Familie, ihren Träumen erfuhr, würde ich feststellen, dass mich das abturnte. Dass sie mich nicht mehr reizte, wenn ich auch ihre Schattenseiten kennenlernte, wenn ich sah, dass nicht mehr alles sexy und heiß war, was mit ihr zu tun hatte.

Entschlossen stemmte ich mich hoch, merkte aber sofort, dass es nicht so schlau war, mit eingeredeter Energie aus der Badewanne zu steigen. Augenblicklich wurde mir schwindelig, und ich war froh, dass Paulina so geistesgegenwärtig reagierte.

»Gott, Kilian, willst du in der Notaufnahme landen, weil du in der Wanne ausrutschst und du dir den Kopf anschlägst? Sag doch Bescheid, wenn du raus möchtest, ich helfe dir!« Sie half mir, mich an den Rand zu setzen. Während sich die Achterbahn in meinem Kopf beruhigte, legte sie mir das Handtuch auf den Rücken. Sanft rieb sie damit über meine feuchte Haut und trocknete mich ab. Das Gleiche tat sie dann mit meiner Brust und beugte sich dabei so knapp über mich, dass ich, berauscht von ihrem Duft, die Augen schloss. Anschließend spürte ich das Frottee des Bademantels auf mir und ich schlüpfte in die Ärmel. »Kannst du dich umdrehen und die Füße auf den Boden stellen?«

Ich nickte, drehte mich auf die andere Seite und schlug gleichzeitig halbherzig den Bademantel zu. Dass sie immer noch, wenn sie sich zu mir beugte, einen Blick auf meinen Schwanz erhaschen könnte, war zwar nicht Absicht, aber ich tat auch nichts, um es zu ändern.

Paulina kniete sich vor mich hin und begann, meine Füße und Beine abzutrocknen. Sie so vor mir zu sehen, sorgte nur dafür, dass sich ganz andere Bilder vor mein inneres Auge schoben. Gottverdammt, sie war so heiß, dass es mir schwerfiel, ihr nicht die Haare über die Schulter zu schieben, um ihren Nacken freizulegen. Andererseits hatte ich von diesem Blickwinkel aus einen perfekten Einblick in ihr dunkelrotes Shirt. Darunter trug sie einen weißen Spitzen-BH, und ich stellte mir vor, wie ich an dessen Rand entlanglecken würde.

»Kilian, kannst du bitte damit aufhören?«

Ertappt zuckte ich zurück. »Was mach ich denn?«

»Keine Ahnung. Du denkst an Sex, siehst mir in den Ausschnitt oder so. Egal, was sich in deinem Kopf abspielt, dein Penis wird immer größer und das … macht mich nervös und bringt mich in eine unangenehme Situation.«

»Wie gesagt, ich kann nichts dafür.«

Sie schenkte mir einen bösen Blick und stand auf. »Na komm, ich bring dich zurück ins Bett, damit du dich nicht erkältest.«

Widerstandslos ließ ich mich von ihr ins Schlafzimmer begleiten und setzte mich dort an die Bettkante, während Paulina ins Ankleidezimmer eilte, nur um kurz darauf mit frischer Kleidung zurückzukommen. Diesmal half sie mir nicht beim Anziehen, was ich schade fand. Doch sie schüttelte in der Zwischenzeit mein Kissen auf und lüftete die Decke, damit ich gleich wieder gut lag. Als ich mich schließlich hinlegte und sie mich bis zur Brust zudeckte, blieb sie neben dem Bett stehen, als würde sie überlegen, ob sie hierbleiben oder gehen sollte. Oder dachte sie darüber nach, sich zu mir zu legen?

*Fuck, schlag dir das aus dem Kopf, du hast es versaut, Kil!*, schalt ich mich und presste die Zähne aufeinander.

»Brauchst du noch was? Hast du Hunger? Durst?«

Ich atmete tief durch und nahm all meinen Mut zusammen in der Hoffnung, nicht noch einen Korb zu riskieren. »Würde es dir was ausmachen, eine Weile bei mir zu bleiben? Ich bin nicht müde und … Na ja, ich würde mich über deine Gesellschaft freuen.«

Zweifelnd hob sie eine Augenbraue. »Du und ich in einem Bett? Mit deiner Erektion? Ich bin mir nicht so sicher, ob das eine gute Idee ist, Kilian.«

»Sie beruhigt sich schon wieder. Siehst du?« Zum Beweis hob ich die Decke an, doch Paulina blickte mir nach wie vor ins Gesicht.

»Gott, ich werde das so bereuen …«, murmelte sie, ging jedoch auf die andere Seite des Bettes und setzte sich im Schneidersitz neben mich. Ein paar Augenblicke schaute sie mich an. »Also, dann erzähl mal … Wirst du auf der Arbeit schon vermisst?«

Ich unterdrückte ein erleichtertes Seufzen. Sie nahm mir das von eben doch nicht so übel, dass sie schreiend die Flucht ergriff.

Schmunzelnd richtete ich mein Kissen, drehte mich zur Seite und stützte den Kopf in die Hand. »Davon gehe ich aus. Ich meine, hey, ich bin der Boss. Wenn ich nicht da bin, *kann* es gar nicht rund laufen.«

Paulina rollte mit den Augen. »Sicher. Wie oft hat die Arbeit schon angerufen?«

Mir war klar, dass sie das Telefon gestern und vorgestern in ein anderes Zimmer gebracht hatte, damit ich nicht gestört wurde. Somit wusste sie auch, dass es kaum Anrufe gegeben hatte. Und weil ich sie nicht länger auf den Arm nehmen wollte, erklärte ich ihr, wie es wirklich war. »Es sind ja noch Logan, Mason und Adrian da, die übernehmen so lange meinen Part. Beziehungsweise habe ich ein äußerst fähiges Team, eine kompetente Marketingleiterin und qualifizierte Teamleiter im Vertrieb für den Innen- und Außendienst. Die kommen nicht wegen jeder Kleinigkeit zu mir.«

Zufrieden mit der Antwort machte sie es sich gemütlich. »Wie ist es so, Boss zu sein?«

»Anstrengend. Verantwortungsvoll. So viele Jobs sind vom Erfolg des Unternehmens abhängig. Aber ich hänge mit Leib und Seele in und an dieser Firma und liebe meine Arbeit.«

»Dann würdest du an deinem Leben also nichts anders machen wollen, wenn du die Chance bekämst, es noch einmal zu beginnen?«

»Nein, definitiv nicht. Zumindest nicht in allen Bereichen. Auch beim Aufbau von *Cunningham Solutions Inc.* habe ich Fehler begangen und Fehlentscheidungen getroffen – selbst wenn sich diese im Rahmen gehalten haben. Peter, ein guter Freund, hat uns als Mentor von Anfang an begleitet und berät uns auch heute noch. Er ist stiller Teilhaber und steht uns mit all seinem geballten Wissen aus knapp dreißig Jahren Erfahrung in der Unternehmensführung zur Seite.«

»Wow, das klingt beeindruckend. Woher kennt ihr ihn?«

»Er ist der Nachbar meiner Eltern. Als wir Teenager waren, sind wir irgendwie mit ihm ins Gespräch gekommen. Daraus hat sich ergeben, dass wir regelmäßig bei ihm zu Besuch waren, wo er uns von seiner Arbeit erzählt hat. Mich hat das Ganze besonders interessiert, und ich hab ihm ständig alle möglichen Fragen gestellt, die er mir ausführlich beantwortet hat. Die anderen Jungs sind ebenfalls neugierig gewesen, und so haben unsere Treffen eine Eigendynamik entwickelt, die uns dorthin geführt hat, wo wir mit *Cunningham Solutions Inc.* jetzt sind.«

Auf Paulinas Lippen lag ein Lächeln.

»Was ist?«

»Nichts, nur … Du strahlst so, wenn du von ihm sprichst. Er muss ein sehr beeindruckender Mann sein.«

Ich nickte. »Das ist er.« Kurz lag mir auf der Zunge, dass ich ihn ihr gerne vorstellen würde, hielt mich aber zurück, weil es völlig unpassend war. Oder doch nicht? Immerhin würde ich sie in die Friendzone verschieben, und wäre sie ein Kerl, würde ich es ihr auch anbieten. Wobei sie dann nicht bei mir im Bett liegen würde …

»Und wieso hast du dich für Finanzen und Controlling entschieden?«, fragte ich, weil ich endlich die irren Gedanken aus meinem Kopf vertreiben musste.

»Weil ich einen Job wollte, mit dem ich mir einen guten Lebensstandard sichern würde. Weil ich nicht wie meine Tante Flori für andere den Haushalt machen will«, antwortete sie leise.

»Was willst du später mit deinem Studium anfangen?«

»Mal schauen, welche Türen sich für mich öffnen, aber ich fände es spannend, als Broker an der Börse zu arbeiten. Vielleicht auch als Investmentbanker oder Bilanzanalytikerin … Auf jeden Fall sollte es ein Job sein, bei dem ich gut verdiene und nie in die Situation komme, zusätzlich als Haushaltshilfe arbeiten zu müssen.«

»Verstehe. Also wolltest du das schon immer machen?«

Paulina schüttelte den Kopf. »Nein, ganz lange Zeit wollte ich Schauspielerin werden oder irgendwas mit Film oder Theater studieren. Aber je älter ich wurde, desto klarer wurde mir, dass mir diese Branche zu unsicher war. Was, wenn die Auftragslage schwankt? Ich will keine Durststrecken mit Gelegenheitsjobs überstehen müssen. Ich will mich finanziell absichern.« Ich nickte verständnisvoll.»Kann ich nachvollziehen. Wobei … so schlimm ist es nicht, für mich zu arbeiten, oder?« Keine Ahnung, warum ich das fragte. Wollte ich, dass sie mir sagte, dass ich ein guter Boss war? Dass sie gern für mich arbeitete? Nach dem, wie unser Start gewesen war, vor welche Aufgaben ich sie gestellt hatte, würde sie mich entweder anlügen oder mir etwas sagen, was ich nicht hören wollte. Ich brauchte nur an meinen Ausraster zu denken, als ich erstmals das umgeräumte Ankleidezimmer gesehen hatte.

Paulinas lautes Lachen bestätigte mich nur darin.»Nimm es mir nicht übel, Kilian, aber ich *hasse* es, zu putzen. Ganz besonders Toiletten und Badezimmer, wobei es bei dir wirklich nicht so schlimm ist, wie ich befürchtet hatte. Bei Gelegenheit erzähle ich dir mal eine extrem ekelige Geschichte, die mich für den Rest meines Lebens geprägt hat.« Angewidert streckte sie die Zunge heraus und zog dabei ihre Nase kraus.

»Okay, das kann ich nachvollziehen.«

»Ja?«

Ich nickte.»Warum, glaubst du, bezahle ich dafür, dass andere meine Toilette putzen?«

Paulina verdrehte die Augen und grinste schief.

»Erzähl mir von deiner Familie. Wie hat es sich ergeben, dass ihr nach Amerika gekommen seid?«

»Meine Mom hat meinen Vater kennengelernt, als er in Puerto Rico Urlaub machte. Sie haben sich verliebt, und es hat nicht lange gedauert, da ist sie nach Houston, Texas, gekommen, um ihn zu Hause zu besuchen. Nach nur einer Woche hatte sie beschlossen, bei ihm einzuziehen, drei Monate danach hat er ihr einen Antrag gemacht und noch einen Monat später haben sie geheiratet. Kurz darauf wurde meine Mom schwanger. Das hat alles kaputtgemacht.« Sie holte tief Luft und wirkte dabei gefasster als ich – immerhin hatte sie gerade suggeriert, dass *sie* die Ehe ihrer Eltern zerstört hatte. »Jedenfalls hat er sie verlassen und ihr noch während der Schwangerschaft die Scheidungspapiere geschickt. Er war davon überzeugt, dass sie ihn betrogen haben musste, weil ein Arzt ihm gesagt hatte, er würde keine Kinder zeugen können. Von einem Vaterschaftstest wollte er nichts wissen.«

»Was für ein Arschloch«, knurrte ich und spürte, wie die Wut in mir anstieg.

Paulina zuckte mit den Schultern. »Meine Mom hatte mit ihm abgeschlossen. Als Tante Florentina davon erfahren hatte, kam sie nach Texas, um ihre Schwester zu unterstützen. Sie nahm schon seit Jahren an der Greencard-Lotterie teil und hatte tatsächlich Glück – als wäre es eine Fügung des Schicksals gewesen. Als ich jedoch zwei Jahre alt war, ist Mom an einer Hirnhautentzündung erkrankt. Sie hat die Anzeichen ignoriert, dachte, sie sei nur erschöpft von der Arbeit und mir, vermischt mit einer Erkältung oder so, weil ich doch sehr anstrengend gewesen war und Tante Florentina nicht da war. Sie war für einen Monat nach Puerto Rico geflogen, um Grandma zu besuchen.«

Mein Herzschlag beschleunigte sich, und ich wollte Paulina daran hindern, weiterzuerzählen, weil ich merkte, wie sehr sie die Sache belastete. Gleichzeitig musste ich einfach hören, wie es weiterging.

»Als die Nachbarn sie darüber informiert haben, dass man meine Mom ins Krankenhaus gebracht hat, ist sie sofort zurück nach Hause gekommen.« Paulina schluckte. »Sie hat sich von ihrer Schwester nicht mal mehr verabschieden können. Doch war ich noch da, und für sie stand außer Frage, dass sie sich um mich kümmern würde. Tante Flori hatte sich immer Kinder gewünscht, hatte aber nie den richtigen Mann dafür gefunden.

Und als sie das Sorgerecht für mich übernommen hatte, war keine Zeit mehr, jemanden zu daten oder so zu leben, wie sie es sich hier in den Staaten ausgemalt hatte.«

»Das klingt, als hättest du deswegen ein schlechtes Gewissen ...«, wagte ich vorsichtig, meine Vermutung zu äußern.

»Na ja, ich war zwei und hatte keine Wahl. Ich konnte nichts für den Tod meiner Mom oder dafür, dass sich mein Erzeuger so feige aus dem Staub gemacht hat.«

Ein *Trotzdem* lag mir auf der Zunge, ich schluckte es jedoch runter und runzelte nur die Stirn.

Paulina seufzte. »Ja, vielleicht hast du recht und ich fühle mich in gewisser Weise verantwortlich dafür. Dass es irrsinnig ist, weiß ich selbst, aber sag das meinem Kopf.«

»Ja, der hat oft ein Eigenleben und macht nicht immer das, was man von ihm möchte.« Dabei hatte ich Mühe, ernst zu bleiben.

Auch Paulinas Mundwinkel zuckten.

»Und dann bist du mit deiner Tante in Texas aufgewachsen? Wie seid ihr nach New York gekommen?«

»Sie hatte erst einen Job als Haushälterin bei einem reichen Typen, auf dessen Anwesen wir gewohnt haben. Der hat irgendwann eine Frau kennengelernt, die ein Problem mit Tante Florentina hatte. Als die ganze Situation zu stressig wurde, hat sie ihren Arbeitgeber gebeten, ihr bei der Jobvermittlung behilflich zu sein. Dieser hat sie schließlich an einen Kollegen oder so empfohlen, der in Boston gelebt hat. Dort waren wir knappe drei Jahre, bis er erst nach New York und danach nach Singapur gezogen ist. Hierher sind wir gerne mitgekommen, aber einen Neustart in Asien wollte Tante Flori mir nicht auch noch aufbürden, also sind wir hiergeblieben. Er hat geholfen, eine neue Arbeitsstelle für meine Tante zu finden, dann war er weg.«

Ich nickte knapp. »Klingt, als hättest du eine sehr abwechslungsreiche Kindheit gehabt.«

Sie lachte. »So kann man es auch bezeichnen, immer dann wegzuziehen, wenn man gerade Freundschaften geknüpft hat.«

»War das schwer für dich?«

Kurz dachte sie darüber nach. »Ich war keines dieser introvertierten Kinder, das sich schwergetan hat, Kontakte zu knüpfen. Aber ich bin auch nicht eine, die schnell jemanden als engen Freund bezeichnet.«

Vermutlich, weil sie bereits als kleines Kind so viele Verluste ertragen musste …

»Aber Tante Florentina hatte mir wirklich eine schöne Kindheit geschenkt. Sie war immer für mich da, hat mir trotz der vielen Arbeit eine Menge ermöglicht. Hat mir wieder und wieder gesagt, wie wichtig eine gute Ausbildung sei, und hat mich angetrieben, zu lernen, um ein Stipendium zu bekommen. Und selbst jetzt motiviert sie mich ständig, für mein Studium zu pauken. Also … wenn sie hier ist und mitbekommt, dass ich mal einen Hänger habe.« Sie schmunzelte gedankenverloren und rutschte weiter nach unten im Bett, um es sich gemütlich zu machen. Ihre Haare breiteten sich auf meinem Kissen aus und verdammt, sie war einfach unglaublich schön. Sexy, humorvoll und diese Frau hatte zudem noch was im Köpfchen. Diese Kombination war auf jeden Fall nicht selbstverständlich …

Ein Glück für mich, dass wir uns jetzt auf freundschaftlicher Ebene annähern würden. Das machte zwischen uns alles einfacher. Oder nicht?

# 29

## Paulina

Überraschenderweise unterhielten sich Kilian und ich noch eine ganze Weile über alles Mögliche. Ich erfuhr, dass er gern Rockmusik hörte und eine heimliche Liebe für die Beatles und Michael Jackson hegte. Dass ihm mit Anfang zwanzig das Herz gebrochen worden war und diese Frau mit dafür verantwortlich war, dass es heute *Cunningham Solutions Inc.* gab. Dass er und Logan als kleine Jungs ständige Rivalen gewesen waren. Erst ein Vorfall an der Schule, bei der Mason von anderen Jungs angegriffen worden war, war der Auslöser dafür gewesen, dass die beiden zusammenhielten. Logan hatte Kilian nämlich davor bewahrt, dass einer der Typen ihm eins überbriet.

»Keine Ahnung, warum, doch all das Konkurrenzdenken zwischen Logan und mir war ab diesem Zeitpunkt vorbei. Als wären wir seitdem zu einer Einheit verschweißt.«

»Worin habt ihr euch gemessen? Sorry, dass ich frage, aber für mich als Einzelkind, das sich immer Geschwister gewünscht hätte, ist das echt schwer nachvollziehbar.«

Kilian rollte sich auf den Rücken. »Keine Ahnung, in allem einfach. Wer die besseren Noten hatte, die cooleren Spielsachen. Wer mehr Freunde hatte, wer schneller laufen konnte. Wer den Baseball weiter werfen konnte und wer Mom und Dad geschickter um den Finger wickeln konnte. Es war ein ständiges Kräftemessen, das auch wahnsinnig anstrengend war, rückblickend gesehen. Aber ich sehe es heute noch vor mir, wie der Typ, der mich um knapp einen halben Kopf überragt hat, die Faust hob. Es war, als würde alles in Zeitlupe passieren. Mir war nur klar, dass ich keine Chance haben würde, so schnell den Schlag abzuwehren – und der wäre direkt in mein Gesicht gegangen.« Er lachte schnaubend. »Und ich war schon damals stolz auf meine gerade Nase gewesen. Meine größte Angst war, dass mir die jemand bricht und dass sie dadurch krumm würde. Da hat Logan dem Kerl eine mitgegeben, obwohl er fast einen ganzen Kopf kleiner war als mein Angreifer. Und weil wir uns immer gemessen hatten, wer der Stärkere von uns war und Logan gut zwei Jahre jünger ist, musste er hart trainieren, um mit mir mithalten zu können. Der Haken hat den Mistkerl heftig erwischt. Logans Selbstbewusstsein ist ums Dreifache gestiegen, meine Anerkennung für ihn, weil er sich so für mich eingesetzt und einem so größeren und kräftigeren Kerl Paroli geboten hat, ebenfalls. Mir wurde klar, dass wir beide so viel stärker waren, wenn wir zusammenhielten – und ihm schien das auch bewusst geworden zu sein. Noch dazu, da die Typen aus meinem Freundeskreis gewesen sind. Ich hatte mit denen zwar nicht viel zu tun, aber sie waren trotzdem immer irgendwie dabei, wenn ich mit meinen Kumpels unterwegs war. Dass sie Mason schikanierten, wusste ich nicht oder wollte es nicht wahrhaben. Gut, sie sind echt geschickt vorgegangen, haben ihn abgepasst, wenn niemand in der Nähe war. Dieser Tag hat mir jedoch in mehrfacher Weise die Augen geöffnet. Was wahre Freundschaften betrifft und wie stark Logan und ich waren, wenn wir zusammenhielten. Worauf es wirklich ankommt – nämlich auf die Leute, die hinter einem stehen und jeden Schlag von der Seite abfangen, den man selbst vielleicht gar nicht kommen sieht.«

Mich beschlich das Gefühl, dass diese Aussage wörtlich sowie im übertragenen Sinn gemeint war, aber ich wollte ihn nicht unterbrechen. Dass er so viel von sich erzählte und mir einen derart tiefen Einblick in seine Seele gab, war überraschend und schön, und ich sog jedes Wort von ihm auf.

»Ich hab damals meine Freundesliste stark aussortiert. Die hatten es echt auf ihn abgesehen, haben ihn richtig übel behandelt. Abpassen auf der Toilette und dort seinen Kopf in die Kloschüssel drücken, und wenn er geschrien hat, wurde der Spülknopf gedrückt. Oder ihm offene Getränkeflaschen in die Hose gekippt, dass es aussah, als hätte er sich angepinkelt. So Zeug eben ... Keine Ahnung, wer von meinen alten Freunden wusste, dass die drei Idioten es auf meinen Kumpel abgesehen hatten, dass sie ihn so behandelt hatten. Aber mir war klar geworden, dass ich mit denen auch nichts mehr zu tun haben wollte. Ich hab mich zurückgezogen und jeglichen Kontakt abgebrochen. Stattdessen bin ich ab dem Zeitpunkt nur noch mit Logan, Mason und Adrian unterwegs gewesen und von dem Tag an waren wir ein unzertrennliches Vierergespann.«

»Also ... hast du neben den dreien keine anderen engen Freunde?«, fragte ich vorsichtig.

Er rollte sich wieder auf die Seite, und ich tat es ihm gleich, bis wir uns komplett gegenüberlagen, beide eine Hand unter der Wange.

»Ich hab einen großen Bekanntenkreis, aber nur die drei würde ich als Freunde bezeichnen. Auf sie kann ich mich verlassen – jederzeit. Alle anderen sind zwar Teil meines Lebens, jedoch muss ich auch gestehen, dass ich durch meine Arbeit nicht viel Zeit habe, nebenbei noch weitere Freundschaften zu pflegen. Genauso wenig, wie ich eine Beziehung zu einer Frau aufbauen könnte. Das alles ist mir zu zeitintensiv, das ganze Kennenlernen, dann wollen sie plötzlich, dass wir ständig was miteinander unternehmen, und hängen an mir wie eine Klette ...« Er rollte mit den Augen, was mich zum Schmunzeln brachte.

»Ich weiß nicht, welche Frauen du bisher kennengelernt hast, aber wenn sie dich verändern wollen, sind sie nicht die richtigen. Wenn diejenige hingegen akzeptiert, dass du viel arbeitest und daneben trotzdem noch privat was mit Mason, Adrian und Logan unternehmen und hin und wieder auch deine Familie besuchen willst, ist sie die Eine.«

»Aber dafür müsste ich sie erst mal kennenlernen. Und du weißt ja – entweder ich geh mit einer Frau ins Bett oder ich lerne sie kennen. Dann sind wir jedoch in der Friendzone und mit einem Kumpel kann ich keinen Sex haben. Frag mich nicht, was da oben mit mir nicht stimmt«, er drehte mit dem Zeigefinger Kreise neben seiner Schläfe, »aber mich auf eine Frau einzulassen und gleichzeitig mit ihr zu schlafen, klappt nicht mehr seit meiner ersten Beziehung. Da stellt sich alles in mir quer, ähnlich wie damals mit den Freundschaften zu den falschen Freunden, die ich sofort brechen musste und wonach es mir um so vieles besser ging.«

»Hat sie dich so enttäuscht?«

Nachdenklich blickte er in die Ferne, ehe er mich wieder ansah. »Sie hat mein Vertrauen zutiefst verletzt. Ich habe ihr blind vertraut, habe alles mit ihr geteilt und sie hat es zu ihren Gunsten genutzt und gegen mich verwendet.«

»Wie meinst du das?«, fragte ich und spürte, wie mein Herz zu rasen begann. Als würde er mir womöglich gleich unwissentlich den Code verraten, mit dem ich seine harte Schale würde knacken können.

»Wir haben in einer Firma gearbeitet und uns dort auch kennengelernt. Ich habe diesen Job geliebt und mich richtig reingehängt. Natürlich hab ich ihr von meinen Ideen erzählt und … tja, sie hat diese als ihre eigenen verkauft. Jetzt rate mal, wie die Sache ausgegangen ist …«

»Sie wurde befördert und nicht du?«

»Richtig. Das Ganze hat ein ziemlich großes Loch in meine Brust gerissen. Der Verrat sitzt mir heute noch in den Knochen.

Seitdem vertraue ich außer meinen engsten Freunden niemandem mehr und halte Beziehungen zu anderen – insbesondere zu Frauen – oberflächlich.«

Verständnisvoll nickte ich und hoffte, dass er diese Geste als Zustimmung wertete. »Aber was, wenn du einfach Pech mit ihr hattest? Was, wenn du an diese eine Frau unter Hunderten geraten bist, die dir schadet, während alle anderen eine Bereicherung für dein Leben wären?«

Sein Blick sagte mir, dass er nicht meiner Meinung war. »Du glaubst doch nicht ernsthaft, dass nur ein einziges hinterhältiges Miststück auf dieser verdammten Welt herumläuft und ich allein das Pech hatte, an sie zu geraten, oder? Da draußen gibt es Tausende, die nur an sich und ihren eigenen Profit denken. Männer wie Frauen. Und die Erfahrung hat mich einfach gelehrt, dass ich mich besser nur auf meine drei Kumpels verlasse und denen vertraue. Alle anderen sind Bekannte oder – wenn weiblich – maximal heiße Affären, die sich rein auf das Körperliche beziehen.«

Mein Herz brach bei seinen Worten ein kleines bisschen für ihn, und ich konnte den Impuls nicht unterdrücken, die Hand auf seine Wange zu legen.

Seine Stirn schob sich gequält in Falten, ein weiterer Beweis, dass ihn die Sache nach wie vor belastete. Und ohne groß darüber nachzudenken, rückte ich an ihn, schlang einen Arm um seine Taille und rieb ihm tröstend über den Rücken.

Kilian versteifte sich unter der Berührung.

Keine Ahnung, ob er Angst vor Nähe hatte oder davor, mich anstecken zu können. Aber mal ehrlich, seine Erkältung war am Abklingen, und wenn, dann wäre ich schon längst krank.

»Tut mir so leid für dich, was du alles erleben musstest«, murmelte ich an seiner Brust und sog gleichzeitig den Geruch des Weichspülers in seinem T-Shirt vermischt mit seinem ureigenen Duft ein, von dem ich nicht genug bekam.

Ein schnaubendes Lachen löste sich aus seiner Brust. »Das muss es nicht, Paulina. *Mir* tut es leid, was *du* alles durchmachen musstest.« Dann spürte ich, wie er seinen Arm um mich legte und mich fester an sich zog.

Seine Wärme zu spüren, tat wahnsinnig gut, auch wenn sich bauchabwärts die Decke zwischen uns geschoben hatte und uns dort trennte. Das alles war tröstend und beruhigend und irgendwie war dieser Moment unglaublich intim und spendete Kraft. Keine Ahnung, wie lange wir so dalagen, aber irgendwann begann ich, mich trotz seiner Wärme zu frösteln. Kilian überraschte mich, indem er einfach die Decke unter mir wegzog und sie im Anschluss über mir ausbreitete. Eng an eng kuschelten wir in seinem Bett, hielten uns, ohne uns auf sexuelle Weise zu berühren, sondern gaben uns Halt und Trost. Und ich merkte, wie sich die Müdigkeit bemerkbar machte.

Ich sollte einfach aufstehen und gehen, ihn allein lassen und mir irgendeine Arbeit suchen, die mich nicht schläfrig machte. Doch es war so warm und kuschelig bei ihm, und sein Duft sorgte zusätzlich dafür, immer mehr davon zu wollen. Und als ich für einen Moment zuließ, die Lider zu schließen, driftete ich weg und schlief einfach so an seiner Brust ein, mit seinem Herzschlag an meiner Wange und seinem ruhigen Atem in meinem Haar.

# 30

## Kilian

Nachdenklich schaute ich Paulina an, die, einen Arm und ein Bein über mich gelegt, neben mir schlief. Die Müdigkeit hatte uns beide wohl gleich schnell übermannt und wir waren eng aneinandergeschmiegt eingeschlafen.

Irritierenderweise war es schön gewesen. Mir gefiel es, sie zu halten und zu streicheln, ganz ohne auf Sex aus zu sein. Wir waren immer noch in der Friendzone – zumindest fühlte es sich so an, und das war gut.

Dass wir uns nun auf der emotionalen Ebene angenähert und über alles Mögliche geredet hatten, war … überraschend erfrischend gewesen. Ich hatte von ihren Träumen erfahren und sie hatte mir durch die Erzählung ihrer Familiengeschichte einen Einblick in ihre Vergangenheit und ihre Ängste gezeigt. Bestimmt war es nicht selbstverständlich, jedoch hatte es etwas mit mir gemacht. Sie hatte mich einen Blick auf ihre verletzliche Seite erhaschen lassen, und sie war für mich da gewesen, als ich mich ihr daraufhin anvertraut hatte.

Dabei war das so gar nicht geplant gewesen. Überhaupt hatte ich nicht bemerkt, wie sehr mich meine eigenen Ereignisse aus der Vergangenheit nach wie vor belasteten und formten. Mit Paulina darüber zu reden, hatte gutgetan.

Nun lag sie immer noch hier in meinem Bett, schlafend und

wunderschön. Ihr warmer Duft strömte in meine Nase, und ich schaffte es nicht, meine Hand von ihr zu lösen, die auf ihrer Hüfte lag. Der Wunsch, ihre nackte Haut zu streicheln, wuchs in mir an, doch ich hielt mich zurück. Garantiert würde sie darauf nicht begeistert reagieren. Das war mir bereits gestern klar geworden, als ich hart geworden war. Ich hatte es mir in dieser Hinsicht mit ihr verbockt und das war bestimmt gut so. Sicherer für uns beide.

Nichtsdestotrotz war ich scharf auf sie …

Ein leises Stöhnen löste sich von ihren Lippen, und ich dachte daran zurück, wie es gewesen war, als ich sie geküsst hatte. Als ich ihren ganzen Körper erkundet und die erogenen Zonen erforscht hatte. Wie sie geklungen hatte, als ich tief in ihr drin war oder wenn sie meinen Schwanz im Mund gehabt und ihn mit ihrer Zunge verwöhnt hatte.

Die Erinnerung schoss mir heiß in die Lenden und mein Schwanz erwachte aus seinem Schlaf. Doch ich war zu aufgewühlt, zu erregt, um mich zu bremsen. Meine Gedanken kreisten zu sehr um diese Frau, deren Wärme ich spürte, deren zarte Haut ich fühlte und deren Duft ich so intensiv roch, dass ich kurz vorm Durchdrehen war.

Was, zur Hölle, stimmte nicht mit mir? Warum war ich immer noch derart verrückt nach ihr, obwohl ich das alles gar nicht zulassen sollte?

Verdammt, weil ich *sie* wollte … Aber sie war tabu.

Verhalten seufzte ich und beschloss, aufzustehen. Vorsichtig hob ich ihren Arm an und bettete ihre Hand auf dem Laken, dann schob ich ihr Bein von meinem und deckte sie wieder gut zu. Ihre Augen waren nach wie vor geschlossen und sie schien tief weiterzuschlafen.

Ich stand auf und schlich in Richtung Badezimmer. Kurz bevor ich eintrat, drehte ich mich noch einmal zu ihr um. So schön, so besonders …

Frustriert schob ich die Tür hinter mir zu und setzte mich auf den Ledersessel, der neben der Badewanne stand und den ich meistens als Ablage für meine Kleidung verwendete. Genervt starrte ich auf meine immer größer werdende Erektion. Es war verrückt, dass ich eine heiße Frau in meiner Wohnung hatte und sie nicht mehr anrührte. Aber hey, erstens hatte ich sie selbst in diese Schublade gepackt, und zweitens hatte ich alles dafür getan, dass sie mich nicht mehr wollte. Weshalb beschwerte ich mich also?

Trotzdem musste ich Druck abbauen, und was in meinem Kopf passierte, ging niemanden was an. Meine Erinnerungen an den Sex mit ihr konnte mir keiner nehmen, und damit sie nicht verblassten, würde ich sie mir bei jeder Gelegenheit und immer dann, wenn mir danach war, ins Gedächtnis rufen. Jetzt zum Beispiel, während ich mich selbst befriedigte …

Ich schob die Hose gerade so weit hinab, bis mein Schwanz prall und hart herausragte, und umfasste ihn fest mit einer Hand. Ich stellte mir vor, sie wäre hier, würde gleich vor mir in die Knie gehen, um den Handjob für mich zu übernehmen. Oder noch besser, ihn in ihren Mund aufzunehmen. An ihm zu saugen, die Eichel mit der Zunge zu umkreisen und den ersten Lusttropfen wegzulecken …

Ich massierte mich fest und gleichmäßig, während all diese Bilder in meinem Kopf wie ein Film abliefen, und spürte den Druck in mir, der nur noch mehr zunahm. Ich rief mir ihren Duft in Erinnerung und ihre Wärme. Ihre vollen Brüste, ihre Nippel, an denen ich so gern gesaugt hatte. Ihren prallen Arsch, wenn sie ihn mir neckend entgegengereckt und vor mir hin und her gewiegt hatte, weil sie wollte, dass ich sie von hinten nahm. Wie gut es sich angefühlt hatte, mit dem Schwanz in sie einzutauchen. Wie sie den Kopf in den Nacken geworfen hatte, wenn ich mich ganz tief in ihr versenkt hatte, und wie sie geklungen hatte, wenn ich ihre Erregung durch meine harten

Stöße immer weiter nach oben gepeitscht hatte. Wie sich ihre Muskeln rhythmisch um mich zusammengezogen hatten, wenn sie, meinen Namen wimmernd, gekommen war …

Meine Eier zogen sich zusammen, die Energie pulsierte in ihnen, und verdammt, ich war so kurz davor … Ich dachte an ihre feuchte Pussy und an den Moment, als ich nach Hause gekommen war und sie es sich selbst gemacht hatte, weil sie nicht auf mich warten wollte.

Dann kam ich. Ich explodierte in meiner Hand, pumpte Schub um Schub in meine Faust, während mein Herz raste, als hätte ich gerade ein Kardiotraining absolviert. Verdammt, ich war einfach noch nicht fit genug …

Doch in mir breitete sich nicht die erhoffte Erlösung aus. Ich war nach wie vor scharf und fühlte mich unbefriedigt. Dazu mischte sich ein ungewöhnlicher Frust, der mir verriet, dass ich mir die ganze Zeit schon etwas vormachte …

# 31

## Paulina

Kilians Nähe und Wärme zu spüren, als ich durch eine Bewegung wach wurde, tat gut. Und doch widerstand ich dem Drang, mich an ihn zu schmiegen und festzuhalten, ihn daran zu hindern, dass er das Bett verließ. Denn ich war nicht in der Position, das zu tun.

Er hatte mich verletzt, ich hatte ihm Grenzen gesetzt. Dass die gestern Abend verschwommen waren, war auch mein Fehler gewesen. Ich hätte mich nicht zu ihm aufs Bett setzen sollen, geschweige denn seiner Bitte nachkommen, mich zu ihm zu legen. Spätestens jedoch, als er die Decke gelüftet und mich darunter gebeten hatte, hätte ich einen Rückzieher machen sollen. Doch es hatte wahnsinnig gutgetan, diese Seite an ihm zu erleben. Zu sehen und zu spüren, wie er sich mir öffnete und vertraute. Dass er meinen Trost angenommen und Schwäche gezeigt hatte.

Dass er sich nun mitten in der Nacht ins Badezimmer schlich, sollte mich nicht weiter verwundern. Bestimmt musste er zur Toilette und würde gleich wieder zurückkommen. Denn wenn er bereuen würde, dass wir aneinander gekuschelt eingeschlafen waren, hätte er das Schlafzimmer nicht durch die Badezimmertür verlassen. Gut, er könnte anschließend vom Bad in den Flur verschwinden, doch ich wollte einfach mal abwarten, was passierte … Danach würde ich mich noch immer über meine

255

bescheuerten Gedanken ärgern können, die so widersprüchlich zu dem waren, wie ich mich ihm gegenüber verhielt. Denn, verdammt, ein kleiner Teil in mir hatte gehofft, er würde erneut versuchen, mir körperlich näher zu kommen. Doch das hatte ich mir gestern vermutlich selbst verbaut, als ich ihm überaus deutlich mitgeteilt hatte, dass ich ein Problem mit seiner Erektion hatte. Was zwar in dem Moment gestimmt hatte, aber jetzt, da ich wuschig aufgewacht war, hätte ich mich dafür in den Hintern beißen können.

Nun lag ich da und lauschte in die Dunkelheit, doch ich konnte kein Wasserrauschen oder ähnliche Toilettengeräusche hören – noch dazu, da die Tür nur angelehnt war. Ob er sie absichtlich nicht ganz geschlossen hatte oder ob er es nur nicht bemerkt hatte, wusste ich natürlich nicht. Aber je genauer ich hinhörte, was er da drinnen tat, umso mehr wurde mir bewusst, dass er nicht auf der Toilette war. Ein leises Klatschen war zu hören, untermalt von schneller Atmung und unterdrückten Stöhngeräuschen!

O Gott, Kilian war ins Bad gegangen, um es sich selbst zu machen …

Die Erkenntnis hätte mich vielleicht irritieren sollen, doch sie machte mich so unglaublich an. Er hatte neben mir gelegen, hatte mich gespürt und gehalten und hatte mir gestern bereits gestanden, wie scharf er immer noch auf mich war. Und ich würde mich schon schwer irren müssen, wenn er gerade *nicht* an mich dachte.

Hitze pulsierte in meinem Schoß, und für einen Augenblick überlegte ich, wie verwerflich es wäre, wenn ich es mir ebenfalls selbst besorgen würde. Hier und jetzt in seinem Bett. Was wäre, wenn er fertig wäre und zurückkommen würde, und ich wäre noch voll mit mir beschäftigt? Andererseits würde er mich nicht zum ersten Mal dabei überraschen.

Doch nun war es eine andere Situation. Es würde nie wieder

was zwischen uns laufen, das hatte ich ihm klargemacht. Aber das würde es auch nicht, denn es würde sich nur in meinem Kopf abspielen …

Und noch während ich diesen Gedanken hatte, schob ich meine Hand in meine Leggings und unter den Slip. Ich streichelte und rieb über meine Mitte, verstärkte dadurch nur das Sehnen in mir. Mit zwei Fingern tauchte ich in mich ein, rieb mich härter; biss mir auf die Lippe, um nicht laut zu sein, stellte mir vor, wie er sich gerade im Zimmer nebenan befriedigte. Wie er mich intensiv ansehen würde, wären wir jetzt im selben Raum. Wie er sich über mich stürzen und mir das T-Shirt nach oben schieben würde, um an meinen Brüsten zu saugen, während ich mich weiter befriedigte. Wie er in mich eintauchen, mir dabei zusehen würde, wie ich meine Erregung immer mehr auf die Spitze trieb. Ich dachte daran, wie gut es gewesen war, ihn in mir zu spüren. Wie perfekt sein Schwanz sich angefühlt hatte, wie geschickt seine Zunge, wie einfühlsam seine Finger gewesen waren …

Das Pulsieren in meinem Schoß stieg an, steigerte sich zu einem drängenden Ziehen, das sich in einem kraftvollen Höhepunkt entlud. Welle um Welle spülte über mich hinfort, brachte mein Herz zum Rasen und meine Lungen dazu, gierig Luft in sie hineinzusaugen.

Mir war heiß, doch ich wagte nicht, mich abzudecken. Blinzelnd richtete ich meine Aufmerksamkeit wieder auf das Badezimmer, versuchte, Puls und Atmung zu beruhigen. Hatte ich eben eine Bewegung in dem schmalen Spalt der Tür gesehen? Aber nein, meine Augen hatten mir sicher einen Streich gespielt, denn in dem Moment hörte ich Wasser rauschen.

Ich drehte mich weg von Kilians Seite und stellte mich wieder schlafend. Gleich darauf näherten sich Schritte. Kilian blieb stehen, jedoch kam er nicht ins Bett. Würde er sich in ein anderes Zimmer legen? Mist, hatte er doch mitbekommen, dass ich es mir gemacht hatte? Hegte er deshalb Zweifel? Verdammt, ich hätte es nicht tun sollen, aber andererseits hätte ich es unmöglich ausgehalten, ohne Druck abzubauen.

Doch dann gab die Matratze nach. Als er unter die Decke rutschte, hielt ich den Atem an. Er machte es sich in Löffelchenstellung hinter mir bequem, eine Hand auf meiner Hüfte, und mein Herz legte einen weiteren Sprint hin. Dennoch tat ich, als ob ich schlafen würde. Ich war gerade nicht bereit für irgendwelche Gespräche, geschweige denn für etwas, was darüber hinausging. Vielmehr wurde mir bewusst, dass ich erneut eine Grenze überschritten hatte. Ich hatte Kilian wieder in mein Herz gelassen, obwohl er dort nicht hingehörte. Klar, niemals hätte ich ihn alleinlassen können, als es ihm so schlecht gegangen war. Aber jetzt hatte er die schlimmste Zeit hinter sich, und es war wohl für uns beide am besten, wenn ich morgen meine Sachen packte und zurück in Tante Floris und meine Wohnung zog.

Auch wenn es mir schwerfiel, diese Entscheidung zu treffen, wusste ich, dass es die richtige war …


Als ich am nächsten Morgen wach wurde, war seine Seite leer. Ich lauschte, ob er wieder im Bad war, und Bilder der letzten Nacht schoben sich in mein Gedächtnis. Sofort stieg mir Hitze ins Gesicht und ich schlug beide Hände davor.

Gott, wenn ich so darüber nachdachte, hatte Kilian ganz sicher gestern an der Tür gestanden und mitbekommen, dass ich es mir selbst besorgt hatte. Keine Ahnung, wie ich ihm unter die Augen treten sollte … Wie er darauf reagieren würde, wenn ich ihm sagte, dass ich wieder nach Hause ziehen würde, nachdem ich mich heute um seinen Haushalt gekümmert hatte.

Ich stand auf, machte schnell das Bett und schlich dann zur Tür. Ich hörte Geräusche aus der Küche oder dem Wohnzimmer, doch wenn ich leise wäre, würde Kilian mich nicht auf dem

Weg ins Gästezimmer bemerken. Ich huschte den Flur entlang und tatsächlich kam ich von ihm ungesehen an. Im Schnellverfahren duschte ich und zog mir Jeans und einen Oversize-Pullover an – um so viel Haut wie möglich und meine Kurven zu verstecken.

Kilian saß in der Küche am Tresen, sein Handy in der Hand, eine Tasse Kaffee vor sich. Daneben stand ein kleiner Korb mit einem Tuch darüber, und ich fragte mich, was er darin verbarg.

»Guten Morgen. Ich hoffe, du hattest eine erholsame Nacht?« Dass er mich dabei eingehend musterte, entging mir natürlich nicht. Zielte er darauf ab, dass ich die kleine Wanderschaft meiner Hände ansprechen würde, während er im Bad nichts anderes gemacht hatte? Da konnte er lange warten.

»Ja, hervorragend. Du auch? Wie geht es dir? Hast du deine Medikamente schon genommen oder soll ich sie dir …«

»Gerade erledigt, danke. Ich fühle mich bereits viel fitter. Ich denke, dass ich ab Montag wieder zur Arbeit gehen kann.«

Ich nickte knapp. »Das ist gut, das freut mich.« Dann wäre es bestimmt kein Problem, wenn ich nach Hause ging. Oder?

»Möchtest du Kaffee und ein Frühstücksei? Ich hab gleich mehrere gemacht, weil ich dachte, du willst vielleicht mit mir frühstücken. Aber weil ich nicht wusste, wie lange du schläfst, und ich dich nicht wecken wollte, hab ich vorerst nur Eier gekocht. Ich habe jedoch Toast hier, also …« Er zeigte auf den Toaster hinter ihm, in dem vier Scheiben Toastbrot steckten, als hätte er nur darauf gewartet, den Knopf zu drücken.

»Gerne«, antwortete ich, meine Belustigung unterdrückend.

Während sich Kilian um Kaffee und Toast kümmerte, räumte ich Schinken, Käse, Erdnussbutter, Frischkäse und Honig auf den Tresen und wusch ein paar Cocktailtomaten für uns.

Was, zur Hölle, machte ich hier? Ihm ging es besser, ich wollte gehen … Warum klammerte ich mich an ihn, an die schöne Zeit, die wir gestern Abend gemeinsam geteilt hatten?

Hoffte, dass wir erneut ein so langes Gespräch über persönliche Dinge führen würden, in dem ich ihn noch näher kennenlernen würde … Das war doch nicht normal. War ich masochistisch veranlagt? Ich wusste immerhin genau, dass es umso mehr wehtun würde, wenn ich jetzt nicht endlich ging.

»Heute Abend kommen meine Eltern zu Besuch. Mom macht sich Sorgen und will nachsehen, ob es mir gut geht. Jedenfalls wollte ich dich fragen, ob du …«

Er machte nur eine kurze Pause, vielleicht nicht einmal einen halben Atemzug lang. Doch in dieser Zeit rasten so viele Gedanken durch meinen Kopf, dass mir schwindelig wurde.

… ob ich währenddessen verschwinden könnte?

… ob ich für ihn und seine Eltern kochen und mich *danach* verdünnisieren könnte?

… ob ich vorher noch alles ordentlich machen und bestenfalls mein Zeug aus seiner Wohnung räumen könnte?

… ob ich kochen und die drei bedienen könnte?

»Also ob du auch hierbleibst und mit uns isst. Mom hat angekündigt, dass sie Lasagne mitbringt, und wie ich sie kenne, werde ich mindestens eine halbe Woche davon essen können. Es ist somit auf jeden Fall genug da und … na ja, ich könnte mir vorstellen, dass meine Eltern neugierig auf die Frau sind, die sich so aufopferungsvoll um mich gekümmert hat.«

Völlig überrumpelt starrte ich ihn an. Das war definitiv *nicht*, was ich erwartet hatte.

»Du musst natürlich nicht, aber … ich würde mich freuen«, fügte er noch hinzu, als ich vor lauter Sprachlosigkeit nicht sofort reagierte.

»Als was würdest du mich ihnen vorstellen?«, brachte ich gepresst hervor. Ich musste wissen, welchen Status ich bei ihm hatte. Nicht, weil es einen Unterschied machte, ich würde seine Eltern wirklich gern kennenlernen. Aber für mich war es wichtig, zu erfahren, ob er mich als seine Haushälterin vorstellen wollte. Oder als eine Bekannte, eine Freundin oder – was nicht passieren würde, was ich ihm nicht zutrauen und ich auch nicht erwarten würde – als *seine* Freundin.

Kilian schaute mich an, und ich konnte sehen, wie es in seinem Kopf ratterte. Bestimmt dachte er, es wäre eine Fangfrage oder dass ich ihn damit in die Enge treiben wollte, denn zwischen seinen Augenbrauen bildete sich eine Furche.

»Ich muss wissen, ob ich für sie deine Haushälterin sein soll, Kil. Oder bin ich einfach Paulina, die Frau, die sich um dich gekümmert hat, als es dir schlecht ging?«

Die Falte verschwand und etwas wie ein Lächeln kräuselte sich um seine Mundwinkel. »Du bist Paulina.«

Das genügte mir. »Dann bleibe ich sehr gerne«, antwortete ich und ignorierte das blöde Bauchgefühl, das mir etwas anderes zuschreien wollte. Dass es falsch war, dass er mir wehtun könnte, dass ich *jetzt* noch gehen könnte. Dass ich meine Hoffnungen begraben sollte, doch ich war machtlos gegen das beflügelnde Gefühl, das trotz allem in mir aufstieg.

Weil ich verrückt nach ihm und ihm hoffnungslos verfallen war …

Wenig später saß ich neben Kilian am Frühstückstresen und nippte am Kaffee, während ich noch mehr über ihn zu erfahren versuchte. »Wohin würdest du gerne mal reisen, wenn Geld keine Rolle spielt?«

Kilian biss bei seinem Toast ab, auf den er Frischkäse gestrichen und etwas Honig darüber geträufelt hatte. »Das mag jetzt vielleicht überheblich klingen, aber es scheitert nicht am Geld, sondern an der Zeit. Für die meisten Urlaube, die ich gerne machen würde, müsste ich zwei bis drei Wochen von der Arbeit fernbleiben.«

»Ah, stimmt, das geht ja nicht, weil du der Boss bist«, zog ich ihn zwinkernd auf.

»Das auch, und ich wüsste nicht, ob ich so lange ohne Arbeit leben kann. Ob ich mich entspannen könnte, wenn ich wüsste, ich müsste Logan, Adrian und Mason die Kontrolle überlassen.«

»Also bist du gerade nervös, weil du krankheitsbedingt eine gute Woche vom Büro wegbleibst?«

Kilian versteckte sein Schmunzeln hinter dem Toast, doch ich konnte es natürlich trotzdem sehen. »Du ahnst nicht, wie sehr.«

»Dir geht es aber schon wirklich wieder gut, oder? Ich will nicht, dass du am Montag zur Arbeit gehst und nicht fit bist.«

»Keine Sorge, bis dahin bin ich ganz der Alte. Ich hab ja noch das volle Wochenende.«

Ich nickte. »Und deine Antwort ist …?«

Einen Moment sah Kilian mich fragend an, bis er wissend nickte. »Ich würde gerne mal nach Europa reisen. Quer durch sozusagen. Portugal, Spanien, Frankreich, die Schweiz, Deutschland, Österreich, Ungarn, Italien … Also schon allein für diese Reise bräuchte ich mehr Urlaub, als ich in den letzten Jahren hatte.« Er lachte.

»Du könntest ja jedes Jahr ein anderes Land bereisen. Oder alle sechs Monate.«

Amüsiert trank er einen Schluck. »Das wäre tatsächlich eine Idee, ja. Wobei ich bisher noch niemanden gefunden hab, der mich begleiten würde. Wenn, dann will ich meine Erlebnisse auf den Reisen ja auch mit jemandem teilen können.«

»Also ich wäre sofort dabei«, sagte ich, ohne lange zu zögern.

Kilians Blick war intensiv, und ich wusste nicht, ob ich mit meiner Antwort nicht weit über das Ziel hinausgeschossen war. Erneut hob er die Tasse zum Mund und fragte dann: »Wohin würdest du gerne reisen wollen?«

Ob es ein geschicktes Ablenkungsmanöver war oder ob es ihn wirklich interessierte, wusste ich nicht. Doch es funktionierte. »Europa wäre auf jeden Fall großartig, mich würden jedoch mehr die nördlichen Länder interessieren. Schweden, Finnland, Norwegen. Island. Mein Gott, hast du schon mal Fotos von dort gesehen? Bestimmt hast du das, aber … wow! Die Natur, die Nordlichter, die heißen Quellen … Das sieht aus, als wäre die Insel eine einzige Märchenwelt. Ich bin mir sicher, dort wurden schon Feen und Einhörner gesichtet.«

Kilian schaute mich kurz an, als hätte ich sie nicht mehr alle, bis er herzlich lachte. »Okay, stimmt. Vielleicht hast du damit sogar recht.«

Dass er darauf so einging, obwohl uns beiden klar war, dass es natürlich Blödsinn war, gefiel mir.

»Oh, und ich würde wahnsinnig gerne mal auf die Malediven reisen. Oder Hawaii sehen. Oder Neuseeland erkunden …« Ein schweres Seufzen löste sich aus meiner Brust und ich blickte sehnsuchtsvoll in die Ferne. »Diese Wünsche sind mit ein Grund, weshalb ich unbedingt mal viel Geld verdienen will. Weil ich mir die Welt ansehen möchte, ich was erleben will, bevor ich irgendwann alt und runzelig bin und meine Tochter vorbeikommen muss, um mich nach einem Oberschenkelbruch zu pflegen.«

»Wie geht es deiner Grandma?«, erkundigte er sich.

»Gut. Sie ist auf dem Weg der Besserung, und Tante Flori meinte, sie würde kurz nach dem Jahreswechsel wieder hier sein.«

»Eventuell sollte ich sie anrufen und fragen, wie es ihr geht und wann sie wiederkommt?«

Mein Mund klappte auf. »Kannst du gerne machen, darüber freut sie sich sicher. Aber pass auf, dass du dich nicht wegen uns verplapperst. Könnte sein, dass uns beiden dann eine Standpauke droht, wenn sie es von dir und nicht von mir erfährt.«

»Keine Sorge, ich fürchte mich nicht vor deiner Tante. Sie mag vielleicht temperamentvoll sein, aber im Grunde hat sie ein gutes Herz. Und wenn sie erfährt, dass du dich um mich gekümmert hast, ist sie bestimmt gleich besänftigt.«

Ich schenkte ihm einen Blick, der ihm verdeutlichen sollte,

wie fragwürdig ich seine Theorie hielt. »Glaub mir, sie ist nicht dumm. Garantiert kommt sie dahinter, dass zwischen uns was gelaufen ist, wenn du nur ein falsches Wort sagst.«

Kilian zuckte mit den Schultern. »Und? Würde dich das stören?«

Verlegen senkte ich den Kopf. »Ich … keine Ahnung. Es wäre seltsam, immerhin arbeitet sie für dich und würde dann vielleicht jedes Mal daran denken, wenn sie hier ist und dein Bett macht.«

»Dabei haben wir es dort gar nicht so oft getrieben wie in der Küche, auf der Couch, unter der Dusche oder auf dem Teppichboden«, sagte er und wackelte mit den Augenbrauen.

Und mir schoss sofort wieder die Hitze in den Kopf, weil ich natürlich augenblicklich die Bilder von uns beiden vor Augen hatte. Außerdem musste ich an gestern Nacht denken. Daran, dass wir immer noch scharf aufeinander waren, daran, dass Kilian keinen Hehl daraus machte, wie sehr er mich nach wie vor begehrte …

# 32

## Kilian

Fuck, warum musste ich immer wieder das Thema zurück auf unseren Sex lenken? Ich konnte ihr ansehen, wie unwohl sie sich gerade fühlte – und doch wusste ich, dass sie mich genauso wollte wie ich sie.

Verdammt, ich würde wohl nie vergessen, wie sie heute Nacht in meinem Bett gelegen und es sich selbst gemacht hatte, während ich im Bad gewichst hatte. Ich hatte sie versehentlich geweckt und so aufgeheizt, dass sie die Finger nicht von sich lassen konnte.

Wie ein notgeiler Teenie hatte ich an der Badezimmertür gestanden, in die Dunkelheit hinein gelauscht und die wenigen Bewegungen von ihr gesehen. Wie sie die Beine unter der Decke angewinkelt hatte, wie sie den Kopf hin und her gedreht hatte. Vor allem aber konnte ich ihr leises Keuchen und Stöhnen nicht mehr vergessen und den Duft, den sie unter der Decke verströmt hatte. Er hatte mich noch lange wach liegen lassen, als ich zurück zu ihr gekommen war. Tatsächlich hatte ich überlegt, mich ins Büro oder auf die Couch zu legen – aber der Egoist in mir hatte gewonnen. Ich *wollte* bei ihr sein, wollte ihre Nähe auskosten. Einfach um noch einmal ihren zarten Körper an meinem zu spüren, wollte ich lieber so tun, als wären wir heute Nacht nicht beide wach gewesen und hätten jeder für sich unserem Höhepunkt hinterhergejagt.

Dass ich ein Arschloch war, wusste ich, aber gerade trieb ich es auf eine neue Spitze. Ja, sie mochte mich, und obwohl ich mich nicht auf mehr einlassen würde, hielt ich sie durch die Essenseinladung bei mir. Tief in mir drin war nämlich die Vermutung aufgekommen, dass sie ihre Sachen packen wollte, um wieder zurück nach Hause zu gehen. Was ihr jederzeit zustand, aber ich *konnte* sie nicht gehen lassen. Ich mochte es, sie um mich zu haben, und ich genoss, dass sie für mich da war. Selbst jetzt wünschte ich mir, dass das Frühstück noch ewig dauern würde, obwohl sie angekündigt hatte, dass sie eine Vorlesung hätte und überlegte, ob sie diese zur Abwechslung wieder besuchen sollte.

»Mir geht es schon so viel besser, ich kann auch ein paar Stunden allein bleiben.« Zwinkernd versuchte ich, die Situation noch etwas abzumildern. Nicht, dass sie dachte, ich würde sie gar nicht gehen lassen wollen.

»Okay, ich verspreche, ich bin am späten Nachmittag wieder da.« Sie aß ihr Ei und leckte den Löffel ab.

*Gottverdammt!*

Ich riss mich zusammen und vertrieb die schmutzigen Bilder aus meinem Kopf, die dort zu entstehen drohten. »Kein Stress. Ich glaube, ich werde mich heute per Videotelefonie ins Meeting einklinken, um mal zu erfahren, was ich in den letzten Tagen auf der Arbeit verpasst habe.« Das wollte ich wirklich, ich war richtiggehend aufgekratzt deswegen und brannte darauf, von Mason, Logan und Adrian auf den neuesten Stand gebracht zu werden.

»Um wie viel Uhr kommen deine Eltern? Soll ich von unterwegs noch was mitbringen?«

»Nur dich.« Ich Idiot zwinkerte ihr flirtend zu, doch ihrem Blick nach zu urteilen, war es die falsche Antwort, weshalb ich mich verlegen räusperte. »Meine Eltern haben bestimmt auch Kuchen oder so mit, also nein, danke. Ich denke, wir haben alles hier.«

*Wir.* Als würde ich mit Paulina zusammenwohnen …

»Okay, dann suche ich mal meine Lernunterlagen raus. Lass das Frühstück stehen, ich räume auf, bevor ich gehe.«

Darauf erwiderte ich nichts, denn ich würde hier sicher nicht alles stehen und liegen lassen. Ja, ich hatte eine Haushälterin, aber nicht, um mir hinterherzuräumen, sondern um die Dinge zu erledigen, für die ich normalerweise keine Zeit hatte. Davon hatte ich jedoch gerade massig …

Als Paulina wenig später mit einem Rucksack auf dem Rücken aus dem Gästezimmer trat und bemerkte, dass ich aufgeräumt hatte, kam sie unschlüssig auf mich zu. »Danke fürs Aufräumen.« Sie sah sich in der aufgeräumten Küche um.

Ich ging auf sie zu und sah zu ihr hinab, sodass sie den Kopf in den Nacken legen musste. »Dafür brauchst du dich nicht zu bedanken, Paulina. Es ist meine Wohnung, und ich bin so weit fit, dass ich in der Nacht aufstehen kann, um …«

Ihre Augen weiteten sich und sofort färbten sich ihre Wangen rot.

»Ich kann unser Frühstück selbst wegräumen, weil ich das auch tun würde, wenn ich gesund bin.«

»Was du aber noch nicht bist«, murmelte sie, den Blick auf meinen Mund gerichtet.

»Fit genug, um es …«

Ihr Zeigefinger landete auf meinen Lippen und machte mich so perplex, dass ich die restlichen Worte verschluckte, die definitiv noch mehr Hitze in ihr Gesicht getrieben hätten.

Aber fuck, sie hatte recht, ich vergaß mich schon wieder …

»Ich muss jetzt gehen, Kil.«

»Bis später«, sagte ich und ließ es wie eine Frage klingen. Denn nach meinem riskanten Spiel von eben war ich mir gerade nicht mehr sicher, ob sie nach ihren Kursen tatsächlich noch einmal herkommen würde.

»Ja, bis dann …«

Sie sah mir tief in die Augen, bevor sie sich umdrehte und durch die Tür verschwand.

Knapp eine Stunde später saß ich geduscht und mit Hemd und Sakko vor dem Laptop in meinem Büro in der Wohnung. Dass ich nur eine Jogginghose anhatte, würden die Jungs nicht erfahren, und selbst wenn, war es mir egal.

Ich wählte mich über den Link ein, den sie mir geschickt hatten, und gleich darauf sah ich die drei im Konferenzraum von *Cunningham Solutions Inc.* sitzen, den unsere Assistentinnen auf dezente Weise mit ein paar großen glitzernden Schneeflocken an den Wänden weihnachtlich geschmückt hatten. Sie unterhielten sich und hatten noch nicht bemerkt, dass ich bereits live war.

»… ich wäre auch fürs *Tony's*«, meinte Logan in dem Moment, woraufhin Adrian das Telefon nahm und »Komm kurz« in den Hörer sagte.

»Ah, hi, Kil, du bist schon da. Wie geht es dir?« Masons Gesicht wurde größer, als er sich vorbeugte und in die Kamera winkte.

»Es wird. Ab Montag habt ihr mich voraussichtlich wieder an der Backe.«

»Sehr gut!« Mason zeigte mit dem Daumen nach oben, dann sah ich, wie Harper, Adrians Assistentin und Freundin, den Besprechungsraum betrat.

Ihr Bauch war bereits sichtlich gerundet und beide waren schon jetzt in absoluter Vorfreude auf die Geburt ihres Kindes im April.

»Hey, Kilian, wie geht es dir? Du siehst immer noch ziemlich mitgenommen aus.« Harper beugte sich vor, um besser auf den Bildschirm sehen zu können. Dass Adrian dabei seine Hand auf ihren Hintern legte, entging mir nicht. Gott, die beiden konnten nach wie vor nicht die Finger voneinander lassen!

»Ich schone mich noch ein paar Tage und bin ab kommender Woche wieder da.«

»Sehr gut, das freut mich. Also … was kann ich für euch tun?« Sie schaute dabei nur Adrian an, was mich amüsierte.

»Reservierst du einen Tisch für vier … nein, für drei im *Tony's Di Napoli*? Sorry, Kil«, wandte er sich ob seines Versprechers an mich.

»Schon gut.«

Harper nickte. »Soll ich auch gleich für euch bestellen?« An stressigen Tagen orderten wir bereits vom Büro aus, was wir essen wollten, um Zeit zu sparen.

»Heute nicht. Danke.« Adrian küsste noch schnell ihren Bauch, bevor sie mit rosa gefärbten Wangen und einem glücklichen Lächeln den Raum verließ.

»Süß«, sagte ich trocken, was den zukünftigen Vater zum Grinsen brachte.

»Ja, oder? Und ich Glückspilz darf jede Nacht neben ihr schlafen und ihren Bauch streicheln. Ah … apropos bei ihr schlafen … Wie ich gehört habe, hattest du auch jemanden, der die letzten Nächte dein Bett gewärmt hat.« Er wackelte vielsagend mit den Augenbrauen.

Sofort schoss mein Blick zu meinem Bruder. »Du bist schlimmer als so manches Tratschweib, Logan, wirklich …« Ich schnaubte. »Und auch wenn es euch nichts angeht, ja, meine Haushälterin war beziehungsweise ist bei mir in der Wohnung und hat sich um mich gekümmert, damit ich am Montag wieder zur Arbeit kommen kann.«

Das schmutzige Grinsen der drei ignorierte ich geflissentlich.

»Haushälterin und Krankenschwester in einem. Geil!« Mason machte eine eindeutige Geste mit seiner Hand vor dem Gesicht, was mich dazu veranlasste, den Mittelfinger in die Kamera zu halten.

»Hey, sie ist nett und witzig und hilfsbereit. Und sie sieht verdammt scharf aus, also …«, begann Logan sie zu verteidigen, doch ich fiel ihm gleich ins Wort.

»Du lässt gefälligst die Finger von ihr, ist das klar?« Wut kochte in mir hoch. Dass sich die beiden in der kurzen Zeit offensichtlich besser verstanden hatten als angenommen, nervte. Andererseits war ich mir sicher, dass er mich nur aufzog und aus der Reserve locken wollte. Denn erstens war es ein rein informelles Gespräch gewesen, wie ich vom Bett aus gehört hatte. Zweitens würde ich das gute Verhältnis zwischen Logan und mir ignorieren und den alten Konkurrenzkampf aufleben lassen, wenn es um Paulina ging. Dass ich den vermutlich verlieren würde nach dem, wie ich mich ihr gegenüber verhalten hatte, schob ich in den hintersten Winkel meiner Gedanken. Davon wollte ich gerade nichts hören.

Logan amüsierte sich über meinen kleinen Ausbruch und Adrian und Mason warfen sich vielsagende Blicke zu.

»Können wir jetzt endlich mit dem Meeting anfangen? Ich bin nach wie vor nicht fit und will eigentlich wieder zurück ins Bett – allein! Paulina ist nicht hier, sie ist in einer Vorlesung auf der Columbia«, fügte ich an, als die drei erneut sexuelle Andeutungen fallen ließen.

Was für elendige Kindsköpfe!

Endlich begann Logan, die Liste der aktuellen Wochenthemen anzusprechen, und zum Glück dauerte es nicht einmal eine Minute, ehe die drei diese Sache vergessen hatten und die Ernsthaftigkeit in ihren Gesichtern zurückgekehrt war.


Tatsächlich musste ich mich nach dem Meeting aufs Ohr legen. Ich war wirklich geschafft. Mich eineinhalb Stunden aufmerksam der Arbeit zu widmen, hatte mich ziemlich ausgelaugt und viel Kraft gekostet.

Ich hatte mir einen Wecker gestellt, damit ich noch Zeit hätte, mich wieder in Klamotten zu werfen und eventuelle Kissenabdrücke aus dem Gesicht zu bekommen, bis Mom und Dad hier sein würden.

Der Alarm hatte vor vielleicht fünf Minuten geklingelt, und ich scrollte mich gerade auf dem Handy durch die E-Mails, als eine Nachricht einging.

*Beverly: Hi Kilian, vermutlich möchtest du nach dem letzten Mal nichts mehr mit mir zu tun haben, was ich nach unserem Streit total verstehen könnte. Aber wir sind doch erwachsen und können über den Dingen stehen, oder? Nun, ich wollte dir sagen, dass du mir nicht aus dem Kopf gehst. Vielleicht liegt es daran, dass ich so um dich kämpfen muss, ich weiß es nicht. Jedenfalls wollte ich dich fragen, ob du nicht Lust hättest, am Wochenende mit mir auszugehen oder einfach nur Zeit mit mir zu verbringen. Eventuell bei einem Film und gutem Essen bei mir zu Hause – oder ich komme zu dir und ... wir reden noch einmal über alles. Ich denke, wir sollten uns zumindest eine Chance geben, es zu versuchen, findest du nicht? Kuss – Beverly.*

Sprachlos starrte ich auf die Nachricht.

Las sie ein zweites Mal.

Legte das Handy weg, nur um es gleich darauf wieder zur Hand zu nehmen.

Dann schrieb ich eine Antwort, wollte sie löschen, entschied mich jedoch schließlich dazu, sie abzuschicken.

Dass mir Beverly heute noch einmal geschrieben hatte, hatte mir die Augen geöffnet. Und auch wenn diese eine Nachricht von mir vielleicht meine Zukunft verändern würde, spürte ich tief in mir, dass es die richtige Entscheidung war. Mit einem Mal fühlte ich eine Leichtigkeit in mir, die mich lächeln ließ. Denn verdammt, es war doch alles so klar, wenn man endlich den Weg sah, den man gehen wollte.

Ein Klicken an der Wohnungstür riss mich aus meinen

Überlegungen. Ich richtete mich auf und lauschte in den Flur. »Hallo?«

»Hi, Kilian, wie geht es dir?« Paulina steckte ihren Kopf durch die Tür. Sie trug eine Mütze und ihre dicke Jacke, ihre Wangen waren von der Kälte gerötet.

»Besser. Ich hab gerade geschlafen.«

»O nein, hab ich dich geweckt? Das tut mir leid.«

»Nein, alles gut. Ich war schon wach und wollte eben aufstehen, um mich umzuziehen, bevor meine Eltern kommen.« Mein schlechtes Gewissen nagte an mir, als ich an die Nachricht dachte, die ich soeben an Beverly geschickt hatte.

Paulina biss sich auf die Unterlippe. »Ehrlich gesagt bin ich etwas nervös. Ich weiß nicht, wie ich mich ihnen gegenüber verhalten soll.«

Ich hievte mich aus dem Bett und ging auf sie zu. Mir war bewusst, dass ihr Blick über meinen freien Oberkörper und die Shorts glitt, aber hey, sie hatte mich schon nackt gesehen. Warum sollte ich mich also genieren?

Knapp vor ihr blieb ich stehen und wartete, bis sie mir in die Augen schaute. »Sei einfach du selbst, Paulina. Mach dir nicht zu große Gedanken, hier geht es um keine Bewertung oder so. Die beiden wollen nur die Frau kennenlernen, die für mich alles hat liegen und stehen lassen und hier eingezogen ist, um sich um mich zu kümmern, als ich es nicht konnte. Und als sie es nicht konnten, weil Dad ebenfalls nicht gesund war und Mom bei ihm bleiben wollte.«

Unschlüssig kaute sie auf ihrer Unterlippe und lenkte meinen Blick dorthin. »Okay, ich … bin trotzdem nervös.« Sie lachte kurz auf. »Ich bringe mal meine Sachen zurück ins Zimmer und mache mich frisch. Wie lange habe ich noch Zeit?«

Ich warf einen Blick auf meine Armbanduhr. »Eine halbe Stunde.«

Sie nickte. »Dann bis gleich. Du solltest dir auch was anziehen, bevor sie falsche Schlüsse ziehen.« Ein letztes Mal betrachtete sie meinen nackten Oberkörper, ehe sie sich abwandte und im Gästezimmer verschwand.

Ich saß im Wohnzimmer auf der Couch und blätterte durch eine Zeitschrift, als es klingelte. Paulina lehnte am Küchentresen. Sie war über eines ihrer Lehrbücher gebeugt, in dem ich sie in den letzten Tagen ein paarmal hatte lesen sehen, wenn ich es doch mal aus dem Bett geschafft hatte.

»Ich geh schon«, sagte ich, weil sie ihre Augen weit aufgerissen hatte und mich nervös anschaute.

Der Portier kündigte den Besuch an, und als ich meinen Eltern gleich darauf die Tür öffnete, musste ich mir ein Schnauben verkneifen. Logan folgte den beiden grinsend und ich verdrehte die Augen. Hätte ich mir eigentlich denken können, dass er die Gelegenheit nicht verpassen wollte, Paulina näher kennenzulernen.

Ich begrüßte sie, nahm Dad die Lasagne ab und führte die drei schließlich in den Wohnbereich, wo ich die große Schüssel mit dem Essen auf dem Tresen in der Küche abstellte.

»Mom, Dad, darf ich euch Paulina vorstellen? Paulina, das sind meine Eltern Elizabeth und Keith Cunningham. Meinen Bruder Logan kennst du ja bereits.«

»Freut mich sehr.« Mit einem freundlichen Lächeln auf den Lippen schüttelte sie meinen Eltern die Hand, anschließend begrüßte sie Logan, bei dem mir nicht entging, dass er ihr zuzwinkerte.

»Habt ihr schon Hunger? Dann wärme ich die Lasagne. Zwanzig Minuten müssten genügen«, meinte Mom und ging bereits auf den Ofen zu.

»Essen klingt gut.« Paulina öffnete für meine Mutter den Backofen, die die Auflaufform hineinstellte und ihn einschaltete.

Ganz automatisch bediente sich Paulina an dem Schrank mit den Tellern und nahm fünf Stück heraus, die sie zum Esstisch trug und ihn zu decken begann. Mom hatte bereits die Bestecklade entdeckt und nahm noch Servietten mit, die sie ebenfalls zum Tisch brachte.

Dad, Logan und ich beobachteten das Schauspiel amüsiert.

»Nun gut, was wollt ihr trinken? Ich hab Wein hier und Wasser. Eine Flasche *Dom Pérignon* und Orangensaft. Eine Cola müsste auch noch hier sein.« Ich öffnete den Kühlschrank, um nachzusehen. »Oder möchte wer Kaffee?«

»Kaffee, bitte«, sagten Logan und Dad aus einem Mund.

»Mom?«

»Bitte? Ach … ein Wasser genügt.«

»Ich mach das schon, setz dich!« Paulina war sofort an meiner Seite und übernahm in der Küche.

»Es ist mein Zuhause«, raunte ich ihr zu, »ich weiß, wo die Sachen sind.«

»Du bist immer noch krank. Ruh dich aus und geh zu deiner Familie.« Auch ihre Stimme war nur ein Flüstern, als sie mich mit einer Geste mit dem Kopf verscheuchte.

Normalerweise würde ich mich durchsetzen, aber ich war noch zu müde und zu geschafft. Also überließ ich ihr das Feld und gesellte mich zu Logan, während Dad auf der Couch Platz nahm und Mom Paulina zu Hilfe kam. »Was für ein Zufall, dass du auch hier bist«, murmelte ich und bedeutete meinem Bruder mit ausgestreckter Hand, mich ins Wohnzimmer zu begleiten.

»Hey, du weißt, bei der Lasagne nach dem uralten Familienrezept kann ich nicht Nein sagen.«

»Mom hätte dir bestimmt ein Stück zu Hause gelassen.«

»Ich wollte dich aber sehen, Bruder. Immerhin mache ich mir Sorgen um dich.«

Dass er seine Worte nur zur Hälfte ernst meinte, konnte ich deutlich hören. Jedoch widerstand ich dem Verlangen, ihm einen Klaps zu verpassen, und setzte mich gegenüber von Dad auf die Couch.

Aus der Küche vernahm ich das laute Geräusch des Mahlwerks, und als ich zu Paulina sah, bemerkte ich, dass Mom ihr etwas zuraunte, was beide zu amüsieren schien.

Mein Herz klopfte kräftig in meiner Brust, und mir war klar, dass das rein gar nichts mit meiner Erkältung und einer eventuellen Überanstrengung zu tun hatte.

Die Lasagne duftete herrlich und hatte diese perfekte goldbraune knusprige Käseschicht bekommen. Mom hatte sie in gleich große Teile geschnitten und belud gerade als Letztes ihren Teller.

»Das Essen sieht unglaublich lecker aus«, sagte Paulina. Ihre Augen leuchteten dabei.

Mom lächelte ihr dankbar zu. »Dieses Rezept ist von meiner italienischen Großmutter. Leider ist es auch das Einzige, was ich von ihr geerbt habe.«

»Und deine Kochkünste, Schatz«, meinte Dad und zwinkerte ihr zu.

»Ich meinte das auf die Rezepte bezogen, Keith, aber danke. Und jetzt fangt an zu essen, bevor alles kalt wird.«

Mein Blick lag auf Paulina, die genüsslich seufzte, als sie den ersten Bissen probierte. »Mein Gott, dieses Essen ist ein Gedicht«, sagte sie mit halb vollem Mund, hielt sich dann die Hand davor und murmelte eine Entschuldigung, vermutlich, weil es ihr unangenehm war, dass sie so impulsiv ihre Meinung zur Lasagne kundgetan hat.

Mom strahlte über das ganze Gesicht. »Ja, oder?«

»Ja! Diese Gewürzkombination ist …« Schnell nahm Paulina einen weiteren Bissen. »Boah. Mister Cunningham, mit Ihrer Ehefrau, die so gut kochen kann, sind Sie echt gesegnet.«

Wir alle lachten, und in dem Moment wurde mir klar, dass meine Eltern sie bereits ins Herz geschlossen hatten.

# 33

## Paulina

Gott, Kilians Eltern waren großartig! Seine Mom hatte mir noch in der Küche gesagt, wie hübsch sie mich fand und wie dankbar sie war, dass ich mich um Kilian gekümmert hatte. Und sein Dad hatte während des Essens angefangen, lustige Anekdoten aus der Kindheit und Jugend ihrer beiden Söhne zu erzählen.

Zum Beispiel, als die zwei Jungs eine Wasserschlacht in ihrem Garten begonnen und diese schließlich bis auf das Haus erweitert hatten und überall das Wasser stand. Oder als sie ihre Eltern überraschen wollten, indem sie ihnen zum Hochzeitstag ein Essen kochten und einen Kuchen backten. Die Küche sah danach wohl aus, als wäre der Kühlschrank inklusive Vorratsschrank explodiert. »Du kannst dir nicht vorstellen, wie übel es war, Paulina. Überall pappten Lebensmittel! In jeder Ritze war Mehlstaub, der Boden klebte von Zucker und Honig, Gemüseschnipsel lagen an Stellen verstreut, wo Elizabeth und ich heute noch rätseln, wie die dorthin gekommen sind. Wir mussten die Fugen hinter der Arbeitsfläche übermalen, beziehungsweise zum Teil neu verfugen, weil dort Soßenspritzer waren, die wir nicht wegbekommen haben. Eier lagen auf dem Boden, und sogar eine Dose Cola war verschüttet worden.«

»Es war ein Desaster! Wir durften die Küche nicht betreten, mussten im Esszimmer warten und uns bedienen lassen.

Verdächtig waren nur die Spuren, die die zwei auf ihrer Kleidung und auf dem Teppich hinterlassen hatten«, ergänzte Elizabeth.

»Herrje, wie alt wart ihr damals?« Ich versuchte mir die beiden als vielleicht vier- und sechsjährige Jungs vorzustellen, wie sie ihren Eltern eine Freude machen wollten.

»Dreizehn und fünfzehn.« Elizabeth lachte.

»Hey, wir hatten nun mal diverse Meinungsverschiedenheiten während der Zubereitung.« Logan fuhr sich lässig durch die Haare, als wäre nichts dabei, die Küche in ein Schlachtfeld zu verwandeln.

»Du hast dich auch nicht an meine Anweisungen gehalten«, konterte Kilian trocken.

»Ja, weil in den Rezepten etwas ganz anderes gestanden hat.« Logan sah ihn scharf an, als würde er seinem großen Bruder das noch immer übel nehmen. »Du hast einfach bei allem einen eigenen Kopf und ignorierst selbst simple Vorgaben wie Koch- und Backanleitungen.«

»Ich durchdenke die Dinge eben, und wenn ich sie für verbesserungswürdig halte, dann ändere ich sie nach meiner Vorstellung ab.« Kilian erklärte das völlig entspannt, als würden ihn die Vorwürfe seines Bruders in keiner Weise tangieren.

»Ein Wunder, dass ihr zwei gemeinsam ein Unternehmen führen könnt, ohne euch ständig die Köpfe einzuschlagen«, meinte Keith schmunzelnd, und Elizabeth stimmte ihm zu.

»Das funktioniert auch nur deshalb, weil ich die Klappe halte, wenn Kil die finalen Entscheidungen trifft. Sollten sie sich als falsch herausstellen, fallen sie ihm auf den Kopf und nicht mir.« Logan zuckte gleichgültig mit den Schultern. »Das hab ich aus meiner Kindheit gelernt und handhabe es noch heute so.«

»Und ich hatte bisher immer recht mit allem, oder nicht?«

»Naaah«, machte Logan und wackelte vage mit seiner Hand. »Sagen wir, meistens.«

Kilian zeigte drohend mit dem Zeigefinger auf ihn, sagte aber nichts.

Ein Lachen drückte sich in mir hoch, weil es einfach zu köstlich war, die beiden zu beobachten. »Gott, was würde ich dafür geben, Geschwister zu haben.«

»Sei froh, dass du keine hast«, brummte Logan missmutig, was alle anderen amüsierte, bis sich auch bei ihm endlich ein Schmunzeln auf die Lippen schob.

Es war noch echt gemütlich in der Runde und Kilians Eltern waren mir schon in der kurzen Zeit sehr ans Herz gewachsen. Ich mochte Keiths Humor und Elizabeths Ruhe, mit der sie über alles schmunzelte, was ihre drei Männer so von sich gaben.

Kilian hatte mich weder zur Haushälterin degradiert noch hatte er unsere Beziehung in irgendeiner Art und Weise thematisiert. Mir fiel nur auf, dass Logan mich immer wieder musterte und ein wissendes Lächeln auf seinen Lippen lag. Was genau das zu bedeuten hatte, verstand ich nicht. Wusste er mehr als Kilian und ich, oder wartete er seine Chance ab, um sich an mich ranzumachen? Da hatte der Jüngere der beiden Cunningham-Geschwister Pech. Logan war lustig und süß und sah auch gut aus – aber er blieb nach wie vor Kilians kleiner Bruder. Er kam nicht gegen ihn an. Kilian war ein *Mann*. Und was für einer …

Immer wieder ertappte ich mich dabei, wie ich ihn beobachtete, wenn er erzählte. Wie mein Blick an seinen Lippen haftete, wie ich die Melodie seiner tiefen Stimme genoss. Wie ich mich danach sehnte, ihn zu berühren – was aber schlichtweg nicht mehr passieren würde.

Als ich hier saß, wurde mir klar, wie ein Leben an seiner Seite sein könnte. Wie es hätte werden können, wenn er sich nur ein bisschen geöffnet hätte. Wenn er zugelassen hätte, dass mehr zwischen uns entstand. Aber bis zuletzt hatte er abgeblockt, und auch wenn er letzte Nacht Nähe zugelassen und mich für heute gefragt hatte, dabei zu sein, unterdrückte ich den Wunsch, mir neue Hoffnungen zu machen.

Erst als Kilian mehrfach verhalten gähnte, kamen die drei in Aufbruchstimmung.

»Tut mir leid, du bist müde und möchtest bestimmt ins Bett.« Elizabeth stand auf und räumte die Trinkgläser in die Küche. »Wir telefonieren die Tage mal, schone dich noch. Und danke, Paulina, dass du für meinen Sohn da warst, als ich es nicht konnte.«

»Das hab ich wirklich gern gemacht«, sagte ich und spürte dabei Kilians Blick auf mir.

Die drei verabschiedeten sich von uns, und nachdem Kilian die Tür hinter ihnen geschlossen hatte, ging ich noch in die Küche, um die letzten Gläser in die Spülmaschine zu räumen und den Tisch abzuwischen.

Doch als ich den Geschirrspüler schloss, stand Kilian neben mir. Er packte mich an den Handgelenken und drehte mich sanft zu ihm. »Paulina«, murmelte er und schaute mich eindringlich an.

Ich blickte in seine tiefblauen Augen und augenblicklich beschleunigte sich mein Herzschlag. Es lag etwas Flehendes in ihnen.

»Ich habe so das Gefühl, dass du gehen willst«, begann er und ich nickte zögernd. Er seufzte. »Das habe ich befürchtet, aber … Ich möchte, dass du bleibst. Bitte.«

»Wie meinst du das?« Was genau meinte er mit *bleiben*? Heute Nacht oder … für immer?

Er kam noch näher, berührte beinahe meine Lippen, als er sagte: »Bleib diese Nacht bei mir. Schlafe bei mir. Schlafe *mit* mir. Ich brauche dich.«

Er wollte mich in seinem Bett haben. Wollte Sex mit mir, aber … verdammt, es war jedes Mal schön mit ihm gewesen.

Und er hatte nicht gesagt, dass er mit mir vögeln wollte. Er wollte mit mir *schlafen*, was viel intimer war, viel … tiefer ins Herz ging. Ein dummer Teil von mir freute sich, machte sich Hoffnungen, während ich versuchte, nach außen pragmatisch zu wirken.

»Sicher, ich kann noch bleiben, wenn du das möchtest«, sagte ich leise. Indessen vibrierte alles in mir. Ich dachte an seine Lippen auf meinem Körper, an seine Hände, die jeden Winkel erforschten, an seinen Schwanz, der sich so gut anfühlte.

Und ohne noch weiter Kontrolle über mich zu haben, überwand ich das letzte Stückchen und küsste ihn. Ich ignorierte das Schrillen der Warnglocken in mir. Das schlechte Gewissen, das mich rügte und mir klarmachen wollte, dass ich einen Fehler beging, weil ich bei ihm einfach nicht konsequent bleiben und hinter meiner Meinung stehen konnte. Ansonsten wäre ich nämlich schon weg …

Aber seine Lippen schmeckten so gut. Seine Zunge wand sich geschickt um meine und sorgte dafür, dass ich verhalten stöhnte. Sofort lagen seine Arme um meinen Körper, pressten mich an seinen. Ich fühlte seine Härte an meinem Schoß, seine Hände, die über meinen Rücken streichelten – und ich war verloren. Restlos.

Als er mich hochhob, schlang ich meine Beine um seine Hüften und hielt mich an seinem Nacken fest. Doch Kilian trug mich nicht zur Couch im Wohnzimmer. Er ging mit mir in sein Schlafzimmer und legte mich dort aufs Bett.

Ihn über mir zu spüren, war wie jedes Mal unglaublich. Er strahlte eine dermaßen anziehende Macht aus, dass allein davon mein Slip feucht wurde.

»Zieh dich aus und streichle dich! Für mich … Ich will dir dabei zusehen, will dir in die Augen schauen, während deine Finger zwischen deinen Beinen sind.«

Seine Worte jagten meinen Puls in die Höhe. Wie verrucht

das alles war, wie sehr ich darauf stand, dass er so was von mir verlangte.

Ich setzte mich auf und zog meine Bluse auf. Knopf für Knopf öffnete ich sie und schob sie über die Schultern nach unten, ehe ich sie auf den Boden neben dem Bett warf. Dann öffnete ich meine Hose und streifte sie ab. Beim BH jedoch stockte ich.

»Du auch«, sagte ich kurzerhand.

»Was meinst du?«

»Zieh dich aus und mach es dir selbst. Ich will dir ebenfalls dabei zusehen.«

Seine Mundwinkel zuckten. »Wie letzte Nacht?«

»Ich habe dir nicht zugesehen. Ich hab dich nur gehört, aber ... das war schon sehr heiß«, gestand ich.

Kilian schluckte und sein Adamsapfel hüpfte dabei. Dann griff er zum obersten Knopf seines Hemdes und begann, es aufzuknöpfen.

Ich zog BH und Slip aus und lehnte ein Kissen an das Kopfteil, um ihn gut sehen zu können.

Kilian zog seine Jeans, Shorts und Socken aus und kam aufs Bett zu. Mit einem Bein kniete er sich auf die Matratze, umschloss seinen harten Schaft mit einer Hand und begann, ihn langsam zu reiben. Und Gott, dieses Bild war ... unglaublich sexy.

Wie von selbst wanderten meine Finger zwischen meine Schenkel. Kilians Blick folgte jeder Bewegung, und als ich mich massierte, knurrte er auf.

Unablässig rieb ich über meine Perle, tauchte mit zwei Fingern in mich ein, um alles mit Feuchtigkeit zu benetzen, und umkreiste wieder meine empfindliche Mitte. Ein Keuchen löste sich aus meiner Kehle und ich lehnte den Kopf kraftlos nach hinten. Meine Lider waren halb geschlossen, und ich konnte den Blick nicht von Kilian wenden, dessen Handbewegung schneller wurde. Sein Brustkorb hob und senkte sich und seine Zunge benetzte seine Lippen.

Gott, er war einfach so heiß! Allein das Muskelspiel an seinem Arm und seinem Oberkörper, dazu die Adern, die deutlich auf seinem Unterarm hervortraten …

Ich wollte ihn auch berühren, musste ihn spüren. Ich sehnte mich danach, ihn zu schmecken, wollte, dass er *meinetwegen* stöhnte.

Ohne zu zögern, drückte ich mich vom Kopfteil weg und bewegte mich auf ihn zu. Fest umfasste ich seinen Schaft und leckte über seine feuchte Spitze.

»Fuck, Paulina«, keuchte er und fuhr mit einer Hand durch mein Haar. Er führte meinen Kopf, und ich gewährte ihm kurz die Kontrolle über mich, bevor ich mich von ihm löste und wieder ans Kopfende lehnte. Mit dem Finger lockte ich ihn zu mir.

Kilian schmunzelte und sank auf die Matratze nieder, robbte nach vorn, bis er zwischen meinen Beinen lag.

Erst traf mich sein Atem, dann seine Zunge. Und verdammt, es fühlte sich zu gut an. Ein tiefes Stöhnen löste sich aus mir, und ich presste die Fersen in das Laken, während ich mich mit den Fäusten in dem Stoff festkrallte.

Kilian leckte über meine Spalte, massierte meine Perle, und als ich dachte, es nicht länger auszuhalten, drang er auch noch mit zwei Fingern in mich ein. Er war einfach so gut darin, wusste genau, wie er mir größtmöglichen Genuss schenken konnte. Und als er einen dritten Finger dazunahm, war es vorbei … Ich zerbarst in tausend Scherben, explodierte um ihn und stieß gepresst seinen Namen hervor.

Nur langsam verebbte die Welle in mir. Ich zog ihn zu mir hoch, brauchte einfach seine Nähe.

Kilian kam meinem stummen Wunsch nach und hielt mich fest. Er beugte sich über mich und drehte sich mit mir, bis wir seitlich lagen und er zärtlich meinen Rücken streichelte.

Als sich mein Atem etwas beruhigt hatte, drückte ich mich hoch und kniete mich über ihn. Sanft begann ich, seinen Körper zu erkunden. Ich leckte so lange hart über seine Brustwarzen, bis sie sich zu kleinen Perlen zusammenzogen, und ich küsste über seine Lenden, bis Kilian verhalten knurrte und sein Becken zuckte. Meine Hände glitten über seine Brust, über die Innenseite seiner Oberschenkel, und ich hätte noch ewig so weitermachen können, doch er hielt mich fest und sorgte damit dafür, dass ich innehielt.

»Ich will in dir sein, Paulina. Reite mich!«

Seine Worte fegten wie eine weitere Welle der Erregung durch mich hindurch und nur zu gern kam ich seinem Wunsch nach. Ich beugte mich nach vorn, um die Schublade mit den Kondomen zu öffnen, doch Kilian stoppte mich in der Bewegung.

»Wenn du nichts dagegen hast, würde ich dich gerne ganz spüren. An meinem Gesundheitsstatus hat sich nichts geändert. Also von der Erkältung mal abgesehen.« Er grinste schief.

»Bei mir auch nicht. Und ich nehme nach wie vor die Pille.«

Trotz seiner Bitte sah ich ihn noch einmal fragend an. Immerhin hatte das letzte Mal alles zwischen uns zerstört. Dass es erneut so weit kam, wollte ich auf jeden Fall vermeiden.

Doch Kilian nickte und platzierte seinen Schwanz an meinem Eingang.

Langsam ließ ich mich auf ihn hinabsinken und seufzte genüsslich, als er mich ausfüllte. Ich begann, mich auf ihm zu bewegen. Erst zurückhaltend, aber als er stöhnte und seine Finger in meine Hüften grub, um das Tempo mitzubestimmen, gab es kein Halten mehr für mich. Ich rieb mein Becken an ihm, ritt ihn immer wilder, genoss es, ihn so tief in mir zu spüren. Meine Hände lagen auf seiner harten Brust, während Kil mir die ganze Zeit über in die Augen sah. Sein Blick war weich, seine Gesichtszüge von der Erregung gezeichnet.

»Das fühlt sich so verdammt gut an, Paulina. *Du* fühlst dich so gut an.«

Er legte seinen Daumen zusätzlich an meine Perle, übte

geschickt Druck darauf aus, sodass ich spürte, wie sich erneut ein Kribbeln in meinem Schoß aufbaute. Und dann kam ich. Gewaltig. Intensiv.

Meine Muskeln zogen sich kräftig um ihn zusammen, und ich war mir sicher, Kilian spürte es genauso wie ich.

Ein »O fuck« löste sich von seinen Lippen, dann knurrte er tief, und ich konnte fühlen, wie er sich in mich ergoss.

Es war großartig.

So intim.

So gut.

Eine Welle an Emotionen rauschte durch mich hindurch. Von Glücksgefühlen über jene der Erlösung bis hin zur Angst, dass nun doch alles wieder beim Alten sein könnte. Dass er aufstehen und sein Ding weiter durchziehen könnte, ohne auf mich und meine Gefühle zu achten.

Aber er zog mich an sich, bis ich auf seiner Brust lag. Langsam streichelte er über meinen Rücken und hauchte sanfte Küsse auf meine Schläfe. »Wie schön es wäre, jetzt einfach so einzuschlafen.« Er raunte diese Worte rau in mein Ohr und schickte damit eine prickelnde Gänsehaut über meinen Körper.

»Mhm«, machte ich müde und kuschelte mich enger an ihn.

»Das Aufstehen wird gleich alles zerstören.«

»Bleib«, bat er mich und hielt mich nur noch fester umklammert.

Ein leises Lachen löste sich aus mir. »Dann saue ich dein Bett ein.«

Kilian streckte sich und reichte mir die Taschentuchbox von seinem Nachttisch. »Genügt das nicht? Und morgen gehen wir gemeinsam duschen. Du musst doch nirgendwohin, oder?«

»Ich sollte morgen deinen Anzug von der Reinigung holen und in der Wohnung die Blumen gießen. Ich muss einkaufen, weil nichts mehr zu Hause im Kühlschrank ist. Außerdem muss ich noch eine Arbeit fertigschreiben, die bis Montagmorgen bei meiner Dozentin im Postfach liegen muss.« Irgendwie klang das alles nach fadenscheinigen Ausreden – die es im Grunde auch waren.

Er brummte leise. »Dann mache ich uns Frühstück und du kannst in der Zwischenzeit deine Sachen fertig machen. Und zur Reinigung und in die Wohnung, bevor du wieder herkommst. Na, wie klingt das?«

Ein Widerspruch lag mir auf der Zunge, der sich jedoch bei seinem begeisterten Blick in Luft auflöste. »Zu gut«, murmelte ich und zog zwei Taschentücher aus der Box.

Keine zehn Minuten später schlief ich an seine Brust gekuschelt ein …

Meine Laune am nächsten Morgen hätte nicht besser sein können. Als ich wach geworden war, lag Kilian immer noch an mich geschmiegt neben mir im Bett. Er war bereits munter und hatte nur darauf gewartet, dass ich ebenfalls die Augen aufschlug. Allein diese Geste brachte mein Herz zum Schmelzen. Immerhin hätte er einfach aufstehen können. Danach duschten wir und hatten dort noch einmal Sex, der auch heute viel intensiver und intimer war als die Male zuvor.

Im Anschluss kümmerte sich Kilian um das Frühstück, während ich es mir mit dem Laptop auf der Couch gemütlich machte und der Arbeit den letzten Feinschliff verlieh, bevor ich sie abschickte.

Die Pancakes schmeckten lecker, und der Kaffee putschte mich zusätzlich auf, sodass ich mich später gut gelaunt auf den Weg machte. Würde ich mit dem Bus fahren, würde eine Menge Zeit auf der Strecke bleiben. Doch ich entschied, heute ausnahmsweise ein Taxi zu nehmen und im Anschluss einen Stopp beim Thai einzulegen, um uns was zum Abendessen zu besorgen.

Je länger ich unterwegs war, desto größer wurde meine

Sehnsucht nach ihm. Ja, wir hatten immer noch nicht darüber gesprochen, was das zwischen uns war. Ob wir eine Zukunft hatten, ob wir ein Paar waren. Aber vielleicht musste das gar nicht in Worte gefasst werden? Womöglich war es einfach gut so, wie es war, ohne unsere Beziehung in eine Schublade zu stecken. Denn war sie nicht ganz von selbst in eine gefallen? Dass Kilian sich verändert hatte, war mir mehr als deutlich bewusst. Er war viel liebevoller, suchte meine Nähe. Ja, er wollte, dass ich bei ihm blieb, er wollte mit mir *schlafen*, nur um danach aneinander gekuschelt einzuschlafen. Wir hatten über so viele persönliche Dinge gesprochen, die ihn mir in einem noch schöneren Licht zeigten – und ihm hoffentlich auch bewiesen hatten, dass ich es wert war, mit mir zusammen zu sein.

Selbstverständlich würde ich wieder aus seiner Wohnung ausziehen. Außer natürlich, er würde wollen, dass ich bei ihm bliebe, aber dafür war es auf jeden Fall noch zu früh. Doch ihn mit einem guten Abendessen zu überraschen, empfand ich als eine nette Geste.

Als ich endlich auf dem Rückweg zu Kilian im Taxi saß, bestellte ich bereits vorab beim Thailänder bei ihm um die Ecke unser Essen. Ich betrat den Laden und malte mir aus, wie er reagieren würde, wenn ich gleich mit den Tüten in seine Wohnung kam. Mit einem Lächeln auf den Lippen nannte ich dem Empfang meinen Namen und dass ich die Bestellung abholen wollte, als sämtliches Blut in meinen Adern gefror. Denn nur ein paar Tische weiter sah ich Kilian. Und er war nicht allein.

Beverly saß ihm gegenüber, und er hielt ihre Hand, während er auf sie einredete …

# 34

## Kilian

Es war ein seltsames Gefühl, Beverly erneut gegenüberzusitzen. Noch dazu, da sie ganz sicher mit anderen Erwartungen hier war als ich. Doch sie schien zu merken, was in mir vorging, denn sie war distanziert und unsicher.

»Danke, dass du eingewilligt hast, dich hier mit mir zu treffen«, begann ich das Gespräch, nachdem wir unsere Getränke serviert bekommen hatten. Es hätte sich sowieso nicht aufschieben lassen.

Sie lächelte zögernd. »Ich danke *dir*, dass du mir nach unserem Streit noch eine Chance gibst.«

»Hör zu, ich muss dir was sagen, was ich schon längst hätte tun sollen. Weil es dir gegenüber nicht fair ist, dich hinzuhalten …«

Sie biss sich verlegen auf die Unterlippe und fuhr sich durch ihre schwarzen Haare. Ein Funken Hoffnung blitzte noch in ihren Augen auf, den ich jedoch gleich zunichtemachen würde.

»Ich war nicht ehrlich zu dir. Beziehungsweise hätte ich dir längst alles sagen sollen. Stattdessen habe ich mich wie ein Feigling benommen. Wie ein Arschloch, das sich nicht entscheiden kann – was im Grunde auch so war.«

»Was willst du damit andeuten, Killy?«

Ich beugte mich vor, holte tief Luft und legte meine Hand auf ihre. »Es gibt da eine Frau in meinem Leben, die sich nach und nach in mein Herz geschlichen hat. Und das bist – so leid es mir tut – nicht du.«

»Okay.« Sie rang um Fassung und in ihrem Gesicht konnte ich Schmerz und Enttäuschung erkennen. »Es ist deine Haushälterin, hab ich recht?«

»Ja. Ich wollte es viel zu lange nicht wahrhaben, habe gehofft, ich könnte meine Gefühle für sie ausschalten, wenn ich mich mit dir treffe. Aber jedes Mal, wenn wir uns gesehen haben, ist mir bewusst geworden, dass es mit dir nicht so ist wie mit ihr.«

»Weil ich nicht sie bin«, murmelte sie.

»Es tut mir unendlich leid, dass ich dir Hoffnungen gemacht habe, Beverly. Dass ich dir nicht von Beginn an klar sagen konnte, was Sache ist.«

»Das ist einfach scheiße von dir, weißt du das? Du hast mir wieder und wieder Hoffnungen gemacht, und wofür? Dass du mir jetzt sagst, dass du die ganze Zeit in eine andere verliebt bist!«

Angespannt schloss ich die Augen, bevor ich sie wieder ansah. Dass sie nicht begeistert reagieren würde, war mir klar, und mit ihren Beschimpfungen musste ich wohl jetzt leben. »Ich hoffe, du kannst mir verzeihen, dass ich dich dafür benutzt habe, um herauszufinden, was ich wirklich will.«

Sie schnaubte auf und verschränkte die Arme vor der Brust. »Weiß sie es denn schon? Also dass du dich für sie entschieden hast, meine ich.«

Shit, war das jetzt eine Fangfrage? Was fing sie mit dieser Info an? Wollte sie dazwischenfunken? »Nein. Sie kommt gleich zu mir und … dann werde ich es ihr sagen«, erklärte ich vorsichtig und mit dem Hintergedanken, dass ich Beverly zuvorkommen würde, sollte sie mir diese Aussprache vermiesen wollen.

Ich konnte es kaum erwarten, Paulina zu gestehen, dass ich verrückt nach ihr war und dass ich viel zu viel Zeit vergeudet hatte, indem ich mir was anderes einreden wollte.

Erneut zeichnete sich etwas wie Schmerz in Beverlys Gesicht

ab, und sie nickte, bevor sie einen großen Schluck Coke light trank. »Dann wünsche ich euch ein verfickt schönes Leben. Sie kann sich glücklich schätzen, wirklich.«

»Das werden wir haben, danke.« Ich konnte mir den bissigen Kommentar leider nicht verkneifen.

Beverly pfiff durch die Zähne. »Herrje, Killy, dich hat es ja schwer erwischt.«

Im ersten Moment wollte ich ihr widersprechen, doch dann schluckte ich die Widerworte hinunter. Denn vielleicht hatte sie damit gar nicht so unrecht.

All die negativen Vibes hatte ich in dem Restaurant gelassen. Zu groß war meine Vorfreude darauf, es gleich Paulina zu sagen, als ich beschwingt die Wohnungstür öffnete. Ich spürte, ich hatte die richtige Entscheidung getroffen – und Beverly musste einfach damit klarkommen, dass sie aus dem Rennen war.

Gleich würde Paulina zurückkommen, und ich würde ihr endlich gestehen können, wie es in mir drin aussah … Doch noch bevor ich mir meine Worte an sie genauer hätte überlegen können, stürmte sie aus dem Gästezimmer direkt auf mich zu.

»Paulina, du bist schon zurück?« Verwundert blieb ich stehen und warf einen schnellen Blick auf die Uhr. Nein, ich war nicht zu spät nach Hause gekommen. Doch das wütende Funkeln und die Tränen in ihren Augen sorgten dafür, dass es mir die Sprache verschlug.

»Du bist ein verdammtes Arschloch, Kilian Cunningham, und ich habe keine Ahnung, wie du es geschafft hast, dass ich dir wieder und wieder vertraut habe. Dass ich mich entgegen all meiner Vorsätze erneut auf dich eingelassen habe …« Sie schnaubte, drehte sich um, und als ich ihr nachgehen wollte, kam sie mit ihrem Koffer und dem Rucksack auf ihrer Schulter auf mich zu. »Weißt du, was das Lustige an dieser Sache ist? Dass ich echt dachte, du hättest dich geändert. Ich habe eingesehen, dass ich meine Gefühle für dich einfach nicht länger zurückhalten kann. Ja, verdammt, ich hab mich in dich verliebt, Kil.« Sie lachte schniefend, während ich dastand wie der größte Idiot und nicht verstand, was gerade vor sich ging. »Dabei hast du mir mehrfach versichert, dass du nicht der Typ für eine Beziehung bist. Ich hab wirklich versucht, zu unterdrücken, was du in mir auslöst. Ich hab es versucht und bin gescheitert ... War es von dir beabsichtigt, mich zu zerstören? Du hast gewusst, wie weh es mir tut, verlassen zu werden. War das von dir geplant?«

»Paulina, ich habe keine Ahnung, was du da redest ... Wie du auf so was kommst. Ich habe nichts getan ...«

»Nichts getan, was mich verletzen könnte? Was mir einen Grund gibt, anzunehmen, dass ich dir rein gar nichts bedeute?«

»Ganz genau«, fuhr ich sie nun auch an, weil mich nervte, dass sie so aufgebracht wegen nichts war.

»Ich hab dich mit ihr gesehen, *Killy*. Vor nicht einmal zwanzig Minuten beim Thai, wie du ihre Hand gehalten hast.«

Nun wusste ich, wen sie meinte.

Mein Mund klappte auf, den Kopf legte ich in den Nacken. »Beverly ... Hör zu, Paulina, ich hab mich mit ihr getroffen, um ihr zu sagen, dass zwischen uns nichts mehr laufen wird. Sie wollte sich mit mir treffen, ja. Und ich hab zugesagt. Aber ich bin mit ihr zum Thai gegangen, weil ich auf sicherem Terrain mit ihr reden, weil ich die Distanz der Öffentlichkeit wollte.«

Paulina schnaubte nur auf, während Tränen über ihre Wangen liefen.

»Hey, nicht weinen. Komm her ...« Ich streckte die Arme nach ihr aus, doch sie wich zurück.

»Nein, Kilian. Ich habe dir so viele Chancen gegeben. Zu viele. Du hast mich jedes Mal verletzt, zurückgewiesen. Mir verdeutlicht, dass du zwar Sex willst, aber nicht *mehr*. Dass du nicht der Typ für eine Beziehung bist. Du hast immer wieder das gesagt oder getan, womit du mich ein weiteres Mal für dich hast gewinnen können – erfolgreich. Wenn du mir jetzt sagst, du hast dich geändert, du willst eine Zukunft mit mir … Wer sagt mir denn, dass du mich nicht erneut nur köderst, um Spaß mit mir zu haben, bevor du mir den nächsten Dolchstoß versetzt?« Entschlossen umfasste sie den Griff des Koffers und reckte das Kinn in die Höhe. »Nicht mit mir, Kilian. Ich kann das nicht mehr. Ich … zerbreche daran, wenn du das noch einmal tust.«

Kopfschüttelnd ließ ich zu, dass sie all den Dampf abließ, den sie loswerden wollte. »Paulina, ich verspreche dir, dass ich es ernst meine. Ich habe mich für dich entschieden, ich will nur noch dich. Erinnerst du dich an das Gespräch über Freundschaft? Dass die Gefühle entstehen, sobald man anfängt, über persönliche Dinge zu reden? Darüber, was einen bewegt, was einem wichtig ist? Über die Wünsche und Träume?«

Sie zog die Nase hoch, doch ich deutete das einfach als Zustimmung.

»Nun, es ist tatsächlich passiert. Etwas hat sich zwischen uns verändert und mir klargemacht, dass ich nicht ohne dich sein will. Also komm, lass uns noch einmal in Ruhe über alles reden und mir dir zeigen, dass ich es wirklich so meine …«

Ihre Mundwinkel hoben sich zu einem traurigen Lächeln, dann kam sie auf mich zu. Sie legte ihre Hand an meine Wange und noch mehr Tränen fluteten ihre Augen. »Nein, Kilian. Ich kann das nicht. Ich wurde zu oft in meinem Leben verlassen, zu oft verletzt. Ich muss auf mich selbst schauen, ich … kann dieses Risiko nicht eingehen. Dafür stecke ich zu tief mit den Gefühlen drin.« Entschuldigend presste sie die Lippen aufeinander, und ich konnte dem Impuls nicht widerstehen, ihr eine Träne von den Wangen zu wischen, während sich ein unbändiger Schmerz in meiner Brust ausbreitete.

»Tu das nicht, Paulina. Bitte.« Meine Knie wurden weich, als mir klar wurde, was hier eben passierte. Dass sie mich abservieren wollte, dass sie uns beiden keine Chance gab, weil sie dachte, wir hätten keine … Dabei hatte ich mich für sie entschieden und ihr das auch gesagt. Aber sie glaubte mir nicht mehr. Weil ich es endgültig versaut hatte …

Sie schüttelte langsam den Kopf. »Tut mir leid, aber … ich kann nicht anders.« Sie presste eine Hand gegen ihre Brust, vermutlich, um den Schmerz darin zu bändigen.

»Paulina, wenn du Zeit brauchst, bekommst du sie. Alles, was du willst, nur … gib uns nicht auf.«

»Es tut mir leid«, flüsterte sie und schob sich mit Koffer und Rucksack an mir vorbei. Sie schnappte sich noch ihren Mantel, dann öffnete sie die Tür. »Ich bin nicht stark genug dafür. Bitte … ruf mich nicht an. Ich werde nicht mehr kommen. Tut mir leid. Aber lass bitte Tante Florentina weiterhin für dich arbeiten. Bestrafe sie nicht für meine Gefühle für dich.« Wieder waren ihre Worte so leise, dass ich sie kaum verstand. Dann ging sie, ohne sich noch einmal umzudrehen.

Als die Wohnungstür ins Schloss fiel, war es, als würde alles in mir zerbersten; als wäre mein Herz in mir implodiert. Kraftlos sackte ich zu Boden, lehnte mich an die nächstbeste Wand und ballte die Hände zu Fäusten.

Ein Schmerz breitete sich in mir aus, ähnlich dem, den ich zuletzt gefühlt hatte, als ich feststellen musste, dass Rebecca mich hintergangen hatte. Zäh und dickflüssig füllte er jede Ritze in meiner Brust, in meinem Hirn. Er lähmte mich, erstickte mich fast.

Keine Ahnung, wie es passieren konnte, dass sich Paulina so sehr in mein Herz geschlichen hatte. Ich hatte nicht geplant, das zuzulassen, hatte mich doch so lange dagegen gewehrt. Und jetzt, wo mir klar wurde, dass es genau so richtig war, wo ich dachte, es wäre alles gut zwischen uns, und die Gefahr, verletzt zu werden, sei für uns gebannt, hatte sie uns beide in die Knie gezwungen.

# 35

## Paulina

Erneut schaute ich auf meine Armbanduhr, als ich am Flughafen stand und auf Tante Florentina wartete. Die letzten zwei Wochen waren echt übel gewesen. Noch nie hatte ich ein so trostloses Weihnachten erlebt und war auch nie zuvor so traurig ins neue Jahr gerutscht. Wobei von feiern erst gar keine Rede war, denn ich war gegen acht Uhr ins Bett gegangen, hatte noch einen Film eingeschaltet, war aber darüber eingeschlafen. Dass die ganze Stadt in Partylaune war, hatte ich geflissentlich ignoriert. Oder erst gar nicht mitbekommen – Ohropax sei Dank.

Immer wieder, wenn Leute aus der Ankunftshalle um die Ecke kamen, durfte ich beobachten, wie ihre Familien und Freunde sie herzlich in die Arme schlossen – nicht wenige waren gerührt und vergossen die ein oder andere Träne. Demnach würde es nicht auffallen, wenn bei mir der Damm brechen würde. Und das würde er garantiert, denn ich spürte ständig, wie das Wasser in meinen Augen stieg und ich alles verschwommen sah. Nach oben schauend und blinzelnd versuchte ich dagegen anzukämpfen, aber es war nur eine Frage der Zeit, bis ich den Kampf verlieren würde.

Dann endlich kam Tante Flori durch die Schiebetür und sah sich suchend um.

Ich hob meinen Arm, um auf mich aufmerksam zu machen,

und sagte ihren Namen – viel zu leise, als dass sie ihn hätte hören können, doch meine Stimme hatte mich bereits verlassen – und ging auf sie zu.

Als sie mich entdeckte, kreischte sie auf, aber ihre erste Euphorie schlug sofort in Sorge um, als sie sah, wie Tränen über meine Wangen flossen. Sie ließ ihren Koffer einfach stehen und überwand die letzten Schritte zu mir, um mich fest in den Arm zu nehmen.

»*Mi amor*, was ist denn los mit dir? Wieso weinst du?« Sie rieb über meinen Rücken und drückte mich noch einmal, bevor ich mich, mit beiden Händen das Gesicht trocknend, von ihr löste.

»Lass uns erst mal nach draußen gehen und ein Taxi nehmen. Dann erzähle ich dir alles.«

Sie nickte und holte ihren Koffer. »Hast du mich so vermisst?«, fragte sie halb im Scherz. Sie wusste ganz sicher, dass das nicht der einzige Grund war.

»Das auch, ja. Wie geht es *nana*? Hat sie dich widerstandslos nach Hause reisen lassen, oder wollte sie dich in den letzten Tagen überreden, zu bleiben?«

Sie lachte. »Weder noch. Sie hat, glaub ich, drei Kreuzzeichen gemacht, als ich endlich ihr Haus verlassen habe.«

Schmunzelnd kramte ich in meiner Handtasche nach einem Taschentuch. »Hast du sie dermaßen auf die Palme gebracht?«

Tante Florentina schnaubte. »Hey, ich hab mich nur an das gehalten, was ihre Therapeutin verlangt hat. Das hab ich halt sehr genau genommen, immerhin wollte ich, dass sie schnell gesund wird. Das hat sie wohl ziemlich genervt.«

Belustigt putzte ich mir die Nase und fühlte endlich wieder eine Leichtigkeit in mir, von der die letzten Tage nichts mehr zu spüren gewesen war, selbst wenn sie den Druck auf meiner Brust nicht gänzlich vertreiben konnte. »Du musst mir alles erzählen, auch von der Nachbarschaft. Ich wäre so gerne mitgekommen oder hätte euch besucht.« Tatsächlich hatte ich überlegt, über

Weihnachten nach Puerto Rico zu fliegen – hätte es meine finanzielle Lage zugelassen. Aber es hätte meinen ganzen Finanzplan durcheinandergebracht und bestimmt hätte mich Tante Flori geschimpft, dass ich Geld ausgab, das ich im Grunde nicht hatte. Nicht für so einen in ihren Augen bestimmt unnötigen Besuch … Also war ich schweren Herzens zu Hause geblieben, hatte mich weiter in Selbstmitleid gesuhlt und die Tage gezählt, bis sie wieder zurück war, um mein Herz bei ihr auszuschütten.

Auf der Fahrt vom Flughafen zu unserer Wohnung wurde ich auf den neuesten Stand gebracht und wusste schließlich alles, was sich in der Siedlung und bei Grandma getan hatte. Zum Beispiel, dass sich die Nachbarn, die eindeutig zu viel Geld hatten und es wohl darauf anlegten, ausgeraubt zu werden, einen so großen Fernseher gekauft hatten, dass sie für den Heimtransport einen Pritschenwagen mieten mussten. Wobei der Running Gag in der Nachbarschaft war, dass der Dieb mit dem TV-Gerät erst gar nicht würde abhauen können, da das Teil gefühlt dreihundert Kilo wog. Zumindest hatten sie ihn nur zu viert von der Pritsche heben können, sehr zur Belustigung der Zaungäste. Oder dass die alte Frau zwei Häuser weiter vergessen hatte, dass sie Essen im Ofen hatte, und ihr fast die Bude abgebrannt wäre. Wobei gemunkelt wurde, dass sie wohl dement sei, und nun würden sich die Nachbarn große Sorgen machen, dass noch einmal etwas passieren könnte. Und ich erfuhr, dass Grandma im Krankenhaus mit einem dreißig Jahre jüngeren Arzt dermaßen geflirtet hatte, dass dieser eine Kollegin bat, für ihn zu übernehmen.

»Gott, echt jetzt?« Kichernd half ich meiner Tante, den Koffer die Treppen nach oben in unsere Wohnung zu schleppen.

»Das war *das* Gespräch schlechthin auf der Station. Du kannst dir nicht vorstellen, wie unendlich peinlich mir das war. Sie hat wohl alle Register gezogen und den armen Mann dermaßen in Verlegenheit gebracht, dass er nur noch diesen Ausweg für sich sah.«

»Was hat sie denn gemacht?«

»Ihn wohl ständig berührt und Körperkontakt gesucht. Ihren Krankenhauskittel hochgehoben und ihm Stellen gezeigt, die angeblich schmerzten, an denen sie aber gar nichts hatte. Und sie hat ihm ihre Telefonnummer zugeschoben und ihm zwinkernd gesagt, dass er sich bei ihr melden sollte, wenn er ihr nach ihrer Entlassung noch einen Hausbesuch abstatten wollte.«

Ungläubig schüttelte ich den Kopf. Dass meine fast achtzigjährige *nana* solche Aktionen brachte, war irritierend, lustig und peinlich zugleich.

Tante Florentina schloss die Tür auf und betrat die kleine Wohnung. »Ah, endlich zu Hause. Das tut so gut!« Sie zog die Schuhe aus, atmete tief durch und nahm mir den Koffer ab, den sie neben ihrem Schlafzimmer an der Tür abstellte. »Der bleibt hier erst mal stehen. Und du kochst uns einen Kaffee und erzählst mir dann, warum du ein Gesicht machst, als hätte dir jemand deinen Lieblingsteddy geklaut.«

Mit ihrer bildhaften Beschreibung lag sie gar nicht mal so falsch. Aber ich sparte mir vorerst die Erklärung, sondern zog meine Stiefel aus und hängte meinen Mantel neben ihren.

Erst als wir beide mit je einer großen Tasse duftendem Muntermacher auf der Couch saßen, beichtete ich ihr, was in ihrer Abwesenheit in Kilian Cunninghams Wohnung passiert war. Selbstverständlich sparte ich die schlüpfrigen Details aus, aber den ganzen anderen Rest erzählte ich ihr – bis ich mit jenem Abend vor zwei Wochen endete, als ich ihn tränenüberströmt und mit gebrochenem Herzen verlassen hatte.

Sie hatte die ganze Zeit zugehört und nur hin und wieder mit spanischen Ausrufen totalen Entsetzens unterbrochen, mich mehrfach in den Arm genommen und tröstend meinen Oberschenkel getätschelt.

Als ich endlich alles ausgekotzt hatte, nachdem ich die schönste und schlimmste Zeit zugleich noch einmal hatte Revue passieren lassen, schaute sie mich mit mitleidigem Blick an. »Hat er sich denn seither bei dir gemeldet?«

Ich nickte und richtete den Blick auf die Tasse, über deren Rand ich mit dem Daumen strich, um sie nicht ansehen zu müssen. »Die ersten Tage hat er sich an meine Bitte gehalten. Dann hat er mich angerufen.«

»Hast du mit ihm geredet?«

Verneinend schüttelte ich den Kopf. »Zuerst hab ich ihn ignoriert. Das hat jedoch nichts geholfen, weshalb ich abgenommen und ihm gesagt habe, dass er mich in Ruhe lassen soll.« Meine Stimme brach bei den letzten Worten und erneut flossen Tränen über mein Gesicht. Dabei hatte ich in den letzten Tagen so viel geweint, dass es eigentlich unmöglich war, noch einen Tränenvorrat zu besitzen.

»Vielleicht wollte er dir etwas Wichtiges sagen? Wieso gibst du ihm nicht die Chance, ein letztes Mal mit dir zu reden?«

»Und dann?« Aufgebracht stand ich auf. Dass meine Tante nun auf seiner Seite zu stehen schien, gefiel mir gar nicht. Ich hatte doch auf mehr Unterstützung und Rückhalt von ihr gehofft. »Soll ich mich erneut auf ihn einlassen, mich von ihm verletzen lassen? Ich kann das nicht, Tante Flori, das weißt du auch. Diese Erfahrung mit ihm hat all die verdrängten Gefühle hochgespült. Diese Machtlosigkeit, wenn man verlassen und enttäuscht wird. Wenn man weiß, dass man die schöne Zeit mit einem Menschen nie wieder haben wird, weil sie … vorbei ist.«

Als würde sie denselben Schmerz wie ich spüren, verzog Tante Flori das Gesicht. »Ich weiß, *mi amor*, ich weiß. Aber was, wenn es schön sein könnte mit ihm? Was, wenn er dich wirklich liebt, wenn er euch beiden eine Chance geben will? Wenn er sich um dich bemüht und alles dafür tut, um dich glücklich zu machen?«

Lautstark putzte ich mir die Nase und schluckte gegen die

neuen Tränen an. »Was aber, wenn er mich wieder verletzen wird? Wenn er das alles nicht so ernst meint wie ich, wenn …«

»Hätte er sich sonst noch einmal gemeldet? Hätte er dich so oft angerufen, *obwohl* du ihn gebeten hast, es nicht zu tun? Glaub mir, ich kenne Mister Cunningham sicher nicht wie du, ich weiß jedoch, dass er nicht der Typ dafür ist, der auf Knien um Verzeihung fleht und um eine zweite Chance bittet. Doch genau das hat er getan. Und was willst du tun? Bis an den Rest deines Lebens ohne einen Mann leben, aus Angst, verletzt zu werden? Glaub mir, das klingt zwar vielleicht in deinen Ohren gerade sehr verlockend, kann aber verdammt einsam sein. Was denkst du, wie oft ich mir wünsche, abends beim Einschlafen nicht allein sein zu müssen? Morgens geküsst zu werden, wenn ich die Augen aufschlage, oder einfach mal gestreichelt zu werden? Gehalten zu werden?«

Sofort überkam mich ein schlechtes Gewissen und ich schlang meine Arme um sie.

Lachend erwiderte sie die Umarmung. »Nicht falsch verstehen, Paulina, es tut gut, wenn du mich drückst, aber manchmal wünsche ich mir einfach kräftige Arme, die mich halten. Einen Mann, der mir aufregende Stunden schenkt.« Sie wackelte mit den Augenbrauen.

Ihre Worte machten mich nachdenklich. »Natürlich will ich nicht für immer allein bleiben …«

»Was dann? Denkst du, es kommt ein besserer Mann? Wenn es so ist und du meinst, bei ihm nicht glücklich zu werden, dann ist es so. Ich bin die Letzte, die dir einen Kerl einreden will. Jedoch kann ich mir schwer vorstellen, dass du eine bessere Partie finden wirst als Mister Cunningham. Außer natürlich, er hat dich nicht gut behandelt, allerdings hatte ich bei deinen Erzählungen nicht den Eindruck.«

»Doch, er war toll …«

»Aber?«, hakte sie noch einmal nach.

Darauf konnte ich jedoch keine Antwort geben. Denn es gab nichts, was gegen ihn sprach bis auf meine Angst, erneut verletzt und verlassen zu werden …

Tante Florentina sah wohl an meinem Gesicht, dass ich zu dieser Erkenntnis gekommen war, denn sie tätschelte meinen Oberschenkel und stand auf, um unsere leeren Tassen in die Küche zu tragen. »Fahr zu ihm. Rede mit ihm. Vielleicht ist es noch nicht zu spät …«

# 36

## Kilian

Als ich hörte, wie jemand meine Wohnungstür öffnete, beschleunigte sich mein Puls. Jedes verdammte Mal, seit Paulina mich verlassen hatte, wünschte ich, sie würde herkommen, um noch einmal über alles zu reden. Um ihr beweisen zu können, dass ich es ernst meinte.

Mehrfach hatte ich versucht, sie anzurufen und zu einem Treffen zu bewegen – erfolglos. Dieses Teufelsweib war stur wie ein Bock und hatte jeden meiner Versuche abgeblockt. Doch heute würde ich mit ihr reden – komme, was wolle.

Mein Herz raste, als ich in den Flur schaute. Aber es war nicht, wie erhofft, Paulina, sondern ihre Tante Florentina. Schon seit vier Tagen war sie zurück und endlich war mein Haushalt wieder auf Vordermann gebracht. Zwar hatte sie zu Beginn noch leise vor sich hin geflucht und inmitten der ganzen spanischen Schimpfwörter hatte ich mehrfach *Paulina* in Verbindung mit ein paar nicht so netten Worten herausgehört, doch ich ließ sie in ihrem Groll. Keine Ahnung, was zwischen den beiden vorgefallen war, aber sie schien auch gerade nicht gut auf ihre Nichte zu sprechen zu sein, wenn sie sich so über sie ärgerte. Oder war es nur, weil sie frühzeitig meine Wohnung verlassen und sich somit einiges an Arbeit angehäuft hatte? Doch die Haushälterin war gut in dem, was sie tat, und hatte schon wieder alles aufgearbeitet, was in den letzten zwei Wochen ohne Paulina liegen geblieben war.

»Ah, Sie sind noch hier, Mister Cunningham? Tut mir leid, ich wusste nicht ...«

»Schon gut, ich ... habe auf Sie gewartet.« Eigentlich auf Paulina, aber musste wohl einsehen, dass sie nicht mehr kommen würde.

»Auf mich? Oh, okay. Was kann ich für Sie tun?« Verunsichert kam sie näher.

Dachte sie, ich würde ihr kündigen? Sofort versuchte ich, meine angespannten Gesichtszüge zu entspannen und ein freundliches Lächeln aufzusetzen.

»Ja, kommen Sie bitte mit. Und keine Sorge, es geht nicht um Ihren Job. Ich brauche nur Ihren Rat.«

Sie nickte, hängte ihre Jacke in die versteckte Garderobe und folgte mir ins Wohnzimmer, wo ich ihr anbot, auf der Couch Platz zu nehmen. Ich setzte mich ihr gegenüber und verschränkte die Finger ineinander.

»Hat Paulina Ihnen von den letzten Wochen erzählt, als Sie weg waren?«

Mitfühlend verzog sie ihr Gesicht. »Das hat sie, und es tut mir im Herzen weh, sie so leiden zu sehen. Wie geht es Ihnen damit?«

Dass sie mir nicht angesehen hatte, wie es in mir aussah, lag sicher daran, dass ich Profi mit jahrelanger Erfahrung darin war, niemanden hinter meine Fassade blicken zu lassen – etwas, was mir zum Verhängnis geworden war, als es um Paulina ging.

»Es ... zerreißt mich innerlich«, gestand ich ehrlich und fühlte mich mit einem Mal nackt. So über meine Gefühle zu sprechen, noch dazu mit jemandem, der nicht zur Familie gehörte, war nicht leicht für mich. Aber in dem Fall war es notwendig. Ich wusste allein nicht mehr weiter. Meine Eltern hatten mir nur geraten, mit ihr zu reden – was ja nicht klappte, weil sie mich immer wieder abwies.

Mason, Logan und Adrian waren der Meinung, ich solle bei ihr zu Hause auftauchen oder sie vergessen, was beides keine Option war. Ich wollte sie nicht in ihrem eigenen Zuhause in die Enge treiben und zu einem Gespräch nötigen, wenn sie es nicht freiwillig wollte. Und das tat sie offensichtlich nicht. Sonst hätte sie schon längst einen meiner Anrufe beantwortet oder auf eine meiner wenigen Textnachrichten reagiert, in denen ich sie gebeten hatte, mich anzuhören. Sie zu vergessen hatte ich ebenfalls erfolglos versucht.

»Das tut mir leid für Sie.« Verlegen blickte Miss Fernandez zu Boden.

»Denken Sie denn, dass ich den Funken einer Chance bei ihr habe, wenn ich nur noch einmal mit ihr reden könnte?« Wenn sie daran glaubte, würde ich einfach alles dafür tun, es ein letztes Mal zu versuchen.

Miss Fernandez knibbelte an ihrem Daumen, dann schaute sie mich mit ernstem Gesichtsausdruck an. »Davon bin ich überzeugt. Sie liebt Sie von ganzem Herzen und hat einfach Angst, verletzt zu werden. Aber da erzähle ich Ihnen sicher nichts Neues.« Sie lachte verlegen.

»Okay, ich fahre zu ihr. Jetzt. Sie ist doch zu Hause, oder?« Zur Not würde ich sie auch auf dem Campus der Columbia suchen. Ich wollte nicht länger warten, ich *konnte* nicht mehr. Noch dazu jetzt, wo mir Miss Fernandez gesagt hatte, dass nicht alles verloren war …

»Da werden Sie leider Pech haben«, meinte sie mit einem verlegenen Blick und brachte mein Herz zum Stillstand.

»Wie meinen Sie das?«, fragte ich atemlos.

»Nun … vermutlich sitzt sie gerade vor Ihrem Büro und wartet, dass Sie endlich zur Arbeit erscheinen.«

»Sie ist … was?« Augenblicklich sprang ich auf. »Das sagen Sie erst jetzt?«

»Nun, ich wusste ja nicht, weshalb Sie mit mir reden wollten.«

»Aber …«

»Na los, Mister Cunningham, sehen Sie zu, dass Sie zur Arbeit kommen!«

Im Eiltempo lief ich zur Küche, wo mein Handy und meine Laptoptasche standen. Anschließend holte ich meinen Mantel aus der Garderobe. »Falls ich sie verpasse und ich sie nicht finde, sagen Sie ihr, ich bin jederzeit für ein Gespräch bereit. Ich will mit ihr reden, ich werde … Wir werden das schon hinbekommen.«

»Bestimmt, Señor Cunningham, aber jetzt beeilen Sie sich endlich! Holen Sie sich Ihr Mädchen zurück!« Sie strahlte über das ganze Gesicht.

Ohne noch mehr Zeit zu vergeuden, lief ich raus aus meinem Apartment. Der Aufzug brauchte gefühlt ewig nach unten, und als ich auf der Straße angekommen war, beschloss ich, die paar Blocks zu laufen. Scheiß drauf, wenn ich außer Atem und verschwitzt im Büro ankam, ich hatte gerade wirklich größere Sorgen.

Die Leute wichen mir aus oder riefen mir Schimpfwörter hinterher, wenn ich sie unabsichtlich anrempelte, doch das alles war mir egal.

Dann fiel mir ein, dass Elli und Mic vom Empfang sie womöglich wieder wegschicken könnten, weil sie keinen Termin mit mir hatte. Also verlangsamte ich mein Tempo und angelte mein Telefon aus der Laptoptasche.

»Mister Cunningham, was kann ich für Sie tun?« Mics Stimme drang ruhig und kompetent wie immer an mein Ohr.

Mit Höflichkeiten hielt ich mich gar nicht erst auf, sondern kam gleich zum Punkt. »Ist eine Paulina Moreno für mich da?«

»Ah … Ja, tatsächlich. Ich war gerade dabei, sie wieder wegzuschicken.«

»Auf gar keinen Fall!«, rief ich sicher zu laut ins Telefon. »Sie soll warten. Begleite sie nach oben in mein Büro. Persönlich. Und biete ihr was zu trinken an. Haben wir uns verstanden?«

»Ja, Sir, natürlich.« Kleinlaut beendete er das Gespräch. Ich steckte das Handy wieder in die Laptoptasche und legte noch einen Zahn zu. Heftig atmend kam ich am Eingang des Wolkenkratzers an und rauschte, meinen Ausweis griffbereit, an den Sicherheitskontrollen vorbei. Zum Glück musste ich als einer der Geschäftsführer nicht anstehen und konnte durch die separate Schleuse, ohne mich groß aufhalten lassen zu müssen.

Die Aufzüge ließen wieder ewig auf sich warten und ich spürte mehr und mehr die Anspannung in mir steigen. Was würde mich gleich erwarten? Würde ich doch noch alles retten können oder hatte ich schon längst verloren und würde nun nur meine restlichen Scherben aufsammeln müssen?

Als ich in der siebenunddreißigsten Etage aus dem Aufzug trat, spürte ich, wie mir der Schweiß an der Brust und dem Rücken hinabfloss. Bestimmt sahen auch meine Haare etwas mitgenommen aus, und man konnte mir von Weitem ansehen, dass ich gelaufen war, denn es richteten sich gefühlt alle Augen auf mich. Logan und Adrian waren in Masons Büro, von dem aus sie einen direkten Blick auf den Aufzug hatten, und wandten ihre Köpfe in meine Richtung. Hanna, die für unsere vier Assistentinnen die Assistenz und Vertretung war und bald Harpers Platz auf Zeit übernehmen würde, wenn sie entbunden hatte, kam gerade gemeinsam mit Adrians Freundin aus der Kaffeeküche. Auch Summer, Donna und Joleen schauten mich von ihren Schreibtischen aus neugierig an.

Die Frage, ob Paulina in meinem Büro war, sparte ich mir, denn die Glasscheiben waren durchsichtig, und ich konnte sie auf der gemütlichen Couch sitzen sehen, den Blick aus den Fenstern gerichtet. Ihre Lockenpracht lag wie eine flauschige Decke auf ihren Schultern, und mein Herz setzte einen Schlag aus, weil ich Angst bekam, es zu versauen.

»Na los, an die Arbeit!«, zischte ich allen zu, als ich an Summer vorbeiging und die Hand an die Türklinke legte. Ein letzter Blick über meinen Rücken verriet mir, dass sie zumindest so taten, als wären sie nicht mehr zum Zerbersten neugierig, aber die konnten mich alle mal. Gerade hatte ich Wichtigeres vor, als ihre ungestellten Fragen zu beantworten und ihnen eine Show zu bieten.

Ich drückte die Tür zu meinem Büro auf und Paulinas Kopf schnellte zu mir herum.

»Kilian.« Sie stand auf und … Wow, diese Frau war einfach unfassbar schön. Sie trug stinknormale Jeans und eine rostrote Satinbluse dazu, darüber einen schwarzen Blazer, deren Ärmel sie nach oben geschoben hatte. Auf dem Kleiderständer hinter der Tür entdeckte ich ihren Mantel, doch meine Augen waren sofort wieder auf sie gerichtet.

»Paulina, ich …« Ich hatte keine Ahnung, was ich jetzt sagen sollte. Ich konnte ihren Gesichtsausdruck nicht deuten. Sie wirkte verunsichert und gekränkt, und die dunklen Ringe unter ihren Augen deuteten darauf hin, dass sie in den letzten zwei Wochen nicht viel geschlafen hatte.

Ein erneuter Blick über meine Schulter verriet mir, dass die anderen wieder neugierig ihre Hälse reckten, also ging ich kurz entschlossen zum Schreibtisch und drückte auf den Knopf, der die durchsichtigen Glasscheiben in undurchsichtiges Milchglas verwandelte.

Überrascht sah sich Paulina um. »Das ist … spannend. Und du hast ein schönes Büro.«

»Danke.« Ich streckte meinen Arm aus. »Setzen wir uns doch auf die Couch. Möchtest du noch was zu trinken?«

»Nein, danke.« Sie ließ sich wieder nieder und ich nahm mit etwas Abstand neben ihr Platz. »Ich dachte schon, du kommst nicht.«

»Und ich dachte, man würde dich wegschicken.«

»Ich hätte mich nicht verjagen lassen.« Ihre Mundwinkel zuckten nach oben.

Mein Herz raste.

»Es tut mir leid«, sagten wir beide gleichzeitig und mussten darüber schmunzeln.

»Lass mich zuerst reden«, bat sie und ich nickte zustimmend.

»Ich hab mich bescheuert verhalten. Hab aus lauter Angst, wieder enttäuscht und verlassen zu werden, den einfachen Weg gewählt, indem ich dich von mir gestoßen habe. Das war nicht richtig und ... ich vermisse dich schrecklich.« Ihre Stimme schwankte, brach. »Jetzt bin ich hier, um dich um Verzeihung und eine letzte Chance zu bitten.«

Gerührt und aufgeregt griff ich nach ihrer Hand, die auf ihrem Oberschenkel lag, und drückte sie. »O Paulina! Ich hätte viel eher erkennen müssen, dass das, was ich für dich empfinde, weit mehr als pure Sympathie oder Freundschaft ist. Doch ich war blind. Und unfassbar blöd, weil ich dich wieder und wieder von mir gestoßen habe. Keine Ahnung, ob ich es überhaupt verdient habe, dass du mir verzeihst. Ich meine ... du warst so geduldig mit mir. So nachsichtig mit meinen Launen, mit meiner Blindheit, was meine Gefühle anbelangt. Unentschuldbar lange bin ich im Dunkeln getappt und hab versucht, mir alles so zurechtzubiegen, dass ich mir bloß nicht eingestehen muss, dass ich dich liebe.« Mein Puls raste mindestens so schnell in meiner Brust wie vorhin, als ich hergelaufen war.

Ihr Atem stockte und sie schaute mich aus großen Augen an. »Du ... was?« Sie schüttelte den Kopf und schloss dabei die Lider, als hätte sie geträumt oder mich einfach falsch verstanden.

»Ich liebe dich, Paulina, und ich hoffe so sehr, dass du mir noch einmal eine Chance gibst. Ich will dir beweisen, dass ich es ernst meine. Bitte, lass mich meine Fehler wiedergutmachen.«

Statt mir zu antworten, schwang sie sich rittlings auf meinen Schoß und küsste mich. Ihre Hände lagen an meinen Wangen, ihre Daumen streichelten sanft über meine Bartstoppeln. Und verdammt, es fühlte sich unglaublich gut an, sie wieder zu schmecken, ihre Zunge zu fühlen, die sich um meine schmiegte und sie neckte.

Mit all meiner Hingabe erwiderte ich ihren Kuss, legte meine Arme um sie, um so viel wie möglich von Paulina zu spüren. Ich sog ihren Atem ein, rieb über ihren Rücken, vergrub die Finger in ihren Haaren. Ich keuchte in ihren Mund und spürte, wie mein Schwanz sich gegen den Stoff meiner Hose drängte.

Schwer atmend löste sie sich von mir. »Ich liebe dich auch, Kil.«

»Dann verzeihst du mir also?«

»Wenn du mir verzeihst«, antwortete sie mit einem Lächeln.

Mein »Ja« klang kehlig, und all die Sehnsucht, die ich in den letzten Tagen empfunden hatte, brach mit dem einen Wort aus mir heraus. Ich hatte so vieles falsch gemacht und trotzdem war einiges auch richtig gewesen, wie die Erkenntnis, dass meine Gefühle bedeuteten, dass ich sie liebte. Dass es nicht schlimm war, mehr für eine Frau zu empfinden, wenn sie genauso fühlte. Im Gegenteil.

Und ich hatte unfassbares Glück, noch eine Chance für unsere Liebe erhalten zu haben. Glück, dass Paulina mir verzieh, und Glück, dass sie nun hier bei mir war. Dass wir alles klären konnten. Denn das war nicht selbstverständlich nach dem, wie es zwischen uns gelaufen war. Doch ich hatte daraus gelernt und würde in Zukunft dafür sorgen, dass nichts und niemand uns mehr trennen konnte …

*Du willst noch mehr von Paulina und Kilian lesen?*

*Hol dir den Bonus-Epilog hier:*
*www.sarahsaxx.com/bonus-boss3/*

Mehr
Sarah Saxx:

Don't play with your Boss
Don't kiss your Boss
Don't mess with your Boss
Don't love your Boss – ab 17. Juni 2022

Threesome: Wo die Liebe hinfällt – ab 4. März 2022

My Christmas Wish

Speed me up (Supercross Love 1)
Speed my heart (Supercross Love 2)

Liebe, als wäre dein Herz nie gebrochen

Plötzlich geküsst (Greenwater Hill 1)
Ein bisschen mehr als Liebe (Greenwater Hill 2)
Ein Kuss für Clara (Greenwater Hill 3)
Zweimal mitten ins Herz (Greenwater Hill 4)
Außergewöhnlich verliebt (Greenwater Hill 5)
Küssen verboten, lieben erlaubt (Greenwater Hill 6)
Harte Schale, weiches Herz (Greenwater Hill 7)
Love Him: Verbotene Liebe (Greenwater Hill 8)
Kuss ins Glück (Greenwater Hill 9 – Novella)
Unerwartet geliebt (Greenwater Hill 10)

Greenwater Hill: Sammelband 1
Greenwater Hill: Sammelband 2

Dangerous gift

DIRTY Neighbor

Das Licht in meiner Dämmerung

EXTENDED trust (EXTENDED-Reihe 1)
EXTENDED hope (EXTENDED-Reihe 2)
EXTENDED love (EXTENDED-Reihe 3)

DIRTY – In seiner Gewalt (Dirty, Rich & Thug 1)
RICH – In seinem Bann (Dirty, Rich & Thug 2)
THUG – In seinen Fängen (Dirty, Rich & Thug 3)

KING of Chicago – Verliebt in einen Millionär (KINGs of Hearts 1)
KING of Los Angeles – Verliebt in einen Rockstar (KINGs of Hearts 2)

Das Leben und sein hinterhältiger Plan

Auf Umwegen ins Herz (Auf Umwegen 1)
Mit Verzögerung ins Glück (Auf Umwegen 2)
Auf Irrwegen zu Dir (Auf Umwegen 3)

Ein kleiner Funken Hoffnung

\* \* \*

Alle Romane der Autorin können unabhängig
voneinander gelesen werden.

Weitere Storys befinden sich bereits in Planung.

Keine Neuerscheinung verpassen?
Abonniere Sarahs Post für Leser, folge ihr auf ihren Kanälen, lies und
bewerte ihre Bücher. Damit unterstützt du deine Autorin und ermöglichst,
dass sie dich auch weiterhin mit bewegenden Geschichten versorgen kann.

**www.sarahsaxx.com/newsletter/**

*Kennst*

*du schon ...*

## »Don't play with your Boss«:

### *Über das Buch:*

*»Er ist der Typ Mann, von dem ich besser die Finger lassen sollte. Aus mehreren Gründen. Und doch kann ich mich nicht gegen seine Anziehungskraft wehren.«*

Adrian Price ist arrogant, unfassbar gutaussehend – und Harper Mackenzies neuer Boss. Schnell stellt sie fest, dass sie ihn mit ihren weiblichen Waffen aus dem Konzept bringen und seine schlechten Launen zumindest kurzzeitig vertreiben kann. Dabei beginnt sie jedoch ein Spiel mit dem Feuer und riskiert, sich zu verbrennen.

Dass ihm seine neue Assistentin regelmäßig heiße Träume beschert – und das nicht nur nachts –, ärgert Adrian Price. Harper ist nämlich verdammt gut in ihrem Job und nur ungern würde er ihre Stelle neu besetzen müssen. Deshalb versucht er mehrfach, ihr klarzumachen, dass sich an ihrem Verhältnis nichts ändern wird. Dabei übersieht er jedoch, dass er damit nur Öl in die lodernden Flammen gießt.

Denn Harper ist nicht die einzige Frau, die den sexy Anwalt in ihrem Bett und ihrem Leben sieht ...

**Zum Buch: http://bit.ly/DpwyB-eB**

*Freue*

*dich auf ...*

## »Don't love your Boss«:

### *Über das Buch:*

*»Logan Cunningham war eine Versuchung, von der ich mich besser fernhalten sollte – und dennoch schaffte ich es nicht, ihm zu widerstehen.«*

Ein peinlicher Zwischenfall bei einer Videokonferenz führt dazu, dass Alessa Holland ihren Job verliert.

Als Logan Cunningham der attraktiven Frau auf einer Party begegnet, fühlt sich der CEO sofort zu ihr hingezogen. Nach einer üblen Beziehung kann er sein Singledasein endlich in vollen Zügen genießen – eine Tatsache, die Alessa sehr gelegen kommt. Sie lässt sich auf einen One-Night-Stand mit dem heißen Mann ein, um zumindest für eine Weile die Erinnerungen an den peinlichen Vorfall zu vergessen. Die stürmische Nacht mit Logan hingegen brennt sich wie ein Siegel in ihr Gedächtnis. Auch er kann an nichts anderes mehr denken. Kurz darauf wird Alessa eine Stelle bei Cunningham Solutions Inc. angeboten und ihr ist klar, dass sie diese annehmen muss, auch wenn sie Logan dort zwangsläufig über den Weg laufen wird.

Beide nehmen sich vor, professionell mit ihrer prickelnden Vorgeschichte umzugehen. Doch schon bald müssen sie sich eingestehen, dass ihre gemeinsame Nacht ein Fehler war ...

*Ab dem 17. Juni 2022*

**Zum Buch: https://bit.ly/DlyB-eB**

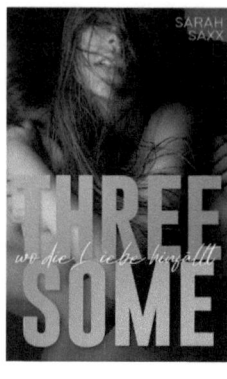

*Freue*

*dich auf ...*

## »Threesome: Wo die Liebe hinfällt«:

### *Über das Buch:*

Einen Neustart an der Universität von Berkeley fernab ihres kontrollsüchtigen Vaters zu wagen, ist die beste Entscheidung, die Kristin getroffen hat. Auch wenn dadurch die Beziehung mit Liam ebenfalls auf eine harte Probe gestellt wird, blüht sie in der Studentenstadt auf. Erst recht, als sie Joshua und Daniel kennenlernt. Die beiden attraktiven Männer schlagen ihr ein besonderes Abenteuer zu dritt vor – nicht ahnend, dass diese heiße Nacht ihrer aller Leben völlig auf den Kopf stellen wird ...

*Ab 4. März 2022*

**Zum Buch: https://bit.ly/Threesome-eB**

## Über Sarah Saxx

Ihre Liebe zu romantischen Romanen brachte Sarah Saxx vor Jahren zum Schreiben. Seither hat die 1982 geborene Tagträumerin erfolgreich eine Vielzahl an Geschichten veröffentlicht, die tief im Herzen berühren und dieses gewisse Kribbeln auslösen. Sarah schreibt, liebt und lebt in Oberösterreich und verbringt ihre freie Zeit am liebsten mit ihrem Mann, ihren beiden Töchtern und Labrador Buddy.

**Mehr Sarah Saxx:**
Website:     www.sarahsaxx.com
E-Mail:      buch@sarahsaxx.com
Instagram:   www.instagram.com/sarahsaxx
Facebook:    www.facebook.com/Sarah.Saxx.Autorin